ro
ro
ro

Hinter dem Pseudonym Jule Maiwald verbergen sich zwei Hamburger Autorinnen, die als Journalistinnen für diverse Frauenzeitschriften sowie als Redenschreiberinnen arbeiten. Sie sind seit vielen Jahren befreundet und interessieren sich nicht nur beruflich für die Themen Optimierung und Selbstfindung. Zusammen haben sie insgesamt zwei Männer, fünf Kinder und einen Hund. Nach ihrem Debüt «Nach ihm die Sintflut» ist dies der zweite Roman des Autorenduos.

Pressestimmen zu «Nach ihm die Sintflut»:

«So lustig und überraschend war Liebeskummer selten.» *(Für Sie)*

«Eine charmante Komödie.» *(Die Welt)*

«Ein Wohlfühlroman für die Badewanne.» *(Petra)*

«Leicht, witzig und tröstlich für Liebesleid-Betroffene.» *(Hellweger Anzeiger)*

«Ein wirklich witziges Buch.» *(Radio Dresden)*

«Ein astreiner Frauenroman für kurzweilige Stunden, mit witzigen Formulierungen und skurrilen Einfällen.» *(Flensburger Tageblatt)*

«Charmant und amüsant.» *(Der Nordschleswiger)*

«Gute-Laune-Lektüre!» *(Ostfriesen-Zeitung)*

Jule Maiwald

Rette mich, wer kann

Roman

Rowohlt Taschenbuch Verlag

Originalausgabe
Veröffentlicht im Rowohlt Taschenbuch Verlag,
Reinbek bei Hamburg, Dezember 2017

Umschlaggestaltung und Motive bürosüd, München
Satz aus der Dolly PostScript, InDesign,
bei Pinkuin Satz und Datentechnik, Berlin
Druck und Bindung CPI books GmbH, Leck, Germany
ISBN 978 3 499 29060 2

Für Aenne, die nie müde wird,
vom kleinen Tiger und kleinen Reh
zu hören und zu träumen.

Das Leben ist kein Geschenk zum Genießen,
sondern ein Pensum zum Abarbeiten.

(Arthur Schopenhauer)

Ich habe keine andre Pflicht als die der Lebenslust:
so glücklich als möglich zu leben.

(Richard Fedor Leopold Dehmel)

1. Das Ende

Es war Mitternacht, und der Vorspann lief. Noch zehn Sekunden bis Sendebeginn. Ich nahm einen kräftigen Schluck Tee, dann blinkte das grüne Licht, und der hohe Summton ertönte. Langsam schob ich den Regler nach vorne. Wir waren auf Sendung.

«Ihr lieben schlaflosen Hörer, unruhigen Geister, Nachtschwärmer, einsamen Herzen, Nachtschichtarbeitende und Fernfahrer am Radio», sagte ich wie jede Nacht zur Begrüßung und rückte meine Kopfhörer zurecht, die etwas stramm auf meinen Ohren saßen. «Hier ist eure Jette. Willkommen in dieser lausig kalten ersten Novembernacht des Jahres zur Nachtbeichte bei Radio Elbe 102,3.»

Durch die Glaswand gab Sophie mir ein Zeichen, dass der erste Anrufer in der Leitung war. Mein Blick fiel auf das große Plakat, das hinter dem Mischpult meiner Producerin an der Wand prangte. Es zeigte mich, per Photoshop um ein paar Dellen, Kilos und Jahre dezimiert, mit übereinandergeschlagenen Beinen auf meinem Studiotisch sitzend, mit nichts als einem rosafarbenen Nachthemd bekleidet. Ein laszives Lächeln umspielte meine Lippen, meine braunen Haare waren zu einem lockeren Knoten hochgebunden, und meine blauen Augen blickten halb geschlossen in die Kamera. In der Hand hielt ich einen Retro-Telefonhörer im Knallrot meines Lippenstifts. Darunter stand: «Jette! Hamburgs erfahrene Mitternachtsstimme, die Aufgeweckten die Beichte abnimmt, während die anderen das Beste verschlafen.» Ich hasste diese neue Kampagne, die mich aussehen ließ, als würde ich für eine Schmuddelhotline werben statt für einen Radiotalk. Aber viel mitzureden hatte ich als kleines Licht am Senderhimmel nicht. Auf meinen Protest hin hatte mir der Intendant signalisiert, ich könne dankbar sein, mit meinen achtunddreißig Jahren noch für einen so jungen Sender arbeiten zu dürfen. Meine Sorge, wie meine Familie darauf reagieren würde, war ihm gleichgültig gewesen. Seit gestern lief die Aktion in ganz Hamburg, und es war nur eine Frage der Zeit, wann Pierre und unsere Kinder Anouk und Claire mich zum ersten Mal in diesem albernen Hauch von Nichts entdecken würden. Der Moment der Wahrheit war dann auch schnell gekommen: Heute am frühen Abend waren wir zu unserem Lieblingsvietnamesen um die Ecke gegangen. Kaum waren wir aus der Haustür getreten, hatte schon mein knackiges Alter Ego von der Litfaßsäule auf der anderen Straßenseite gegrüßt. Ich war wie versteinert gewesen. Auch Pierre und den Mädchen hatte es die Sprache verschlagen. Nicht nur die ganze Stadt, sondern auch unsere Nachbarn, Lehrer und Erzieher der Mädchen, Freunde, Bekannte, einfach alle, war mir durch den Kopf geschossen, hätten nun einen unverstellten Blick auf mich in Unterwäsche. Das Gesicht unserer zehnjährigen Tochter Anouk hatte sich augenblicklich verfinstert, und Pierre und Claire sahen nicht weniger erschüttert aus.

«Maman, das ist so peinlich!», war es aus der präpubertierenden Anouk herausgeplatzt, während sich ihre fünf Jahre jüngere Schwester verschämt die Hände vor die Augen gehalten hatte.

«Na, sooo schlimm ist es ja nun auch wieder nicht», hatte Pierre zu den Kindern gewandt gesagt. Insgeheim dachte ich, dass er auch charmanter auf meine Erotikausgabe hätte reagieren können.

«Ist *wohl* schlimm!», hatte Anouk geantwortet und war

wutschnaubend vorausgelaufen. Selten war ein Essen im trauten Familienkreis so still und verhalten verlaufen. Mich beschlich die dunkle Vorahnung, dass dieser Abend so etwas wie meine Abdankung als Königin Mutter war, der Moment, an dem meine Töchter ihr Heldinnenbild von mir auf Normalmaß stutzten.

Auf dem großen Flachbildschirm vor mir leuchteten die Daten auf.

«Lassen wir unseren ersten Telefongast nicht warten», sagte ich. «Unser heutiges Thema lautet Abschied. Ich spreche mit Onno. Hallo, Onno, schön, dass du anrufst. Du bist einundsiebzig Jahre alt und Rentner.»

«Jo, jo, Jette», begrüßte er mich munter. «Schön, dich mal an der Strippe zu haben.»

«Ich freue mich auch. Was möchtest du uns heute Nacht beichten?», kam ich direkt zur Sache.

«Dass der Tod mein Leben ist.»

Seine Stimme klang bei diesem Satz so vergnügt, dass ich mich überrascht aufrichtete. Augenblicklich war ich ganz Ohr. «Das musst du mir erklären, Onno. Wie meinst du das?»

«Seit genau sechs Jahren bin ich Stammgast auf Beerdigungen», antwortete Onno leichthin.

Ein Schauer lief mir den Rücken hinunter. Wenn ich etwas nicht mochte, dann Friedhöfe. Als mein Vater vor einem halben Leben gestorben war, waren das die düstersten Stunden meines Lebens gewesen. Seitdem wusste ich, wie schnell man alles verlieren konnte.

«Also, ich würde nicht einmal zu meiner eigenen Beerdigung gehen, wenn ich nicht müsste», sagte ich. «Das geht dir offenbar anders. Dann berichte mal, wie das anfing mit diesem ungewöhnlichen Zeitvertreib.»

«Mit min Freund Hinnark seine Beisetzung», begann

Onno in Halbplatt. «Halleluja, der Schwarzrock sabbelte 'ne halbe Stunde daher, aber gesacht hat er nix. Nur dösigen Tünkram! Von schweren Prüfungen hat er palavert, von Hinnarks Schäfchen und so. Du hättest mal die Leute sehen sollen, Jette, überall nur Leichenbittermienen. Deshalb bin ich rauf zu diesem Drömelpott auf die Kanzel ...»

Ich fing Sophies Blick auf, die amüsiert den Kopf schüttelte.

«Entschuldigen Sie mal, guter Mann, hab ich gesacht», fuhr Onno fort. «Ich weiß vielleicht nicht viel über Gott, aber 'ne Menge über Hinnark. Und in Hinnarks Welt gab es nur Wein, Weiber und Gesang. Davon hab ich dann ein bisschen vertellt, bis die ganze Gemeinde Lachtränen vergoss, nur der Pfarrer war muksch.»

Ich hörte, wie Onno sich eine Zigarette anzündete, und nutzte die Gelegenheit für eine Rückfrage. «Und jetzt bist du so etwas wie ein Profi-Trauernder?»

«Plietsche Deern!», lachte Onno. «Profi-Trauernder mit der Lizenz zum Trösten!»

«Heißt das, dass du inzwischen auch auf Beerdigungen von fremden Menschen gehst?»

«Aber hallo, stirbt ja nicht wöchentlich einer in meinem Bekanntenkreis. Jedenfalls noch nicht, ich bin ja noch im besten Mannesalter!», kokettierte er.

Der Mann hatte nicht nur ein morbides Hobby, sondern auch den entsprechenden Humor. Ich mochte ihn.

«Die Beisetzungen», fuhr er gelassen fort, «such ich mir aus den Traueranzeigen raus. Dann zieh ich mir meinen schwarzen Anzug an, und los geht's. Nicht etwa wegen der hübschen Witwen. Mir geht's einzig um ein paar warme Worte. Gehört sich schließlich so für einen alten Freund aus Übersee.»

«Du gibst dich als alter Freund aus?», fragte ich fassungslos.

«Als Fremder 'ne Rede halten? Das geht doch nicht!», rief Onno in gespielter Entrüstung. «Ach Jette, wegen so 'nem bisschen Theater hat sich noch keiner im Grab umgedreht. Im Gegenteil. Ist schließlich für einen guten Zweck. Wenn erst mal der Lütte fließt, denn man Proost.»

Vor meinem inneren Auge sah ich Onno, wie er mit einer verschleierten Witwe einen Walzer über die Gräber tanzte und sich anschließend einen Kurzen genehmigte.

«Und seit ich die Löffelliste eingeführt habe, verlässt jeder die Feier guter Dinge.»

«Die was?»

«Eine Löffelliste, auf der die Trauergäste notieren sollen, wat sie in ihrem Leben noch tun wollen, bevor sie den Löffel abgeben», erklärte Onno mit Nachdruck.

«Du meinst so was wie einen Wunschzettel mit Lebensträumen, die man sich auf den letzten Metern noch erfüllen will?», bohrte ich nach.

«Jo, jo, Jette! Kannst du dir dafür einen besseren Ort als den Friedhof denken?»

«Tausende, Onno, Tausende ...», murmelte ich immer noch nicht überzeugt.

«Nee, nee, nee, Jette. Nur hier, mit dem Tod im Visier, lernst du zu leben. Ich sach immer: Um glücklich zu sterben, muss man leben lernen. Und um glücklich zu leben, muss man sterben lernen. Nur wenn du alles vom Leben verlangst, selbst das Unmögliche, wirst du lächelnd ins Grab steigen!»

«Das ist ein schönes Schlusswort, Onno», sagte ich, um das Gespräch langsam ausklingen zu lassen. «Eine letzte Frage habe ich aber noch: Wie lange, denkst du, wirst du dieses zweifelhafte Hobby noch ausüben?»

«Bis ich nicht mehr Zaungast, sondern Ehrengast bin auf so einer Veranstaltung!»

Ich lachte. «In diesem Sinne, Onno: Hol di fuchtig, wie ihr Friesen sagt. Mach es gut!»

Ich nickte Sophie zu, dann ertönte der Jingle, und ich stand kurz auf, um mir die Beine auszuschütteln. Während die Erkennungsmelodie langsam runtergefahren wurde, setzte ich mich wieder hin und gab Sophie ein Zeichen, dass ich für das nächste Gespräch bereit sei.

«Am Telefon begrüße ich jetzt Iris, Professorin, fünfundvierzig Jahre. Guten Abend, Iris! Von wem oder was möchtest du Abschied nehmen?»

Ich hörte ein Knistern in der Leitung und sonst erst einmal nichts.

«Iris? Nur keine Scheu, schieß einfach los!», forderte ich die schweigsame Anruferin fröhlich auf.

«Von der Angst ...», sagte Iris zögerlich. «Von der Angst, den Mann, den ich liebe, an seine Frau zu verlieren.»

Sie schnäuzte sich. Ein Beziehungsdrama also. Nach dem Friedhofsausflug fühlte ich mich nun wieder ganz auf meinem Terrain. Unter all den herzergreifenden Erlebnisberichten voll menschlicher Höhenflüge und Abgründe waren mir amouröse Geschichten die liebsten.

«Am Anfang war er nur ein Arbeitskollege, mehr nicht. Ich hab es nie darauf angelegt, Geliebte zu sein», fuhr sie fort, «und doch ist es passiert. Seit zwei Jahren geht das jetzt schon. Und nun bekomme ich in knapp zwei Monaten ein Kind, unseren Sohn.»

«Und du möchtest, dass der Gute sich zu euch bekennt, ja?»

Ich hörte sie tief einatmen. «Ja! Aber leider macht er keine Anstalten, irgendetwas zu ändern.»

Ich schüttelte den Kopf. Wieder eine von diesen hoffnungslos hoffenden Frauen, die glauben, den untreuen Gatten am Ende für sich gewinnen zu können und die berühmte Ausnahme von der Regel zu sein. Wie viele von ihnen hatte ich in den vergangenen Jahren bei der Nachtbeichte über ihre unglückliche Liebe weinen und verzweifeln hören. Dabei wussten sie doch vorher genau, worauf sie sich einließen. Immerhin war es statistisch erwiesen, dass nur jeder zehnte fremdgehende Ehemann seine Frau für die Liebschaft verlässt. Wie ein Mantra wiederholte ich darum die Formel, den Mann zum Mond zu schießen, sollte er nach ein paar Wochen Affäre immer noch nicht Tabula rasa gemacht haben. Denn die Aussichten auf ein Upgrade schwanden von Tag zu Tag. Bei Iris lag der Fall natürlich anders. Sie war schwanger, und ob dieser feige Hund wollte oder nicht, er trug jetzt Verantwortung für sein ungeborenes Kind und damit auch für dessen Mutter.

«Wusstest du denn, dass er Familie hatte?», fragte ich, während unsere neue Redaktionspraktikantin Mia mir vorsichtig heißes Wasser nachgoss und den Teebeutel auswechselte. Ich nickte ihr freundlich zu.

«Von Anfang an, die Fotos seiner Frau und seiner beiden Kinder stehen ja auf seinem Schreibtisch.»

Ihr Ton verriet ihr Dilemma, doch offenbar hatte sie sich wissentlich auf ein Leben als Zweitbesetzung eingelassen. Mein Mitleid hielt sich in Grenzen.

«Und seine Frau hat nie etwas bemerkt?»

«Ich weiß es nicht. Was denkst du denn?»

Ich hob die Schultern. «Schwer zu sagen. Vielleicht will sie ja nichts merken und verschließt die Augen?»

Ich nippte an meinem Tee. Auf dem Bildschirm sah ich, dass bereits der nächste Anrufer in der Warteschleife hing. Mir kam der Gedanke, dass nicht nur der Anrufer oder Iris, sondern wir alle irgendwie in einer Warteschleife hingen. Gerade heute hatte mein verhasster Intendant Dr. Fassbrink meine Probezeit und damit meine Zukunftsängste um weitere sechs Monate verlängert, statt meinen Vertrag, wie seit sieben Jahren versprochen, endlich zu entfristen. Kurz vor der Sendung hatte Mia mir quasi von Praktikantin zu Langzeitpraktikantin den neuen Zeitvertrag überreicht. «Mit den herzlichsten Grüßen von ganz oben», hatte sie mit ihrem hohen Stimmchen gehaucht. Was für eine Demütigung. Wie viele Leute in meinem Alter litten unter ihren prekären Lebensverhältnissen und warteten dauerhaft auf bessere Zeiten?

Mich überkam eine solche Wut, dass ich entschiedener als beabsichtigt hervorstieß: «Lass dich nicht länger so behandeln, Iris, wenn du dir etwas wert bist. Mit jeder Lüge, die er euch beiden auftischt, wird es schlimmer.»

Ich machte eine dramaturgische Pause, da jetzt mein Weckruf folgen sollte.

«Einer, liebe Iris, muss Fakten schaffen, und wenn *er* es nicht will, dann solltest du seiner Frau reinen Wein einschenken. Damit würdest du zumindest eine Dynamik in Gang setzen.»

Aus dem Augenwinkel sah ich, wie Sophie eine kämpferische Faust ballte. Sie liebte es, mich mit Gesten anzufeuern.

«Aber ist das nicht eigentlich seine Aufgabe?», fragte Iris unsicher.

«Da hast du recht.» Und meine Aufgabe war es nun, Iris ihr schlechtes Gewissen zu nehmen. «Aber wenn er schlicht zu feige ist, was bleibt dir für eine Wahl?»

Ich hörte sie am anderen Ende der Leitung tief durchatmen. «Würdest du es als Betrogene denn wissen wollen?»

«Absolut!», antwortete ich mit Bestimmtheit.

Iris verstummte, aber nur kurz. «Würdest du es wirklich

wissen wollen, auch um den Preis, dass du als ‹Erstfrau› aus allen Wolken fällst, deine Beziehung zerbricht und deine Kinder leiden?»

«Natürlich, Iris. Nichts ist schlimmer, als betrogen zu werden. Ehrlichkeit ist der einzige Weg, aus dem Schlamassel einigermaßen würdevoll herauszukommen.»

Iris räusperte sich. «Ach, Jette, du bist tatsächlich die einzige Frau, die mir helfen kann.»

Oje, ein Fall von Klammern aus Verzweiflung. Manchmal ging mir die Rolle als Beichtmutter zu weit. Für viele meiner nächtlichen Gesprächspartner wurde ich zu einer Art virtueller Freundin, der einzige Mensch, der ihnen überhaupt zuhörte. Sie riefen nicht nur im Wochenrhythmus bei der Nachtbeichte an, sondern schrieben mir auch vertrauliche Mails oder luden mich zu ihren Geburtstagen oder Thermomix-Partys ein. Jetzt hieß es, professionelle Distanz zu wahren und sie in Fachhände zu übergeben.

«Wenn du magst, gibt dir meine Redaktion noch ein paar Adressen und –»

«Verdammt, Jette, es ist dein Mann!», unterbrach mich Iris barsch. «Er ist der Vater meines ungeborenen Sohns. Pierre!»

Was??? Mein Herz pochte mit einem Mal spürbar. Ich strich mir übers Gesicht und versuchte zu begreifen, was sie da gerade gesagt hatte.

«Wir arbeiten zusammen. Ich bin seine Chefin», setzte sie noch hinzu.

Sophie starrte mich ungläubig an, während sich meine Gedanken überschlugen. Iris, die Professorin? Iris, die Zellbiologin? Die Frau, bei der Pierre sich habilitierte? Der vertrocknete Besen in der Menopause, der seine Karriere ausbremste? Die Unfähigkeit in Person, die nur aufgrund der Frauenquote über ihm stand und der er mal so richtig die Meinung geigen wollte, wenn er erst einmal eine Festanstellung hatte … Diese Frau war seine Geliebte? Die er geschwängert hatte?

Instinktiv spürte ich, dass Iris die Wahrheit sagte.

Ich war wie gelähmt. Ehe ich daran denken konnte, etwas zu erwidern, hatte Sophie Iris aus der Leitung geworfen und ein schnelles Musikstück eingelegt. Aus meinen Kopfhörern kam nur noch ein Knacken. Für mich klang es wie das Brechen meines Herzens.

Sophie eilte zu mir in den Senderaum und umarmte mich von hinten. «Die Frau ist verrückt und will sich bestimmt nur an Pierre rächen, weil er sie nicht beachtet», sagte sie wenig überzeugt und drückte mich heftig.

«Ja … vielleicht», brachte ich hervor und wandte mich ab.

Die Studioluft war plötzlich drückend. Schweiß rann mir in den Nacken. Ich zitterte am ganzen Körper. Wie in Trance legte ich den Kopfhörer beiseite und stand auf. Langsam ging ich an Sophie vorbei zur Tür hinaus, vorbei an den Redaktionsräumen, vorbei an der Technik und an dem lebensgroßen Aufsteller mit meinem Konterfei, der im Foyer stand. Dann blieb ich abrupt stehen. Dieses Grinsen war nicht auszuhalten. Ich ging wieder zurück und versetzte meinem glücklichen Duplikat einen festen Fußtritt, worauf der Aufsteller einen Riesensatz machte und zu Boden knallte. Mit wackeligen Schritten marschierte ich raus aus dem Gebäude – und raus aus meinem alten Leben.

2. Zweite Chance

Es regnete nach wie vor in Strömen, während ich zurück nach Ottensen in unsere Wohnung fuhr. Ich war komplett durchnässt, als ich ankam. Es erschien mir außerordentlich passend. Ich fror und fühlte mich völlig erschöpft; dennoch wollte ich noch nicht nach Hause gehen. «Nach Hause» – in meinen rasenden Gedanken blieb ich immer wieder an Begriffen wie diesem hängen. Bis vor einer Stunde hatten sie noch ihren normalen Klang gehabt.

Am Kiosk an der Straßenecke schräg gegenüber von unserem Haus kaufte ich mir eine Packung Gauloises. Ich stellte mich an den Stehtisch und riss gierig die Packung auf. Die Zigarette danach, dachte ich bitter, zündete mir eine an und inhalierte das erste Mal seit Ewigkeiten wieder tief in die Lunge. Ich musste husten. Bis auf ein paar Partyzigaretten hatte ich seit meiner ersten Schwangerschaft vor elf Jahren nie wieder geraucht. Mein Blick wanderte nach oben zu unserer Wohnung. Es brannte noch Licht. Was Pierre wohl gerade machte? Telefonieren – mit Iris? Er hatte es sich zur Gewohnheit gemacht, meine Sendungen anzuhören, mit einem Glas Rotwein. Zumindest war es mal so gewesen.

Ich rauchte die Zigarette zu Ende und überquerte schwerfällig die Straße. Quälend langsam schleppte ich mich die Treppe hoch. Kaum stand ich vor unserer Wohnungstür, öffnete mir Pierre in Boxershorts und weißem T-Shirt. Seine dunklen Locken waren ganz zerzaust, und seine braunen Augen fixierten mich traurig. Sein Gesichtsausdruck verriet, dass er alles mit angehört hatte.

«Chérie, es tut mir so leid», sagte er leise, und ich wusste, dass diesem Satz noch viel schlimmere folgen würden.

Hinter mir fiel die Tür ins Schloss. Ich taumelte, meine Arme umklammerten meine Schultern, als müsste ich mich selbst festhalten.

«Ich wollte es dir längst sagen. Aber ich wusste nicht, wie.» Dabei hob er entschuldigend die Hände.

«Wie wäre es zum Beispiel mit: Ich habe eine Affäre, bekomme ein Kind und verlasse dich?», sagte ich bitter.

Er schwieg eine gefühlte Ewigkeit. Er konnte einen um den Verstand reden, aber wenn es um ihn selbst ging, bekam er den Mund nicht auf.

«So ist es nicht», presste er schließlich hervor, ohne mich anzusehen.

«Liebst du Iris?», fragte ich.

«Oh, nein, ich habe immer nur dich geliebt, das war nichts weiter als ein Seitensprung.»

«Und nichts weiter als ein Kind!», kreischte ich ein paar Oktaven höher und ging durch den Flur in die Küche.

Pierre folgte mir und schloss die Tür hinter uns, damit die Kinder nichts mitbekommen würden. «Ich wollte das Kind nicht, ehrlich.»

«So wenig, wie du Anouk und Claire wolltest?», fuhr ich ihn zornig an, doch ich bereute diesen Satz, kaum dass ich ihn ausgesprochen hatte. «Du hast mich gleich doppelt betrogen!»

Pierre sah mich betroffen an. Aber zu hören, dass er Vater wurde, hatte mich wie ein Keulenschlag getroffen. Unsere Töchter waren nicht geplant gewesen. Als ich ihm damals von meinem Kinderwunsch erzählte, hielt er mich hin. «Chérie, solange wir nicht entfristet sind, können wir Kindern keine Zukunft bieten. Lass uns noch warten.» Pierre hatte Biologie studiert, mit Auszeichnung promoviert und wichtige Projekte geleitet, doch hangelte er sich wie ich von Zeitvertrag zu Zeitvertrag. Darum wollte er, bis sich unsere Jobperspektiven dauerhaft geändert haben würden, nicht länger als ein halbes Jahr im Voraus planen. Als die Kinder dann trotzdem kamen, vor zehn Jahren Anouk und vor fünf Jahren Claire, wollte er aus den gleichen Gründen nicht heiraten. «Chérie, solange wir nicht entfristet sind, können wir das Risiko nicht eingehen, uns wegen einer Hochzeit zu verschulden. Lass uns noch warten.» Einen Ring an den Finger gesteckt hatte er mir bis heute nicht. Als ich dann vor zwei Jahren umziehen wollte und wegen der Mädchen nach vier Zimmern mit ein bisschen Grün drum herum Ausschau hielt, sagte er: «Chérie, solange wir nicht entfristet sind, gibt uns kein Vermieter eine größere Wohnung und keine Bank einen Kredit für eine Eigentumswohnung. Lass uns noch warten.» Dafür verschaffte er uns einen Schrebergarten direkt am Allgemeinen Krankenhaus in Altona. «Damit ihr mal rauskommt und entspannen könnt!» Wo er in der Zeit gewesen war, in der ich lustlos den Acker umgegraben und erfolglos versucht hatte, Tomaten zu ziehen, wusste ich ja jetzt. Beim Gedanken daran wurde ich noch wütender.

Obwohl Pierre erst elf Jahre in Deutschland lebte, war er deutscher als ich. Irgendwo auf dem Weg von Brest nach Hamburg war ihm das Laisser-faire abhandengekommen, die spielerische Gelassenheit, die ich anfangs so an ihm gemocht hatte.

Nun hatte er offenbar den Franzosen in sich wiederentdeckt. Zumindest was das Fremdgehen angeht. «Cinq à septs», so nennen die Franzosen amouröse Intermezzi zwischen Büroschluss und Familienabendessen. Mein Schwiegervater Jacques war ein großer Befürworter dieser Tradition, und Pierres Mutter Rosalie ließ ihren Mann gewähren, solange er sich nur diskret verhielt. Wie hatte Pierre sich immer darüber aufgeregt, dass sie so wenig Würde besaß und es seinem Vater so leichtmachte.

«Chérie ...» Pierres säuselnde Stimme riss mich aus meinen Gedanken. «Iris hat mir das Kind angehängt. Sie behauptete immer, sie sei mit ihren fünfundvierzig Jahren nicht mehr fruchtbar, und ich habe ihr vertraut.» Seine Stimme troff vor Selbstmitleid.

«Nenn mich nie wieder Chérie, du, du ... Büronutte!», schrie ich und trat gegen den Besenschrank. «Hast dich hochgeschlafen und ihr ein Kind gemacht, um zu einer Festanstellung zu kommen, und jetzt willst du davon nichts mehr wissen!» Pierre guckte mich an, als hätte ich ihn geohrfeigt.

Abscheu ergriff Besitz von mir, weil er nicht mal für ein unschuldiges Kind einstehen wollte. Doch wenn ich ehrlich war, wusste ich, dass Pierre seine Verantwortung als Vater ernst nehmen würde, sobald das Kind da wäre. So war es auch mit Anouk und Claire gewesen. Er war der rührendste, liebevollste und großartigste Vater, den man sich vorstellen konnte. Und dafür liebte ich ihn mit jeder Faser meines Seins. Kam er abends von der Arbeit nach Hause, spielte er mit den Mädchen, bis er unter Bauklötzen begraben einschlief. Er erfand die komischsten Geschichten, die er mit Händen und Füßen erzählte, sodass sich die Kinder vor Lachen auf dem Fußboden krümmten. Jeden Morgen schnitzte er für sie ganze Landschaften aus Karotten und Gurken. Beim Gedanken daran wurde mir so schwer ums Herz, dass ich mich auf den roten Stuhl vor der Balkontür fallen ließ.

«Bitte sag mir noch mal, dass das ein Ausrutscher war und das Baby auch. Dass wir deine Familie sind.»

Pierre kniete sich vor mich und legte seinen Kopf in meinen Schoß. Als er wieder hochkam, liefen ihm Tränen übers Gesicht.

«Que toi et les filles.»

Nur ich und die Mädchen?

Mechanisch strich ich ihm übers Haar, und meine ganze Wut richtete sich nun auf Iris, diese männermordende Schlange. Ich hielt unsere Welt im Kern für heil. Die Bedrohung ging von ihr aus. Wenn er sich von ihr komplett lossagen würde, könnten wir vielleicht die Risse kitten.

Aber was war mit dem Baby? Was war mit dem Betrug und der öffentlichen Demütigung vor Tausenden von Hörern?

Mein Bild von Pierre löste sich auf in Bilder von Verrat, Verrat und nochmals Verrat. Zweieinhalb Jahre! Das war nichts, was man als Seitensprung herunterspielen konnte. Das war eine Beziehung. Diese Frau musste ihm zu Herzen gegangen sein. Diese Supergeliebte, Superwissenschaftlerin und sicher bald auch Supermutter. Je mehr ich sie in meiner Vorstellung erhöhte, desto mehr ergriff Selbsthass Besitz von mir. Ich hatte meine Rivalin noch nie gesehen, aber bestimmt sah sie auch noch umwerfend aus mit ihren fünfundvierzig Jahren. Setzte es der Sache eigentlich noch die Krone auf, fragte ich mich, mit einer Älteren betrogen zu werden? Wann hatte sich Pierre von mir abgewandt? Was die Familienorganisation anging, waren wir das perfekte Paar: Ich betreute die Kinder nachmittags, während er im Institut forschte. Bevor ich zum Sender aufbrechen musste, löste er mich ab und brachte Anouk und Claire ins Bett. An den Wochenenden machten wir das, was Familien eben so machten. Wir frühstückten lange, gingen im Winter Schlittschuhlaufen und fuhren im Sommer an die Ostsee. Aber waren wir noch ein Liebespaar? Abende zu zweit waren schon wegen meines Jobs die Ausnahme. Zwischen meinen Nacht- und seinen Tagdiensten musste sich Entfremdung bei ihm eingeschlichen haben. Hatte ich sein Verhältnis nicht bemerkt, weil ich nur bei mir, dem Job und den Mädchen war? Oder weil ich ihm zu sehr vertraut hatte? Hatte ich ihm nicht genug Aufmerksamkeit geschenkt? Weil ich glaubte, damit warten zu können, bis sich unser Leben zum Besseren gewendet haben würde, mit Job auf Lebenszeit, Haus, Garten und sicherer Rente? Hatte uns am Ende die ungewisse Zukunftsperspektive um unsere gemeinsame Zukunft gebracht? Oder war Pierre einfach nur ein Arsch, der seine Finger nicht bei sich lassen konnte und mich und die Mädchen austauschen würde wie ein altes Handy?

«Je t'aime vraiment», beschwor mich Pierre mit flacher Stimme. «Nur dich. Bitte, wir kriegen das hin, ich kann nicht ohne euch sein, verzeih mir, Jette.»

Seine Reue schien echt. Er blickte mich mit vom Weinen geröteten Augen an. In seiner Verletztheit hätte ich ihn am liebsten in den Arm genommen. Er war doch mein Pierre. Mein Leben. Sein südländisches Aussehen hatte mich von Anfang an angezogen. Der Dreitagebart, seine humorvollen dunklen, fast schwarzen Augen, seine schlaksige Figur, immer in ausgewaschenen Jeans, die ihm beinahe von den schmalen Hüften rutschten. Man sah ihm seine vierzig Jahre nicht an. In den fünfzehn Jahren, die wir uns kannten, hatte er sich äußerlich kaum verändert. Innerlich aber offenbar schon.

Ich stand auf und trat an das große Balkonfenster. Draußen war es stockdunkel. Kein Auto war zu sehen, dafür die Umrisse der wie Hochhäuser hochragenden Hafenkräne. Ich liebte diese Aussicht. Wie oft hatte ich, wenn alle aus dem Haus waren, mit einer Tasse Kaffee auf dem Balkon gesessen und die Zeit für mich allein genossen.

Die Mädchen schliefen tief und fest und hatten keine Ahnung, dass ihr Leben, wie sie es kannten, gerade im Begriff war, sich vor ihrer Zimmertür in Gewitterluft aufzulösen. In ein paar Stunden würde die Sonne aufgehen und ein neuer Tag anbrechen, und ich hatte keine Ahnung, was wir den beiden sagen sollten. Glück im Unglück, dass sie das Wochenende bei meinem Onkel und seiner neuen Frau an der Müritz verbringen würden. Iris hätte sich, was das anging, keinen besseren Termin für ihren Showdown aussuchen können. Wir mussten es ihnen nicht sofort sagen, entschied ich. So blieben mir noch zwei Tage Schonfrist. Aber was sollte ich bloß tun?

Nacht für Nacht hatte ich mir die Geschichten meiner Anrufer angehört von Betrug, Reue und Vergebung. Und nun war ich selbst mittendrin in einer Katastrophe dieser Art. Was würde ich mir raten? Zu vergeben? Mein Verstand sagte nein, mein Gefühl vielleicht.

Ich starrte in die Dunkelheit. Wann hatten sie das Kind wohl gezeugt? Ich rechnete nach. Wenn diese Iris in zwei Monaten ihr Kind gebären würde, müsste es kurz nach den Märzferien passiert sein. Also unmittelbar nachdem wir bei Pierres Eltern in der Bretagne gewesen waren. Der erste Urlaub seit drei Jahren, in dem er und ich ein paar Tage für uns allein gehabt hatten. In dem wir uns nach langer Zeit wieder wie zwei unbeschwerte Verliebte gefühlt hatten. In einem kleinen Strandhotel in Saint Malo hatten wir uns für zwei Nächte eingemietet und uns geliebt. Wir hatten lange Strandspaziergänge gemacht und Austern gegessen, während die Mädchen bei Jacques und Rosalie waren. Der Gedanke an unser vermeintliches Glück zerriss mir das Herz.

Ich drehte mich um und ging auf Pierre zu. Vom Zorn getrieben trommelte ich mit meinen Fäusten gegen seine Brust. «Du feiger Hund! Wie lange wolltest du mir dein Verhältnis und deinen Sohn verschweigen? Bis zu seiner Abiturfeier?»

Er wehrte sich nicht, hielt nur schützend die Hände vor sein Gesicht.

Ich begann zu schreien, zu trampeln, zu heulen und zu schluchzen, alles zugleich, ich wütete, bis ich restlos entkräftet war. «Wie soll das jemals heilen?», fragte ich ihn verzweifelt.

Ich fühlte mich wie eine Seiltänzerin ohne Netz und sehnte mich nach Stille in mir. Meine Gedanken kamen nicht zur Ruhe.

Pierre nahm mich in den Arm und wiegte mich wie ein Baby. Ich ließ es geschehen.

3. We are family

Es dämmerte. Das graue Licht des Morgens drang durch die dünnen grauen Vorhänge vor dem Fenster. Ich stellte mich schlafend. In jedem meiner Glieder steckte bleierne Schwere.

Pierre kam aus der Dusche. Der Duft seines schweren Rasierwassers verriet, dass er im Zimmer stand. Sein Geruch war mir auf einmal seltsam fremd.

Vorsichtig linste ich unter der Decke hervor und sah, wie er Jeans und Hemd vom Garderobenhaken nahm und sich anzog. Das Ausmaß seines Betrugs und seiner Folgen packte mich auf einmal mit einer solchen Gewalt, dass mein Magen schmerzte, als hätte mir jemand einen heftigen Tritt versetzt. Nie wieder gemeinsam den Weihnachtsbaum schmücken, nie wieder meine kalten Hände von ihm warm rubbeln lassen, nie wieder mit den Kindern zusammen einen Disneyfilm gucken und uns zu einem Familienknäuel zusammenkuscheln. Auf den Schmerz, der mich bei diesen Gedanken überfiel, war ich nicht vorbereitet gewesen. Aber als ich nach dieser Nacht aufwachte, wusste ich, dass es vorbei war.

Ich biss mir auf die Lippe, bis ich Blut schmecken konnte.

Kaum hatte Pierre das Schlafzimmer verlassen, hörte ich ihn schon in der Küche leise mit den Mädchen reden. Sie schienen von unserer Auseinandersetzung letzte Nacht nichts mitbekommen zu haben.

Nach einer Weile öffnete sich die Tür, und Anouk und Claire schlichen fast lautlos zu mir herein. Sie legten sich zu mir ins Bett, eine links, eine rechts von mir. Während Anouk sich eine Haarsträhne von mir packte und sie zwischen Daumen und Zeigefinger zwirbelte, wie sie es schon als Baby getan hatte, kuschelte sich Claire ganz tief in meine Armbeuge. Ich wuschelte ihnen durch ihre langen dunklen Locken. Claire war eine Miniversion von Anouk: Trotz des Altersunterschieds sahen sich die beiden zum Verwechseln ähnlich. Beide klein für ihr Alter und sehr schmal. Sie hatten meine blauen Augen, wurden aber wegen ihres dunklen Teints, den sie von Pierre hatten, überall für kleine Italienerinnen oder Spanierinnen gehalten.

«Bis Sonntag, Maman!», murmelten die beiden unisono und gaben mir einen Kuss auf die Wange.

«Bis Sonntag, meine Lieben, und ganz viel Spaß.»

Sie huschten hinaus, aber Claire drehte sich noch einmal um, stürmte zurück und rieb ihre Nase an meiner, ehe sie wieder rausrannte. Im Gegensatz zu Anouk, die etwas verschlossener war, hatte sie ein überschwängliches Naturell. Ich war immer eher wie Anouk gewesen.

Ich tastete auf dem Nachttisch nach meinem Handy. Elf neue Anrufe zeigte es an, alle von Sophie. Auf der Mailbox bat sie mich, am Vormittag im Sender vorbeizukommen. Mein spontaner Abgang mitten in der Live-Sendung habe ein ziemliches Chaos und verwirrte Hörer hinterlassen. Wir müssten überlegen, wie wir die heutige Sendung aufmachen würden. Bei dieser Aussicht zog ich mir die Decke gleich wieder über den Kopf.

Einen Augenblick später erhob ich mich aber doch und schob die Gardinen zur Seite. Langsam ging ich ins Bad und warf einen Blick in den Spiegel. Ich sah zum Fürchten aus. Meine Augenlider waren vom Weinen rot und geschwollen, meine Haut war fleckig, und das Grau schimmerte am Haaransatz schon wieder deutlich durch. Seit einer Weile schon färbte ich, zugegebenermaßen aber eher unregelmäßig. Es war nicht so, dass mir mein Aussehen nicht wichtig war, aber zwischen Haushalt, Kindern und Job war ich in den letzten Jahren wohl etwas nachlässig geworden mit mir. Wenn ich dann an meinen körperlichen Vor-Kinder-Zustand dachte, an meine straffen Brüste, meinen flachen, streifenfreien Bauch, die glatte Stirn, sprang mich schon die Wehmut an. Mein eigener Körper schien mir dann wie ein Märchen aus einer längst vergangenen Zeit, den ich rückblickend nicht ausreichend gewürdigt hatte. Aber da Mutter Natur mich nun mal mit den falschen Genen bedacht hatte, kostete es unmenschliche Anstrengung, mich wieder in Größe 38 zu quetschen. Da konnte ich es auch gleich bleibenlassen. Ob Iris von der Natur begünstigter war als ich? Vermutlich. Ich stellte mich unter die Dusche und ließ mir minutenlang kaltes Wasser aufs Gesicht prasseln, für einen kühlen Kopf. Es fühlte sich gut an, aber das Wasser half mir nicht dabei, klare Gedanken zu fassen. Pierre und ich konnten unmöglich weiter unter einem Dach leben. Einer von uns musste gehen, und zwar schnell.

«Soll er doch zu Iris ziehen!», fluchte ich laut und zerrte wenig später meine alte graue Jeans und meinen dunkelblauen Sweater aus den Tiefen des Klamottenstuhls hervor, bevor ich mich doch für den grünen, ausgefransten Wollpullover entschied, der mich schon seit Studienzeiten begleitete. Er hatte in seiner Treue etwas Tröstliches, dachte ich, als ich ihn endlich ausgegraben hatte. Pierre hasste das Haufenchaos auf meinem stummen Diener und hatte für die getragenen, aber noch nicht wäschereifen Klamotten extra eine Reihe Garderobenhaken an der Wand angebracht. Was mir nie so recht hatte einleuchten wollen, denn wozu, wenn nicht für Getragenes, war ein Stuhl im Schlafzimmer sonst gut? Als würde irgendwer darauf sitzen.

Von nun an würde ich meine Sachen hinwerfen, wo ich

wollte, ohne dabei Pierres stumme Kritik ertragen zu müssen, dachte ich verächtlich und pfefferte mein Nachthemd mitten auf den für mich wichtigsten Stuhl in der Wohnung.

Pierre war schon mit den Mädchen losgefahren; ich hatte die Wohnung für mich. Erst jetzt merkte ich, wie mein Kopf brummte.

Als ich in die Küche trat, wäre ich am liebsten rückwärts wieder herausgerannt. Vor mir türmte sich ein einziges Chaos. In der Spüle stapelten sich schmutzige Teller und Töpfe von zwei Tagen. Ein unangenehmer Geruch von Essensresten hing in der Luft und ließ mich würgen. Dennoch hatte ich nicht die geringste Lust, mich darum zu kümmern, auch wenn ich diese Woche mit dem Abwasch dran war. Ich schenkte mir einen Tee ein, nahm einen kräftigen Schluck, nur um ihn postwendend wieder auszuspucken. Pierre hatte ihn wie üblich zu lange ziehen lassen! Um den Geschmack zu vertreiben, schob ich mir eine Riesenschale zuckriger Weizenpops rein. Alles seine Schuld, der ungenießbare Tee, der Kalorienberg und alles andere auch. Pierre musste weg.

Von neuer Wut bestärkt, begann ich, seine Sachen zusammenzuraffen. Ich packte alles in Kartons und Koffer, seine Klamotten, seine Zahnbürste, seine Bücher, seine Ordner, und stellte sie, nachdem ich mir einen Mantel übergezogen hatte, in den Hausflur. Beim Öffnen der Wohnungstür fiel mir ein Zettel vor die Füße, der im Rahmen geklemmt hatte. «Que toi!», stand darauf. *«Nur du.»*

Von wegen, Arschloch! Ich zerknüllte den Zettel zu einem Papierball und warf ihn quer durchs Treppenhaus. Dann griff ich nach meinen Schlüsseln, zog den Mantel enger, knallte mit Schwung die Tür hinter mir zu und rannte die Treppe hinunter.

Als ich ins Freie trat, blies mir ein eisiger Wind ins Gesicht. Nicht schon wieder so ein Sturm. Ein paar Minuten stand ich regungslos in der Kälte und überlegte, ob ich das Fahrrad oder die Bahn nehmen sollte, bis meine Finger ganz blau waren. Von weitem sah ich ein Taxi und winkte es heran, um mich in den Sender chauffieren zu lassen.

«Hab ich Sie nicht schon mal irgendwo gesehen?», fragte der Fahrer, nachdem ich eingestiegen war.

«Kann sein, ich fahre viel Taxi.» Ich blockte das Gespräch schnell ab, in der Hoffnung, er würde keinen Blick auf die Litfaßsäule werfen, vor der er mich aufgelesen hatte.

Wenig später stand ich vor dem sechsstöckigen Sendergebäude an der Elbe, das wie ein Schiff aus dem Boden wuchs. Hier, ein paar Gehminuten entfernt von den Landungsbrücken und der Elbphilharmonie, war der Sitz von Radio Elbe.

Kaum trat ich durch die große Drehtür, blickte mich mein grinsendes Pappdouble an. Es stand schon wieder fest auf beiden Beinen, ganz im Gegensatz zu mir, überlegte ich traurig.

Mühsam schleppte ich mich die Treppe zur ersten Etage hoch und klopfte an Sophies Tür. Als sie mich sah, ging sie mir entgegen und nahm mich in den Arm. In kurzen Worten berichtete ich ihr von Pierres Geständnis.

Ganz pragmatisch antwortete sie: «Da hilft nur noch eines: Du musst dich deiner angeknacksten Weiblichkeit versichern.»

«Du meinst aber nicht, so demütigende Sachen zu machen wie halbnackt für den Sender zu posieren, oder?», fragte ich sarkastisch und deutete auf das Plakat hinter ihr.

«Nein, du musst etwas für dich tun! Geh ins Hamam, zur Kosmetik, zum Friseur. Und dann heißt die Strategie: FTOM!»

«FTOM?», wiederholte ich fragend.

«Find Ten Other Men», antworte sie mit verruchter Stimme. «Oder wäre dir das andere kurze Wort mit F lieber, um deinen Pierre zu vergessen?»

Wenn es nur so einfach wäre! Aber Zeit für Trauer und Rückzug war in Sophies Welt nicht vorgesehen. Sie war das, was man einen glücklichen Single nannte. Eine beziehungslos frohe Frau, frei fürs Unverbindliche, die auf die einengende Langeweile einer romantischen Liebe gerne verzichtete. Ihre Aufmerksamkeit galt ihr selbst und ihrem Wohlbefinden, und wenn sie mir solche Ratschläge gab, dann, weil sie überzeugt davon war, dass sie Wunder bewirkten.

Aber bei mir wirkte gerade gar nichts außer sehr kurzfristiger Ablenkung, darum wechselte ich das Thema, und wir sprachen über die kommende Sendung. Ich plädierte dafür, Iris' Anruf komplett zu ignorieren, Sophie hingegen glaubte, ich solle in die Offensive gehen und den Zuhörern erklären, dass das einer dieser schlechten Spaßanrufe gewesen war.

«Bleibt abzuwarten, was unser Chef dazu sagt.» Sophie sah mich mitleidig an. «Er will dich sehen.»

Ich schluckte. Das hatte mir an diesem Tag gerade noch gefehlt. Dr. Herbert Fassbrink, unser Intendant, war an den Gefühlen seiner Mitmenschen nur dann interessiert, wenn sie eine gute Quote einbrachten.

«Viel Glück», sagte Sophie und brachte mich zum Aufzug.

Ich fuhr in den fünften Stock, wo König Fassbrink über den Dächern Hamburgs thronte, mit Premiumaussicht auf den Hafen. Nach kurzem Klopfen trat ich ein.

Herbert saß am Schreibtisch. Sofort drang mir seine Pfefferminzfahne in die Nase. Ich musste dreimal niesen und kratzte mich am Unterarm, der sofort rot anschwoll. Ich hatte eine sogenannte Kreuzallergie und reagierte vor allem in Stresssituationen mit einer Überreaktion auf bestimmte Pollen, Lebensmittel und Parfums. Ich konnte dann kaum einen Apfel oder anderes Obst essen, ohne dass meine Zunge oder Nase zu kribbeln begannen. Ohne meinen allergischen Anfall auch nur zur Kenntnis zu nehmen, fletschte Herbert seine gemachten Zähne zu einem verkrampften Lächeln und deutete auf den dänischen Teakstuhl mit hellblauem Bezug, der vor seinem schweren braunen Eichenschreibtisch stand.

«Bitte, Jette, nimm Platz.»

Mit seinen sechzig Jahren sah er aus wie ein vergreister Teenie: Ein Nirvana-Shirt spannte über seinem Bauch, wovon ein locker um seinen Hals geschwungener bunter Schal nicht abzulenken vermochte, die wasserstoffblond gefärbte «Out of bed»-Frisur kaschierte seine Geheimratsecken nur unzureichend; und erst diese hellgrünen Chucks. Nicht mal meine Töchter trugen noch diese Schuhe.

Im Setzen fiel mein Blick auf meinen Vertrag, der ganz oben auf einem Papierstapel lag. Wollte Herbert mich nun doch noch entfristen, quasi als Entschädigung dafür, dass mich die Radiosendung meinen Mann und meine Ehre gekostet hatte?

«Das ist ja ganz wunderbar gelaufen gestern, liebe Jette», begann er ohne Umschweife.

Wenn er das ironisch gemeint haben sollte, war es nicht witzig.

«Wie fühlst du dich?», fragte er.

Ich zuckte mit den Schultern. «Traurig, wütend, gedemütigt. Such dir was aus», antwortete ich wahrheitsgemäß und zwang mich zu einem Lächeln.

Er streckte seinen Arm über den Tisch und drückte mir tröstend die Hand. «Das wundert mich nicht. Dein Abgang war nicht gerade das, was wir hier professionell nennen. Da kannst du mehr.» Eine Weile schwieg er, dann breitete sich ein Grinsen auf seinem Gesicht aus. «Aber Schwamm drüber. Die Geschichte ist der Hammer, absolut kultverdächtig!» Dabei zwinkerte er mir zu.

Hatte ich mich verhört? Ich räusperte mich lautstark.

«Also, was du kultig nennst, hat mein Leben zerstört!», protestierte ich mit sich überschlagender Stimme. «Ich –»

«Ach was», fiel er mir ins Wort und brachte mich mit einer energischen Geste zum Schweigen. «Jetzt mal nicht als Sitzengelassene, Jette, sondern als Profi: Was war das für eine gigantische Dramaturgie! Keine gefakte *scripted reality*. Sondern ein megaemotionaler Showdown zwischen Moderatorin und Anruferin. So was nennt man *social radio at it's best*. Einfach nur geil!» Herbert holte Luft und betrachtete mich erwartungsvoll mit seinen großen, wässrig-blauen Augen.

Was war bloß in ihn gefahren? Mein persönlicher Super-GAU war doch kein Grund, vor Freude aus dem Häuschen zu geraten! Hatte er denn vollkommen den Kontakt zur normalen zwischenmenschlichen Empathie-Ebene verloren?

Nach ein paar Sekunden fuhr Herbert fort: «Mein Gott, davon träumt doch jeder Programmmacher: ohne Filter, ohne Grenzen zwischen denen da draußen und uns, einfach nur *virtual family*!»

Erwartungsgemäß griff Herbert zu einem Sherry, wie immer, wenn er einen Grund zum Feiern oder zur Klage hatte, und füllte zwei Wassergläser. Hinter vorgehaltener Hand nannten wir ihn *das Fässchen*. Denn es ging schon lange das Gerücht, dass er gerne vor dem Mittagessen ins erste Glas des Tages schaute.

«Ich trink lieber Wasser», sagte ich und ging zum Konferenztisch in der Mitte des Raums, um mir eine kleine Sprudelflasche zu holen. Ich wollte klar bleiben.

Bei Herbert verhielt es sich hoffentlich genau andersherum. Er nahm einen großen Schluck und seufzte zufrieden.

«Also, Jette: Unsere Zuhörer flippen aus! Tausende von E-Mails! Eine besser als die andere. Aber hör selbst!» Konzentriert sah er auf seinen Computer und begann vorzulesen, während er sein halbleeres Glas fest umklammert hielt. «*Ich bin ein Riesenfan von Jette und habe die ganze Nacht kein Auge zugetan.* Oder der: *Wie geht's weiter mit Iris und Pierre, diesem Betrüger?* Oder hier: *Wie kann man so eine scharfe Braut wie Jette mit so einer Professoreneule betrügen!* Oder der Repräsentativität zuliebe mal 'ne kritische Stimme: *Gut gemacht, Pierre! Bei dieser Tante wird einem ja schon vom Zuhören schlecht. Wird Zeit, dass die ausgetauscht wird, und nicht nur von ihrem Mann.* Aber bitte nicht persönlich nehmen, Jette!»

Während ich noch überlegte, wie ich auf diese Unglaublichkeit reagieren sollte, beobachtete ich Herbert dabei, wie er sein Glas hastig austrank. «Du meinst, das muss man professionell nehmen, nicht wahr?», erwiderte ich mit beißender Ironie.

Aber Herbert schien mir gar nicht zuzuhören. Er trat hinter dem Schreibtisch hervor und betrachtete versunken den Preis, mit dem er vor mehr als zwanzig Jahren, damals noch selbst die große Hoffnung des Senders am Mikrophon, für die lustigsten Verkehrsnachrichten der norddeutschen Radiolandschaft ausgezeichnet worden war. Exponiert thronte das vergoldete Mikro mit Kopfhörern, angestrahlt von drei Deckenleuchten, auf einem marmornen Sockel neben seinem Schreibtisch.

Bei allen nachfolgenden Preisverleihungen war Radio Elbe zu Fässchens Leidwesen leer ausgegangen.

«Ich hab zwei Szenarien im Kopf, die uns wieder in die erste Liga der Premiumsender katapultieren könnten», sagte Herbert und schielte zu seinem Radiopreis. «Erstes Szenario: die Abrechnung! Ihr beide, Frau und Geliebte, schließt live einen Teuflinnenpakt und überlegt, wie ihr Pierre fertigmachen könnt – gemeinsam. Mit verbalen Schlägen unter die Gürtellinie, pikanten Details über Pierres Bettgewohnheiten und Rachetipps von verlassenen Zuhörerinnen.»

Ich schnappte nach Luft.

Doch Herbert ließ sich nicht beirren. «Ich sehe hier ein ganz neues crossmediales Erfolgsformat, auch für unser Internet-TV: *digital revenge.* Mit 'ner eigenen App, wo man den Ex digital mit Eiern bewerfen kann oder erschießen wie bei der Moorhuhnjagd.» Nach einer Gedankenpause fischte er eine Handvoll kleiner Pfefferminzdragees aus einer Bonbonniere und ließ sie in seinem Mund verschwinden. Ich rückte meinen Stuhl zwei Meter weg vom Schreibtisch, um nicht wieder einen allergischen Anfall zu bekommen.

Dann fuhr er berauscht fort: «Das zweite Szenario: Wir machen aus eurer Geschichte eine Serie! Radio Elbe begleitet Pierre, Iris und dich ein Jahr lang exklusiv, ebenfalls crossmedial auf Sendung und im Internet. Einmal die Woche kommt ihr ins Studio und sprecht über euch, eure sich verändernden Gefühle zueinander, übers Baby und die Dreierkonstellation. Ihr stellt euch den knallharten Fragen der Zuhörer, und für die Seriosität schalten wir ab und zu den Gynäkologen und verschiedene Psychologen rein.»

Für einen Moment blickte Herbert versonnen in den großen Spiegel neben der Tür, als könne er selbst nicht glauben, was in diesem Mannsbild noch für Kraft und Kreativität steckten.

«Kurzum: Wir beobachten euch dabei, wie ihr zu einer Patchworkfamilie werdet. Oder daran scheitert.»

Mit offenem Mund lauschte ich diesem Wahnsinn. Schlagartig traf mich die Erkenntnis, dass dieser Mann komplett verrückt geworden war. Am liebsten hätte ich ihm die Gurgel umgedreht.

«Bist du eigentlich von allen guten Geistern verlassen?», schrie ich Herbert wütend an, worauf seine feierliche Stimmung schnell verflog. «Glaubst du ernsthaft, dass ich da mitmache?»

Seine Augen verengten sich zu Schlitzen. Mit gesenktem Blick ging er zurück zu seinem Schreibtisch und kippte das Glas, das für mich bestimmt gewesen war, in einem Zug hinunter.

Nach einer kurzen Pause sagte er feindselig: «In meinem Geschäft zählt nur eins, Jette, das weißt du: Quote, Quote, Quote. In deinem zukünftigen Geschäft als Alleinerziehende zählt vermutlich erst mal nur: Sicherheit, Sicherheit, Sicherheit. Ich meine, bist du nicht seit Jahren scharf auf einen Festvertrag? Eine kleine Änderung im Vertragstext, und die Entfristung ist besiegelt. Oder legst du keinen Wert mehr darauf, bei uns zu arbeiten?»

Herbert nahm den Vertrag vom Stapel und tat so, als wolle er ihn zerreißen.

Ich spürte, wie mir die Gesichtsmuskeln entglitten. Mir blieb die Spucke weg. Mit einer flinken Handbewegung nahm ich ihm den Vertrag aus der Hand und zerriss ihn selbst in tausend kleine Stücke.

«Steck dir deine Entfristung in deinen alten, faltigen Wabbelhintern!»

Dann nahm ich die Flasche Sherry vom Tisch und ging zu seinem beknackten Radiopreis. Mit einer genüsslichen Bewegung schüttete ich den Rest des Inhalts über Mikro und Kopfhörer. Dann griff ich nach meiner Tasche und drehte mich wortlos um. So schnell würde ich diese denkwürdigen Minuten nicht vergessen.

«Jette!», brüllte Herbert mir hinterher, als ich schon auf dem Flur war. «Du bist fristlos gefeuert, fired, licenziato, viré!»

Es klang wie eine Überschrift für mein derzeitiges Leben.

4. Täter und Opfer

Kinder brauchen ein friedfertiges Umfeld und nicht eine Mutter, die sich in destruktiven Gedanken verliert.»

Der Gesichtsausdruck unseres Trennungsbegleiters Karl Müntering zeigte eine Mischung aus Verwunderung und Vorwurf, die ganz im Gegensatz zu seinem friedliebenden Äußeren stand. Mit seinem weißem Haar, das oben auf dem Kopf zu einem Knoten gebunden war, und dem buschigen grauen Vollbart erinnerte er an einen New-Age-Guru. Aber er war nur ein parteiischer Richter, der sein Urteil über die Schuldige längst gesprochen hatte, dachte ich gekränkt.

Pierre und ich hockten nebeneinander auf einem abgewetzten braunen Plüschsofa, mit einer Elle Sicherheitsabstand zwischen uns. Müntering thronte vor uns auf einem grünen Ohrensessel.

Während ich nach einer passenden Erwiderung suchte, erfüllte plötzlich Vogelgezwitscher den Raum. Überrascht blickte ich auf und realisierte, dass die frühlingshaften Geräusche aus einer kleinen gelben Zwitscherbox kamen, die auf einer Holzkommode zwischen Büchern zu indischer Heilkunst, Selbsthypnose und Energiearbeit stand. Was bei den Klienten anscheinend für positive Energie sorgen sollte, brachte meinen auf Winter eingestellten Biorhythmus aus der Balance: Die Vogellaute verdüsterten meine Stimmung noch mehr, und mir wurde kalt. Fröstelnd nahm ich meinen Poncho und hängte ihn mir über die Schultern.

Warum hatte ich mich bloß auf eine Mediation mit einem Unbekannten eingelassen?

Eigentlich wusste ich es genau: Weil wir an einem Punkt angekommen waren, an dem wir ohne Hilfe von außen nicht mehr weiterkamen. Es gab keinen Weg mehr zurück, aber auch keinen nach vorne, zumindest keinen, den ich erkennen konnte. Mein geordnetes Leben als Partnerin, Mutter und Moderatorin war nur noch Erinnerung.

Genau ein Monat war seit der Enthüllung von Pierres Geliebter vergangen. Gut drei Wochen, seitdem wir es den Mädchen gesagt hatten. Nur die überraschende Neuigkeit, dass ihr Papa schon Ersatz für mich gefunden hatte und bereits ein Halbgeschwisterchen unterwegs war, hatten wir erst mal für uns behalten.

Während Anouk unserem «Acht-Augen-Gespräch» ein plötzliches Ende bereitet hatte, indem sie schweigend auf ihr Zimmer gestürmt war, war Claire auf meinen Schoß gesprungen, hatte die Arme um meinen Hals gelegt und gefragt, wer sie denn von nun an in den Kindergarten bringen würde. Seitdem hatte keine von beiden mehr ein Wort darüber verloren. Sie taten beide so, als wäre nichts passiert, und wenn ich sie darauf ansprach, winkten sie ab, als wollten sie nicht darüber sprechen.

Um die Kinder langsam an unser Beziehungsende zu gewöhnen, hatte ich Pierres Rausschmiss noch am selben Tag zurückgenommen. Ich hatte entschieden, dass wir erst einmal gemeinsam in der Wohnung bleiben würden, bis wir eine dauerhafte Lösung gefunden hatten. Was Pierre zunächst als Aufforderung verstand, einen Rückeroberungsfeldzug zu starten. Er hatte es mit Rosen, Coque au vin, Tränen und emotionalem Druck probiert. Doch noch bevor die Kinder von ihrem Wochenendtrip zurückgekehrt waren, hatte ich ihm diesen löchrigen Zahn gezogen und ihm klipp und klar gesagt, dass es in diesem Leben keine zweite Chance für uns mehr geben würde, egal wie sehr er sich auch bemühte. Pierre hatte dann schnell eingesehen, dass ich ihn wirklich nicht zurückwollte, und noch schneller aufgehört zu kämpfen. Mir war es gleich, ich war mit Überleben beschäftigt.

Während ich mich immer mehr gehenließ und die Vormittage im Bett verbrachte – Schlaf suchend, stundenlang blödsinnige Serien auf Netflix schauend, grübelnd, überlebend und wütend –, war Pierre zur Arbeit gegangen. Dort machte Iris ihm offenbar die Hölle heiß, was mich mit einiger Genugtuung erfüllte. Denn auch wenn Pierres und meine Beziehung Geschichte war, hatte ich doch keine Lust, mit anzusehen, wie er in ein aufregendes Leben mit neuer Besetzung aufbrach, während ich die Scherben unserer alten Existenz aufkehren musste, allein und ausgetauscht. Doch das Wissen, dass es auch bei Pierre nicht rosig lief, änderte nichts daran, dass meine Traurigkeit und meine Wut von Tag zu Tag wuchsen. Der Ton zwischen Pierre und mir wurde immer unversöhnlicher. Es waren Wochen, die ich am liebsten aus dem Kalender gestrichen hätte.

Als ihm letzten Sonntagabend dann ein Ultraschallbild aus seiner Manteltasche geflattert war, hatte ich endgültig die Beherrschung verloren und so impulsiv und lautstark rumgeschrien, dass Anouk wach geworden war und mit ansehen musste, wie ich Pierre das Bild in heiligem Zorn um die Ohren gehauen hatte. Der Schock saß unserer Tochter noch Tage später in den Gliedern. Sie hatte kein Wort mehr gesprochen, nicht mit mir, nicht mit Pierre, mit gar niemandem, sodass mich vor zwei Tagen ihre Lehrerin angerufen und gefragt hatte, was mit unserer Tochter passiert wäre und ob wir uns ihr Verhalten erklären könnten. Am selben Tag hatte Pierre einen Termin beim Trennungsexperten gemacht.

Und da saßen wir nun und warfen uns Beleidigungen an

den Kopf. Aber dass auch der Therapeut selbst austeilen würde, damit hatte ich nicht gerechnet.

«*Er* ist die Ratte, nicht ich, Karl, und wenn du das nicht verstehen willst, dann deshalb, weil du auch nur ein Mann bist!» Wütend bohrte ich meine Finger in den Handballen.

Mit leicht geneigtem Kopf betrachtete mich unser Seelenklempner, als hätte er es mit einem seltenen Reptil zu tun. Unter seinen forschenden Blicken fühlte ich mich unwohl, und ich suchte nach weiteren Worten, um klarzustellen, wer hier Täter und wer Opfer war. Denn immer, wenn mich jemand länger schweigend taxierte oder mir nicht sofort antworte, fühlte ich mich unter Rechtfertigungszwang. Ich legte nach, als keine Antwort kam.

«Wenn Anouk nicht mehr spricht, dann nicht wegen meiner destruktiven Gedanken, sondern wegen *seines* zerstörerischen Verhaltens, verdammt noch mal!» Ich deutete auf Pierre, ohne ihn eines Blickes zu würdigen.

Karl Müntering schloss einen Moment die Augen und wiegte seinen Kopf sanft hin und her. «Noch mal, es geht hier nicht um Schuld. Es geht um die Kinder.» Er räusperte sich und fuhr fort, die Augen nach wie vor geschlossen. «Eine Frage, Jette. Was macht das mit dir, wenn du dich so verbeißt in deine negativen Gedanken? Kann es sein, dass deine Wut ganz woanders herkommt?»

«Das sind zwei Fragen!», schmetterte ich ihm giftig entgegen. «Und die haben überhaupt nichts mit Anouk zu tun.»

Erschrocken riss er die Augen auf. «Derlei Wutgefühle sind immer auch im Zusammenhang mit ungelösten Ängsten und negativen Bindungserfahrungen in der Kindheit zu verstehen, die durch die Trennungserfahrung wieder aktiviert werden.»

Pierre wischte sich mit der Hand über die Stirn. «Wundert mich gar nicht bei der Mutter ...»

Ich schnaubte verächtlich.

Karl sah erst Pierre, dann mich fragend an. «Ein ungelöstes Mutterthema also?» Er hielt mir ein Taschentuch hin, als wäre dies der richtige Moment, vor plötzlicher Erkenntnis in Tränen auszubrechen. «Hier ist Raum dafür, Jette.»

Ich ignorierte seine einladende Geste. Jetzt war auch noch meine Kindheit schuld daran, dass Pierre eine andere geschwängert hatte!? Und der Verursacher der Katastrophe saß da, als hätte er mit alldem nichts zu tun und haute mich sogar noch in die Pfanne. Mir reichte es.

«Ich kann damit überhaupt nichts anfangen, was du da sagst, und fühl mich ehrlich gesagt überhaupt nicht angesprochen. Vielleicht bist du einfach nicht der richtige Therapeut für mich.» Ich griff nach meiner roten Lederhandtasche und stand auf.

Karl schüttelte den Kopf. «Das nennt man klassisches Vermeidungsverhalten, Jette. Durch Flucht versuchst du etwas zu vermeiden, vor dem du dich fürchtest.»

Pierre hob die Stimme. «Hier geht's um unsere Kinder und nicht um dich! Spür doch mal, statt immer zu verneinen.»

Jetzt benutzte Pierre auch schon dieselbe nervige Eso-Sprache wie dieser Möchtegernheiler. Ich spürte meine Halsschlagader pochen.

«Von dir lasse ich mir gar nichts mehr sagen!», zischte ich empört und ging mit hochgezogenen Schultern zur Tür.

Es war zum Heulen. Die Frau, in die ich mich in den letzten Wochen verwandelt hatte, gefiel mir ja auch nicht. Aber mussten diese beiden mit jeder Aussage durchblicken lassen, wie ausgesprochen regressiv ich mich gerade verhielt? Ein bisschen mehr Einfühlungsvermögen für meine Wutphase durfte ich von einem Profi wohl erwarten. Es war ja nicht so, dass ich mich damit nicht auskannte. Als Tochter eines Kinderpsychiaters war ich in einer Welt von depressiven Störungen, Angstneurosen und Kriseninterventionen aufgewachsen. Ich wusste sehr genau, wann Medikamente, wann Verständnis und wann Konfrontation gefragt waren. Schließlich hatte mein Vater uns oft genug beim Mittagessen über die Krisen seiner Patienten unterrichtet. Und auch in den Radio-Nächten hatte ich es immer spannend gefunden, in den Abgrund der anrufenden Seelen hinabzuklettern. Mit Vaters Wissen und meiner Intuition holte ich jeden einzelnen Verzweifelten da ab, wo er verzweiflungstechnisch stand. Aber jetzt, wo es mal um mich ging, stand ich da wie bestellt und nicht abgeholt.

Als hätte Karl meine Gedanken gelesen, folgte er mir zur Tür und führte mich zum Sofa zurück. Dort reichte er mir einen streichholzschachtelgroßen Quader roter Knete.

«Lass uns mal eine schnelle Wutübung machen, Jette, damit wir hier weiterkommen. Knete mal drei Minuten deinen Ärger raus und wirf ihn dann, so feste du kannst, gegen die Wutwand da hinten.» Mit dem Kopf wies er auf eine große Tafel, die hinten im Raum stand. Sie war vollgekleckst mit bunten Farbhäufchen.

Während Karl auf die gelbe Taucheruhr an seinem Handgelenk schaute, formte ich die klebrige Masse mit den Fingern angestrengt zu einer Kugel. Auf sein Zeichen hin feuerte ich sie wenig später mit Schmackes gegen die Wand. Erstaunt sah ich zu, wie die Knete zerfiel und bizarre Farbformationen hinterließ.

«Toll, Jette, das war stark. Ich denke, du hast begriffen, dass die Wut umarmt werden will, damit die Ängste sich lösen. Und jetzt atme mal zu der Stelle, wo du noch Zorn fühlst.» Erwartungsvoll blickte er mich an.

Ich inhalierte tief und sagte: «Zornfreie Zone, egal wo ich hinatme!»

Zufrieden lächelte er mich an.

Na bitte, geht doch, dachte ich. Ich war schon immer empfänglich für Lob und grinste Pierre schadenfroh an. Endlich ging ein Punkt an mich.

«Wisst ihr, was Bhagwan mal gesagt hat? Angst ist Wut nach innen, und Wut ist Angst nach außen.» Er klopfte mir auf die Schulter. «Unglaublich, wie offen du auf einmal bist, Jette! Verwundbar, aber stark! Dann lass uns jetzt alle mit deinem Farbklecks weiterarbeiten.» Er blickte zur Wutwand. «Sagt mir, was Jette da für ein Gebilde geworfen hat.»

Ich legte den Kopf schief, betrachtete mein Kunstwerk und gab mir größte Mühe, etwas zu erkennen. Aufs Geratewohl sagte ich: «Eindeutig ein Seepferdchen!»

«Nie und nimmer, das sieht aus wie ein Pokémon ohne Ohren ...», begann Pierre abschätzig.

Karl verhinderte mit vorschnellendem Finger, dass er weitersprach. «Jeder hat seine eigene Sicht auf die Dinge, Pierre, Wahrnehmungen sind unterschiedlich. Dies zu erkennen ist Sinn und Zweck dieser Treffen, und nicht festzustellen, wer recht hat.»

«Das sehe ich genauso», pflichtete ich ihm bei.

Missmutig blickte Pierre mich an und nickte.

«Dann gebt euch die Hand», forderte Karl uns auf.

Zögerlich streckte ich die Hand aus, und Pierre schlug ein.

Unser Therapeut schien zufrieden. «Und nun lauscht mal einen Moment in die Stille.» Einen Augenblick war nur sein tiefer Atem zu hören. «Herrlich, oder? Schön, wie sich die Aggression verflüchtigt hat und wie ihr beide bei euch seid!» Dabei nickte er ganz meditativ. «Ich weiß, was eine Trennung für seelische Verwüstungen hinterlassen kann. Scheiden tut weh, nicht nur die Betrogene, auch der Betrüger erlebt ein Gefühl von Verlust. Wichtig ist, sich nicht von dieser Wut überwältigen zu lassen, sondern sie loszulassen und in richtige Bahnen zu lenken, wenn ihr euch vernünftig und bewusst entpaaren wollt.» Er legte uns jeweils einen Arm auf die Schulter. «Ihr müsst endlich Frieden schließen: Redet miteinander, hört euch zu und sucht nach gemeinsamen Lösungen. Gerade auch für eure Mädchen. Warum kauft ihr ihnen kein Haustier? Tiere vertreiben Einsamkeit, sind Seelentröster und Stimmungsaufheller.»

Pierre schnaubte und beugte sich zu mir vor. «Meine Rede, aber DU kannst dich ja nicht entscheiden, wie bei allen Dingen, die wichtig sind.»

Ich warf ihm einen giftigen Blick zu. «Langsam solltest DU wissen, dass ich eine Tierhaarallergie habe.»

Karl hob erneut die Hand. «Ich höre von euch sehr oft das Wort Du, das Angriffs-Du, wenn ihr versteht. Kennt ihr denn die Gebote des Zwiegesprächs nicht?»

Ich sagte mir innerlich auf, was ich auch meinen Anrufern immer empfohlen hatte: Keine Du-Botschaften, keine Rechthaberei, keine Vorwürfe und den anderen ausreden lassen! «Natürlich», sagte ich im Brustton der Überzeugung.

Pierre sah mich skeptisch an und murmelte kaum hörbar: «Theorie und Praxis, zwei unterschiedliche Galaxien.»

Ich beschloss ganz erwachsen, seine wenig zielführende Einlassung zu ignorieren.

Karl seufzte. «Wir haben ja noch eine Kontrollsitzung in drei Monaten, dann werden wir sehen, wie gut ihr das umgesetzt habt.» Er richtete sich auf. «So, und nachdem das geklärt ist, kommen wir zum eigentlichen Grund unserer Sitzung. Geht doch noch mal gedanklich zurück: Warum seid ihr wirklich hier?»

«Weil wir das Bestmögliche für unsere Kinder wollen», antwortete Pierre.

Ich nickte. «Die Mädchen sollen nicht unnötig leiden. Und sie sollen wissen, dass wir sie nach wie vor lieben.»

Pierre reckte den Daumen nach oben.

«Richtig», pflichtete Karl uns bei, «denn Statistiken zeigen, dass Kinder, bei denen das so ist, glücklicher, lebensbejahender und stabiler werden. Und so eine Trennung besser verkraften», sagte er, wobei er Pierres und meine Hände griff und sie aneinanderpresste. «Wollt ihr Anouk und Claire das Gefühl geben, eine neuformierte, harmonische Familie zu sein, statt zwei sich bekriegende separate Einheiten? Kurzum: Seid ihr bereit, euch zu öffnen, statt zu spalten?»

Wir nickten unisono, lösten aber unsere verschränkten Hände. So viel körperlich bestätigte Eintracht war dann doch zu viel.

«Wunderbar. Dann wird es Zeit für ein Treffen mit der ganzen Familie.»

5. Torten und Töpfe

Nach der Sitzung vor knapp zwei Wochen hatten Pierre und ich einen Waffenstillstand vereinbart und Anouk und Claire noch einmal in Ruhe und ganz erwachsen von unseren veränderten Gefühlen zueinander und auch von Iris und dem Baby erzählt. Ich hatte mich trotzdem gewundert über ihre Reaktion. Statt ihren Vater für das Ende ihrer heilen Welt verantwortlich zu machen und entsprechend ablehnend oder wütend zu reagieren, schienen sie sich beinahe zu freuen über den Familienzuwachs. Zu wissen, dass sie keine Schuld an unserer Trennung trugen und wir als Eltern weiter für sie da sein würden, schien sie fürs Erste beruhigt zu haben. Aber Karl Müntering hatte uns gewarnt, dass auch sie einen langen und schwierigen Prozess vor sich hätten. Kinder würden ihren eigenen Kampf ausfechten, an dem sie uns, vielleicht zum allerersten Mal, nicht in Gänze teilhaben lassen würden.

Blieb noch die schwierige Frage, wo und wie wir in Zukunft leben würden. Nach langem Ringen hatten wir uns schließlich auf das Nestmodell geeinigt, bei dem die Kinder in der gemeinsamen Wohnung bleiben und die Eltern abwechselnd pendeln. Unser Therapeut hatte uns dringend dazu geraten, um den Mädchen wenigstens ihr Zuhause zu erhalten und sie nicht zu Dauerreisenden zu machen. Uns hatten seine Argumente überzeugt, und wir waren fest entschlossen, es auszuprobieren. Das wiederum bedeutete, dass Pierre und ich uns jeweils eine eigene neue Behausung suchen mussten. Pierre würde vorerst bei Freunden unterschlüpfen, sagte er zumindest. Wahrscheinlicher war, dass er erst mal abwarten wollte, wie sich die Dinge mit Iris entwickelten, bevor er sich festlegte.

Aus finanziellen Gründen kam für mich nur ein WG-Zimmer in Frage. Aber schon der Versuch, eines zu finden, war eine einzige Pleite gewesen, wenngleich er mich zumindest aus meiner Lethargie gerissen hatte. Der Wohnungsmarkt war wie leergefegt. Jeden Morgen war ich mit den Kindern aufgestanden, hatte sie zur Schule und in den Kindergarten gebracht und anschließend in meinem Lieblingscafé Kleine Schwester in Ottensen die Wohnungsanzeigen durchforstet, ehe ich mit einem großen Becher Tee to go die angebotenen Zimmer abgeklappert hatte. Geschlagene zwei Wochen lang hatte ich mir die Füße platt gelaufen, mich mit sechzig Studienanfängern gleichzeitig in 12 Quadratmeter große, dunkle und muffige Löcher gequetscht, nervige Castings und inquisitorische Vorstellungsgespräche absolviert, mich unkompliziert, wahlweise locker oder politisch, vegan, enthaltsam oder trinkfest gegeben. Aber bis auf ein unverbindliches «Wir melden uns dann bei dir» war bislang nichts herumgekommen. Und selbst wenn, wie hätte ich mich überhaupt zwischen Pest und Cholera entscheiden sollen? Wenn ich überlegte, wie viele meiner Bekannten erfolglos nach größeren Wohnungen suchten, aber keine fanden, weil Rentner oder Alleinstehende lieber drei Zimmer ungenutzt ließen, als einen Umzug in eine kleinere Wohnung in Erwägung zu ziehen, wurde mir ganz sozialistisch zumute. Auch meine eigene Mutter residierte immer noch auf 150 Quadratmetern in Eppendorf, im wahrsten Sinne mutterseelenallein. Sie dachte gar nicht daran, ihr Refugium für Familien mit Kindern oder eine WG frei zu machen. Nicht mal für ihre eigene Tochter in Not. Als ich sie auf Gran Canaria angerufen hatte, wo sie wie jedes Jahr überwinterte, und ihr von der Trennung und meinem Wohnungsproblem erzählt hatte, hatte sie nur abgewinkt. In ihren Augen war ich bloß eine gescheitere Existenz. «Kindchen», sagte sie, als ich bettelte, wenigstens für die Zeit ihres Überwinterns bei ihr wohnen zu dürfen, «ich bin ja kein Hotel. Du kannst mit deinen vierzig Jahren nicht erwarten, dass andere Menschen für dich die Kohlen aus dem Feuer holen.»

Mit *fast* vierzig, dachte ich, sagte aber nichts, sondern ließ ihren Redeschwall über mich ergehen. Wie üblich rieb sie mir erst mal die Talente, Topjobs und gut verdienenden Ehemänner der Töchter ihrer Freundinnen unter die Nase. Im Gegensatz zu mir stünden die schon lange auf eigenen Beinen und würden vielmehr ihre Mütter unterstützen als andersherum.

«Löse deine Probleme alleine, bleibe in deiner Wohnung und kämpfe, anstatt abzuwarten, dass sich die Probleme von alleine lösen oder von mir gelöst werden.» Dann war sie ins Sinnieren gekommen, hatte meine Beziehung seziert und sich von der neuen Entwicklung keinesfalls überrascht gezeigt. Ich sollte mich mal fragen, warum Pierre mich trotz der Kinder nie geheiratet hätte. Vielleicht läge es ja an meiner bisweilen wenig geschmeidigen und eher sperrigen Art. Daran, dass ich mich nie festlegen würde, oder einfach nur an meinem fehlendem Engagement, dem schon mein Studium zum Opfer gefallen sei. An dieser Stelle hatte ich – wie so oft in Gesprächen mit ihr – wütend aufgelegt.

Aus der Küche drang Geschirrklappern zu mir und riss mich aus meinen Gedanken. Ich sah auf die Uhr und erschrak. Es war bereits 13 Uhr, Iris musste jeden Moment kommen! Eilig legte ich den Familienroman, auf den ich mich ohnehin nicht richtig hatte konzentrieren können, auf den Nachttisch, schwang mich vom Bett hoch und richtete mein zerknittertes beigefarbenes Wollkleid und meine Haare, so gut es ging. Da klopfte es auch schon an der Tür.

«Jette, Iris ist da, kommst du?», rief Pierre.

«Komme!» Ich bemühte mich um einen freundlich-neutralen Tonfall. Die Idee der Familienzusammenführung fühlte sich nach wie vor mehr als seltsam für mich an.

Als ich wenig später in den Flur trat, kam Iris mir schon in einem grünen Schwangerschaftseinteiler entgegen. Mit Hermès-Tuch und großer Tasche. Ein penetranter, süßlich-holziger Duft ging von ihr aus, und ich musste mehrfach niesen. Phantastisch. Ich konnte sie schon jetzt nicht riechen.

Dann nahm ich die Frau, die mein Leben zerstört hatte, näher in Augenschein – und bekam den nächsten Schreck. Iris war optisch die exakte Schnittmenge aus Pierres Mutter und mir: Sie hatte Rosalies Eleganz, mein dunkles Haar und meine blauen Augen, die allerdings enger zusammenstanden. Auf ihrer langen schmalen Nase saß eine rautenförmige Brille, die ihrem Aussehen wohl etwas Extravaganz verleihen sollte. Beim Anblick ihres Babybauchs musste ich schlucken.

Hauptsache, sie ersparte uns als Risikoschwangere eine familienverbindende Sturzgeburt, dachte ich bitter, als unsere Besucherin meinen gemeinen Gedankengang unterbrach.

«Bisher kenne ich ja nur deine Stimme, ich freue mich so, dich nun endlich persönlich kennenzulernen», sagte Iris und strahlte mich an. Dabei nahm sie meine Hände in ihre und drückte sie ganz fest.

Ihre selbstverständliche Freundlichkeit raubte mir die Fassung. Meine Lider zitterten vor Anspannung. Rasch machte ich mich los und verschränkte sicherheitshalber die Arme. «Hallo.» Mehr brachte ich nicht hervor.

«Da drüben, der Nikolaus, der ist für dich, Jette», erklärte Iris großzügig und deutete auf einen Schokoladenmann auf der Kommode.

Ich fragte mich, ob sie auch noch Dank erwartete dafür,

dass sie mir als Ersatz für den geklauten echten Mann einen in Schokolade besorgt hatte.

«Und für Anouk und Claire habe ich auch etwas, ist ja schließlich Nikolaus heute», sagte sie schnell, als sie meinen mürrischen Blick auffing. Hastig kramte sie ein Paket und einen Umschlag aus ihrer XXL-Tasche heraus. Wollte sie hier gleich einziehen?

Wie auf Kommando gesellten sich die Mädchen zu uns. Während Anouk sich eng an meiner Seite hielt, stürmte Claire begeistert auf Iris zu und nahm das Geschenk in Empfang. Schnell riss sie das Papier auf und schrie vor Begeisterung, als einer dieser grauenvollen Schminkköpfe mit langen blonden Haaren und dämlichem Gesichtsausdruck zum Vorschein kam, wie ihn sich meine kleine Tochter schon lange gewünscht hatte. Ich fand diese Dinger derart zum Fürchten, dass ich nicht im Traum darauf gekommen wäre, dafür Geld auszugeben. Wie ausgerechnet eine Wissenschaftlerin solche Geschlechterklischees bedienen konnte, war mir ein Rätsel. Davon abgesehen fragte ich mich, seit wann solche Riesengeschenke in einen Nikolausstiefel passten. Wir hatten lediglich ein kleines Buch, ein paar Süßigkeiten, Nüsse und Mandarinen hineingesteckt. Die größeren Wünsche erfüllten wir zu Weihnachten, und darin waren Pierre und ich uns bislang eigentlich einig gewesen.

«Na, möchtest du auch sehen, was ich für dich vom Nikolaus mitgebracht habe?», wandte Iris sich nun mit zuckersüßer Stimme an Anouk, wobei sie sich mit einem Taschentuch die Brillengläser putzte.

Meine Tochter verdrehte die Augen. Seit zwei Jahren glaubte sie nicht mehr an den Weihnachtsmann und auch nicht an seinen Kollegen.

Ich gab mir einen Ruck. «Guck doch mal, Süße», ermunterte ich Anouk halbherzig, die sich vor Unentschlossenheit auf die Lippe biss, so wie ich es häufig tat.

Ohne die Augen vom Boden zu lösen, nahm sie den Brief in Empfang, den Iris ihr hinhielt. Ein Rest Widerstand blieb. Aber als sie den Umschlag aufgerissen hatte und sah, was sich darin verbarg, legte sich ein Strahlen auf ihre gerade noch angespannten Züge.

«Zwei Karten für *Apassionata*, Maman!» Strahlend blickte sie mich an.

Ich konnte es nicht fassen. Eine Karte kostete 100 Euro! Ich hatte Anouk jedes Mal einen Vogel gezeigt, wenn sie mich angebettelt hatte, mit ihr zu dieser Luxus-Pferdeshow zu gehen. Treffsicher hatte Iris mit einem Schlag die Herzenswünsche meiner Töchter erfüllt, die ich aus guten Gründen verboten hatte. Beide Geschenke konnten nur auf einem Tipp von Pierre beruhen. Ich strafte ihn mit einem frostigen Blick.

«Wollen wir da zusammen hingehen, Maman?», versuchte meine Tochter, den in ihren Augen begangenen Verrat wiedergutzumachen.

«Mit wem du willst, mein Engel», sagte ich bemüht diplomatisch und lächelte, wobei ich hinter dem Rücken eine Faust ballte.

«Jetzt essen wir erst mal Kuchen», erklärte Iris, als sei es das Normalste der Welt, mittags um eins eine Kaffeetafel zu veranstalten. Fassungslos schüttelte ich den Kopf. Mit zurückgezogenen Schultern ging Iris voraus in die Küche, als wäre sie hier die Gastgeberin. Wir folgten ihr gehorsam. Aus den Boxen auf dem Küchenschrank ertönte langsamer Jazz. Auf dem gedeckten Tisch standen zahlreiche bunte Teigkreationen, als hätte ein Star-Pâtisseur seine Köstlichkeiten auf unserem Esstisch ausgelegt. Den Kuchen habe Iris mitgebracht, steckte mir Pierre, als müsste ich sie dafür umarmen. Überhaupt, wie es hier aussah! Die Küche war blitzeblank, als hätte mein Ex für einen Staatsbesuch einen Putztrupp durchgejagt.

Kaum hatten wir uns alle gesetzt, am Kopfende Pierre, rechts und links von ihm Iris und ich und neben uns die Mädchen, stand meine Nachfolgerin schon wieder auf. Für eine Hochschwangere war sie erstaunlich agil. Mit einer Kuchengabel in der Hand ließ sie die Augen über die Leckereien streifen, in angestrengter Überlegung, welches Törtchen zu welchem Gaumen passte. Dann beugte sie sich zu Pierre und legte ihm die freie Hand auf den Arm.

«Für dich eine fruchtige Himbeere umhüllt von zarter Pistazienmousse auf Nougatboden, was meinst du?», säuselte sie.

Ich verschluckte mich an meinem Kaffee und hustete laut.

Pierre machte sich vorsichtig los und sah mich entschuldigend an. Dennoch hielt er Iris seinen Teller hin. Sie tat ihm auf und wandte sich dann an ihr nächstes Opfer.

«Und du, Anouk, zu dir passt die Tarte Paysanne, habe ich recht?»

Ich blickte zu meiner großen Tochter. «Fehlanzeige, Anouk mag keine karamellisierten Äpfel», versuchte ich Iris einen Strich durch ihr kulinarisches Ratespiel zu ziehen.

«Doch, Maman, und ob!», fiel meine Tochter mir in den Rücken und streckte ihren Teller quer über den Tisch, um sich von Iris ein Stück geben zu lassen.

Zu Claire gewandt, die zu ihrer Rechten saß, fragte Iris nun: «Und du siehst nach einer kräftigen Tarte au Chocolat-Caramel aus, oder?»

Claire riss die Augen auf. «Yummie», frohlockte sie und machte sich über den Kuchen her, als hätte sie den kompletten Tag noch keinen Happs gegessen.

«Volltreffer», fügte Iris gut gelaunt hinzu, während ich meine Kiefermuskeln anspannte.

«Bei dir, Jette, würde ich auf Tarte Julie tippen, auf Vanillebasis mit Aprikosen. Stimmt's?»

Hatte sie, um Pierre zu imponieren, einen Kurs in französischer Lebensart belegt, oder warum gab es hier keinen stinknormalen Butterkuchen? Ohne sie zu beachten, erhob ich mich und griff nach einem Zitronenstück. «Du willst mich wohl vergiften. Ich bin allergisch gegen Steinobst!»

Iris riss vor Schreck die Augen auf und stammelte: «Davon wusste ich nichts, ehrlich.»

Ich bekam ein schlechtes Gewissen und sagte: «Sorry, Iris, du darfst mich manchmal nicht so ernst nehmen!»

Iris lachte erleichtert auf. «Dazu fällt mir ein Witz ein. Kennt ihr den: Kommt ein Mann zum Arzt: *Herr Doktor, niemand nimmt mich ernst!* Erwidert der Arzt: *Sie scherzen wohl.*» Erwartungsvoll sah sie in die Runde.

Anouk und Claire kicherten, und Pierre grinste über beide Ohren. Und ich fragte mich wieder einmal, was die beiden eigentlich miteinander verband. Dieser Humor? Eigentlich hatte ich Pierre für geistreicher gehalten.

Warum nur hatte ich das Gefühl, als sei ich hier der Fremdkörper in dieser sich neuformierenden Familie und nicht Iris? Lustlos stocherte ich in meiner Tarte au Citron herum und gab mir größte Mühe, höflich zu bleiben. Selbst dann, als Iris auf Bitten meiner Töchter weitere Witze zum Besten gab, um anschließend ausgiebig von ihrer Begeisterung fürs Töpfern und Tontaubenschießen zu berichten. Ich hätte mir am liebsten die Ohren zugehalten.

«Clairchen, merkst du nicht, dass dein ganzes Gesicht mit Schokolade vollgeschmiert ist», platzte ich mitten in Iris' Ausführungen.

Alle sahen mich entsetzt an.

«Das sieht richtig eklig aus! Du musst endlich mal ein

Gefühl dafür kriegen, du bist fünf Jahre alt!», schimpfte ich unbeeindruckt weiter, wobei ich ein gebrauchtes Taschentuch aus dem Ärmel meines Kleides zog, um Claire den Mund abzuwischen.

Doch Iris war schneller. Sie beugte sich langsam vor und grinste meinte Tochter freundlich an. «Komm mal her, du süßes Schokomonster. Das meint die Mama nicht so», sagte sie und warf mir einen verständnisvollen Blick zu, bevor sie meiner verwirrt dreinblickenden Tochter mit ihrem teuren Hermès-Seidenschal die Schokolade wegwischte. Dabei strich sie ihr sanft über den Kopf. «Wäre doch gelacht, wenn wir das nicht hinkriegen, Mäuschen.»

Während ich Iris für ihre Freundlichkeit hätte an die Gurgel gehen können, schämte ich mich gleichzeitig dafür, dass ich meine Tochter aus Frust über diese Schmierenkomödie so ungerecht angegangen war. Ich sah Claire entschuldigend an, aber die zog nur einen Schmollmund und drehte sich demonstrativ weg von mir.

Ich ließ den Blick zwischen beiden hin und her schweifen, während ich dem Impuls widerstand, Iris den Rest der Kuchenberge ins Gesicht zu werfen. Wie kam diese Fremde dazu, mir in die Erziehung zu pfuschen und meine Tochter dann auch noch Mäuschen zu nennen?

Und Pierre? Der saß schweigend da und freute sich offenbar, dass die Familienzusammenführung so wunderbar harmonisch funktionierte. Voller Bewunderung sah er Iris an, die Mutter seines dritten Kindes, und hatte vermutlich keinen Zweifel mehr daran, dass diese Frau nicht nur im Bett und in der Wissenschaft eine Granate war, sondern auch in der Kindererziehung.

Mein Körper schaltete in den Alarmmodus. Den Rest des Gesprächs nahm ich nur noch wie im Nebel war. Die verliebten Blicke, die Iris Pierre zuwarf, sobald er nur die Lippen bewegte, ihre Hand auf seinem Unterarm und die zärtlichen Gesten, mit denen sie meine Töchter bedachte.

Während sie in einem fort redete, starrte ich gedankenverloren auf ihren knallroten Lippenstift, ihre schneeweißen Zähne, die im Licht der Lampe funkelten, und auf ihre beneidenswert gerade Körperhaltung – alles strahlte Triumph aus. Doch nichts von dem, was sie sagte, erreichte mich. Stattdessen hörte ich nur noch ein monotones Rauschen. Ich sah mich um, vielleicht konnte ich die Quelle des Geräusches ausmachen. Da sah ich unsere grüne Salatschüssel auf der Anrichte, und dieser Anblick katapultierte mich mit einem Schlag zurück in die Vergangenheit.

Vor meinem inneren Auge stand Kolja, zehn Jahre alt, genau wie ich, nur einen halben Kopf kleiner und viel schmächtiger. Er hatte fast schwarze Augen und hellblonde Locken und war stumm wie ein Fisch.

Nach dem Tod seines Vaters ein paar Monate zuvor war er in die Kinderpsychiatrie eingewiesen worden. Die Trauer über den Verlust hatte ihn im wahrsten Sinne des Wortes verstummen lassen.

Mein Vater, der die Kinderabteilung leitete, hatte schließlich entschieden, ihn bei uns zu Hause aufzunehmen. Wir wohnten nur ein paar Straßen entfernt vom Krankenhaus, und er blieb einen langen Winter lang bei uns. Mein Vater erklärte mir, dass Koljas Seele schwieg, um den Tod zu verarbeiten, und dass wir ganz behutsam mit ihm umgehen sollten. Mit großer Hingabe kümmerte er sich um unser neues Familienmitglied, nahm ihn mit zur Visite, zeigte ihm, wie man Skat spielte und aus Holz kleine Figuren schnitzte. Manchmal dachte ich, Kolja sei der Sohn, den mein Vater gerne gehabt hätte.

Ich mochte ihn ebenfalls. Wir verstanden uns auch ohne Worte, was vielleicht daran lag, dass wir am selben Tag geboren waren. Ich glaube, er fühlte sich wohl bei uns. Nur wenn irgendjemand ungefiltert und laut auf ihn einredete, meist meine Mutter mit ihrer schnellen Sprechweise, kam es zu bizarren Momenten. Panikartig stülpte Kolja sich dann irgendetwas über den Kopf, einen Kochtopf oder eine Schüssel, je nachdem, was gerade so herumstand, als wollte er sich hermetisch abschotten gegen alle äußeren Reize. Oder gegen meine Mutter, dachte ich insgeheim und hätte es ihm so manches Mal liebend gerne gleichgetan. Aber das hätte einen Mordsärger nach sich gezogen.

Es dauerte nicht lange, und Kolja fand seine Sprache wieder. Er verließ uns, aber blieb uns verbunden. Mein Vater bekam bis zu seinem Tod jedes Jahr zum Geburtstag eine Postkarte von *Kolja in der Suppenschüssel.* So nannten wir ihn später in Anlehnung an Astrid Lindgrens Michel aus Lönneberga, wenn wir über ihn sprachen.

Die Erinnerung an Kolja hatte mir lange nicht mehr so lebhaft vor Augen gestanden. Beim Gedanken an sein Kopfeinziehen beschleunigte sich mein Puls. Ich guckte in die Runde und sah Iris' Mund, der nicht aufhörte, zu plappern und lieblich zu lächeln, ich sah Pierre, der sie anblickte, wie er mich seit Jahren nicht mehr angeblickt hatte, und ich sah, wie Claire und Anouk sie von beiden Seiten umkreisten und wie meine jüngere Tochter ihren Kopf auf Iris' Babybauch legte, um zu horchen. Und plötzlich dachte ich: Genau so musste es sich für Kolja angefühlt haben, die vielen Worte, die Gesichter, das laute Dröhnen wie auf einer Baustelle.

Ich will nichts mehr hören! Warum hören sie nicht auf? Sie sollen aufhören! Alles zu viel!

Ruckartig stand ich auf, nahm wie in Trance die grüne Salatschüssel und setzte sie mir auf den Kopf.

Nach einer gefühlten Ewigkeit, in der ich mir vorkam wie ein im Weltall schwebender Astronaut, isoliert von der Außenwelt und ganz im Einklang mit sich und der Stille, spürte ich, wie plötzlich zwei Hände meine Beine von hinten umschlossen.

«Maman?», flüsterte Claire hörbar verängstigt. «Was machst du da?»

Es war mir schleierhaft, wie ich aus dieser Nummer herauskommen und die berechtigten Zweifel an meiner psychischen Verfassung ausräumen sollte. Da half nur die Flucht nach vorn: Improvisieren.

«Kennt ihr den?», fragte ich und nahm langsam das Gefäß vom Kopf. «Kommt eine Frau mit einer Schüssel auf dem Kopf zum Psychiater. Fragt der Arzt: *Haben Sie ein Problem? Nee, sagt die Frau, aber einen Sprung in der Schüssel!*»

Alle lachten. Iris warf mir einen komplizenhaften Blick zu, als hätte ich diese humorige Performance nur veranstaltet, um das Eis zwischen uns zu brechen. Aber den Sprung in der Schüssel hatte definitiv Iris, nicht ich.

«So leid es mir tut, aber ich muss jetzt richtig schnell los», erklärte ich und fuhr mit meiner Notlüge fort: «Ich habe noch eine Wohnungsbesichtigung.»

Hier würde ich es keine Sekunde länger aushalten. Dieser Raum war definitiv zu eng für Iris *und* mich.

Wenig später stand ich mit geschlossenen Augen im Freien und atmete tief durch. Die kalte Winterluft tat gut. Als ich die Augen wieder öffnete, erwartete ich, wie jeden Tag, mein Konterfei auf der gegenüberliegenden Straßenseite zu sehen, das in den letzten Wochen trotz meiner Kündigung noch immer dort gehangen hatte.

Was ich jedoch heute zu sehen bekam, verschlug mir fast den Atem: Ein beinahe identisches Arrangement von Radio Elbe prangte an der Litfaßsäule. Es zeigte unsere halbnackte Redaktionspraktikantin Mia, die sich mit Telefonhörer an ihrem leicht geöffneten Schmollmund auf einem Tisch räkelte. Darüber stand: «Verjüngungskur für die Nachtbeichte. *Mamma Mia* aktiv und interaktiv, sexy und nicht auf den Mund gefallen.»

Ich musste mich gegen die massive Eingangstür unseres Hauseingangs stützen, um nicht das Gleichgewicht zu verlieren. Mamma Mia – der Name der Sendung war zugegebenermaßen nicht übel. Aber der Rest war schlichtweg gelogen: Von wegen nicht auf den Mund gefallen. Was diese unerträgliche Piepsstimme von sich gab, war ebenso dünn wie der schmale Körper, der sie hervorbrachte. Von ihrem XXL-Busen abgesehen. Sexy war das nur mit sehr viel Phantasie. Und dieses Weibchen sollte jetzt meine Sendung machen? Und dann auch noch gleichzeitig im Internetfernsehen zu sehen sein?

Das Leben war so was von ungerecht! Über Nacht hatte man mich ausgewechselt, zum zweiten Mal in nur wenigen Wochen. Warum hatte Sophie mir kein Wort davon gesagt? Wie war das mit der vielbeschworenen Frauensolidarität? Dem Ideal der großen Schwesternschaft? Eine Erfindung von Frauenzeitschriften, um ihre Käuferzahlen zu sichern? Anstatt sich zu unterstützen, klauten sich die Frauen die Männer oder die Jobs, oder sie ließen einen ins offene Messer laufen.

«Die Anzahl der sogenannten Freundinnen steigt exponentiell mit der Anzahl deiner Tragödien», hatte mir mal eine Anruferin geklagt, die nach dem Weggang ihres Mannes dreißig Kilo zugenommen hatte und plötzlich umringt gewesen war von Frauen, die sich an ihrem Unglück labten.

Nun steckte ich selbst mitten in einer Tragödie und konnte mir vorstellen, wie sie sich gefühlt haben musste. Ich fühlte mich schrecklich allein. Dies war der traurige Höhepunkt eines Tages zum Abgewöhnen. Nur die Sonne hatte noch was zu lachen. Der Himmel war strahlend blau und wolkenlos.

In einsamen Momenten wie diesen spürte ich besonders, wie sehr ich meinen Vater vermisste. Spontan beschloss ich, ihn zu besuchen, das erste Mal seit drei Jahren. Vielleicht würde mir ein Zwiegespräch mit ihm guttun.

In den ersten Jahren nach seinem Tod hatte ich den Friedhof gemieden. Sein plötzlicher Tod hatte mich derart aus der Bahn geworfen, dass ich kurz nach der Beerdigung meine Sachen gepackt und mein Studium, Hamburg und sogar Deutschland hinter mir gelassen hatte. Erst Jahre später war ich mit Pierre aus Frankreich zurückgekehrt, ohne Abschluss, aber dafür mit Radioerfahrung, die ich bei der Deutschen Welle in Paris gesammelt hatte. Inzwischen waren seit Vaters Tod siebzehn Jahre vergangen. Aber auch nach so viel verstrichener Zeit ging ich nur selten auf den Friedhof. Für mich würde es immer ein unbehaglicher Ort bleiben.

Nach einer Dreiviertelstunde in der vollgepfropften Bahn und ein paar Metern zu Fuß erreichte ich den Ohlsdorfer Friedhof. Ich war ganz steif vom langen Sitzen, und die Kälte fraß sich in meinen Körper, aber der Spaziergang tat mir gut.

Auf dem Weg zum Grab meines Vaters überholte mich ein Jogger in dunklem Kapuzenpullover und Leuchtweste. Er hätte mich beinahe gestreift, so schnell rannte er. Ich zuckte zusammen und folgte ihm mit den Augen. Ich bewunderte diese Läufer, die bei Wind und Wetter ihre Laufschuhe schnürten. Anders als ich, die mit fast vierzig noch ziellos umherirrte, kannten sie ihr Ziel, verstanden etwas vom Ankommen und konnten ihre Grenzen überwinden. Einen Moment sah ich dem Jogger noch neidvoll nach. Offenbar brauchte er keine Gründe, um sich zum Laufen zu motivieren – oder sich davon abhalten zu lassen. Dann ging ich weiter und erspähte kurz darauf die letzte Ruhestätte meines Vaters.

Dr. Peter Kröger
6. Dezember 1947–5. Mai 2000

Beim Blick auf das Todesdatum wurde mir schmerzlich bewusst, dass heute sein 70. Geburtstag gewesen wäre. Wie konnte ich das nur vergessen haben?

Ich seufzte und betrachtete das Grab. Es war gepflegt, nur ein paar vereiste Blätter lagen darauf. Meine Mutter legte hier nicht selbst Hand an, sondern hatte einen Gärtner damit beauftragt. Seit mein Vater gestorben war, hatte sie kein Wort mehr über ihn verloren. Während ich mich geweigert hatte, das Buch seines Lebens einfach zuzuklappen, schien sie es nach der Lektüre sogleich entsorgt zu haben.

Unwillkürlich kamen mir die Tränen. «Ich hab nicht mal Blumen dabei, Papusch», schluchzte ich leise. «Aber mein Leben ist gerade ein einziger Scherbenhaufen ... Ich werde noch vollkommen irre!»

Ich ging in die Knie und fegte die Blätter vom Grab. Und dann erzählte ich der kleinen Thujahecke rund um das Grab meines Vaters von meiner aktuellen Misere. Von Pierres Betrug, seinen neuen Familienplänen, von meinem Rausschmiss beim Radio und schließlich von meiner aktuellen Wohnungsnot.

«Bitte, hilf mir! Ich werde langsam genauso verrückt wie *Kolja in der Suppenschüssel.* Jetzt hab ich mir sogar schon vor den Kindern einen Salatpott auf den Kopf gesetzt wie er, weil ich nichts mehr hören und sehen wollte! Ich muss dringend raus aus der Wohnung, weg von Pierre. Bitte, Papusch, schick mir ein Zimmer. Wenn auch nur vorübergehend, bis ich etwas Eigenes gefunden habe. Leg ein gutes Wort beim Universum für mich ein, ja?», flehte ich, den Blick gen Himmel gerichtet.

«Deine Bitte wurde erhört.»

Erschrocken drehte ich mich um.

Vor mir stand ein Mann, ungefähr in meinem Alter, groß, mit stechendem Blick und dunkelblondem Haar, das unter einer St.-Pauli-Mütze hervorlugte. Ein alter grüner Parka und ein Dreitagebart verliehen ihm ein zerzaustes Aussehen.

«Ich hätte da eventuell was für dich», sagte er.

«Was hättest du für mich?», fragte ich tonlos und fragte mich, wie viel der Kerl von meiner Lebensbeichte wohl mitangehört hatte. Ich spürte die Schamesröte in mein Gesicht steigen.

«Ein Zimmer», sagte er lächelnd.

«Ein Zimmer?», wiederholte ich ungläubig.

Er legte den Kopf in den Nacken und sah zum Himmel. «Dein Wohnungsgesuch ans Universum.»

«Und wer bist du, wenn ich fragen darf?»

«Der Nikolaus.»

Ein Irrer, jetzt war es amtlich. «Der trägt aber nicht braunweiß, sondern rot-weiß», sagte ich spöttisch mit Blick auf seine Mütze.

Er machte eine abwehrende Geste mit der Hand. «Ich heiße wirklich Nikolaus, dank meiner russischen Mutter. Aber die meisten sagen Nick.»

«Und was machst du hier, *Nick?*», fragte ich, mehr aus Verlegenheit.

«Meine Lieben besuchen.» Er wies mit dem Kopf auf das Grab neben dem meines Vaters. «Und meinem biblischen Namen alle Ehre machen, wenn ich darf.»

Ich sah ihn fragend an und wischte mir verstohlen die restlichen Tränenspuren aus dem Gesicht.

Er trat näher. «Eine gute Freundin von mir hat eine Stiftung gegründet, das Hotel Carlifornia. Sie vermietet gegen einen kleinen Obolus Zimmer an Beziehungsmüde oder Frischgetrennte, Leute, die aus der gemeinsamen Wohnung rauswollen oder -müssen. Ein Notfallzimmer steht immer leer, besonders für Menschen, die mit dem Universum oder dem Nikolaus per Du sind», sagte Nick lächelnd.

Ich versuchte, es ihm gleichzutun.

Tatsächlich hatte ich schon von diesem Hotel gehört. Vor einigen Monaten hatte mich eine Frau beim Nighttalk angerufen und von der tollen Atmosphäre im Hotel geschwärmt. Ich wusste, dass hinter der Stiftung eine vermögende ältere Dame stand, die einen Großteil der Kosten trug, um Menschen aus der Beziehungshölle herauszuhelfen und ihnen Zeit zu geben zu überlegen, wie sie mit ihrem Leben weitermachen wollten. Damals hatte ich mich gewundert, dass es für so eine Einrichtung so großen Bedarf gab. Und nun erlebte ich selbst, wie schwierig es war, sich auch räumlich zu trennen. Vor allem, wenn es schnell gehen sollte.

Ich stellte dem geheimnisvollen Fremden noch einige Fragen zum Hotel. Was er erzählte, klang wie für mich gemacht. Wir unterhielten uns noch eine ganze Weile, dann gab er mir schließlich die Adresse der Einrichtung und sagte, ich solle Carla von ihm grüßen.

Dankbar für diesen Zufall und meinen guten Draht zum Universum verabschiedete ich mich und verließ den Friedhof.

6. Hotel Carlifornia

Das zweigeschossige Wohnhaus stand am Ende einer Sackgasse in Bahrenfeld, keine zwanzig Gehminuten von Pierres und meiner Wohnung entfernt. Die Fassade war aus rotem Backstein, davor ein Erker mit Balkon, der an die herausziehbare Schublade einer Handkaffeemühle erinnerte. Die typische Architektur, wie sie hanseatische Kaufleute vor allem in den 1920er Jahren hatten errichten lassen. Unmittelbar hinter dem Haus ragten hohe Nadelbäume empor, die bereits zum Volkspark gehören mussten. Mit dem Park verband ich viele schöne Erinnerungen. Bis wir unseren Schrebergarten in Altona in Besitz genommen hatten, waren wir häufig hier gewesen. Die Mädchen hatten hier Fahrradfahren gelernt und eine Linde adoptiert, unter der wir viele Picknicks veranstaltet hatten. Mir wurde ganz wehmütig zumute beim Gedanken an die schönen Stunden, die wir dort als Familie verbracht hatten. Von nun an würde ich meine eigenen Bräuche für die Mädchen und mich finden, an die sie sich später hoffentlich genauso gerne erinnern würden wie an die Dinge, die wir zu viert erlebt hatten.

Drei Treppenstufen führten hinauf zum Eingang des Hauses. Außen gab es keinen Hinweis auf die besondere Einrichtung, die sich hier laut Nick befand, oder die Bewohner. Als ich gerade klingeln wollte, öffnete eine hagere blonde Frau in Joggingklamotten und Mütze die Tür, ohne den Blick von ihrem Smartphone zu nehmen, auf dem sie konzentriert herumtippte. Um ein Haar wäre sie in mich hineingelaufen.

Sie blickte auf und fragte: «Auf der Suche nach einer Bleibe?» Dabei tänzelte sie von einem Fuß auf den anderen.

Ich nickte freundlich.

«Na, dann herzlich willkommen im Hotel Carlifornia! Erste Etage, da findest du Carla. Es ist 16 Uhr, da trinkt sie immer ihren Tee in der Neugierde», sagte sie, immer schneller auf der Stelle trippelnd, bevor sie ihr Handy wegsteckte und mit eiligen Schritten davonstürmte.

Die Neugierde? Ich blieb stehen und sah ihr nach. Noch so eine zielstrebige Läuferin, die sich bei Wind und Wetter aufraffen konnte. Bewundernswert.

Dann trat ich durch die Tür und ging die Stufen der geschwungenen Holztreppe hoch, die in weißem Lack glänzte. Die Wände waren in einem dezenten Mintton gestrichen, abgesetzt mit hellgrauen Bordüren, die gut zum Alter des Hauses passten. Schwere weiße Vorhänge hingen zu beiden Seiten des Flurfensters zum ersten Stock, durch das man den Garten sehen konnte. Dort standen ein Gewächshaus, eine kleine Datscha mit Glasdach, deren rote Farbe schon sehr abgeblättert war, eine Schaukel und zwei Bierbänke.

Ich erklomm die Stufen und gelangte an eine schöne weiß lackierte Kassettentür. Verhalten klopfte ich, erhielt aber keine Antwort.

«Hallo?» Ich trat ein und blickte mich um.

Die ganze Etage bestand aus einem einzigen großen Raum, der nur durch sein Mobiliar in zwei Bereiche unterteilt wurde. Offenbar waren hier im Zuge einer Renovierung sämtliche Wände entfernt worden. An der Stirnseite des Raumes befand sich eine ockerfarbene Kücheninsel mit einer schwarzen Schieferplatte, über der ein riesiger Adventskranz von der Decke baumelte. Davor stand ein langer Esstisch aus Eichenholz mit acht schwarzen Bistrostühlen, darüber zwei silberne Hängelampen. Im hinteren Teil umschloss eine gemütliche Sitzecke aus schwarzem Leder einen rot gemauerten Kamin, in dem ein Feuer prasselte. Bei seinem Anblick rieb ich mir unwillkürlich meine eisigen Hände, bis ich das Blut in meine Finger zurückfließen spürte. Am liebsten wäre ich gleich in einen der ausladenden Sessel am Kamin gefallen, um auch den Rest meines Körpers durchwärmen zu lassen.

Ich trat ein paar Schritte in die Richtung des Feuers und registrierte die zahlreichen Bilder an den Wänden. Sie schienen afrikanischen Ursprungs zu sein. Klare, eckige Formen in Rot- und Brauntönen auf großen Leinwänden. Drum herum gruppierten sich Dutzende bunt bemalte Holzmasken. Mein Blick wanderte von einer Seite des Raumes auf die andere. Es mussten mehr als fünfzig unterschiedliche Masken sein. Eine nahm mich besonders gefangen. Sie hatte eine ungewöhnliche Zopf-Frisur und war von eindringlicher Kraft. Etwas Geheimnisvolles ging von ihr aus. Ich betrachtete die Maske eingehend: Es war, als würden die leicht geschlitzten Augen geradewegs in den Grund meiner Seele blicken. Als ich noch näher herantrat, sah ich, dass Stirn und Wange mit Tätowierungen bedeckt waren.

«Eine Gelede-Maske der Yoruba aus Nigeria», hörte ich plötzlich eine warme Frauenstimme sagen.

Ich sah mich um und entdeckte auf einem schwarzen Lehnsessel im Erker eine Frau mit einem Buch auf dem Schoß. Sie blickte mich freundlich an.

«Sie soll für Harmonie unter den Geschlechtern sorgen», sagte sie und deutete auf die Maske. «Sie wird oben auf dem Kopf getragen, nicht vor dem Gesicht. Was glaubst du, warum sie es so machen?»

Die Frage überraschte mich, noch mehr als die Tatsache, dass die Frau mich gleich duzte. «Vielleicht um sich einen klaren, unverstellten Blick zu bewahren», antwortete ich, ohne nachzudenken.

Sie musste Carla sein, die Pensionswirtin. Ich schätzte sie auf Mitte siebzig. Das Alter stand ihr gut. Sie hatte ein schönes, schmales Gesicht, in das sich tiefe Furchen eingegraben hatten. Auf der Nase saß eine marmorierte Lesebrille, die an einer schmalen Kette um ihren dünnen Hals befestigt war. Sie trug einen dunkelgrünen Angorapullover über einer schwarzen Buntfaltenhose. Ihr raspelkurzes graues Haar erinnerte mich an Judy Dench als James Bonds Chefin «Q». Womöglich war sie mir deshalb auf eigenartige Weise vertraut.

«Entschuldigen Sie, dass ich hier einfach so hereinplatze. Ich ... Ich hatte geklopft, aber ...», stotterte ich im Versuch, meinen unerlaubten Zutritt zu erklären.

«Carla, bitte. Wir duzen uns hier alle.»

Ich nickte. «Jette.»

Sie nahm ihre Brille ab, rieb sich die Nasenwurzel und winkte mich zu sich heran. «Dann komm mal zu mir in die *Neugierde*, Jette, du siehst ja ganz verfroren aus.» Einladend deutete sie auf einen bequemen Ledersessel ihr gegenüber, auf dem eine dicke rote Wolldecke lag.

«Die Neugierde?», wiederholte ich fragend.

«Die kleine Neugierde. So wurde das Teehäuschen im Schloss Glienicke genannt, weil die damaligen Herrschaften von dort den besten Blick auf das geschäftige Leben und Treiben in Potsdam hatten. Ich habe mir den Namen ausgeborgt, weil ich als Kind dort viel gespielt habe und den Blick von hier aus inzwischen ebenso liebe.»

Es stimmte, der Name passte gut zu diesem schönen gemütlichen Fensterplatz, von wo aus man den großen Raum im Blick und eine gute Aussicht nach draußen hatte. Auf dem breiten Fensterglas klebten, passend zur Adventszeit, Schneeflocken aus Papier.

«Interessierst du dich für afrikanische Kunst?», fragte

Carla, während ich ihr gegenüber Platz nahm und die Decke über meine Beine legte.

«Nicht direkt. Ich habe nur noch nie so viele afrikanische Masken auf einmal gesehen.»

Sie schüttelte den Kopf. «Das ist noch gar nichts. Picasso hat allein hundert davon besessen. Wusstest du das?»

Ich verneinte.

«Für ihn waren Masken eine Form der Magie, die den Menschen zur Unabhängigkeit verhelfen sollte. So wie dieses Haus.» Ich hörte ein Lächeln in ihrer Stimme. «Tee?»

Ich nickte und beobachtete sie dabei, wie sie dem kleinen dunkelbraunen Holzschränkchen direkt neben sich eine filigrane weiße Teetasse und eine Untertasse entnahm und beides vor mir abstellte. Daneben legte sie eine Stoffserviette. Vorsichtig hob sie die dazu passende Porzellankanne von einem silbernen Stövchen und schenkte mir ein.

Der Duft von Anis stieg mir in die Nase. Ich nahm die Tasse zwischen beide Hände und trank einen Schluck.

Carla beobachtete mich. «Du nimmst sicher ein Vanillekipferl dazu, nicht wahr?» Sie deutete auf eine mit Weihnachtsgebäck beladene Etagere.

Erst jetzt bemerkte ich, wie hungrig ich war. Dankbar griff ich zu der kleinen silbernen Zuckerzange und nahm mir ein Plätzchen. Der Keks schmeckte so köstlich, dass ich ganz entgegen meiner Gewohnheit vor Behagen seufzte. Ich lächelte sie an.

«Woher haben Sie … äh, hast du denn all die Masken, wenn ich fragen darf?» Ich strich mir mit der Serviette die Krümel vom Mund.

Carla fächelte sich Luft zu. «Aus Afrika, wo ich lange gelebt habe. Sie bieten Schutz gegen dunkle Mächte. Auch für meine Gäste.»

«Oh, das kann ich brauchen», lachte ich.

Carla sah mich forschend an und lächelte mitfühlend. «Ich weiß, Jette. Nick hat mich schon angerufen und mich von deinem Kommen unterrichtet.»

Natürlich, das ergab Sinn.

Carla reichte mir mit der Zange weiteres Gebäck. «Nimm, soviel du möchtest.»

Ich ließ mich nicht lange bitten. «Das tut so gut», sagte ich in die angenehme Stille hinein.

Carla bedachte mich mit einem Blick, der der Wärme des Raumes und der heimeligen Atmosphäre in nichts nachstand.

«Und nun erzähl mal», forderte sie mich auf, nachdem ich die Kekse gegessen hatte und wir eine Weile still beisammengesessen hatten. Sie faltete die Hände vor sich auf dem Tisch.

«Ach, ich weiß gar nicht, wo ich anfangen soll», stieß ich ermattet hervor. Diese Situation war für mich völlig ungewohnt. Normalerweise erzählten Fremde *mir* von ihren Problemen und Sorgen, nicht andersherum. Auf einmal fand ich mich in der gegenteiligen Lage wieder: Ich öffnete mich einer mir völlig Unbekannten.

Hastig und in knappen Worten skizzierte ich meine Situation und erklärte, dass ich dringend eine Bleibe brauchte.

Während Carla meiner Erzählung gelauscht hatte, war ihre Miene zunehmend ernster geworden. Immer wieder schenkte sie mir Tee nach, nickte an den richtigen Stellen und schüttelte solidarisch den Kopf, wenn meine Stimme vor Erregung zitterte. Es tat gut, alles rauszulassen. In die Wärme ihres Blicks hätte ich mich am liebsten eingewickelt.

Als mir die Worte ausgingen, beugte sich Carla vor und nahm meine Hände. «Die Trennung mag sich für dich wie das Ende anfühlen, Jette. Aber vergiss nicht, dass sie auch ein Anfang ist. Du bist frei, deinem Leben eine neue Richtung zu geben. Und dafür bist du hier genau am richtigen Ort. Herzlich willkommen im Hotel Carlifornia. Ich würde mich freuen, wenn du eine Weile bei uns bliebest.»

Erleichtert schickte ich im Stillen ein Dankeschön ans Universum. Ich war froh, wirklich sehr froh, dass die Fügung mich hierhergeschickt hatte. Das erste Mal seit Wochen hatte ich das Gefühl, dass es, wenn auch nicht unbedingt aufwärts-, dann zumindest nicht weiter abwärtsgehen würde.

«Du hast Glück», erklärte Carla. «Letzte Woche ist ein Zimmer frei geworden, du kannst also länger bleiben. Allerdings höchstens für drei Monate. So sind die Regeln. Die Zeitbegrenzung hat sich bewährt, damit die Bewohner schnell wieder selbständig werden.»

Ich schluckte. Das klang ja beinahe nach diesem neudeutschen Mobilisierungskonzept «Fördern und Fordern». Aber es würde mir zumindest eine Verschnaufpause verschaffen.

«Ich bleibe gern», sagte ich mit fester Stimme.

Carla lächelte mich an. «Ich freue mich. Möchtest du dein Zimmer sehen?»

Ich nickte.

«Dann komm», sagte sie und erhob sich langsam.

Ich stand ebenfalls auf und folgte ihr.

«Auf dieser Etage und im Erdgeschoss befinden sich die Zimmer unserer Gäste, während ich im Dachgeschoss wohne», sagte sie, als sie den Salon durchschritt und mir die Kassettentür aufhielt.

Welch graziler Gang, dachte ich. Sie bewegte sich auf so anmutige und leichte Weise, als wäre sie einst Balletttänzerin gewesen.

Wir gingen über die Treppe in das Erdgeschoss hinunter. Im Flur zu den Zimmern stand eine Skulptur, die ich beim Heraufkommen übersehen haben musste. Es war ein lachender Elefant, hüfthoch, mit gigantischen Ohren. Er sah so komisch aus, dass ich unwillkürlich grinsen musste.

Ob er ein Symbol war für das Hotel als Elefantenfriedhof für gescheiterte Liebende? Ein stiller Ort, zu dem nur Menschen Zutritt hatten, deren Lebensentwurf gestorben war?

Carla war meinem Blick gefolgt. «Den hat Nick für mich gemacht. Er sagt, ich und der Elefant, wir seien uns ähnlich.» Sie lachte. «Aber hoffentlich nur charakterlich.»

«Ganz sicher», grinste ich. «Deine Nase hat nicht diesen Schwung im unteren Drittel.»

Ein Lächeln legte sich auf ihre Lippen, als ich hinzufügte: «Trotzdem ein schmeichelhafter Vergleich, steht der Elefant doch für Weisheit, Kraft und Klugheit.»

Und sie ergänzte feixend: «Und in diesem speziellen Fall wohl auch für große Ohren. Womit der Künstler vermutlich auf meine ausgeprägte Neugier anspielen wollte.»

Oder die Fähigkeit, gut zuzuhören, fügte ich in Gedanken hinzu.

Als ich jetzt ganz dicht neben Carla stand, fand ich sie noch beeindruckender. So zierlich und zurückhaltend sie war, sie erfüllte den ganzen Raum mit ihrer Erscheinung, und wenn sie lachte, dann schien ihr ganzer Körper zu vibrieren.

«Nick sagt immer, dass der Humor in seinen Skulpturen die Angst vor den Tiefen nimmt», fuhr Carla nun ernster fort, «und ich glaube, da ist was dran.»

Ein Künstler war dieser Mann also. Als besonders tiefsinnig und kreativ hätte ich ihn gar nicht eingeschätzt. Auf mich hatte er mit seinem bohemienhaften Erscheinungsbild eher wie ein Langzeitstudent gewirkt oder wie einer dieser hippen Werber. Tja, so konnte man sich irren.

Im Erdgeschoss angelangt, war sie, trotz unseres gemächlichen Tempos, ein wenig aus der Puste. Sie holte tief Luft, während sie sich kurz gegen das Geländer lehnte. Dann nahm sie abrupt die Schultern zurück und stellte sich aufrecht vor mich.

«Zurzeit wohnen wir hier zu viert. Die kleinen Notfallzimmer im ersten Stock sind immer nur höchstens für drei Nächte belegt.»

«Und wer sind *wir*?», fragte ich.

«Unsere Italienerin Viola und Kitti, die Sportskanone, sowie Hubertus, der wegen seines Beraterjobs nur wochenweise hier wohnt und darum eine Art Sonderstatus genießt, was das Zeitlimit angeht. Er ist unser Hahn im Korb. Und dann arbeitet hier noch –»

«Sprichst du von mir?» Ein rot glänzendes Gesicht tauchte an der Eingangstür auf, mit zwei Skateboards unterm Arm. «Das höre ich gerne.»

Vor uns stand ein großer dunkelblonder Mann mit kompakter Statur, etwa Mitte vierzig.

«Mein lieber Hubertus, wie schön, dass du wieder da bist!» Carla ging ihm entgegen und gab ihm zwei Küsschen auf die Wange.

«A geh, lang halt i's ohne euch net aus, des woaßt ja», entgegnete Hubertus in breitestem Bayerisch. Wie er so dastand mit den Händen am Gürtel, im karierten Hemd und Janker und mit diesem urigen Akzent auf den Lippen, entsprach er ganz und gar dem Klischee eines Bajuwaren, dachte ich. Fehlte nur der Hut mit Gamsbart.

Carla stellte mich vor. «Das ist Jette, sie zieht in Jonas' Zimmer.»

Hubertus und ich nickten uns freundlich zu.

Dann wandte er sich wieder an Carla und erklärte in passablem Hochdeutsch: «Ich komme geradewegs vom Flughafen. Das Jugendamt hat mir spontan einen Besuchstermin für meine Jungs angeboten, nachdem die letzten Treffen wegen … *spontaner Unpässlichkeit*», er malte Gänsefüßchen in die Luft, «ausgefallen sind. In einer halben Stunde treffe ich Fritz und Finn auf der Skaterbahn in Altona.»

Dann wandte er sich an mich und sagte ernst. «Mit einer Aufpasserin vom Jugendamt – als Schutz gegen Entführung.» Er riss die Augen auf und ließ seine Hände vor der Brust flattern. «Buh!», rief er. «Weil ich ja so ein Monster bin.» Dann lachte er bitter.

Ich musste daran denken, dass solche Auflagen normalerweise nicht ohne Grund verhängt wurden. Ob ich mehr von Hubertus' Geschichte erfahren würde?

Carla streichelte ihm über die Wange und sagte: «Diesmal muss es einfach klappen.»

Er legte den Kopf schief. «Dein Wort ins Gottes Ohr!» Bevor er den Flur hinunterging, fragte er mich: «Sehen wir uns nachher? Beim Hotel-Schmaus?»

Und Carla ergänzte lächelnd: «Viola kocht für uns, das solltest du dir nicht entgehen lassen, Jette!»

Hubertus leckte sich die Lippen. «Wer vor Glück heulen möchte, muss nur einmal ihre Pasta kosten! Sauguad!»

Mit diesen Worten verschwand er hinter einer der Türen.

Carla gab mir ein Zeichen, ihr zu folgen, und zeigte mir das Zimmer, das sich am Ende des Ganges befand.

Es war einfach möbliert mit einem großen Bett, einem alten Rosenholzsekretär und einem Einbauschrank, der hinter einer dezenten Tapete mit Blütenmotiven verschwand. Gleich daneben ging ein kleines Badezimmer ab. Schwarzweißfotografien von Wildtieren zierten die Wände. Besonders gefiel mir aber der Rattanstuhl vor dem Fenster und der alte Lederkoffer, der als Büchertisch fungierte.

Ich mochte das Zimmer. Es roch nach frischer Winterluft

und ein wenig nach Kaminrauch, der vermutlich durch die offene Tür hereingezogen war.

«Ich hoffe, du fühlst dich wohl hier, auch wenn du nur alle zwei Wochen hier sein wirst.» Ich hatte ihr von Pierres und meinem Nestmodell erzählt. «Du zahlst, was du zahlen kannst. Und was die Einrichtung angeht: Du kannst natürlich auch deine eigenen Möbel mitbringen, oder du nimmst mit denen hier Vorlieb.» Sie drückte mir ein Schlüsselset in die Hand, das auf dem Koffer gelegen hatte. «Nun lass ich dich aber alleine. Wenn du mich sprechen möchtest: Jeden Nachmittag um 16 Uhr ist Teatime in der *Neugierde*! Oder jederzeit abends bei unseren regelmäßigen WG-Essen.»

Dann schloss Carla leise die Tür hinter sich.

Ich atmete tief aus und blickte mich erneut um. Auf dem Schreibtisch entdeckte ich eine Ledermappe, wie sie in Hotels üblich waren. Darin lagen zielgruppenorientierte Broschüren von Scheidungsanwälten, Psychotherapeuten und der mir wohlbekannten Hamburger Trennungsagentur *Ex und Hopp*. Unter meinen Anruferinnen waren einige ihrer Kundinnen gewesen, die begeistert berichtet hatten, wie sie im Kreise ihrer Freundinnen Plastikdoubles ihrer Exmänner in die Luft gejagt, in der Elbe versenkt oder unter die Erde gebracht und dadurch die Kraft für einen Neuanfang gesammelt hatten. Neugierig blätterte ich in der Broschüre. Die Bilder der lebensgroßen Puppen waren phänomenal. Ich stellte mir Pierre in Gummi vor und musste lachen. Wenn ich ehrlich war, hegte ich so gar keine Rachephantasien, ich war viel zu sehr damit beschäftigt, einen Plan zu entwickeln, mit dem ich mein Leben wieder auf Spur bringen konnte.

Ich stellte meine Umhängetasche auf den Holzstuhl vor dem Sekretär und zog meine Schuhe aus. Dann ließ ich mich aufs Bett fallen. Eine Zeitlang starrte ich an die Decke. Am

Glas der großen weißen Pendelstableuchte fielen mir Fingerabdrücke auf. Ich fragte mich, von wem und von wann sie wohl stammen mochten. Vom Modell her zu urteilen, war die Lampe sicher schon hundert Jahre alt, ungefähr so alt wie das Haus. Gut vorstellbar, dass sie zum ursprünglichen Inventar gehört hatte. Nick hatte erzählt, dass das Haus vor der Stiftung einer alten Kaufmannswitwe gehört hatte, die es bis zu ihrem Tod vor zwanzig Jahren bewohnt hatte. Vermutlich waren zahlreiche ihrer Möbel hiergeblieben und konnten von der Geschichte dieses Gebäudes berichten, das mich auf seine stille Art sofort gefangen nahm.

Die Villa hatte Persönlichkeit, genau wie die Stifterin, dachte ich.

Als ich überlegte, wie viele von uns an der Liebe Gescheiterten von diesem Bett aus an die Decke gesehen, über ihre Vergangenheit und Zukunft geweint und gegrübelt hatten, fühlte ich mich das erste Mal seit Wochen nicht mehr ganz so einsam. Dennoch war mir bewusst, dass das Hotel kein Rundumsorglosheim war.

Wie ich mir innerhalb eines Vierteljahres einen neuen Job, eine neue Wohnung, ein neues Leben organisieren sollte, war mir ein Rätsel. In den Wochen seit Pierres und meiner Trennung hatte ich so gut wie gar nichts auf die Reihe bekommen. Die Arbeitsagentur hatte mir eine Frist gesetzt, bis wann ich mich arbeitslos melden musste, um Anspruch auf Leistung zu haben. Morgen stand der Termin an, von dem nichts weniger als mein Lebensunterhalt für die kommenden Monate abhing.

Langsam bekam ich das Gefühl, dass Fristen zu meinem Lebensthema wurden. Kaum war die eine abgelaufen, setzte man mir schon wieder die nächste. Wie bloß könnte ich zur Fristenbezwingerin werden?

7. Weil wir Freunde sind

Nachdem ich in meiner alten Wohnung die letzten Sachen zusammengepackt hatte, ging ich in die Küche und blieb dort auf der Türschwelle stehen, um unbemerkt meine Töchter beobachten zu können. Sie saßen am Küchentisch, während Pierre am Herd stand und Crêpes für sie zubereitete. Iris war bei meiner Rückkehr zum Glück bereits verschwunden.

Vor Anouk und Claire verteilt lagen Transparentpapiere, Scheren, Kleber und selbstgebastelte Schablonen. Ich musste genauer hinsehen, um zu erkennen, dass es sich dabei um kleine Tiere handelte. Versunken schnitt Anouk einen Fisch aus einer blauen Folie aus. Claire dagegen fuhr mit großer Sorgfalt an den Konturen einer Vogelschablone entlang. Die Art, wie die beiden dabei mit ihrer Zunge die Oberlippe berührten, erinnerte mich an Pierre, wenn er nachdachte. Erst vorhin hatte er mich genauso konzentriert angesehen.

Er war auf dem Weg in den Keller gewesen, um den Müll hinunterzubringen. Ich hatte ihn an der Eingangstür im Hausflur getroffen und ihm von meinem Zimmer im Hotel Carlifornia erzählt. Während er sich mit der Zunge über die Lippen fuhr, blickte er mich einen Moment lang wortlos an, und ich meinte, Traurigkeit in seinen Augen zu sehen. Aber dann legte er mir eine Hand auf die Schulter und sagte, dass es gut sei, endlich Fakten zu schaffen und mit unserem Nestmodell zu beginnen.

Wir einigten uns darauf, dass Pierre erst einmal das Nest hüten würde, damit ich mich im Hotel einleben könnte, bis ich ihn eine Woche später ablösen würde. Wo er dann unterschlüpfen würde, war nicht schwer zu erraten. Die Blicke, die Iris und er getauscht hatten, sprachen Bände.

«Menno!», hörte ich Claire plötzlich fluchen. «Immer kann ich nie richtig was malen.» Ihr war beim Nachziehen der filigranen Vogelfüße der Stift weggerutscht. Verzweifelt schlug sie sich die Hände vors Gesicht.

Anouk hob ihren Kopf. «Das stimmt doch gar nicht», antwortete sie sanft. «Du bist die beste fünfjährige Malerin, die ich kenne. Ach Quatsch – auf der Welt!»

Sie stand auf, ging um den Tisch herum und stellte sich hinter ihre Schwester. Dann führte sie gemeinsam mit Claire den Stift, bis sie die Krallenklippen umschifft hatten. Zufrieden schaute Claire hoch zu Anouk, und aus ihrem Blick sprach die ganze Bewunderung einer kleinen Schwester. Bei allen Zankereien liebten sich die beiden so innig, dass mir ganz warm ums Herz wurde. Mich beruhigte der Gedanke, dass sie einander hatten, gerade in dieser Zeit. Geteiltes Leid war halbes Leid.

Bei dem Gedanken machte mein Kopf eine seltsame Rechnung auf: Wenn ich die Mädchen von nun an mit Pierre teilen musste, war ich nur noch eine halbe Mutter, eine Teilzeit-Mutter. Ich versuchte mir auszumalen, wie es aussehen würde, dieses neue halbe Leben mit meinen Kindern. Genau genommen würde ich fünfzig Prozent ihres Großwerdens verpassen. Wenn ich Pech hatte, würden die wirklich wichtigen Erlebnisse in Pierres Woche fallen: der erste Liebesbrief, der erste Armbruch und wie Claire das Seepferdchen machen oder Anouk die erste gymnasiale Fünf nach Hause bringen würde. Ich würde davon, wenn überhaupt, nur aus zweiter Hand oder mit Zeitverzögerung erfahren. Sprich dann, wenn die Begeisterungsstürme nachgelassen hatten und die Tränen längst getrocknet waren. Vor meinem geistigen Auge tauchte plötzlich

Iris auf, wie sie mit meinen Töchtern jubelte oder sie mit einem Eis tröstete. Die Tage, bis diese Gedanken Realität werden würden, waren zum Greifen nah. Aufgewühlt von dieser Vorstellung, entfuhr mir ein Seufzer.

«Maman! Schau mal!», rief Anouk.

Ich trat dicht an sie heran und legte ihr eine Hand auf die Schulter, während ich mit der anderen eine Strähne ihrer Haare um meinen Finger wickelte. Unser Code für Nähe, der zum Glück sämtliche Phasen der Kindheit überdauert hatte, während der Kuss auf den Mund und das Halten ihrer Hand schon längst auf dem Index verbotener Gesten standen.

Bevor mich der Mut verließ, erzählte ich ihnen von meiner neuen Bleibe, dass ich gleich ins Hotel Carlifornia fahren und die erste Nacht in meinem neuen Zimmer schlafen würde. Ich wäre aber ganz in ihrer Nähe.

Sie reagierten so, wie ich es insgeheim erwartet hatte: gar nicht. Sie bastelten einfach weiter, als wäre nichts gewesen. Eine frühe Form der Verdrängung?

Etwas unsicher, ob es jetzt sinnvoll wäre, das Thema zu vertiefen, fragte ich: «Was wird das denn Schönes? Ein Weihnachtszoo?»

Claire entgegnete verwundert: «Nein, das wird ein Mobile für Korbinian.»

«Korbinian?» Unwillkürlich musste ich mich schütteln. «Wer in aller Welt ist das?», fragte ich.

«Na, unser kleiner Bruder!» Claire tat, als müsste mir das völlig klar sein.

Ich schluckte und sah fragend zu Pierre, der gerade eine Crêpe wendete. «Das ist doch hoffentlich nur ein Arbeitstitel, oder? Der Kleine wird ja sonst zum Mobbingopfer, noch bevor er seinen Namen aussprechen kann», sagte ich spitz.

Pierre drehte sich zu mir um. «Besser, du gewöhnst dich

schon mal dran. Der Name ist beschlossene Sache», antwortete er knapp. Dann legte er sein charmantes Lächeln auf und fragte: «Lust auf eine Crêpe Suzette?»

Ich schüttelte den Kopf. «Habt ihr nicht vielmehr Lust», wandte ich mich einem spontanen Einfall folgend an meine Töchter, «mein neues Zimmer zu sehen? Ich würde mich über Besuch freuen.»

Beide Mädchen sahen mich entgeistert an.

«Och nö», sagte Anouk genervt. «Wir wollen doch jetzt Crêpes essen und danach Bibi und Tina schauen.»

Pierre hob entschuldigend die Hände und legte den Kopf schief. «Versprochen ist versprochen. Und außerdem wird es sonst etwas spät, oder?» Ohne eine Antwort abzuwarten, taxierte er unsere Töchter. In seinen Augen lag die gleiche Mischung aus Zuneigung und Entzücken wie in meinen, wenn ich sie versonnen beobachtete. Und mir kam der traurige Gedanke, dass sich kein anderer Mensch jemals so mit mir freuen würde über die lustigen, bemerkenswerten und skurrilen Episoden im Leben unserer Kinder. Würde sich Pierre in Zukunft mit Iris kaputtlachen über Claires Wortverdreher? Und an wen würde ich mich wenden, wenn ich meine Freude über die beiden teilen wollte?

Je mehr ich darüber nachdachte, desto überzeugter war ich, dass Pierre, die Kinder und ich ein exklusiver Club bleiben würden, zu dem kein anderer Zutritt hatte, nicht mal Iris. Wie jede Familie hatten wir unsere ureigene Kultur, unseren privaten Wortschatz, der nur uns Eingeweihte zum Lachen brachte. Iris sprach ja nicht einmal *Freutsch*, wie Pierre die Melange aus unseren Muttersprachen immer nannte. Dieses eigentümliche Kauderwelsch, das wir Pierres französischem Einfluss zu verdanken hatten und das nur wir beherrschten und verstanden.

All das ging mir durch den Kopf, und mir wurde ganz wehmütig zumute. Rasch fächelte ich mir Luft ins Gesicht, um die sentimentalen Gedanken zu verscheuchen. Von nun an waren wir ein getrenntes Elternpaar mit einer festen Umgangsregelung. Alles andere war Vergangenheit. Ich entschied mich, noch gemeinsam mit ihnen zu Abend zu essen, um das Gefühl hinauszuzögern, außen vor zu sein. Ganz so schnell wollte ich das Feld nicht räumen.

Eine Stunde und einen riesigen Berg Crêpes später beugte ich mich zu Anouk und Claire, umarmte sie und versprach, sie gleich am nächsten Tag anzurufen.

Als ich zur Tür ging, kam Claire hinter mir hergestapft. Ich nahm sie auf den Arm.

«Maman, kannst du nicht doch noch mal bei uns schlafen?», bettelte sie mit feuchten Augen, als sie meinen Hals wie eine Ertrinkende umklammerte. Ihr kleiner Körper schüttelte sich vor Kummer, und ich verfluchte Pierre und mich dafür, was wir den Kindern mit unserer Trennung antaten.

Minutenlang wiegte ich meine Jüngere hin und her und streichelte ihren Kopf, bis sie sich ein wenig beruhigt hatte.

«Meine Süße», versuchte ich es mit meiner tröstendsten Stimme. «Ich bin ja ganz in deiner Nähe. Morgen ruft ihr mich an, und dann besprechen wir, ob wir am nächsten Sonntag Schlittschuh laufen gehen, ja? Danach zeige ich euch mein Zimmer. Einverstanden?»

Als eine Reaktion ausblieb, setzte ich noch einen drauf.

«Vielleicht hat ja auch das Mondshuttle noch drei Plätze frei. Auf dem Mond ist es gerade ganz warm, und wir können den ganzen Weg dahin frei unter der Decke schweben.»

Claire nickte und löste ihren Griff. Ich gab ihr einen Kuss, griff nach meiner Tasche und marschierte aus der Wohnung.

Es fühlte sich an, als würde der Boden unter meinen Füßen schwanken.

Kaum hatte ich das Hotel betreten, empfing mich eine tröstende Ruhe. Ich atmete tief ein und konnte es kaum erwarten, mich in mein neues Bett zu verkriechen. Ich war fix und fertig. Mit voll bepacktem Fahrrad war ich die ganze Strecke gegen einen eisigen Wind angefahren. Auf mein Rad konnte ich selbst im Winter nicht verzichten.

Als ich mich mit meinen Taschen der Zwischentür im Erdgeschoss näherte, schwappten Geräusche vom oberen Stockwerk herunter. Gedämpfte Musik war zu hören, die immer wieder von lautem Gelächter übertönt wurde. Hubertus' dröhnende Stimme hörte ich gleich heraus.

Mir war nicht nach fröhlicher Gesellschaft zumute. Deshalb schlich ich leise den Flur entlang zu meinem Zimmer, als mir plötzlich eine Frau um die vierzig gegenüberstand. Sie musste aus dem Raum gekommen sein, der neben meinem lag. Was für eine Erscheinung! Ihr Anblick ließ mich an Salma Hayek denken: Sie hatte dichtes dunkles Haar, das sie offen trug, volle, geschwungene Lippen, tiefgrüne Augen und Kurven, die in ihrem bordeauxroten Etuikleid gut zur Geltung kamen. Sie musste Viola sein, die Italienerin. Vor dem Bauch hielt sie eine Schallplatte von Bobby Solo, einem italienischen Schnulzensänger aus den sechziger Jahren.

Überrascht riss ich die Augen auf. Die ganze Situation hatte für mich etwas von einem Déjà-vu. Meine Mutter besaß all seine Platten und hatte mich die gesamte Kindheit über mit seinem Geträller genervt.

Viola deutete meinen angewiderten Blick ganz richtig.

«Man muss ihn nicht mögen, aber ich fürchte, er gehört zu einem italienischen Abend wie Pasta und Vino rosso», sagte sie und grinste. Dann streckte sie mir die Hand entgegen. «Jette, oder? Ich bin ein riesiger Fan deiner Radioshow, schade, dass du aufgehört hast. Aber verständlich nach der letzten Sendung ... Ich bin Viola.»

Wir gaben uns die Hand. Die Frau war mir auf Anhieb sympathisch.

«Als Kind bin ich mit Bobbys Musik in den Schlaf geschaukelt worden», überging ich ihre Schmeichelei und deutete auf die Platte.

«Mein Gott, wie kann man nur für so jemanden schwärmen?», fragte Viola und sah sich das Plattencover noch einmal genauer an. «Das ist doch kein richtiger Mann mit dieser glitschigen Ölhaube auf dem Kopf.»

«Dafür muss er einen unwiderstehlichen Augenaufschlag gehabt haben», erwiderte ich und dachte dabei an meine schwärmende Mutter.

«Und ein 1-a-Tremolo!» Sofort stimmte Viola ein zitterndes hohes C an.

Wir mussten beide lachen.

«Bobby Solo mag unwiderstehlich sein», fuhr sie fort, «aber meine Pasta ist es erst recht – überzeug dich selbst. Wir haben zwar schon gegessen, aber es ist noch genug da.»

Bevor ich mir eine gute Ausrede hätte einfallen lassen können, hatte sie mir schon die Taschen abgenommen und vor mein Zimmer gestellt. Dann zog sie mich am Arm die Treppe hoch zu den anderen.

Als wir den Salon im ersten Stock betraten, rief sie: «Ich bring euch nicht nur Bobby Solo, sondern auch die sehr nette Jette.»

Die letzten beiden Worte sprach sie in einem leichten Singsang und zwinkerte mir zu, als wollte sie sagen, dass *Die nette Jette* ebenfalls einen guten Schlagertitel abgeben würde.

Ich sah in die Runde. Mitten auf dem Tisch standen ein fünfarmiger silberner Leuchter mit heruntergebrannten roten Kerzen, deren Wachs sich schon auf dem Tisch ausgebreitet hatte, sowie mehrere Schüsseln mit Pasta und Salat. An der Stirnseite thronte Hubertus, zu seiner Rechten saß Kitti, die Hand zum Gruß erhoben. Daneben ließ sich Viola nieder. Ihr gegenüber lächelte mir Carla aufmunternd zu und winkte mich zu sich heran.

«Hier ist ein Plätzchen für dich frei, liebe Jette.»

Nachdem ich mich gesetzt hatte, drückte sie mir kurz die Hand.

«Schön, dass du gekommen bist.»

Sie machte es einem wirklich leicht. Ganz im Gegensatz zu Hubertus, der sich vorbeugte und ohne Umschweife fragte: «Dann erzähl doch mal, was dich hierherführt.»

Da ich wenig Lust verspürte, meine Lebensgeschichte vor völlig Fremden auszubreiten, schon gar nicht an einem Tag wie heute, zuckte ich nur mit den Schultern und sagte: «Ach, das Übliche, Trennung und keine Wohnung auf die Schnelle. Viel mehr gibt es da nicht zu erzählen.»

Hubertus stützte das Kinn auf die Hand und blickte mich herausfordernd an. «Komm schon, jetzt mal Butter bei die Fische, wie ihr Fischköppe sagt, wer hier im Hotel ist, trägt keine Maske mehr.» Er lachte und deutete auf die Masken an der Wand. «Keiner von uns ist hier, weil er sich mal eben so getrennt hat», fuhr er fort. Dann lehnte er sich mit einem auffordernden Lächeln zurück.

War ich hier etwa bei den Anonymen Alleinerziehenden gelandet? Oder doch bei den gar nicht so Anonymen Alkoholikern, dachte ich, als mein Blick auf die Batterie von Bierflaschen vor Hubertus und die beiden halbleeren Flaschen Wein auf dem Tisch fiel.

«Lass Jette doch erst mal ankommen», sagte Kitti. «Sie sitzt ja noch nicht mal eine Minute am Tisch, geschweige denn, dass sie hier schon eine Nacht geschlafen hat.»

Ich nickte ihr dankbar zu. Eigentlich fand ich Kitti ganz hübsch. Ich schätzte sie auf Mitte dreißig. Ihr schmales Gesicht war ebenmäßig geschnitten, sie hatte eine kleine Stupsnase und schöne blaue Augen. Doch ihre dünnen aschblonden Haare hingen ihr in langen Strähnen so tief in die Stirn, dass man kaum etwas von ihren Vorzügen sah. Auf der Nase trug sie eine viel zu große Brille, die zu ihren grauen Sportklamotten passte. Alles in allem sah sie aus, als sei sie einem DDR-Sportkader entsprungen.

Carla schüttelte den Kopf und drehte sich dann zu Hubertus. «Und du, mein lieber Freund, bist bitte nicht so neugierig!»

«Ja mei, ma wird scho amal fragen düarfa», verteidigte sich Hubertus und ging zum Kühlschrank, um sich ein weiteres Bier zu holen. Mit einem lauten Plopp öffnete er die Flasche Flensburger.

«Boa, is des a Musi», sagte er genüsslich mit Blick auf das Getränk. Er nahm er einen kräftigen Schluck.

Ich war bedient. Dieser ungehobelte Bayer war kaum zum Aushalten. Ich seufzte und wünschte mir nichts sehnlicher, als mir in meinem Bett die Decke über den Kopf zu ziehen. Hätte ich mich bloß nicht von Viola in diesen WG-Abend hineinziehen lassen! Verdammte Nein-Schwäche, daran musste ich wirklich arbeiten.

«Mogst koa Bier net, oder wos?» Ich winkte ab. Hubertus sah mich herausfordernd an. «Da hast du freilich was mit meiner Exfrau gemeinsam», sagte er abfällig, wobei er auf halber

Strecke wieder ins Hochdeutsche wechselte. Für die Tiraden über seine Ex war ihm sein bayerischer Dialekt offenbar zu schade.

«Madame hat auch nur Champagner getrunken», fuhr er fort. «Natürlich auf meine Kosten und auf meine Dusseligkeit. Lässt sich großzügig entlohnen für meine Samenspende und lacht sich daheim ins Fäustchen.»

Sein Blick wurde starr, und Viola tätschelte ihm besänftigend den Arm. Offensichtlich kannten die anderen das schon bei ihm.

«Ich kenne deine Probleme ja nicht», sagte ich, «aber es stecken nicht immer die bösen, raffgierigen Frauen dahinter, wenn eine Beziehung den Bach runtergeht.» Es klang giftiger als beabsichtigt. «Männer können –»

Carla sah mich mit einem ernsten Blick an, der mich zum Verstummen brachte. In ihren Augen lag echte Besorgnis. «Wie gut, dass man nach einem guten Essen geneigt ist, allen zu verzeihen», sagte sie und schob eine Schüssel in meine Richtung, die ein Volumen hatte, dass sie die Ration einer italienischen Großfamilie hätte fassen können. Pasta mit Pesto und frischen Tomaten.

«Sogar dem lieben Hubertus, wenn er ein Gläschen zu viel intus hat», fügte Viola an. «Nicht wahr, Hubi? Zumindest Oscar Wilde wäre davon überzeugt.»

Beneidenswert, schoss es mir durch den Kopf, wie die beiden es geschafft hatten, auf charmante Art die Spannung aus dieser Situation zu nehmen.

Um die entstandene Stille zu überbrücken, kostete ich von der Pasta. Nach den Crêpes war mit eigentlich nicht mehr nach Essen zumute. Aber ich wollte nicht unhöflich sein. Und tatsächlich, die Nudeln waren ein Gedicht. Bereits nach dem ersten Löffel konnte ich mir sogar vorstellen, Pierre zu verzeihen, dass er seinem Sohn einen so entsetzlichen Namen geben würde. Vermutlich war das ohnehin Iris' Idee gewesen.

Viola schenkte mir Wein ein und erhob ihr Glas. «Auf unsere neue Mitbewohnerin Jette!»

Wir stießen an. Auch Hubertus prostete mir zu und erklärte mit traurigem Lächeln: «Entschuldige, ich hatte heute einfach einen miesen Tag. Ich hoffe, du kriegst keinen falschen Eindruck von mir.»

Ich schüttelte den Kopf und schaufelte mir gierig zwei weitere Löffel mit Nudeln in den Mund, bevor ich Hubertus, vom Essen tatsächlich versöhnlich gestimmt, antwortete: «Längst vergessen. Du hast bestimmt deine Gründe, so über deine Ex zu reden. Hauptsache, die Kinder leiden nicht darunter.»

Er fixierte mich einen Moment und knibbelte mit Daumen und Zeigefinger am Bierverschluss. Dann kullerten ihm plötzlich dicke Tränen über die Wangen. Ich traute meinen Augen nicht: Dieser Koloss von Mann weinte wie ein Kind.

«Ich habe sie keine fünf Minuten gesehen», schluchzte er. «Als ich ihnen die neuen Skateboards geben wollte, sind sie mit den Worten weggerannt, dass sie sich nicht kaufen lassen würden.»

Er sprang auf und stiefelte mit schweren Schritten hinaus, gefolgt von Carla, die uns über die Schulter bedeutete, sitzen zu bleiben.

Viola, Kitti und ich schwiegen betreten. Schließlich durchbrach Viola die Stille und erzählte in knappen Worten Hubertus' Leidensgeschichte. Von einem Tag auf den anderen hatte ihn die Mutter seiner Kinder verlassen. Da waren die Zwillingssöhne Fritz und Finn vier Jahre alt gewesen. Wie sich herausstellte, steckte ein anderer Mann dahinter. Ohne weitere Erklärung zog sie mit dem neuen Kerl und den Jungen woandershin. Seitdem waren sechs Jahre vergangen, in denen sie nicht nur immer wieder den Kontakt zu seinen Kindern sabotiert hatte, sondern ausnahmslos alle Briefe und Geschenke zu ihren Geburtstagen ungeöffnet hatte zurückgehen lassen. In der Zwischenzeit waren sie geschieden worden, und die Ex hatte ein weiteres Kind bekommen. Ein Jahr nach der Geburt ereilte Hubertus' Nachfolger dann dasselbe Schicksal: Auch er wurde plötzlich verlassen und durfte seine Tochter nicht mehr sehen, woraufhin er sich resigniert zurückzog. Anders Hubertus: Der kämpfte weiter, auch wenn es aussichtslos schien. Denn kaum hatte er sich vor einem Gericht mehr Rechte erstritten, wechselte seine Ex mit den Kindern abrupt den Wohnort, sodass die Arie in der nächsten Stadt wieder von vorne begann, aufgrund von überlasteten Gerichten oft erst Monate später. Inzwischen hatten sich die Kinder von Hubertus entfremdet und verweigerten von sich aus den Kontakt. Ein Richter in Hamburg, dem neusten Wohnort, vermutete dahinter einen Loyalitätskonflikt und hatte das Jugendamt als Vermittler dazwischengeschaltet: Hubertus durfte seine Kinder nur noch im Beisein eines städtischen Mitarbeiters sehen, für eine Stunde im Monat.

«Hubertus ist mit seinem Latein am Ende», erklärte Viola. «Es fehlt nicht mehr viel, und er gibt seine Jungs ganz auf. Sich selbst hat er ja schon fast aufgegeben, wenn man sich seinen Bierkonsum an Abenden wie diesem anschaut.»

Nach einem Moment des Schweigens fügte sie hinzu: «So ein herzensguter Mensch, das hat er nicht verdient. Die Frau missbraucht seine Kinder doch als Macht- und Druckmittel und hat offensichtlich keine Idee davon, was sie ihren Söhnen damit antut, ganz zu schweigen von Hubi. Oder es ist ihr egal.»

Kitti schüttelte den Kopf, Ratlosigkeit stand ihr ins Gesicht geschrieben. «Wie können wir ihm nur helfen?», fragte sie nachdenklich.

Ich schämte mich, dass ich meinen neuen Mitbewohner so schnell verurteilt hatte. Nach allem, was Viola erzählt hatte, war Hubertus' aggressives Auftreten völlig verständlich.

Kitti kaute an ihren Fingernägeln. «Wir müssen uns was für Hubi und seine Jungs überlegen, und zwar schnellstens», sagte sie und stand auf, um aus einem Rucksack ihren Computer zu holen. «Es müsste etwas sein, das ihn seinen Kindern wieder näherbringt.» Sie setzte sich so, dass Viola und ich ihr über die Schulter sehen konnten. «Es gibt doch diese Foren für Trennungsväter, gut möglich, dass wir da etwas finden», überlegte sie und öffnete die Klappe ihres Laptops. Sofort fiel mein Blick auf ein altes Kinderfoto, das als Hintergrundbild eingerichtet war. Es sah Kitti verdammt ähnlich. Auch ich hatte Bilder von meinen Töchtern und mir auf dem Computer, auf dem Handy und in der Geldbörse. Plötzlich kam mir eine Idee.

«Wie wäre es, wenn wir für Hubertus eine Homepage basteln, auf der er alle Fotos, Karten und Briefe und seine Gedanken zum Großwerden und einfach alles, was er seinen Kindern mitteilen möchte, verewigen kann? Sozusagen als fortlaufendes Projekt. Dann könnten seine Söhne ihn wenigstens «digital» kennenlernen, wenn sie irgendwann dafür bereit sind.»

Viola und Kitti sahen mich überrascht an. Während sich Viola über den Tisch beugte und mir die Hand zum Abklatschen hinhielt, klopfte Kitti mir auf die Schulter.

In diesem Moment öffnete sich die Tür, und Hubi kam herein. Er schien sich etwas gefangen zu haben. «Entschuldigt. Nach meinem melodramatischen Abgang wollte ich euch zumindest noch anständig gute Nacht sagen», brummte er und versuchte ein Lächeln.

Viola klatschte in die Hände und rief: «Ach was, Hubi, halb so schlimm. Setz dich noch mal kurz zu uns. Jette hat eine super Idee!» Als er neben Viola Platz genommen und sich ein

Glas Wasser eingeschenkt hatte, wiederholte sie meinen Vorschlag und endete mit den Worten: «So hätten deine Söhne einen Beleg dafür, was du alles tust, um den Kontakt zu ihnen zu halten. Gut, oder?»

Hubi schaute sie unsicher an. «Meint ihr wirklich, dass ihnen das etwas bedeuten würde?»

Wie aus einem Mund sagten wir: «Und ob!»

«Und wenn nicht sofort», ergänzte Viola, «dann vielleicht später. Hauptsache, sie sehen, dass du dranbleibst, egal wie groß die Widerstände sind.»

Ein versonnenes Lächeln erschien auf Hubis Gesicht. «Warum bin ich da nicht selbst darauf gekommen?»

«Als Computer-Nerd interessiert dich eben nur die Technik, nicht der Inhalt», erwiderte Kitti lachend.

Er knuffte sie in die Seite. «Blödsinn, auch Nerds haben Gefühle!»

Viola zwinkerte ihm zu. «Das wissen wir spätestens seit heute, Ciccio.»

Eine Weile überlegten wir hin und her, wie wir die Seite aufbauen würden. Während ich anbot, die Texte zu schreiben, würden sich Viola und Kitti am Layout der Fotos, Bilder und Briefe versuchen. Programmieren konnte Hubi selbst.

Von neuer Hoffnung erfüllt, kam Hubi der Gedanke, den Launch der Seite durch ein wenig «Öffentlichkeitsarbeit» zu begleiten, um auf die manchmal fragwürdige Rechtsprechung der Familiengerichte aufmerksam zu machen. Am Ende seines Ideenfeuerwerks schienen ihm allerdings die Pferde durchzugehen. «Ich könnte über Facebook einen Flashmob oder eine Menschenkette für mehr Väterrechte organisieren», redete er sich in Rage. «Oder eine Sitzblockade, bei der wir uns an einen Laternenpfahl anketten! Oder wir könnten unsere Protestaktion schweigend und nackt in –»

«Keine gute Idee», bremste ihn Viola.

Vor meinem geistigen Auge sah ich diesen Koloss von Mann schon nackt in Handschellen an einen Laternenmast gekettet. Ich konnte mir ein Grinsen nicht verkneifen.

Doch Viola fand Hubis Idee offenbar weniger witzig und erklärte besorgt: «Hubi, im Ernst. Konzentriere dich doch jetzt erst mal auf das Private. Wichtiger ist doch, Zugang zu deinen Jungs zu finden.»

Kämpferisch richtete er sich auf. «Aber das Private ist politisch, das haben schon die alten Spontis gewusst.» Er streckte die Faust wie Che Guevara bei seinen Kampftiraden.

Ich ahnte, dass in dieser Angelegenheit das letzte Wort noch nicht gesprochen war. Dennoch war ich froh, Hubi wieder guter Dinge zu sehen. Ich blickte von einem zum anderen. Es war wirklich schön zu sehen, wie sie alle an ihren Lebens- und Leidenswegen Anteil nahmen und sich unterstützten. Mit Carla als guter Seele im Rücken.

Viola lächelte mich an, als hätte sie meine Gedanken gelesen: «Ciccina, du wirst auch noch merken, wie das Leben in diesem Haus einen zusammenschweißt. Hier wird niemand einfach mit seinen Problemen alleine gelassen.»

Seltsam, dachte ich, heute morgen waren Carla und die Bewohner noch Fremde für mich gewesen, und nun, nach nur einem gemeinsamen Abend, hatte ich erfahren, wie schnell man sich näherkam, wenn man sich im Schicksal verbunden fühlte.

Der Geist des Hotels war wohl schon in mich eingefahren.

8. Wenn der Amtsschimmel wiehert

Als ich am nächsten Morgen aufwachte, fühlte ich mich wie gerädert. Wir hatten noch bis nach zwei Uhr in der Küche gesessen, Wein getrunken und über Gott und die Welt geredet. Vor dem Zubettgehen hatte ich sicherheitshalber noch eine Kopfschmerztablette genommen. Das Letzte, an das ich mich deutlich erinnerte, waren die drei Averna, die Viola und ich zu den Klängen von Bobby Solo als Absacker getrunken hatten, als Kitti und Hubi längst schlafen gegangen waren. Noch jetzt war mir ganz übel davon. Viola hatte mir beschwipst erzählt, dass sie sich vor zwei Monaten von ihrem Mann Bernd getrennt hatte, weil sie ihn nicht mehr liebte. Er habe ihr daraufhin gesagt, dass er die Kinder nicht verlassen werde, schließlich sei sie es, die gehen wolle. Und so hätten sie nach langem Ringen schließlich das Modell haupterziehender Vater und Wochenendmutter gewählt, um den Kindern zu ersparen, zwischen den Eltern hin- und hergerissen zu werden.

«Einen Tod muss man wohl sterben», hatte sie traurig gesagt, «auch wenn ich jetzt für immer die Mutter bin, die ihre Kinder verlassen hat.» Das stoße bei vielen auf Befremden, weil es einfach nicht ins Bild einer liebenden Mutter passe. Ihre Worte klangen in meinen Ohren nach, und ich dachte erneut, dass es nicht immer einfach war, zwischen richtig und falsch zu entscheiden.

Ich blickte auf die Uhr und sah, dass ich spät dran war. Sehr spät. Um neun Uhr musste ich bei meiner persönlichen Arbeitsvermittlerin sein und hatte bis dahin nur noch eine halbe Stunde Zeit.

Ich richtete mich auf. Zu meinem ersten Treffen wollte ich unbedingt pünktlich kommen, schließlich durfte ich meinen neuen Status als Leistungsempfängerin nicht gefährden. Ich verfügte kaum noch über Reserven. Pierre und ich hatten meist gleich viel verdient und uns sämtliche Kosten gerecht geteilt. Obwohl Pierres Verdienst nicht gerade üppig war, hatte er nach der Trennung angeboten, die Kosten für die Wohnung und die Kinder erst mal alleine zu tragen, bis ich einen neuen Job gefunden hatte. Mich auch noch zu unterstützen, das ging über seine Verhältnisse. Und das wollte ich auch gar nicht. Ich wollte schnellstmöglich wieder eigenes Geld verdienen.

Also sprang ich auf, lief direkt ins Bad und spritzte mir mit den Händen kaltes Wasser ins Gesicht. Zum Duschen blieb keine Zeit mehr. Im Spiegel sah ich meine geröteten Augen, umrahmt von tiefen, dunklen Schatten, die ich rasch mit Concealer übermalte.

Dann zog ich mir eine schwarze Jeans, ein weißes T-Shirt und einen dunklen Blazer über, um einen halbwegs seriösen Eindruck zu machen.

Ich schnappte mir noch Mütze, Handschuhe und meine Winterjacke, warf mir meine Handtasche über und hetzte aus der Tür. Erst als ich vor dem Haus stand, bemerkte ich mit Schrecken, dass es schneite. Doch es half nichts: Eilig schwang ich mich aufs Fahrrad und trat in die Pedalen.

Auf der Straße lag ein dünner Schneefilm, und der Wind ließ mir beim Fahren den Schneeregen ins Gesicht peitschen. Ich sah kaum die Hand vor Augen. Sicherheitshalber wollte ich auf den Gehweg wechseln, als mir beim Überqueren der weiß getarnten Bordsteinkante plötzlich das Fahrrad zwischen den Beinen wegrutschte. Mit einem Satz lag ich bäuchlings auf dem Boden, mit dem Gesicht im Schnee.

Das war's wohl mit meinem seriösen Auftritt. Ich brauchte

ein paar Sekunden, bis ich in der Lage war, mich zu bewegen. Da berührte mich jemand an der Schulter. Ich zuckte zusammen.

«Sind Sie verletzt?»

Die Stimme kam mir bekannt vor. Langsam drehte ich mich um und sah nicht viel mehr als eine tief ins Gesicht gezogene St.-Pauli-Mütze und dunkelblondes, lockiges Haar, das darunter hervorlugte.

«Wieder der Nick», krächzte ich. «Du bist wohl mein Schutzengel, was?»

Als Nick mich erkannte, legte sich ein Grinsen auf sein Gesicht. «Immer zur Stelle, wenn meine Schäfchen Hilfe brauchen.»

Er reichte mir beide Hände und zog mich hoch. Als sich unsere Blicke begegneten, dachte ich, dass er etwas Vertrauenswürdiges, fast Vertrautes ausstrahlte. Er war kein Schönling im klassischen Sinne, trotzdem fand ich ihn auf seine nachlässige Weise nicht unattraktiv. Das kantige Gesicht betonte seine Männlichkeit, und seine hohen Wangenknochen, die fast schwarzen Augen und der Dreitagebart verliehen ihm etwas Verruchtes, was mir gefiel.

Als er sah, wie ich ihn anstarrte, zog er die Augenbrauen hoch. «Klebt mir noch das Müsli im Bart?», fragte er und wischte sich rasch mit der Hand übers Kinn.

«Schon weg», antwortete ich und merkte, wie ich rot anlief. Schnell sah ich zu Boden und klopfte mir den Schnee von der Hose.

Mir tat nichts weh, aber ich war bis auf die Haut durchnässt. Steif vor Kälte rappelte ich mich hoch und versuchte, mir auch den Schnee von der Jacke zu klopfen und meine zerzausten Haare zu sortieren.

«Alles in Ordnung?», fragte Nick.

Ich nickte und sah zu meinem Fahrrad, dessen Vorderreifen stark verbogen war. «Danke. Nix passiert, aber mein Rad ist wohl hinüber», antworte ich zerknirscht. «Mist! In einer Minute muss ich beim Jobcenter sein.»

Nick schüttelte ernst den Kopf. «Mit Terminverzug ist bei Behörden nicht zu spaßen.»

«Sprichst du aus Erfahrung?» Ich band mir die Haare wieder zum Zopf.

Er lächelte. «Als selbständiger Künstler bist du bei den Ämtern und Behörden quasi Dauerkunde: Gewerbeamt, Finanzamt, Patentamt, Jobcenter, Künstlersozialkasse und und und ... Damit ich nicht irgendwann durchdrehe, musste ich diesen Ämterwahnsinn künstlerisch verarbeiten», sagte er und ließ demonstrativ den Kopf sinken.

Ich sah ihn neugierig an. «Wie das?»

Nick grinste. «Ich habe Tausende Wartezettel, die ich entweder selbst gezogen und auf der Erde gefunden habe, auf eine zwei Meter hohe Pferdeskulptur geklebt. *Amtsschimmel* hieß das Werk am Ende. Der Gaul wiehert jetzt im Museum für Kunst und Gewerbe.»

Ich war beeindruckt, trotzdem fragte ich spöttisch: «Hätte sich der Gaul nicht in der Amtsstube wohler gefühlt?»

«Vielleicht, ich frag ihn, wenn ich ihn das nächste Mal besuche.» Nick lachte. «Hilft es dir, wenn ich dich mit dem Auto bringe?»

Dankbar nickte ich und schloss schnell mein Rad an einer Laterne an.

Nick fuhr einen nostalgischen bordeauxroten Kleinlaster mit einer langen Schnauze und silbernem Kühlergrill. In die beiden Kotflügel waren wie runde Pausbacken zwei große ovale Scheinwerfer aus Chrom eingelassen. Über die Holzpritsche am Heck war eine beigefarbene Plane gespannt.

«Coole Karre», platzte es aus mir heraus, als ich einstieg. Es war angenehm warm im Wagen.

«Das ist ein Framo V 901. Ein Kunde hat ihn mir netterweise als Gegenleistung für eine Skulptur angeboten. Ich bin sonst nicht für solche Schlachtschiffe ...»

Ich sah mich im Innenraum um und verzog anerkennend das Gesicht. Ich fühlte mich in eine andere Zeit versetzt. Die hellgrauen, weiß abgesetzten Retropolster waren mit Kunstleder bezogen. Die Schaltzentrale bestand aus zwei großen Rundinstrumenten und einer Gummischaltung. In einer am Armaturenbrett befestigten Vase steckte eine rote Plastiktulpe.

Ich musste schlucken. Genau so eine Vasenvorrichtung hatte es in dem alten VW Bus gegeben, mit dem meine Eltern und ich früher jedes Jahr in den Süden fuhren. Auch darin hatte immer eine rote Plastiktulpe gesteckt.

«Mein Vater hatte einen Oldtimer, einen VW T1 aus den Fünfzigern», sagte ich und zeigte auf die Vase. «So eine gab es darin auch. Ich dachte immer, das sei so ein Gag von meinem Vater, um meine Mutter mit Blumen zum Campen zu überreden.»

Nick lachte und startete den Wagen. «Nein, die gehörten nach dem Krieg fast zur Standardausrüstung, als das Auto noch so eine Art zweites Wohnzimmer war.»

Ein Gefühl der Enttäuschung machte sich in mir breit, ohne dass ich genau sagen konnte, warum. Mein Vater konnte schließlich nichts dafür, dass ich in die Vase etwas hineinphantasiert hatte.

«Wo steht denn der Bus heute?», wollte Nick wissen und hielt an einer roten Ampel.

«Auf dem Autofriedhof. Meine Mutter ließ ihn verschrotten, kurz nachdem mein Vater gestorben war. Das war wohl ihre ganz spezielle Art der Trauerbewältigung», sagte ich seufzend.

«Was für eine Sünde, das war so ein besonderes Auto!»

Es wurde grün, und Nick schaltete in den ersten Gang. Aber der Motor soff ihm ab, und er startete erneut. Nach zwei weiteren Fehlstarts sprang der Wagen endlich an.

«Das Einzige, was ich nachgerüstet habe, ist dieses Radio», sagte Nick und drehte am Lautstärkeknopf.

Aus den Boxen kam passenderweise «Hotel California» von den Eagles. Überrascht sahen wir uns an und mussten lachen. Bei der Liedzeile ... *such a lovely place* fragte er: «Du bist also tatsächlich ins Hotel Carlifornia gezogen. Wie gefällt es dir dort, wie findest du Carla?»

«Sie ist eine Seele. Ich weiß nicht, wie ich dir danken soll. Ich kann mir im Moment nichts Besseres vorstellen.»

Er grinste. «Ja, ja, *You can check out any time you like, but you can never leave*», wiederholte er eine andere Textpassage aus dem Lied. «Mir geht es genauso. Ich geh tatsächlich nie ganz weg, ich wohne zwar in einem kleinen Zimmer in St. Pauli, hab mein Atelier aber im Garten der Villa. Wusstest du das?»

Ich schüttelte ehrlich überrascht den Kopf. Die kleine, etwas heruntergekommene Laube neben dem Gewächshaus?, dachte ich, sagte aber nichts.

«Eigentlich war ich sogar gerade auf dem Weg dorthin, um eine Arbeit für einen Kunden zu holen, als ich sah, wie du deine filmreife Bruchlandung hingelegt hast. Nicht schlecht übrigens, andere hätten sich dabei wohl alle Knochen gebrochen.»

Wir lachten.

Nick manövrierte den Wagen geschickt durch den Berufsverkehr und fuhr wenig später rechts ran. Er deutete auf einen trostlosen grauen Betonbau und hielt an.

Ich beugte mich vor und sah das große weiße A auf rotem Grund. «Immerhin bin ich fast pünktlich», seufzte ich und stieg aus. Meine Uhr zeigte 9.12.

«Ich wünsche dir viel Glück», sagte er. «Du warst lang beim Radio, nicht wahr? Leider kenne ich deine Sendung nicht, aber nach allem, was ich gehört habe, bist du so gut in deinem Job, dass es sich hier vermutlich um einen einmaligen Termin handelt.» Er lächelte mir aufmunternd zu.

Bevor ich die Tür zuwarf, bedankte ich mich rasch.

Ein kurzer Gruß mit der Hand, dann war er auch schon weg. Ich sah den Pick-up davonfahren und ging durch den Schneeregen durch die Schwingtür des Gebäudes.

Nicks charmante Art gefiel mir sehr. Er hatte so eine natürliche Lässigkeit, die ich an Männern mochte. In einem anderen Leben wäre ich bei solch einem Exemplar sicher schwach geworden. Rasch tat ich diesen Gedanken als Hirngespinst einer Hormonverwirrten ab. Denn irgendwo hatte ich mal gelesen, dass wir uns leichter zu jemandem hingezogen fühlen, mit dem wir Gefahr oder einen emotionalen Moment teilen, was an der engen Verwandtschaft von Adrenalin und dem Gefühlshormon Dopamin liegt. Und nun traf ich ihn bereits zum zweiten Mal in einer genau solchen Ausnahmesituation.

Ich kramte den Brief von der Agentur hervor. Das Büro meiner Sachbearbeiterin Frau Klopp lag im dritten Stock.

Als ich aus dem Fahrstuhl stieg, prangte dort ein großes Schild: *Neukundenbereich.* Darunter stand in kleineren Lettern: «Herzlich Willkommen. Ihr persönlicher Ansprechpartner (PAP) freut sich mit Ihnen auf Ihre Zukunft.»

Na, das klang doch schon mal sehr vielversprechend. Die amerikanische Philosophie der totalen Kundenorientierung hatte also auch im Hamburger Jobcenter Einzug gehalten. Offenbar standen sich hier nicht mehr Bittsteller und Beamte gegenüber, sondern ein gleichberechtigtes Team aus sich respektierenden Problemlösern.

Suchend ging ich den langen Flur entlang. Es herrschte ziemlicher Andrang, überall warteten Neukunden.

An Zimmer 311 klopfte ich an. Keine Reaktion. Ich wartete ein paar Sekunden und klopfte erneut. Als die Reaktion ausblieb, öffnete ich vorsichtig die Tür. «Tut mir leid, dass ich hier so hereinplatze, aber ...»

«Warten Sie gefälligst, bis ich Sie aufrufe», pampte eine herrische Stimme, bevor ich den Satz beenden konnte. Ich sah eine Frau, die am Fenster stand und mir den Rücken zugewandt hatte.

Eingeschüchtert schloss ich die Tür wieder und setzte mich auf den leeren Stuhl gegenüber. Der Mann neben mir schüttelte nur den Kopf. Wenn meine PAP so ihre Freude über meine Zukunft ausdrückte, wollte ich nicht wissen, wie sie sich bei Ärger verhielt.

Es sollte nicht lange dauern, bis ich es herausfinden würde.

Nach ein paar Minuten wurde die Tür geöffnet, und eine Frau mit knallroten Haaren und einem großen, bunt gemusterten Tuch mit Vogelmotiven trat in den Flur. Oberhalb ihrer linken Brust trug sie ein Namensschild. «Fr. Klopp». Sie schien ein paar Jahre jünger und auch kleiner als ich zu sein.

«Frau Kröger?» Fragend blickte sie die Wartenden an. Als ich mich erhob, machte sie eine ausholende Bewegung und wies mich in ihr Büro.

Ich trat ein. Auf ihrem Schreibtisch stand ein roter Weihnachtsstern. An der Wand hinter ihr entdeckte ich Fotos von einem Jungen, der die Augen zusammenkniff und die Zähne fletschte, als wollte er dem Fotografen gleich an die Gurgel gehen. Ihr Sohn?

«Süße Kinderfotos, Frau Klopp. Ist das Ihrer?», versuchte ich, gut Wetter zu machen.

Doch Frau Klopp entschied sich, meine Charmeoffensive

zu ignorieren, und nahm hinter ihrem Schreibtisch Platz. «Setzen Sie sich», sagte sie und betonte damit, dass sie Berufliches und Privates trennte. Sie blätterte durch eine dünne Akte. Meine Akte.

«Tja, Frau Kröger», sagte sie, «das sieht ja düster aus. Achtunddreißig Jahre, kein Hochschulabschluss, keine Ausbildung, nur Abitur und ein bisschen gejobbt.» Sie schüttelte fassungslos den Kopf, als hätte sie in ihrem gesamten Arbeitsleben noch nie die Biographie eines solchen Taugenichts auf dem Tisch gehabt.

Demonstrativ legte ich beide Hände flach auf den Tisch und beugte mich vor. «Moment!», protestierte ich. «Was ist denn mit meiner Berufserfahrung beim Radio?»

Unbeeindruckt hielt sie ihre Nase hoch und schnupperte über den Tisch in meine Richtung. Schließlich murmelte sie etwas wie «Schnaps, auch das noch!», und fächerte sich mit der Hand frischen Wind zu, bevor sie aufsprang und das Fenster weit öffnete.

Wenn sie mich verunsichern wollte, dann war es ihr gelungen. Roch sie etwa den Averna von gestern Abend?

Bevor sich Frau Klopp wieder zu mir umdrehte, fischte ich hektisch das Mundspray aus meiner Tasche. Der Geschmack von Lakritze breitete sich in meiner Mundhöhle aus. Erfrischt und bemüht selbstbewusst fuhr ich fort: «Ich habe bei dem Sender ja nicht nur gejobbt, sondern mehr als zehn Jahre sehr erfolgreich gearbeitet und sogar meine eigene Sendung gehabt.»

«Mehr oder weniger als Freiberuflerin mit Zeitverträgen.» Sie warf mit einen scharfen Blick zu. «Prekäre Arbeitsverhältnisse, die nicht mal eine Ausbildung erfordern, sind nicht gerade die Eintrittskarte in die sozialversicherungspflichtige Beschäftigung», belehrte sie mich.

«Aber der Sender hat mich vom Praktikum direkt wegverpflichtet in eine Stelle», verteidigte ich mich. «Eine Riesenchance war das damals, da wäre ich doch blöd gewesen, die nicht zu nutzen. Wozu brauchte ich da noch ein Volontariat?»

Frau Klopp machte eine wegwerfende Handbewegung, als hätte sie diese Geschichte schon zigfach gehört. «Mein Gott, wenn ich die Erfolgsgeschichten meiner Kunden höre, frage ich mich wirklich, warum die jetzt alle vor meinem Zimmer hocken und Vater Staat auf der Tasche liegen.» Sie schloss das Fenster und zog ihren Bürostuhl näher an den Schreibtisch heran. «Tatsache bleibt, dass ich in dieser Vita keinen Grund entdecken kann, warum Sie jemand einstellen sollte. Zumal Sie ja nicht einmal über weiche Qualifikationen verfügen wie Pünktlichkeit oder gutes Benehmen.» Sie sah mich streng an. «Zu spät kommen, das sehen wir gar nicht gerne.»

Ich schielte auf meine Uhr und räusperte mich. «Eine knappe Viertelstunde ... Ich hatte einen Unfall mit dem Fahrrad.»

Frau Klopp rollte mit den Augen, als gehöre die Fahrradnummer zur schwächeren Sorte von Ausreden, die sie sich im Winter anhören musste. Dann sah sie wieder auf meine Unterlagen.

«Und soweit ich das sehe, haben Sie in Ihrem ganzen Leben nicht einmal ein Ehrenamt ausgeübt», setzte sie ihre Vorwürfe kopfschüttelnd fort.

Langsam platzte mir der Kragen: «Also in meiner Sendung konnte ich unzähligen Menschen helfen, habe Verzweifelte vor dem Sprung von der Brücke bewahrt, Ehen gerettet und Kinder mit ihren Eltern versöhnt und –»

«Das war ja wohl auch Ihr Job», unterbrach sie mich brüsk.

«Und was ist *Ihr* Job?», antwortete ich aufgebracht. «Kunden runterputzen? Gehört das zu *Ihrer* Stellenbeschreibung?»

«Ich würde es anders formulieren», sagte sie sehr ruhig.

«Mein Job ist es, Leute wie Sie erst mal ... zu zivilisieren, bevor man sie auf den Arbeitsmarkt loslässt.»

«Sie ... Sie ... unsoziale Paragraphen-Else!», schimpfte ich laut und ohne nachzudenken – und presste mir postwendend die Hand auf den Mund, als mir wieder bewusst wurde, dass ich auf ihr Wohlwollen angewiesen war.

Frau Klopp lauerte auf ihrem Stuhl und sah mich mit zusammengekniffenen Augen an.

«O Gott, o Gott, Entschuldigung», stotterte ich. «Ich wollte das nicht sagen. Ich ... Ich stehe ziemlich unter Druck, verstehen Sie? Ich will ja arbeiten. Aber in der Zwischenzeit brauche ich ein bisschen Geld zum Leben.»

Frau Klopp trank einen Schluck Tee aus einer Tasse mit der passenden Beschriftung: *Ziele habe ich genug im Leben, nur nicht genug Munition.* Dann fauchte sie: «Wenn Sie glauben, dass Sie hierherkommen, Geld kassieren und sich anschließend auf Kosten der Solidargemeinschaft in aller Ruhe die Fußnägel lackieren können, dann haben Sie sich geschnitten!»

Ich fragte mich, ob sie so wohl auch mit dem Jungen auf dem Foto sprach.

«Wer Bezüge erhält, muss sich aktiv bemühen, die Erwerbslosigkeit zu beenden», fuhr sie in perfektem Amtsdeutsch fort, während sie mit ihren Fingerkuppen auf den Tisch pochte. «Dazu gehört, allen Maßnahmen nachzukommen, die ich für wichtig erachte ... ähm, die *wir*, also die Agentur für Arbeit, für wichtig erachten.»

Ihr Blick glitt kühl über mich hinweg zur Tür, als erwartete sie bereits den nächsten Kunden.

Innerlich verdrehte ich die Augen. Das Bild von der spätrömischen Dekadenz, das sich einst ein Politiker für uns Hartzer ausgedacht hatte, war in den Köpfen offenbar immer noch präsent.

Nach einem unerträglich langen Moment des Schweigens hackte Frau Klopp plötzlich wie wild auf ihre Computertastatur ein, druckte ein paar Seiten aus und reichte sie mir. «Unterschreiben Sie das bitte!»

Ich starrte auf die kleingedruckte Schrift. «Was ist das?»

«Eine Eingliederungsvereinbarung.»

Eine – was? Himmel! Das klang ja, als wäre ich ein Exknacki auf Bewährung, der sich mittels Unterschrift wieder in die Gesellschaft integrieren sollte.

In passendem Wärterton fuhr sie fort: «Sie schreiben mindestens vier Bewerbungen im Monat. Die erste möchte ich spätestens an diesem Mittwoch sehen. Außerdem müssen Sie auf jedes Angebot, das wir Ihnen weiterleiten, umgehend reagieren und Kontakt zum potentiellen Arbeitgeber aufnehmen. Darüber hinaus gehen Sie die Schritte zur Wiedereingliederung, die wir Ihnen verordnen. Bei Vertragsbruch kürzen wir die Bezüge. Haben wir uns verstanden?»

Während ich noch grübelte, ob ich erst mit einem Anwalt sprechen sollte, bevor ich so etwas blindlings unterschrieb, griff sie zum Telefon.

«Ist noch was im Knigge frei nächste Woche, liebe Kati?», fragte sie betont freundlich ihre Kollegin. Aus dem Hörer kam unverständliches Gemurmel, auf das sie mit ausdauerndem Nicken reagierte. Schließlich flötete sie: «Dank dir, Liebes. Bis später in der Kantine!», und legte auf.

Dann kritzelte sie etwas auf einen Zettel und reichte ihn mir. «Sie absolvieren einen einwöchigen Benimmkurs. Nächste Woche Montag geht's los, pünktlich um acht Uhr! Wenn Sie nicht da sind oder zu spät kommen, werden die Leistungen um 30 Prozent gekürzt. Und jetzt unterschreiben Sie bitte.»

Ich riss die Augen auf. «Einen Benimmkurs? Wozu das denn?»

Ein hämisches Lächeln legte sich auf ihr Gesicht, das mit einem Mal frappierende Ähnlichkeit mit dem Kind auf dem Foto hinter ihr hatte.

«Das kann ich Ihnen sagen. Ungepflegt, ungehobelt, nach Alkohol riechend: Mit diesem Erscheinungsbild und Auftreten kann ich es nicht verantworten, Sie überhaupt an einen potentiellen Arbeitgeber zu vermitteln. Die hauen mir Ihre Bewerbung um die Ohren und versauen mir meine Vermittlungsquote. Also, nächste Woche –»

«Das geht nicht», unterbrach ich sie. Mir war siedend heiß eingefallen, dass ich dann die Kinder haben würde. «Ich bin nächste Woche alleinerziehend, das mit der Betreuung kann ich gar nicht so schnell organisieren.»

Sie schlug mit der Hand auf den Tisch. «Und ich bin das ganze Jahr alleinerziehend und schaffe es auch.»

Der arme Junge war wirklich ihr Sohn!

Ich stöhnte. Ob Pierre da so spontan mitmachen und die Woche mit mir tauschen würde? Das wiederum würde bedeuten, dass ich nach nur einer Nacht im Hotel heute schon wieder zurück in meine alte Wohnung ziehen musste. Und überhaupt: Die Frau war doch irre, das war ja die reine Schikane! Sobald ich wieder einigermaßen auf den Beinen war, würde ich bei der Beschwerdehotline auf den Putz hauen und mit einer Dienstaufsichtsbeschwerde drohen, so viel war sicher. Bevor ich aber Gelegenheit hatte, sie schon jetzt damit einzuschüchtern, klopfte es an der Tür.

«Moment», rief Frau Klopp unfreundlich und warf die Hände in die Luft. «Was ist nun?» Sie zeigte auf den Wisch.

Wie in Trance setzte ich meinen Namen unter den Vertrag. Was machte ich hier bloß? Und wo sollte ich mich nur so schnell bewerben? Mir war schleierhaft, wie ich bis Mittwoch eine fertige Bewerbung abschicken sollte, zumal ich meine

Unterlagen erst einmal auf Vordermann bringen musste. Ich brauchte ein aktuelles Passfoto, musste Zeugnisse einholen und meinen Lebenslauf aufhübschen.

Ich reichte ihr das Schreiben zurück. «Also, wegen der Bewerbung …», begann ich vorsichtig. «Ich weiß nicht, ob ich das so schnell schaffe. Moderationsstellen gibt es nicht wie Sand am Meer. Das braucht Zeit.»

Frau Klopp blickte mich schulterzuckend an. «Tja, wenn das so ist …», sagte sie schadenfroh und ging zur Tür, «dann versuchen Sie es doch im Callcenter. Telefonieren können Sie ja.»

Mit mühsam unterdrückter Wut griff ich nach meiner Tasche, die über dem Stuhl hing. «Callcenter? Ist das Ihr Ernst?», fragte ich entgeistert und stand ebenfalls auf.

«Sie können es auch gern *Servicekraft für Dialogmarketing* nennen, wenn das für Sie besser klingt», sagte sie und schob mich mitleidlos aus dem Raum.

Vor ein paar Wochen noch hätte ich vor so viel Ungerechtigkeit vermutlich kapituliert, aber bevor ich mich von dieser Person noch einmal würde demütigen lassen, musste ich mir etwas einfallen lassen. Ich brauchte eine bestechende Idee, die mich frei machen würde von Menschen wie Frau Klopp. Zur Not würde ich eben Klinken putzen gehen, egal ob sinnbildlich oder buchstäblich.

9. Schmiede das Eisen, wenn es kalt ist

Gestützt auf den silbernen Pferdekopf seines Gehstocks, ging unser Knigge-Tutor Otto von Hohenstein auf meinen Kurskollegen Marcel zu. «Ich will hier keine eingezogenen Schultern sehen!»

Es war Freitag, der letzte Tag des Benimmcoachings. In knapp einer Woche war Weihnachten, aber von adventlicher Stimmung war hier nichts zu spüren. Wir befanden uns in einem Seminarraum des Altonaer Jobcenters. Die Wände waren karg, Boden, Stühle und Tische in kühlem Grau gehalten. In seiner tristen Schlichtheit strahlte der Raum die gleiche Perspektivlosigkeit aus wie die Kursteilnehmer.

Statt zu antworten, ließ sich Marcel noch tiefer in den Stuhl fallen. Im Nu stand Herr von Hohenstein hinter ihm und zog mit einem kräftigen Ruck den Stuhl zu sich heran. Marcel erschrak. Die beiden hätten nicht gegensätzlicher sein können. Während Marcel mit seinem schräg aufgesetzten gelben Käppi und seinem grünen Adidas-Anzug an einen rappenden Kleinstadtgangster erinnerte, sah unser Tutor aus wie ein aus der Zeit gefallener englischer Landadeliger: gegeltes Haar, braunes Tweedsakko mit Einstecktuch und ledernen Ellbogen-Patches, dunkelgrüne Cordhose, handgenähte Budapester an den Füßen und eine stets aufrechte Haltung.

«Sie erinnern sich, was ich Ihnen zur Sitzhaltung am Tisch erklärt habe? Vorne sollte ein Fußball und hinten ein Golfball Platz haben!»

Marcel sah langsam zu ihm hoch, während er sich mit gespreizten Fingern in den Schritt fasste und vorlaut erwiderte: «Alter, hier vorne ist ja wohl locker Platz für einen Medizinball!»

Woraufhin von Hohenstein seinen Gehstock mit der silbernen Spitze flink über Marcels Schulter herabgleiten ließ, bis die Klinge fast den Stoff seiner Hose streifte.

«... aus dem schneller die Luft raus sein dürfte, als Sie das Wort ‹Alter› buchstabieren können», erwiderte er kühl, zog den Stock lächelnd zurück und richtete sich auf.

Marcel riss die Augen auf und setzte sich tatsächlich aufrecht hin. Er hatte verstanden.

Neben Marcel und mir bestand unser Kurs noch aus einer blondierten Zwanzigjährigen, die unentwegt auf ihr Handy starrte, und einem blassen Typen Ende dreißig, der noch nicht ein Wort gesagt hatte. Er wirkte so, als würde er mit offenen Augen schlafen. Anfangs waren wir noch mehr gewesen, aber unbeeindruckt von den drohenden Leistungskürzungen war der Großteil der Truppe nach den ersten zwei Tagen erst gar nicht wieder erschienen. Und so waren heute, an unserem letzten Seminartag, von anfangs zehn nur noch fünf Kniggerianer übrig, einschließlich unseres Tutors.

Mich beschämte dieses Benehmen, sodass ich mich, trotz meiner Abneigung gegen den Pflichtkurs, moralisch verpflichtet fühlte, an meiner Parkettsicherheit zu arbeiten. Als einzige von uns Kursteilnehmern folgte ich von Hohensteins Ausführungen zum gekonnten Smalltalk, zur richtigen Körperhaltung und stilechten Servietten- und Besteckkunde bei Tisch mit einer durchaus echten Aufmerksamkeit. Wer weiß, wozu es gut war.

Nicht umsonst gab es Leute, die eine Menge Geld dafür ausgaben, ihr Äußeres oder das ihrer Familie aufpolieren zu lassen. Ein bisschen Glanz konnte auch mir nicht schaden.

Knapp zwei Wochen waren nach meinem unsäglichen Termin bei Frau Klopp vergangen. Pierre hatte sich zum Glück flexibel gezeigt und war so nett gewesen, die Woche mit mir zu tauschen, sodass ich gleich nach meiner ersten Nacht im Hotel wieder in unsere gemeinsame Wohnung gezogen war. Ich rechnete es ihm hoch an, dass er mir kein schlechtes Gewissen gemacht, sondern unseren spontanen Wohnungstausch lachend unter «Nestfindungsschwierigkeiten» verbucht hatte. Eine Patchwork-Familie, so habe er kürzlich gelesen, brauche im Schnitt sieben Jahre, um sich zurechtzuruckeln, beruhigte er mich. Trotzdem nahm ich mir vor, meinen Teil dazu zu tun, dass wir das früher hinkriegen würden. Claire und Anouk brauchten eine gewisse Kontinuität und nicht spontanes Hin und Her.

Die gemeinsamen Tage waren viel zu schnell vorübergegangen. Ich war voller Tatendrang gewesen und hatte die Vormittage, wenn die Kinder in der Schule und im Kindergarten waren, dazu genutzt, meine Bewerbungen zu schreiben. Zugunsten voller Leistungsbezüge war meine erste an die Beschwerdehotline eines Telefonanbieters gegangen – Cc an Frau Klopp. Die anderen hatte ich an sämtliche Radiosender Hamburgs verschickt, mit Demotapes und Lebenslauf. Ich hoffte, dass mein Name in der Branche noch etwas zählte und ich nach der etwas unfreiwilligen Kündigung nicht «verbrannt» war. Doch ich wusste: Fässchens Arme waren zwar kurz, aber sie reichten weit.

Nachmittags war ich mit Anouk und Claire ins Schwimmbad gegangen, wir hatten zusammen gekocht und alle Spiele rauf und runter gespielt, für die wir keinen vierten «Mann» brauchten. Meine Einsatzbereitschaft hatte jedoch Grenzen.

Am Wochenende war in Anouks Schule Adventsmarkt gewesen. Aus zwei Gründen hatte ich spontan entschieden zu schwänzen: zum einen weil mir Schulevents wegen des demonstrativ zur Schau gestellten Familienglücks schon immer ein Graus gewesen waren. Ich konnte diesen Helikopter-Müttern einfach nichts abgewinnen, die überall und ständig dabei waren und mit den sonnigen Erfolgen ihrer Kinder und Gatten prahlten. Ein einziger Schrei nach Anerkennung. Sie erinnerten mich an meine Mutter, mit dem Unterschied, dass diese vor anderen nicht mit mir angab, sondern vor mir mit allen anderen. Der zweite Grund, nicht hinzugehen, war, dass ich kaum jemanden kannte. Vor unserer Trennung hatte ich mich aus schulischen Angelegenheiten weitgehend rausgehalten. Wegen meines Nachtjobs hatten Pierre und ich die Aufgaben irgendwann aufgeteilt. Alles, was mit der Schule oder dem Kindergarten zu tun hatte, war Pierres Bereich. Ebenso die Elternabende, Bastelnachmittage oder auch die Obst-Mandalas und Käse-Igel, die zu diversen Feiern mitgebracht werden sollten und die schon wegen Pierres kreativem Händchen für kulinarische Kreationen in seine Zuständigkeit fielen. Ich hatte mich dafür um die Hobbys der Mädchen gekümmert und war mit ihnen zum Ballett und zum Schwimmen gegangen.

Doch nun musste ich mich diesem Mütterwettbewerb wohl oder übel stellen, denn beim Nestmodell funktionierte Pierres und meine Vereinbarung natürlich nicht mehr. Aber weil Rom schließlich auch nicht an einem Tag erbaut wurde, hatte ich mich beim schulischen Adventsmarkt noch ein letztes Mal gedrückt und mir stattdessen ein gutes Alternativprogramm einfallen lassen. Anouk hatte zwar gemault, schließlich war sie lange Nachmittage damit beschäftigt gewesen, mit Pierre zusammen Strohsterne für die Tombola zu basteln. Außerdem würden alle ihre Freundinnen da sein. Aber mit der

Aussicht, stattdessen auf den Hamburger Winterdom am Millerntor-Stadion zu gehen, konnte ich sie schnell bestechen. Nie zuvor war ich mit ihr auf einer Kirmes gewesen, denn eigentlich hasste ich diese Menschenmassen, dieses grelle Blinken zur lauten Charts-Musik. Und dann noch die schrillen Ansagen der Marktschreier, die aussahen wie aus einem drittklassigen Zombiefilm! Gegen das Elternbattle auf dem Adventsmarkt war der Dom jedoch allemal das harmlosere Übel. Und am Ende hatte ich es trotz meiner Kirmes-Allergie sogar genossen, Anouk dabei zuzusehen, wie sie sich lachend und jauchzend im Überkopf-Karussell überschlug, mit Claire zusammen Riesenrad fuhr und Maiskolben, Crêpes und Zuckerwatte in Rekordzeit verschlang.

«Fräulein Jette», unterbrach Herr von Hohenstein meine Gedanken in verschwörerischem Ton. Wir waren am Ende der letzten Stunde angelangt, und er gab jedem von uns noch etwas mit auf den Weg. «Wenn ich Ihnen noch einen Rat geben darf: Achten Sie auf Ihre Erscheinung. Die ersten Sekunden entscheiden darüber, wie man eingeschätzt wird.» Mit einer dezenten Kopfbewegung deutete er auf meine Bluse.

Ich sah an mir hinunter und entdeckte einen großflächigen, milchigen Spritzer unterhalb meiner Brust, den ich mir in der Pause am Cappuccino eingefangen haben musste.

«Wissen Sie, was ich meinen Kunden in den verschiedenen Kursen predige?», fragte von Hohenstein und beugte seinen Kopf vor, als würde er mir nun das ultimative Weltengeheimnis verraten. Er wartete nicht auf meine Antwort, sondern fuhr fort: «Der Erfolg im Leben hängt nur zu einem geringen Teil von Fleiß oder Leistung ab.»

Ich dachte beschämt an meine streberhaften Versuche, sämtliche Knigge-Regeln auswendig zu lernen.

«Weitaus wichtiger ist die Außenwirkung! Kurzum: Erscheinungsbild und souveränes Auftreten, Selbstmarketing und die richtigen Kontakte.» Dann stieß er plötzlich seinen Gehstock wie einen Säbel in meine Richtung. «Wollen Sie ernsthaft einen neuen Job finden, Jette?»

«Natürlich!», presste ich heraus, während ich überlegte, wie es wohl im Allgemeinen um meine Außenwirkung bestellt sein mochte. Ich gestand mir ein, dass es in dieser Hinsicht noch Optimierungsbedarf gab. Ich hatte mich um keinen dieser vermeintlichen Erfolgsfaktoren je aktiv gekümmert, am wenigsten um mein äußeres Erscheinungsbild.

Es war nicht so, dass ich mit meiner Natur haderte, aber die ungeschminkte Wahrheit war, dass ich sie eben auch nicht mehr zum Blühen brachte. Vermutlich hatte ich mir zu lange schöngeredet, dass mein in Wahrheit nachlässiger Look einfach lässig und praktisch sei. Ebenso wie die Pfunde zu viel, die mich zwar störten, gegen die ich aber nie ernsthaft angegangen war. Ich hatte mich darauf ausgeruht, dass mein persönliches Laissez-faire beruflich gesehen keinen Nachteil mit sich gebracht hatte. Als Radiomoderatorin waren meine Stimme, meine Sprachgewandtheit und mein Einfühlungsvermögen, nicht etwa mein Aussehen und mein Kleidungsstil die entscheidenden Kriterien gewesen. Bei meiner Nachfolgerin Mia war es offenbar genau umgekehrt. Davon hatte ich mir am gestrigen Abend im wahrsten Sinne des Wortes ein Bild machen können.

Spät noch hatte ich mit Viola bei einem Glas Rotwein und einer Meeresfrüchtepizza im Salon zusammengesessen. Als die große Kuckucksuhr über dem Kühlschrank Mitternacht schlug, wollte ich mich ins Bett verabschieden.

«Nix da, Ciccina.» Viola hielt mich zurück und tippte etwas in ihr Smartphone ein, bevor sie es vor uns auf den Tisch legte. «Es wird Zeit, dich mit der traurigen Wahrheit zu konfrontieren. Lass uns mal schauen, wie Mama Mia die unruhigen Geister, Nachtschwärmer und einsamen Herzen vom Schlafen abhält.»

«Vermutlich mit ihren Möpsen …»

Bisher hatte ich erfolgreich vermieden, mir die Sendung meiner Nachfolgerin anzutun.

Bei der Vorstellung, dass meine dusselige Expraktikantin anders als ich nicht nur zu hören, sondern per Livestream auf der Website des Senders auch zu sehen war, sackte ich tiefer in meinen Stuhl. Aber vermutlich machte die Bildschirmvariante eines vollbusigen jungen blonden Püppchens mehr Sinn – und Quote, dachte ich gequält.

«Verjüngungskur» hatte der Sender es genannt. Verdummungskur traf es weitaus besser, fand ich, als ich das ganze Ausmaß der Katastrophe sah.

In einem engen schwarzen Bleistiftrock und einer roten Bluse mit erwartungsgemäß tiefem Ausschnitt wedelte Mia wie eine strenge Lehrerin rechthaberisch mit ihrem Zeigefinger vor der Kamera herum und piepste in die Kamera: «Ruft mich an zum Thema: Kein Recht auf Faulheit.»

Eine Sendung mit einem derart reißerischen Titel hätten wir in meiner Zeit nie und nimmer gemacht, dachte ich unglücklich. Der erste Anrufer war ein Mann namens Sebastian, der aufgrund eines Motorradunfalls im Rollstuhl saß und seitdem arbeitsunfähig war. Während er davon erzählte, wie gerne er arbeiten würde, es aber nicht mehr konnte, zappelte Mia wie auf Ecstasy vor der Livecam herum und grinste dummdreist in die Kamera. Es fiel ihr merklich schwer, ihn aussprechen zu lassen.

«Ich sag immer, geht nicht, gibt's nicht!», stieß sie schließlich hervor, als ihr «Gesprächspartner» kurz durchatmete. «Arbeite doch einfach im Sitzen», riet sie ihm, sichtlich erfreut, dass ihr so rasch eine Lösung für sein Problem eingefallen war.

Ich glaubte, mich verhört zu haben. Viola und ich sahen uns schockiert an. Aber bevor Sebastian etwas erwidern konnte, setzte Mia bereits zum Schlussakkord an. «Also hock nicht rum und heul, sondern mach was aus deinem Leben.»

Dann warf sie ihn ohne ein weiteres Wort aus der Leitung und schaltete den nächsten Anrufer live. Das ganze Gespräch war nicht länger als dreißig Sekunden gewesen; meine Nachwehen hielten dafür umso länger an. Welch menschenverachtende Freakshow hatte diese dumme Nuss in nur wenigen Wochen aus meinem Baby gemacht!

Noch immer schnürte sich mir der Hals zu bei dem Gedanken an die gestrige Sendung.

Bei den Senderchefs schien Mias marktschreierische, sexy Zurschaustellung anzukommen, was mich zu der Frage führte, ob mir letztlich meine mausgraue Durchschnittlichkeit zum Verhängnis geworden war. Aber wann ist sie zu einem Zeichen von Schwäche geworden, ohne dass ich es bemerkt hatte? Wann war ich zu einem Mängelexemplar geworden? Wann hatten meine stärksten Waffen, meine Schlagfertigkeit und meine Empathie, ihre Bedeutung verloren? Und wann hatte die Verpackung über den Inhalt gesiegt?

«Also, Jette, warum sollte ich Sie einstellen?» Von Hohenstein holte mich aus meinen Gedanken zurück in die Gegenwart. Die anderen Kursteilnehmer waren längst gegangen. «Wenn ich Sie doch auch in einer optisch ansehnlicheren, geschliffeneren und ehrgeizigeren Version bekommen könnte?» Seine Worte waren hart. Er schien vergessen zu haben, welch hohen Wert Knigge dem gegenseitigen Respekt beimaß.

Und dennoch: In einem Anflug schonungsloser Ehrlichkeit gestand ich mir ein, dass er nicht ganz unrecht hatte.

Während ich lieber träge vor mich hin rottete und jeden Tag älter, aber nicht weiser wurde, hatte ich tatenlos dabei zugesehen, wie andere mich überrannten und dorthin marschierten, wo das wahre Leben spielte.

Die Bilanz meiner spontanen Nabelschau war vernichtend. Wenn meine Außenwirkung über den Job oder damit sogar über mein Glück entschied, hatte ich definitiv schlechte Karten. Was Knigge-Experte von Hohenstein mir sogleich bestätigte.

«So jedenfalls wird das nichts. Streben Sie nach Perfektion, Jette! Wenn Sie erfolgreich sein wollen, ist eine perfekte Hülle schon die halbe Miete: das tadellos sitzende Kostüm, die geschliffene Sprache, die gerade Haltung, eine gewisse Kulturbeflissenheit und makellose Zähne, verstehen Sie?»

Verunsichert sah ich ihn an. «Ich weiß nicht.» Ich dachte an Mia, die alles andere als kulturbeflissen und eloquent war. «Und was ist mit diesen erfolgreichen, hippen It-Girls? Da sitzt doch nichts tadellos außer den gemachten Brüsten.»

«Das sind keine echten *Marken*, sondern nur sehr kurzfristige Erscheinungen. Trends, die kommen und gehen. Langlebige, solide Marken aber sind ein Versprechen, sie sind begehrt, können sich durchsetzen und einen hohen Preis verlangen. Denn sie sind authentisch, eben weil Verpackung und Inhalt stimmen.» Nach einer Pause fuhr er schmeichelnd fort: «Sie, liebe Jette, haben Markenpotential, das wissen Sie. Sie brauchen es sich nur zu beweisen, im Job, aber auch als Frau und Mutter.»

Puh! Gut zu erfahren, dass ich bisher lediglich unter meinen Möglichkeiten geblieben bin. Im Umkehrschluss attestierte von Hohenstein mir Luft nach oben, was ich erfreut zur Kenntnis nahm.

«Und mein Alter? Ist das etwa kein Hindernis?»

«Nicht wenn sicheres Auftreten, Routine haben und Selbstbewusstsein die Pfunde sind, mit denen Sie wuchern können. Stichwort Eigen-PR», sagte er, als doziere er vor einem vollen Hörsaal. «Wollen Sie Ihr Leben selbst gestalten oder es von anderen gestalten lassen?»

Ich nickte begeistert. «Selbst gestalten, natürlich!», rief ich.

«Dann werden Sie zu einer Marke!», feuerte er mich an. «Setzen Sie sich große Ziele, starten Sie Ihre Ich-Kampagne, optimieren Sie sich selbst, holen Sie das Maximum aus sich raus, dann können Sie alles erreichen, auch das Unmögliche!»

Was nüchtern betrachtet klang wie einem gewöhnlichen Lebensratgeber entnommen, rauschte plötzlich ohne Umwege über Zweifel, Relativierung und Erfahrungscheck direkt in mein Motivationszentrum und entzündete dort ein Feuerwerk. Ich hatte das Gefühl, dass vor mir die Tür zu jener großen Veränderung aufgegangen war, die ich mir schon lange sehnlichst herbeigewünscht hatte. Nun musste ich nur noch hindurchschreiten. Das war es! Das konnte der Weg sein, auf dem ich mich von den Klopps, Mias, Fässchens und Fristen dieser Welt würde befreien können!

Ich war kurz davor, meine Zustimmung ekstatisch hinauszuschreien, als mir etwas einfiel: «Eine Frage hätte ich noch, Herr von Hohenstein. Warum geben Sie sich mit so hoffnungslosen Fällen ab, denen so ein Kurs von der Agentur für Arbeit zwangsverordnet wurde?»

Von Hohenstein zwinkerte mir zu. «Exzellente Frage, die uns zur Königsdisziplin des Selbstmarketings führt: die des perfekten Ehrenamts, das einen im Idealfall schmückt wie ein tadellos sitzender Maßanzug. Soziales Engagement als Imagegewinn, verstehen Sie?»

Ich nickte, ernüchtert und bewundernd zugleich.

Zufrieden sah von Hohenstein mich an. «Schmieden Sie das Eisen, wenn es kalt ist, Jette, dann lösen sich Ihre Probleme von ganz allein. Vorbeugen ist besser, als zu scheitern.»

Gedankenverloren sammelte ich meine Sachen zusammen und verließ den Raum. Sicher, Herr von Hohensteins Weisheiten troffen nur so vor Pathos, aber unterm Strich würde von seinem Vortrag allerhand Brauchbares übrig bleiben. Der Gedanke, meine jahrelange Lethargie endlich zu überwinden, ließ mich nicht mehr los.

10. Kampf der Wölfe

Als ich abends den Salon betrat, saßen alle, einschließlich Nick, an der langen Tafel, vor sich Schälchen mit grünen Oliven, Baguette und jeweils ein Glas Rotwein. Leise Musik kam aus den Boxen, Feuer brannte im Kamin, und aus der Küchenecke zog der Duft von Lammbraten herüber. Mir lief das Wasser im Mund zusammen. Wenn Viola zum Essen einlud, ließ sich keiner von uns zweimal bitten. Sie kochte wie eine Göttin und schaffte es, genau wie Carla, mit müheloser Leichtigkeit, eine behagliche Stimmung herzustellen.

Überhaupt war das Hotel ein Ort, der es einem leichtmachte, sich zu Hause zu fühlen. Meine Mitbewohner gaben mir ein Gefühl von Geborgenheit, das ich lange nicht mehr verspürt hatte. Im «normalen» Leben wären wir uns wahrscheinlich nie begegnet, und wenn, wären wir vermutlich nicht so schnell vertraulich geworden. Umso mehr freute es mich, dass uns der Zufall zusammengeführt hatte und wir uns trotz unserer Unterschiedlichkeit so gut verstanden.

An Viola mochte ich besonders ihr Temperament und ihre Herzlichkeit. Carla strahlte eine große Weisheit und Wärme aus. Kitti bewunderte ich für ihre unerschütterliche Disziplin, und Hubi hatte etwas Gemütliches, Unverfälschtes an sich. Und Nick? Zu ihm hatte ich mir noch keine endgültige Meinung gebildet. Er machte mich neugierig, ich mochte seinen Humor und diese Leichtigkeit, mit der er durchs Leben zu gehen schien. Gleichzeitig machte ihn diese Unbeschwertheit so wenig greifbar, was mich irritierte. Seit meinem Fahrradunfall waren wir uns nicht mehr begegnet. Umso überraschter war ich, ihn hier anzutreffen. Das blaue Fischerhemd, das er trug, stand ihm gut.

Als er mich sah, rückte er den Stuhl neben sich zurecht.

«Das ist aber ausnehmend aufmerksam», sagte ich und verbeugte mich leicht. Dann stellte ich die mitgebrachte Flasche Prosecco auf den Tisch und setzte mich.

«Aber für jemanden mit Knigge-Diplom doch wohl das Mindeste», erwiderte Nick lachend.

«Und was ist mit mir?», warf Hubi ein. «Ich bemühe mich doch auch um geschliffenes Benehmen, aber mich hofiert mal wieder keiner.»

Nick klopfte Hubi auf die Schultern. «Bemühen reicht manchmal nicht», frotzelte er, bevor er in sein Baguette biss. «Du weißt doch, du kannst den Jungen aus dem Ghetto holen, aber nicht das Ghetto aus dem Jungen.»

«Was du soeben bewiesen hast, Nick», rügte ich im Ton einer unerbittlichen Gouvernante. «Erstens: Baguette nicht abbeißen, sondern in Stücke brechen. Und zweitens: Nicht mit vollem Mund sprechen.»

Nick verschluckte sich fast. «Du bist ja strenger als meine Großeltern!»

Carla lachte laut auf. «Von wegen. Deinem Vater wurde noch ein Besenstiel auf den Rücken gebunden, damit er gerade sitzt. *Drill für den feinen Unterschied* haben deine Großeltern das genannt.»

Ich betrachtete Nicks Gesicht im Profil, seine dichten schwarzen Wimpern, den kantigen Unterkiefer und die Bewegungen seines Mundes, der sich jetzt zu einem breiten Lachen formte. Auf seine zerzauste Art sah er ziemlich gut aus.

«Das stimmt, bei ihnen wurde Etikette großgeschrieben. Alte ehrwürdige Winzerfamilie, alles sehr gediegen und streng. Wenn ich meinem Großvater die Hand zur Begrüßung hinstreckte, blaffte er mich mit seiner tiefen, rauchigen Stimme an: *Junge, warte, bis ich dir die Hand reiche. Rang vor Alter!* Woraufhin er mir die Hand zerquetschte, um dann nachzulegen: *Dein Griff muss fest sein, Junge, ich möchte keine tote Scholle anfassen.* Der Mann war ein Monster.»

Wir kicherten.

«Das nun nicht», lenkte Carla ein, «aber ein Sympathieträger war er auch nicht unbedingt.» Sie nahm einen Schluck Wein. «Einmal, auf einer seiner Soireen, trug ich ein hochgeschlossenes Kleid, das über den Knien aufhörte. Ganz modern zu der Zeit. Da sagte er zu mir: *Ignoranz und schlechter Geschmack sind keine Entschuldigung für unpassende Kleidung. Geh dich umziehen.*»

Ich war überrascht zu hören, dass die beiden eine so lange gemeinsame Geschichte hatten.

Viola offenbar auch, denn sie fragte: «Woher kennst du Nicks Großeltern überhaupt?», fragte sie.

Carla räusperte sich. «Ich war ein paar Jahre mit Nicks Vater Gisbert verheiratet. Nick ist der Sohn aus seiner zweiten Ehe. Mein Bonus-Sohn. Wir haben uns aber erst lange nach Gisberts Tod kennengelernt», sagte sie und drückte Nicks Hand. Dann war Carla also quasi Nicks Stiefmutter. Die Wärme, mit der Nick sie ansah, beschleunigte meinen Puls.

«Wie hält man es mit so einem Schwiegervater nur aus?», fragte Kitti.

«Indem man die Flucht ergreift, nicht wahr, Carla?», antwortete Nick anstelle seiner Fast-Stiefmutter.

Ein trauriger Ausdruck trat in ihre Augen. «Oder in die Flucht geschlagen wird.»

Wir sahen die beiden fragend an. «Also, das müsst ihr jetzt aufklären», bat Hubi ungeduldig.

Nick nahm einen Schluck Rotwein und begann zu erzählen. «Mein lieber Opa hat sich zum Ersatzpapa erklärt, nachdem mein richtiger Vater schon früh verstorben ist. Er sah es als seine Aufgabe, mich in guter alter Familientradition mit Strenge, Härte und Disziplin zu erziehen. Man kann ihn sich ein bisschen vorstellen wie den Paten. Er gibt dir einen Handkuss als Zeichen seiner Ehrerbietung, bevor er dich verschwinden lässt.» Er lachte verhalten. «Nur dass ich vorher noch schnell untergetaucht bin. Als ich kurz nach dem Tod meiner Mutter statt des Abiturs eine Ausbildung als Steinmetz machen wollte, hat mein Großvater mich vor die Wahl gestellt: Entweder Abitur, oder ich fliege in hohem Bogen raus. *Junge, in unserer Familie wird man seit Jahrhunderten Winzer, nicht Künstler und Anarchist gegen die soziale Ordnung*. Eine Woche vor der mündlichen Prüfung bin ich dann gegangen. Die beste Entscheidung meines Lebens.» Ich guckte ihn verdutzt an. Beide Eltern so früh verloren zu haben muss sehr schlimm gewesen sein für Nick. Kein Wunder, dass zwischen Carla und ihm eine so tiefe Verbundenheit herrschte.

«Ist es dir nicht schwergefallen, den Kontakt aufzugeben?», fragte Viola.

Nick schüttelte den Kopf. «Nein, das war der Preis für die Freiheit. Ich wollte mich nicht für die falschen Erwartungen anderer opfern. Das haben schon andere vor mir getan.» Nick drückte Carlas Hand und warf ihr einen verstohlenen Blick zu, den ich mir nicht erklären konnte.

«Als Künstler braucht es wahrscheinlich diesen Widerspruchsgeist, oder?», fragte Kitti.

«Ich glaube, den brauchen wir alle», sagte Nick. «Wer lässt sich schon gerne herumschubsen.»

Carla nickte. «Manchmal muss man Entscheidungen treffen, die weh tun. Man kann nicht immer alle glücklich machen.»

«Darauf trinke ich», sagte Viola bitter und leerte ihren Wein. Ihr Gesicht hatte alle Farbe verloren. Sie sah plötzlich traurig aus. Vermutlich dachte sie an ihre Entscheidung, ihre Jungs zurückzulassen.

Auch Carla musste ihren Stimmungswechsel bemerkt haben, denn sie klatschte in die Hände. «Aber was sagt uns diese Geschichte: Selbst in der größten Niederlage gibt es die Hoffnung auf einen Neustart, nicht wahr, ihr Lieben? Ohne meine Krankheit zum Beispiel würde ich noch heute jeden Morgen mit einer Zigarette beginnen.»

Ich wusste, dass Carla seit einem halben Jahr an Diabetes litt und ihr Leben radikal umstellen musste. Sie hatte aufgehört zu rauchen, bewegte sich mehr, trank kaum Alkohol, maß mehr oder weniger zuverlässig ihre Zuckerwerte, versuchte ihr Essen zu berechnen und spritzte sich Insulin. Da diese komplizierte Krankheit aber eiserne Disziplin und Selbstkontrolle erforderte, war Carla noch immer nicht optimal eingestellt. Ihre Vorstellung eines erfüllten Lebens machte es ihr schwer, allzu konsequent zu sein und vor jedem Essen Kohlenhydrate zu zählen, statt sich wie früher einfach nur dem Genuss und der Lebensfreude hinzugeben. Häufig klagte sie über Kurzatmigkeit, Schwindel und weiche Knie, kämpfte gegen eine ständige Müdigkeit und hohe Blutzuckerwerte an.

«Also lasst uns anstoßen», rief Carla, «aber für mich nur mit Wasser!»

Als Nick und ich unsere Gläser klingen ließen, trafen sich für einen Moment unsere Blicke, und ich dachte, dass wir uns ganz ähnlich waren. Ich war nach dem Verlust meines Vaters ebenfalls abgehauen, hatte mein Studium geschmissen und die Brücken erst einmal abgebrochen. Was nach außen mutig und cool gewirkt haben mochte – in Paris zu leben, zu lieben und zu arbeiten –, war insgeheim nichts anderes als ein Exil für mich gewesen, eine Flucht. Anders als Nick hatte ich das immer als Makel empfunden. Als Scheitern. Gerade in den letzten Wochen waren meine Zweifel wieder groß geworden, das Richtige getan zu haben. Stärker als sonst haderte ich mit den Konsequenzen meiner damaligen Entscheidung, denn eigentlich war ich nur durch Glück in meinen Job hineingerutscht. Ohne Ausbildung, ohne Verstand.

Nick dagegen schien keine Zweifel zuzulassen. Er stand zu seinem Entschluss, war seinem eigenen Weg gefolgt und hatte es geschafft. Seine Karriere als Künstler war der Beweis. Wie gerne wäre ich ein bisschen mehr gewesen wie er. Ihm war es egal, was andere über ihn dachten. Er hatte etwas Zupackendes, machte sein Ding, frei vom Urteil anderer, während ich mich mit fast vierzig noch immer ständig mit anderen verglich.

Der Rest des Abends verflog in heiterer Stimmung, und jeder gab etwas mehr aus seiner Vergangenheit preis. Carla erzählte von ihren Jahren in Mosambik, wo sie eine Schule geleitet hatte. Viola wiederum servierte den leckersten Lammbraten, den ich je gegessen hatte, und erzählte von ihren ersten misslungenen Kochversuchen in der elterlichen Pizzeria in Osnabrück. Von Kitti erfuhren wir, dass sie bei ihren ersten Olympischen Spielen als Siebenkämpferin in Atlanta wegen zwei Fehlstarts disqualifiziert worden war.

Und ich? Ich berichtete, dass ich in einem früheren Leben investigative Journalistin hatte werden wollte, dann aber stattdessen im Job der nachtaktiven Kummertante gelandet war.

Später am Abend, Carla war bereits ins Bett gegangen, standen Nick und ich in der Küchenecke und bereiteten das Dessert zu.

«Ist dein Fahrrad eigentlich wieder fahrtüchtig?», fragte Nick und holte verschiedene Eissorten aus dem Tiefkühlfach.

Ich schüttelte den Kopf. «Es steht immer noch kaputt im

Keller.» Achselzuckend fügte ich hinzu: «Vor lauter Benimm-Stunden bin ich einfach noch nicht dazu gekommen, mich um so profane Alltagsdinge zu kümmern.»

Er lachte. «Wenn du willst, schaue ich mir dein Rad mal an.»

Ich stellte vier Schälchen für das Eis bereit. Eins für Viola, eins für Hubi und zwei für uns. Kitti machte wie üblich einen großen Bogen um alles Zuckerhaltige.

«Nuss, Vanille oder Schokolade?», fragte Nick.

Ich überlegte. Länger als beabsichtigt. Eine Weile guckte er mich mit seinen intensiven dunklen Augen abwartend an. Irgendwie verlor ich mich in seinem Blick und –

«Schoko?»

«Hm, ja ... nein. Vielleicht.» Verdammt, wieso stotterte ich hier eigentlich bloß so rum? «Ach, ich weiß nicht ...»

«Dann vielleicht nur einen Espresso?»

Ich sah auf die Uhr. So spät noch Koffein? «Oder sollte ich lieber ...»

«... einen Schlaftee trinken?», unterbrach er mich.

Ich zuckte die Achseln, woraufhin mich Nick skeptisch anblickte. Er wirkte nicht wirklich ungeduldig, aber ich fühlte mich plötzlich seltsam beäugt. Hatte ich etwas falsch gemacht? Ich wurde nervös.

Plötzlich schüttelte Nick lachend den Kopf. «Das ist ja wie bei dem Esel zwischen den beiden Heuhaufen ...»

«... der verhungert, weil er sich nicht entscheiden kann», brachte ich seinen Satz zu Ende. «Mein Lebensthema, ich weiß, nur dass ich mir um das Verhungern wohl keine Sorgen machen muss», sagte ich und sah an mir hinunter.

Er schüttelte den Kopf und widmete sich wieder dem Eis. «Wer sich nicht selbst entscheiden kann, über den entscheiden andere, so einfach ist das. Zumindest wenn er an einer chronischen Entscheidungsschwäche leidet», frotzelte er und reichte mir ein Schälchen mit Nusseis.

Vielleicht hatte Nick recht. In jedem Witz steckte bekanntlich ein Stückchen Wahrheit. Aus unerfindlichen Gründen schob ich jede noch so unwichtige Entscheidung am liebsten auf – wenn ich überhaupt eine traf. Pierre und meine Mutter hatten mir das immer wieder als Schwäche und mangelndes Engagement ausgelegt. Wie oft kam ich zu spät, weil ich mich nicht entscheiden konnte, ob ich den Bus oder das Fahrrad nehmen sollte. Wieso brauchte ich im Restaurant immer eine halbe Ewigkeit, bis ich ein Gericht auswählen konnte, und war hinterher jedes Mal überzeugt, mich für das falsche entschieden zu haben? Und warum hatte ich jahrelang als Quasipraktikantin in einem Nachtjob gearbeitet, mich wie ein Blatt im Wind herumschubsen lassen, anstatt den Konflikt auszuhalten, für meine Interessen zu kämpfen und mir zur Not einen neuen Job zu suchen?

Ich sah Nick an. «Kann man das behandeln, Herr Doktor? Oder bin ich ein hoffnungsloser Fall?»

Er legte scheinbar grübelnd seine Hand aufs Kinn, umrundete mich langsam und musterte mich von Kopf bis Fuß. Ich zog die Schultern ein. So genau in Augenschein genommen zu werden, gerade von ihm, war mir unangenehm.

Dann erklärte er: «Schwierig, aber nicht unmöglich. Versuch doch mal, auf deine Intuition zu hören. Frag sie, ob es Tee oder Kaffee sein soll.»

Ich schloss die Augen und atmete tief ein. Ich horchte in mich hinein. «Die schweigt sich aus. Wie immer.» Ratlos sah ich ihn an.

«Hm», machte Nick und legte sich einen Finger an die Schläfe. «Dann bliebe noch die Möglichkeit, das Getränk auszuwürfeln, was ohne Würfel schwierig ist, oder eine Nacht drüber zu schlafen. Auch blöd, denn wir haben ja jetzt Durst.» Er dachte einen Moment nach. «Dann müssen wohl die Wölfe entscheiden.»

«Welche Wölfe?», fragte ich.

«Die in deinem Inneren um die richtige Entscheidung kämpfen.»

«Verstehe, der Espresso- und der Schlafteewolf», unkte ich.

Er nickte ernst und sah mich auffordernd an.

Erneut schloss ich die Augen und legte beide Hände an die Stirn. «Ich sehe sie kämpfen, aber kann beim besten Willen nicht erkennen, wer gewinnt.»

Beruhigend klopfte Nick mir auf die Schulter. «Es gewinnt immer der, den du fütterst», half er mir auf die Sprünge.

Ich überlegte. «Es ist fast Mitternacht ... Also, eindeutig der Schlafwolf.»

Nick nickte zufrieden, als wäre er mein Mentor und hätte mir eine wichtige Lektion beigebracht. «Sehr gut, Jette. Meist gewinnt nämlich der Wolf, den du mit den besseren Argumente nährst.»

«Ach, so leicht ist das», sagte ich amüsiert. «Aber was ist, wenn es jetzt die falschen Überlegungen waren? Und ich noch wach bleiben sollte», sagte ich in einem Anflug von Flirtlaune.

«Das weiß man immer erst hinterher», sagte er tonlos und ließ meinen Flirtangriff versanden.

Schlagartig wurde ich wieder sachlich und fragte mit ernsthaftem Interesse: «Bereust du deine Entscheidungen denn manchmal? Also, die verkehrten, meine ich.»

Nick ging einen Schritt auf mich zu. «Manche schon, aber meistens habe ich nur die Dinge bereut, die ich nicht getan habe.» Dabei sah er mich so intensiv an, dass mir die Röte ins Gesicht schoss.

In diesem Moment rief Hubi vom Esstisch: «Herrschaftszeiten, was macht ihr da so lang? Wo bleibt mein Eis, kruzidiaggn, verflixt?»

11. Auge in Auge

Mit Tüten beladen schlenderte ich am nächsten Tag durch das Einkaufszentrum Mercado in Ottensen, als mein Telefon klingelte. Ich angelte es aus der Tasche und sah Pierres Nummer auf dem Display. In hektischem Tonfall bat er mich, die Mädchen und ihn sofort zu treffen. Warum, sagte er nicht.

Ich bestellte sie in mein Lieblingscafé *Kleine Schwester* ein paar Straßen weiter und marschierte geradewegs dorthin. Auf dem Weg kam ich an einem großformatigen Mia-Plakat vorbei, das eine Litfaßsäule am Bahnhof Altona zierte.

Keine Chance, dieser unsäglichen Person aus dem Weg zu gehen, dachte ich und registrierte zufrieden, dass ihr Anblick mir zum ersten Mal keinen Stich mehr versetzte.

Wenn Herr von Hohenstein recht hatte, würde Mias Sendung so kurzlebig sein wie eine Seifenblase. Schließlich war sie keine echte Marke, sondern ein kurzlebiges Trendprodukt, eine vorübergehende Erscheinung, eine Mogelpackung!

Voll unbändiger Vorfreude auf meine Töchter betrat ich als Erste das Café. Ich hatte sie schon eine knappe Woche nicht gesehen und sie sehr vermisst.

Aus dem Lautsprecher drang alte Revuemusik, die gut zum Ambiente passte. Die Einrichtung bestand aus hübschen Fünfziger-Jahre-Retro-Möbeln, einer Musikbox, einer riesigen Palisanderholztheke und einem antiken Apothekerschrank an der Rückwand, in dem Gläser, Tassen und Spirituosen standen. Ich ergatterte den letzten freien Tisch am Fenster und bestellte frischen Minztee und eine dänische Waffel mit heißen Kirschen und Sahne. Als ich zur Tür sah, um zu schauen, ob

Pierre und die Mädchen kamen, trat eine hochgewachsene, schlanke Frau in einem glänzenden cremefarbenen Wintermantel ein. Sie war eine von jenen bestürzend schönen Frauen, die jeden Raum sofort ausfüllten. Für einen Moment blieb sie auf der Türschwelle stehen, als wollte sie ihren Auftritt wirken lassen. Alles an ihr wirkte souverän; sie posierte, ohne dass es danach aussah. Hinter ihr tauchten jetzt noch ein etwa zehnjähriges Mädchen und ein großer, stattlicher Typ in einer edlen schwarzen Steppjacke auf. Eine Bilderbuchfamilie ganz ohne sichtbaren Makel, dachte ich neidisch. Besonders die Mutter strahlte über ihre Gestik, Mimik und Körperhaltung eine Autorität aus, die mich binnen Sekunden gefühlt um ein paar Zentimeter schrumpfen ließ. Mir klang wieder im Ohr, was Herr von Hohenstein zum Thema Perfektion gesagt hatte. Denn da stand sie in personifizierter Form vor mir. Mit Mann und Tochter im Schlepptau schritt die Frau an mir vorbei zu einem offensichtlich reservierten Tisch. Was für eine Erscheinung! Angesichts ihrer perfekten Figur hätte ich meine Waffel am liebsten wieder abbestellt.

Ich war so in ihren Anblick versunken, dass ich gar nicht merkte, wie meine Mädchen draußen vor dem Fenster aufgeregt mit den Armen wedelten. Erst als Claire energisch an die Scheibe klopfte, blickte ich auf und winkte sie lachend herein.

Kaum hatten Anouk und Claire mir einen schnellen Kuss auf die Wange gedrückt und ihre Jacken und großen Rucksäcke auf den letzten noch freien Stuhl geworfen, fläzten sie sich hin und begannen lautstark darüber zu streiten, wer zuerst erzählen durfte. Aber es war letztlich Pierre, der mir die schlechte Nachricht überbrachte. Er sah abgekämpft aus, als er kurz nach den Mädchen das Café betrat. In knappen Worten berichtete er, dass wir unsere Wohnung räumen müssten. Bei der Nachbarin in der Dachgeschosswohnung seien Risse in den Fliesen entdeckt worden. Ein Gutachter habe sich die Sache angeschaut und dabei Hausschwamm entdeckt.

«Die Dachbalken sind alle morsch», erklärte Pierre, «und bevor die nicht ausgetauscht sind, bleibt das Haus unbewohnbar. Wir müssen sofort raus.»

«Maman, das Haus kann sogar einstürzen!», unterbrach ihn Claire mit großen Augen und stibitzte sich einen Bissen von meiner Waffel, die, ohne dass ich es registriert hatte, auf meinem Tisch gelandet war.

«So schnell geht das nicht, Mäuschen», versuchte ich sie zu beruhigen und wandte mich an Pierre. «Für wie lange müssen wir denn raus?» Ich bemühte mich, mein Entsetzen zu verbergen.

«Ein paar Wochen wird es schon dauern ...», erwiderte Pierre.

Ich erschrak. «Und stellen die uns eine Ersatzwohnung?»

Pierre schüttelte den Kopf. «Müssen sie nicht, ist ja nur vorübergehend.»

«Was? Das kann nicht sein.»

Er zuckte mit den Achseln. «Habe ich prüfen lassen. Es stimmt.»

«Und wo sollen wir jetzt hin?»

Anouk fasste mich beruhigend am Arm und sagte in erwachsenem Tonfall: «Erst mal ziehen wir in dein Hotel, Maman. Iris muss sich schonen wegen Korbinian, damit sie keine Frühgeburt kriegt.»

Ich musste schlucken. Wie sollte das denn gehen? Wie sollten wir zu dritt auf neun Quadratmetern leben? Und was würde Carla dazu sagen, wenn meine Kinder mit Sack und Pack zu mir ins Hotel zogen? Und wenn aus den paar Wochen ein paar Monate werden würden? Jeder wusste doch um die Bummelei am Bau. Vor mir tat sich ein tiefes dunkles Loch auf. Unser Nestmodell hatte gerade erst begonnen, sich einzuspielen, und nun würden die Kinder doch pendeln müssen. Und zwar im Wehen-Takt ihrer beinahe Stiefmutter. Ich hätte heulen können.

Pierre sah mich flehend an. «Ich würde dich nicht darum bitten, wenn wir eine Alternative hätten. Aber du weißt, Iris ...»

Ich winkte ab, um mir kein weiteres Wort von den Problemen der nun offiziell «neuen» Frau an seiner Seite anhören zu müssen. Bei der letzten Übergabe der Kinder hatte er mir kleinlaut gestanden, dass Iris und er es Korbinian zuliebe ernsthaft miteinander versuchen wollten. Als hätte daran ein Zweifel bestanden.

Bevor ich mich weiter darüber ärgerte, griff ich zum Handy und rief Carla an. Ich erzählte ihr von unserer Situation, und sie reagierte mit ihrer unvergleichlichen Herzlichkeit. Violas Jungs seien gerade gekommen, die würden sich über Gesellschaft sicher freuen. Und was die Enge des Raums anginge, dafür würden wir schon eine Lösung finden.

Als das geklärt war und ich den ersten Schrecken und die Waffel verdaut hatte, druckste Pierre rum, er müsse jetzt noch etwas Wichtiges organisieren. Schon sprang er auf und verabschiedete sich eilig. Bevor er ging, beugte er sich noch einmal zu mir herunter.

«Nur bis Korbinian da ist, versprochen», sagte er in einem Ton, der vermutlich beruhigend wirken sollte.

Das Gegenteil war der Fall. Wir wussten beide, dass so ein Neugeborenes alles veränderte.

Wenig später hatten auch die Mädchen ihre Waffeln verspeist, und wir wollten ebenfalls aufbrechen. Als wir zur Tür gingen, blieb Anouk plötzlich stehen und schlug sich die Hand vor den Mund.

«Maman, da hinten, das ist Helene.»

Ich drehte mich um, folgte dem ehrfürchtigen Blick meiner Tochter – und erstarrte. Helene war die Tochter der Perfektion? Die sagenumwobene Klassenbeauty, die vor zwei Monaten aus Düsseldorf neu in Anouks Klasse gekommen war, nachdem ihre Mutter Annabelle eine «große Eventagentur» in Hamburg übernommen hatte? Das war jedenfalls aus der detailreichen Vorstellungs-E-Mail hervorgegangen, die diese Frau an alle Eltern verschickt hatte. Ich hatte es damals ein wenig seltsam gefunden, sich der Elternschaft zu präsentieren, als würde man sich bei den Mitarbeitern in einem großen Unternehmen vorstellen. *Seit zwölf Jahren verheiratet, glücklich, eine Tochter, beruflich erfolgreich …* Doch jetzt, wo ich die Familie vor mir hatte, schien mir das durchaus stimmig.

Was Helene anging, war die Charmeoffensive jedenfalls erfolgreich gewesen. Alle Mädchen der Klasse wollten mit ihr befreundet sein, weil sie immer so coole Klamotten trug, so hübsch war und von ihren Eltern alles bekam, was sie sich wünschte. Auf mich wirkte Helene allerdings ziemlich brav und angepasst. Äußerlich war sie jedenfalls eine exakte Kopie ihrer Mutter.

Sie hatte Anouk nun ebenfalls erkannt und kam zu uns herüber, dann reichte sie mir die Hand und stellte sich mit vollendeter Höflichkeit vor. Fehlte nur noch ein Knicks. Ich musste unwillkürlich schmunzeln. Man hätte meinen können, sie hätte einen Etikette-Kurs bei Herrn von Hohenstein besucht, so fehlerfrei, wie sie das Begrüßungsritual durchzog.

Dann winkte ihre Mutter sie auch schon zu sich.

Anouk sah mich flehend an, also folgten wir Helene. Nachdem meine Tochter sich vorgestellt hatte, nicht ganz so formvollendet, aber immerhin mit einem knappen Hallo, verschwand sie mit Helene und Claire zur Musikbox.

«Guten Tag», sagte ich und stellte mich etwas eingeschüchtert vor. «Ich bin die Mutter», sagte ich freundlich. «Und meine Kleine heißt Claire.»

«Annabelle Goldblum.» Sie bedachte mich mit einem Lächeln, das ihre perfekten Zähne entblößte und deutete auf ihren Mann. «Und das ist Mike.» Der Brad-Pitt-Lookalike und ich tauschten einen höflichen Blick und nickten uns zu.

Während Mike sofort wieder dazu überging, sein Handy zu studieren, musterte Annabelle mich eingehend. «Auf dem Adventsmarkt oder dem Elternabend neulich waren Sie aber nicht, oder? Sonst hätte ich Sie sicher wiedererkannt.»

Verflixt ... Ich hatte diesen verdammten Elternabend schlicht vergessen, dabei hatte Pierre mich extra daran erinnert, weil wir den selbstgebastelten Kork-Elch von Anouk mitnehmen sollten, der zusammen mit den Geschenken der anderen Kinder zum Geburtstag an die Klassenlehrerin hätte überreicht werden sollen. Meinetwegen war Anouk das einzige Kind ohne Geschenk gewesen.

Ich schlug die Hände über dem Kopf zusammen. «Richtig ... der Elternabend», stotterte ich. «Das war doch am letzten ... äh ...»

«... Dienstag», ergänzte Annabelle mit einem nachsichtigen Lächeln, als würde sie sich auskennen mit schlechtem Zeitmanagement. Viel wahrscheinlicher war, dass diese erfolgreiche Businessmutter so gut organisiert war, dass sie noch nach einem Siebzehn-Stunden-Tag mit Meetings, Plätzchenbacken und kotzendem Kind gut gelaunt zum Elternabend trabte und dabei aussah, wie frisch aus dem Spa entschlüpft. Und ich? Im Vergleich zu dieser Überfrau fühlte ich mich wie eine plumpe Totalversagerin, die wichtige Termine verbummelte oder gar nicht erst wahrnahm wie den Adventsmarkt, ziellos umherirrte und zu allem Überfluss ihren Kindern noch eine Trennung zumutete.

«Ja, äh, am Dienstag, genau. Ja ... also der Babysitter ... ist fünf Minuten vorher abgesprungen», stammelte ich.

Annabelle gab einen Seufzer von sich, der mir wohl suggerieren sollte, dass sie derartige Situationen selbst schon dutzendfach erlebt hatte. «Sie haben nicht viel verpasst», erklärte sie lässig. «Nach der Geschenkübergabe ging es um die Wahl der Elternvertreterin im nächsten Jahr. Außerdem gab es ein paar Ideen aus dem Arbeitskreis Schulentwicklung, wie wir der Stresemannschule ein innovatives Image verpassen können, um mehr Schüler zu gewinnen. Die Bewerbungen zur ‹Schule ohne Rassismus›, ‹Europaschule›, ‹UNESCO-Projektschule› und ‹Soziales Gymnasium› sind ja unglücklicherweise allesamt gescheitert, wie ich hörte. Das war allerdings vor unserer Zeit.»

Ich signalisierte Zustimmung und versuchte dann, wieder auf Augenhöhe mit ihr zu argumentieren. «Ja, leider, dabei wäre es so wichtig für die Schule, sich endlich einen Namen zu machen bei all dieser Konkurrenz rundherum.»

Annabelle nickte ernst. «Darum sind wir für jede Idee dankbar.»

Wir? Also, dafür, dass ihre Tochter erst seit zwei Monaten die Schule besuchte, identifizierte sie sich bereits mehr mit der Einrichtung und ihren Problemen, als ich es jemals getan hatte.

Das wollte ich nicht auf mir sitzenlassen und sagte vollmundig: «Mir wabert da schon länger eine Idee durch den Kopf, wie man außerschulisches Engagement und soziales Problembewusstsein gleichermaßen transportieren könnte.»

O Gott, was erzählte ich da bloß?

«Das klingt ja spannend. Magst du mir davon erzählen? Ich darf doch Du sagen?», fragte Annabelle, nun ganz Ohr.

Ich nickte. «Alles noch etwas unausgegoren, aber im Kern

ganz vielversprechend, um dem begehrten Namenszusatz näher zu kommen ...», orakelte ich, um Zeit zu schinden.

Anerkennend sah sie mich an. «Hast du Lust, in unserem Arbeitskreis mitzumachen und dort deine Idee vorzutragen?», fragte sie auffordernd. Es klang eher nicht wie eine Frage.

«Äh ... Ich denke darüber nach», antwortete ich ausweichend. «Habe gerade nur so wahnsinnig viel um die Ohren.» Ich warf einen Blick auf meine Uhr. «Und es leider auch jetzt furchtbar eilig. Wir waren ja schon auf dem Sprung. Das ewige Problem mit dem Zeitmanagement», lächelte ich.

«Dann hoffe ich, bald mehr von deiner Idee zu hören.» Ihr Lächeln wirkte leicht eingefroren.

«Sicher.» Hastig nahm ich die Mädchen bei der Hand und zog sie schnellen Schrittes zur Tür. Zum Abschied winkten wir noch einmal.

Na, da hatte ich mich ja in etwas reinmanövriert! Ich konnte es gar nicht erwarten, endlich frische Luft zu atmen.

Auf dem Weg zum Altonaer Bahnhof kamen meine Töchter gar nicht mehr aus dem Schwärmen heraus.

«Die Mama von Helene ist die schönste Frau, die ich je gesehen habe», säuselte Claire bewundernd. «Oder, Maman?»

Auch Anouk war hingerissen. «Sie ist so elegant wie eine Königin. Und so reich, die kann sich bestimmt alles kaufen, was sie will. Stell dir vor, Maman, Helene hat eine ganze Etage in ihrem neuen Haus für sich. Und die Eltern lieben sich ganz doll!»

Der Gefühlsüberschwang, den diese Musterfamilie bei ihnen auslöste, löste bei mir nur ein unangenehmes Gefühl in der Magengegend aus. Denn viel hatte ich dem nicht entgegenzusetzen. Keine harmonischen Eltern, keine eigenen vier Wände, kaum finanziellen Spielraum und nicht einmal einen Job in Aussicht.

Dagegen war diese Frau die fleischgewordene Premium-Marke, bei der Inhalt und Verpackung gleichermaßen stimmten: Sie war makellos, klug, erfolgreich und engagiert. Und das Schlimmste: Sie schien auch noch recht nett zu sein.

Aber auch ich hatte das Zeug zur Marke, das hatte Herr von Hohenstein mehr als deutlich gemacht. Und was hatte Nick gepredigt? Ich musste mich nur entscheiden, mich zu entscheiden.

Für den richtigen Wolf, dachte ich grinsend, den aktiven Wolf, der vorwärtsging, sich veränderte und zu einer Marke wurde. Und nicht für seinen trägen Bruder, den Schlafwolf, der die Beine hochlegte, sich selbst bemitleidete und anderen die bewundernden Blicke für ihre Motto-Muffins oder ihre revolutionären Ideen zum Schul-Relaunch überließ.

In einer Welt, in der sich Frauen wie Iris und Annabelle nahmen, was sie wollten, war nun mal kein Platz für vornehme Zurückhaltung. Ich wollte nicht länger Alice im Wunderland sein, die immer schneller lief und trotzdem nicht vom Fleck kam. Hinfallen, aufstehen, weitermachen – und abheben! Das würde meine neue Devise sein. Ich würde Superwoman werden und das Fußballfeld von hinten aufrollen, den Himmel erstürmen! Für mich würde nun eine neue Zeitrechnung beginnen, beschloss ich voll neuer Stärke und Motivation. Und zwar an Neujahr. Punkt null Uhr.

Das Einzige, was mir für die Entwicklung meines neuen Ichs noch fehlte, war ein Masterplan. Die Überschrift dafür hatte ich aber bereits. Nicht: *WARUM DIE?* Sondern: *ICH ERST RECHT!*

12. Anfang und Abschied

Nachdem wir vom Altonaer Bahnhof mit der S-Bahn nach Bahrenfeld gefahren waren, standen wir eine knappe halbe Stunde später vor dem Hotel Carlifornia und bestaunten die Festbeleuchtung.

Carla hatte Lichterketten um die Balkongitter gehängt, die Fenster mit Weihnachtssternen beklebt und auf den Fensterbrettern Rentiere aus Pappmaché sowie weiße Porzellanengel und Elfen aus Stroh aufgestellt.

Sogar einen Mistelzweig hatte sie an der Haustür sowie über der Zwischentür zum ersten Stock angebracht, wie ich feststellte, als wir die Treppen hinaufstiegen.

«Maman, wann ist eigentlich Weihnachten?», fragte Claire und sprang auf meine Hüfte.

Anouk rollte mit den Augen. «Noch fünfmal schlafen, du Dummi!»

«Woher soll ich das denn wissen ohne Adventskalender?», protestierte Claire.

Von schlechtem Gewissen geplagt, wischte ich ihr zärtlich die Tränen von den Wangen. Ich schämte mich für Pierres und mein Versäumnis in diesem Jahr. Auch die weihnachtliche Dekoration unserer Wohnung war komplett ausgefallen. Die Trennung, das Jobdebakel, das Wohnungsdurcheinander ... Ich war einfach nicht in Weihnachtsstimmung gewesen. Erst jetzt wurde mir klar, dass meine Mädchen darunter litten. Claire fehlte einfach die Orientierung.

Aus dem Augenwinkel sah ich Nicks Wagen, der neben dem Haus parkte. Ich spürte ein leichtes Ziehen im Magen.

Irritiert von meinem eigenen Gefühlschaos, betrat ich mit Claire auf dem Arm und Anouk an der Hand das Hotel.

Als ich meinen Töchtern wenig später mein Zimmer zeigte, wirkten sie enttäuscht.

«Das ist aber ... klein», murmelte Anouk. «Soll ich hier etwa meinen Geburtstag feiern? Was wird Helene denken, wenn wir auf der Matratze Kuchen essen.»

«Dein Geburtstag ist erst am 31. Januar, bis dahin haben wir noch sechs Wochen Zeit. Wer weiß, ob wir dann nicht längst wieder in unserer Wohnung sind», beruhigte ich sie. «Und wenn nicht, könnten wir ja auch woanders feiern. Zum Beispiel beim Schlittschuhlaufen in Planten und Blomen.» Sie verzog das Gesicht, ließ das Thema aber auf sich beruhen.

«Und wo soll ich meinen Zoo aufbauen?», meckerte Claire. «Nicht mal der Stall passt hierhin.»

Ihr neues Domizil hatten sie sich offenbar großzügiger vorgestellt. Und ich konnte sie verstehen. Dabei gefiel mir mein Zimmer inzwischen richtig gut. Es war zwar klein, aber sehr gemütlich. Ich hatte ein paar meiner Lieblingsbücher und Fotos meiner Mädchen auf den Lederkoffer gestellt. Ein Bild zeigte meinen Vater und mich, dick eingepackt, auf der rostigen Hollywood-Schaukel im schneebedeckten Garten meiner Großeltern. Dahinter lugte der Wuschelkopf von Kolja unter einer Mütze hervor, der übers ganze Gesicht strahlte, weil er uns so mächtig Anschwung gab. Ich liebte dieses Foto. Vermutlich weil diese Zeit zu den glücklichsten Erinnerungen meiner Kindheit gehörte.

Auf dem Bett hatte ich außerdem meine schöne bunte Überdecke ausgebreitet und drei große Kelimkissen aus der alten Wohnung drapiert. In den letzten Tagen hatte ich oft stundenlang dort gelegen, Musik gehört oder lesend vor der Heizung gesessen.

Die Kinder würden sich schon noch gewöhnen an ihr Interimszuhause, dachte ich, als ich die Doppelmatratze, die Carla netterweise schon vor die Tür gestellt hatte, ins Zimmer hievte und auf den Boden legte. Der Rattanstuhl diente als Sammelplatz für unsere Jacken. Viel Platz zum Spielen blieb tatsächlich nicht mehr.

Nachdem wir die Rucksäcke der Mädchen ausgepackt und die Betten hergerichtet hatten, spielten wir ein paar Runden Uno auf der Matratze. Die Stimmung der beiden besserte sich schlagartig, als sie mich zum wiederholten Male schlugen. Schließlich bekamen wir Hunger und machten uns auf den Weg nach oben.

Aus der Küche waren Stimmen zu hören, lauter als sonst. Als wir eintraten, fiel mein Blick zuerst auf Viola und Carla, die es sich in der *Neugierde* gemütlich gemacht hatten und Cognac tranken. Dann entdeckte ich zwei Jungen, vermutlich Violas Söhne, die gemeinsam mit Hubi vor dem Computer saßen. Nick war nirgends zu sehen.

Nach einer kurzen Vorstellungsrunde widmeten sich die Jungs wieder dem Bildschirm und erklärten Hubi, wie «old school» es sei, auf eine Homepage zu setzen.

«Du hast wahrscheinlich auch noch ein Tastentelefon, oder?», spottete der vierzehnjährige Caspar. «Bloggen musst du, twittern und snapchatten!»

Sein kleinerer Bruder Jakob nickte wissend.

Viola lachte. «Tja, mein lieber Hubi, die Technik zu beherrschen und programmieren zu können ist das eine, zu wissen, was die Jugend will, das andere», rief sie aus der *Neugierde.* «Hör auf meine Jungs!»

«Was ist denn der Vorteil von einem Blog?», wollte ich wissen.

Ich belegte mit Claires Hilfe an der Küchentheke gerade ein paar Brote mit Käse. Es war schon nach acht, kein Wunder, dass wir Hunger hatten.

Anouk, die hinter Jakob stehen geblieben war, schaute mich an, als müsste sie mir das Abc erklären: «Da kann man interaktiver sein und Fotos, Einträge und Musik posten.»

Caspar nickte und ergänzte: «Genau, Hubi könnte Musikdateien hochladen oder zu Spotify verlinken.» Er wandte sich ihm direkt zu. «Dann wissen deine Kinder, was du gerade hörst.»

Hubi lachte. «Ob ich mir damit einen Gefallen tue? Die Scorpions sind nicht gerade das, was Pubertierende heute cool finden, oder? Ihr seht das schon richtig, ich gehöre wirklich noch zu denen mit Tastentelefon.»

Caspar schüttelte den Kopf. «Wir können dir doch sagen, was gerade in ist, und dann kannst du einen Song der Woche posten.»

Mit ihren hellblonden Schöpfen und den Surferklamotten sahen die Jungs aus, als kämen sie direkt vom Strand. Rein äußerlich hatten sie wenig Ähnlichkeit mit Viola. Sie kamen wohl ganz nach dem Vater.

Während die Mädchen und ich an der Küchentheke unsere Stullen vertilgten, diskutierte die Runde weiter über die Vor- und Nachteile verschiedener Social-Media-Kanäle. Irgendwann gesellten sich Anouk und Claire zu Violas Jungs, und ich setzte mich zu Carla und Viola in die *Neugierde*.

Viola trug ein azurblaues, ausgeschnittenes Etuikleid und wie so oft den knallroten Lippenstift, der jedem ihrer Looks einen Hauch von Femme fatale verlieh. Sie wirkte, als würde sie noch auf eine Vernissage gehen. Klassisch-elegant, aber sexy – das war ihr Stil.

Auch Carla war wie immer darauf bedacht, gut auszusehen, allerdings bevorzugte sie schlichtere Kleidung wie Wollkleider und Twinsets in gedeckten Farben.

Gegen die beiden sah ich aus wie eine Studentin im fünfunddreißigsten Semester mit zu dickem Hintern, abgesplitterten Nägeln und abgelaufenen Absätzen. Dennoch fühlte ich mich in ihrer Gesellschaft nicht unwohl.

Wir unterhielten uns angeregt, und irgendwann kam das Gespräch auf Weihnachten und unsere jeweiligen Ferienpläne. So wie es aussah, würde ich die Festtage allein mit meinen Mädchen im Hotel verbringen. Hubi wollte seine Mutter in München besuchen, Carla hatte vor, das Fest mit einer alten Freundin in Wiesbaden zu feiern, und Viola würde die Feiertage mit Exmann und Söhnen bei ihren Eltern in der Familienpizzeria in Osnabrück verbringen.

Schade, dachte ich. Aber ein bisschen Ruhe würde mir und den Mädchen wahrscheinlich guttun nach dem Trubel der letzten Monate.

«Was ist denn eigentlich mit Kitti?», fragte ich, weil niemand von ihren Plänen berichtet hatte.

«Sie ist heute zurück zu ihrem Mann gezogen», erwiderte Carla und schenkte mir ebenfalls einen Cognac ein.

Ich sah sie überrascht an. Das war ja schnell gegangen.

«Sie ist zu ihm, weil er eine Pflegekraft braucht», ergänzte Viola genervt. «Er hat sich beim Snowboardfahren das linke Bein und den linken Arm gebrochen.»

Carla sah sie nachsichtig an. «Kitti liebt ihn, dagegen ist kein Kraut gewachsen.»

«Soll ihm doch seine neue Freundin den Hintern abwischen!» Viola schnaubte verächtlich. «Aber die hat ja schnell wieder die Biege gemacht, als es anstrengend wurde. So eine Überraschung!»

Carla nickte. «Nicht jeder ist so unabhängig und emanzipiert wie du, Viola. Kitti wird wiederkommen, aber du musst ihr Zeit lassen, selbst zu bestimmen, wann das sein wird.»

Sie sagte das mit einer Bestimmtheit, die mich erstaunte. Und ich war gespannt, ob sie recht behalten würde.

Viola war nicht überzeugt und rollte mit den Augen. «Wie hat Buddha gesagt: *Schmerz ist unvermeidlich, Leiden ist freiwillig.* Kitti ist hochgradig masochistisch veranlagt, wenn ihr mich fragt.»

«Die Leidensfähigkeit ist nun mal bei jedem Menschen unterschiedlich ausgeprägt», sagte Carla und blickte zu meinen Töchtern, die kurz davor waren, am Tisch einzuschlafen.

Ich sah auf die Uhr: Es war schon kurz vor zehn. Oje! Natürlich waren sie nach dem langen Tag müde. Ich hatte es verpasst, rechtzeitig zum Aufbruch zu blasen.

Rasch räumte ich unser Geschirr in die Spülmaschine und fragte beiläufig in die Runde: «Ich habe Nicks Auto gesehen. Arbeitet er so spät noch?»

«Er ist hier um die Ecke mit einer Freundin ein Bier trinken gegangen», erklärte Carla und sah mich forschend an. «Vermutlich nächtigt er in seinem Atelier.»

Ich ignorierte ihren Blick. Was hatte ich denn erwartet? Natürlich blieb ein Mann wie Nick nicht allein. Und was ging mich das überhaupt an? Es gab doch genug Baustellen in meinem Leben, da musste ich nicht noch eine zusätzliche aufmachen.

Sanft fasste ich meine Töchter an den Schultern. Sie verabschiedeten sich höflich und rannten voraus.

Kurz nach ihnen machte auch ich mich durch den schummrigen Flur auf den Weg in mein Zimmer, jetzt unser Zimmer – und übersah dabei die dunkle Gestalt an der Zwischentür, in die ich frontal hineinrannte.

Es war Nick.

Ich zuckte zurück. «Oh, tut mir leid», sagte ich erschrocken und blieb auf der Türschwelle stehen.

«Bist du immer so stürmisch?», fragte er verschmitzt. «Und dann auch noch unter dem Mistelzweig. Das ist doch Absicht!»

Bevor ich reagieren konnte, machte er einen Schritt auf mich zu und gab mir einen flüchtigen Kuss auf die Wange. Sein Atem streifte mich, Bier, Tabak und Pfefferminz. Eine seltsame Unruhe erfasste mich – aber ich musste nicht niesen. Seltsam. Vielleicht ein Zeichen dafür, dass ich nur in Krisensituationen auf dieses Kraut reagierte? Vielleicht übertünchte aber auch der Duft seines Rasierwasser den Pfefferminzgeruch. Es war herb und frisch, und es gefiel mir.

«Das war jetzt aber ein Überfall», sagte ich.

«Ich hab sogar noch mehr für dich», erwiderte Nick frech. Er musterte mich einen Moment lang und wartete offenbar auf eine Reaktion.

Ich war verwirrt. Probierte er es ernsthaft mit einer albernen Masche wie dieser?

«Dein Fahrrad, meine ich», sagte er grinsend. «Es steht repariert vor meinem Atelier. Wie gesagt, solange du dich nicht entscheiden kannst, tun es andere für dich.»

«Solange es sich um solche unliebsamen Dinge handelt, immer gerne», lachte ich. «Vielen Dank dafür.» Und dann fügte ich noch hinzu: «Bei den wirklich wichtigen Fragen lasse ich seit gestern allerdings nur noch die Wölfe entscheiden. Das hilft mir mehr, als du ahnst. Wie kann ich mich bei dir für all das revanchieren?»

«Morgen um diese Zeit unter dem Mistelzweig?», schlug er vor und brachte mich damit erneut aus dem Konzept. Ich spürte, wie ich rot anlief.

Er lachte. «Im Ernst, wenn du mir deine Nummer gibst, dann lass ich von mir hören», sagte er und gab mir sein Handy. «Ich bin jetzt erst mal ein paar Tage weg. Über die Feiertage arbeite ich nicht.»

Ich nickte mechanisch und tippte meine Nummer ein. Dann verabschiedete ich mich rasch. «Meine Töchter warten auf ihre Gutenachtgeschichte.»

Als ich mich auf der Höhe der Elefantenskulptur noch einmal umdrehte, trafen sich unsere Blicke, und erneut machte sich ein merkwürdig vertrautes Gefühl in mir breit.

Wenig später lag ich, in jedem Arm eine schlafende Tochter, eingezwängt auf meinem Bett. Die große Matratze auf dem Boden hatten die Mädchen geflissentlich ignoriert. Sie waren sofort eingeschlafen; nun ging ihr Atem ruhig und gleichmäßig.

Ich starrte an die Decke und dachte über die kurze Begegnung mit Nick nach. Es war das erste Mal seit den frühen Tagen mit Pierre, dass mich die Gegenwart eines Mannes verunsicherte. Ich lächelte, als ich daran dachte, wie Nick mich auf die Wange geküsst hatte. Dann brummte plötzlich mein Handy; ich wurde ganz nervös.

Mit pochendem Herzen befreite ich mich aus meiner eingeengten Position und sah auf das Display. Doch die Nachricht kam nicht von Nick, sondern von Pierre.

> Chérie, ich heirate am Dienstag. Wir haben überraschend noch einen Termin bekommen. Iris möchte, dass Korbinian ehelich auf die Welt kommt. Bitte zieh den Kindern etwas Schönes an. Bonne nuit!

Das Telefon fiel mir vor Schreck aus der Hand, mein Atem stockte. Jahrelang hatte ich Pierre heiraten wollen, aber er hatte gar nicht daran gedacht, meinem Wunsch zu entsprechen. Und diese Frau brauchte keine drei Monate, um sich dauerhaft zu entfristen und ihn zu ihrem Ehemann zu machen!

Schmiede das Eisen, wenn es kalt ist, hatte mein Knigge-Experte gesagt – hier war es eindeutig heiß.

Ich spürte, wie mir die Tränen in die Augen stiegen. Ich fühlte mich von Pierre so verlassen wie nie zuvor. Voller Trauer versuchte ich zu erkennen, was genau es war, das den Schmerz in mir hervorrief. Doch meine Gedanken hüpften ziellos von einem wunden Punkt zum anderen. Mal fühlte ich mich als Opfer des Schicksals, mal als hoffnungslose Versagerin ohne Zukunft. Immer wieder stellte ich mir die selbstquälerische Frage nach dem Warum. Doch nach einer Weile musste ich mir eingestehen: Das Herumrätseln führte zu nichts. Nur reine Logik würde mir helfen, die Gefühle von Trauer, Wut, Schmach, Zukunftsangst und Selbstmitleid zu sortieren und an den richtigen Platz zu rücken.

Vorsichtig befreite ich mich vollständig aus der Umarmung meiner Kinder und krabbelte aus dem Bett. Leise setzte ich mich an den kleinen Sekretär, machte Licht und legte mir Stift und Papier zurecht. Ich stützte mein Kinn auf die Hände und starrte auf das leere Blatt. War mein Leben wirklich nur wegen Pierres Untreue aus den Fugen geraten? Oder hatte ich selbst die Weichen falsch gestellt?

Nach Minuten des reglosen Grübelns begann ich zu schreiben. Staunend sah ich dabei zu, wie die Worte nur so auf das Papier flossen, kaum hatte ich den Stift angesetzt. Ich schrieb alles auf, was mir zu Pierres und meinem gemeinsamen Leben durch den Kopf schoss, verfasste eine schonungslose Beziehungsanalyse, nicht mehr und nicht weniger.

Schon seit Claires Geburt war es zwischen uns nicht mehr rundgelaufen. Dauernd stritten wir wegen Kleinigkeiten. Pierre störte sich an der Helligkeit des Nachttischlämpchens, wenn ich abends noch länger las, an meinem nächtlichen Zähneknirschen und daran, dass ich ihn oft mitten im Satz unterbrach, um den Gedanken selbst zu Ende zu führen. Mich dagegen nervte, dass Pierre oft so vorhersehbar war. Außerdem missfiel mir sein Geiz, wie auch seine Angewohnheit, jeden Lappen, den ich auswusch, noch mal nachzuspülen. Ebenso störte mich der angewiderte Zug um seinen Mund, wenn er Käse, Zwiebeln oder jegliche Art von Kohl roch. Und das als Franzose!

Nein, es war nicht der eine, große Moment gewesen, der unser Leben in zwei Teile zerbrochen hatte, nicht der Anruf von Iris, nicht die Affäre davor. Es waren die vielen beschämenden kleinen Auseinandersetzungen, um nichts und wieder nichts, Kränkungen und Vorwürfe, zwischen denen sich unser gemeinsames Glück langsam zerrieben hatte. Und doch hatte das endgültige Ende meine Grundfesten wie ein psychisches Erdbeben ins Wanken gebracht. Diese Erschütterung legte letztlich nur offen, was wir uns beide nicht eingestehen wollten: dass wir schon lange kein glückliches Paar mehr waren.

Auch ich hatte meinen Anteil daran gehabt. Wenn ich also zwei Monate nach der Trennung schon nicht mehr in absoluter Schockstarre steckte, sondern mich bereits mitten im Heilungsprozess befand, dann vermutlich deshalb, weil die Ablösung schon lange vorher begonnen hatte. Diese Erkenntnis verschaffte mir ein Gefühl großer Erleichterung. Ich ließ den Stift fallen und sank erschöpft aufs Bett.

Manches sah ich nun klarer. Möglicherweise war das, was Pierres Heirat bei mir auslöste, so etwas wie ein endgültiger Abschiedsschmerz.

Der letzte Gedanke, bevor ich in tiefen Schlaf sank, galt Violas Buddha-Zitat, wonach Schmerz und damit auch Abschiedsschmerz unvermeidlich, Leiden aber freiwillig war. Todmüde und zugleich hellwach beschloss ich, fortan nicht mehr zu leiden, sondern den erzwungenen Neuanfang als Chance auf die Geburt einer neuen, besseren Version meiner selbst zu sehen.

13. Gute Vorsätze

Selbst der schwärzeste Tag hat nur vierundzwanzig Stunden. Das hatte mein Vater immer gesagt, wenn ich einen wahren Scheißtag erlebte. Daran erinnerte ich mich jetzt, als ich aus der Dusche stieg. Wenn das so war, hatte auch das schwärzeste Jahr nur zwölf Monate, und der Spuk würde bald vorbei sein.

Es war Silvester. Punkt 20 Uhr, und mein symbolischer Neustart lag nur noch vier Stunden entfernt.

Während ich vor dem Spiegel stand und mir zum ersten Mal seit langem Augen und Mund schminkte, dachte ich über die letzten Tage nach. Mehr als eine Woche war vergangen seit dem Einzug der Kinder ins Hotel. Die Mädchen hatten die Hochzeitsnachricht zunächst irritiert, dann aber überraschend gut aufgenommen. Am Tag selbst waren sie ganz zappelig vor Aufregung gewesen, hatten sich mit meiner Hilfe herausgeputzt wie kleine Prinzessinnen und waren ganz beseelt von der kleinen Zeremonie zurückgekehrt. Ich hatte keine Lust, mir das Schauspiel anzutun. Abgesehen davon, dass ich auch kaum erwünscht gewesen wäre. Als dann an Heiligabend, kurz nach der Bescherung vor dem kleinen, hübsch geschmückten Baum in der *Neugierde*, auch noch Korbinian das Licht der Welt erblickte, schien ihr Glück perfekt. Seitdem redeten sie über nichts anderes mehr als über ihren Halbbruder. Pierre hatte ein Handy-Foto von dem Kleinen geschickt: Ganz verschrumpelt sah er aus, mit rötlicher Haut und abstehenden Ohren. Unsere Töchter waren hübscher gewesen, hatte ich, leise triumphierend, gedacht. Den Rest des Abends und die anschließenden Feiertage hatten die Mädchen weitgehend im

Krankenhaus bei Korbinian verbracht. Offenbar brauchten sie mehr Familie, nicht weniger.

Ich hingegen musste mit dem bisschen Verwandtschaft vorlieb nehmen, das mir noch geblieben war, da selbst meine Ersatzfamilie aus dem Hotel Carlifornia ausgeflogen war. Nur gut, dass spätestens an Silvester alle wieder da sein wollten. An die Stille im Hotel musste ich mich erst gewöhnen. Kein polternder Hubi, kein dröhnendes Lachen von Viola, kein lautes Stampfen der Kinder auf der Treppe. Nicht mal eine in sich ruhende, Anistee trinkende Carla um 16 Uhr in der *Neugierde* wie sonst immer. Stille Nacht, im wahrsten Sinne des Wortes.

Ich nahm mir vor, aus der Not eine Tugend zu machen und mich voll und ganz meinem Kurswechsel zu widmen. Doch es kam anders.

Am Morgen des ersten Weihnachtstages checkte überraschend eine junge blonde Frau im Hotel ein. Zum Glück hatte Carla mir für diesen Fall Instruktionen hinterlassen und die Macht über die Schlüssel gegeben. Rabea blieb zwei Nächte, bevor sie sich entschloss, ihrem untröstlichen Mann noch eine zweite Chance zu geben. Der hatte ihr zum ersten gemeinsamen Weihnachtsfest als Ehepaar statt des gewünschten Schmucks einen Staubsaugerroboter geschenkt, der auf Handy-Befehl jede Ecke ansteuerte und säuberte. Darüber war sie so in Wut geraten, dass sie ihre Koffer packte und ihn verließ. Sie echauffierte sich aber nicht etwa über den unromantischen oder emanzipationsfeindlichen Charakter des Geschenks, sondern darüber, wie wenig der Gatte ihr zutraute, den Haushalt auch ohne Roboter in Ordnung zu halten. Erst ein per Fahrradkurier überbrachter und an einem Bund roter Rosen hängender Gutschein vom Juwelier ihrer Wahl stimmte sie am Ende um.

Keine Stunde nach Rabeas Einzug stand der siebzigjährige

Werner mit Bauch und Glatze vor der Tür und bezog das zweite SOS-Zimmer, ehe er tags darauf beschloss, seine untreue Gattin aus der gemeinsamen Wohnung hinauszuwerfen. Er hatte seine vierzig Jahre jüngere zweite Ehefrau in der Heiligen Nacht in flagranti auf dem Küchentisch erwischt. Mit seinem Sohn. Das Duo wähnte ihn bereits schlafend.

Ich wunderte mich nicht wirklich über den Ansturm frisch Getrennter, schließlich war statistisch erwiesen, dass sich die meisten Paare um Weihnachten trennten.

In trüber Stimmung verbrachten Rabea, Werner und ich den Abend des 25. zu dritt bei Strammem Max und ordentlich Schnaps, bis ich das Gejammer der beiden leid war und in mein Zimmer flüchtete, ehe ich noch ganz gefühlsduselig wurde.

Sollten sie sich doch gegenseitig betrauern, dachte ich grimmig, während mir die Spiegeleier und das Schwarzbrot schwer im Magen lagen. Ich wollte die Tage bis Silvester lieber dazu nutzen, mich um mein neues Ich zu kümmern, statt mir um Menschen Gedanken zu machen, die ich kaum kannte oder die ohnehin lieber an andere als an mich dachten. So wie Nick zum Beispiel. Tagelang hatte ich vergeblich auf Nachricht von ihm gewartet. Auch wenn er angekündigt hatte, über die Tage nicht zu arbeiten, erwischte ich mich doch immer dabei, wie ich auf mein Handy und hinüber zu seinem Atelier starrte. Aber er hatte sich nicht gemeldet.

Kurz nach Weihnachten, als Carla endlich wieder im Hotel war, fragte ich sie beiläufig nach Nick und erfuhr, dass er spontan mit Freunden in den Skiurlaub gefahren war und erst im neuen Jahr zurückkommen würde.

Mit Freunden? Von wegen! Vermutlich steckte doch wohl eher eine Freundin dahinter, vielleicht dieselbe, mit der er schon neulich Abend aus gewesen war. Ein Stich von Eifersucht durchfuhr mich, und ich beschloss, das Ganze als vorübergehende romantische Verirrung meinerseits abzutun. Was wusste ich denn schon über diesen Mann, außer dass Carla so etwas wie seine Ersatzmutter gewesen war. Dass er als Künstler seinen Lebensunterhalt verdiente und eine kleine Wohnung auf St. Pauli bewohnte – und Versprechen machte, die er nicht hielt. Statt mich also weiter von kindischen Schwärmereien für einen eigentlich völlig Fremden ablenken zu lassen, würde ich mich von jetzt an voll und ganz meiner Introspektion widmen. Das Ende der Vorläufigkeit war gekommen.

Als Erstes verschaffte ich mir einen Überblick über den aktuellen Stand meiner Wünsche und Ziele: Wo stand ich gerade, und wo wollte ich hin? In was lohnte es sich, Zeit, Kraft und Mühe zu investieren? Und welche Werkzeuge konnte ich mir dafür zunutze machen?

Der Einfachheit halber hatte ich entschieden, mit dem «Relaunch» meiner Optik zu beginnen. Das Ergebnis würde ich heute Abend offiziell der Öffentlichkeit präsentieren. Bevor ich zum Einbauschrank mit der Blumentapete ging, um meine edle schwarze Spitzenunterwäsche anzuziehen, band ich mit geübtem Griff meine Haare zum Knoten. Den grauen Haaransatz hatte ich mir mit Farbe aus der Drogerie übertüncht. Dann schlüpfte ich in die Unterwäsche und nahm mit spitzen Fingern das dunkelgrüne Chiffonkleid vom Bügel, das ich mir von meinen letzten Ersparnissen im After Christmas Sale gekauft hatte. Denn das kleine Schwarze, das ich sonst zu jeder Gelegenheit anzog, war noch in der alten Wohnung. Vor der Schwammsanierung hatte ich zwar noch etliche Sachen herausgeholt, aber eben nicht das Kleid, das ich ohnehin nur alle Jubeljahre trug. Also war ich vor zwei Tagen noch einmal dort gewesen. Doch eine dicke Staubschicht hatte sich in meinem Kleid festgesetzt und es ruiniert. Rasch hatte ich noch alles sicher in Kartons verstaut, was mir lieb und teuer war, sämtliche Klamotten, unser Geschirr, die Bücher und Spielsachen, kurz mein gesamtes altes Leben. Gegen den Dreck und eigentlich auch schon in Vorbereitung auf einen längerfristigen Auszug. Denn es sah nicht danach aus, als würden wir bald in die Wohnung zurückkehren können. Die Sanierung würde vermutlich noch zwei Monate dauern, wie mir der Bauleiter sagte, den ich im Hausflur traf. *Zwei Monate!*

Aber heute wollte ich nur an heute denken und schob die unschönen Gedanken rigoros beiseite. Prüfend hielt ich mir das neue Kleid an und musterte mich im Spiegel. Der ausgestellte Rock ging über in ein eng anliegendes Oberteil. Ich befühlte noch einmal den edlen grünen Stoff, ehe ich mir das Kleid überzog. Die alte Jette hätte so etwas nie getragen. Es war das perfekte Aushängeschild meines neuen Ichs. Mit ihm würde ich nicht nur ins neue Jahr, sondern in ein neues Leben schreiten!

My dress for success, dachte ich und schickte einen lautlosen Gruß an Herrn von Hohenstein, an Annabelle und letztlich auch an Nick, die mich, ohne es zu ahnen, ungewollt überzeugt hatten, mich für den Neustart zu entscheiden. Und zwar gleich vor großem Publikum!

Carla erwartete gut siebzig Personen, überwiegend ehemalige Hausgäste oder Carlifornianer, wie sie die ehemaligen Bewohner nannte. Man durfte allein, mit neuem oder altem Partner kommen, mit oder ohne Kinder.

Viola und Hubi waren bereits vorgestern wiedergekommen. Denn wir wollten versuchen, ihr die meiste Arbeit abzunehmen, das Buffet, das Möbelrücken und Schmücken, aber Carla war unermüdlich gewesen und hatte überall mitreden wollen. Kein Wunder, dass sie extrem müde und erschöpft wirkte und sich meist schon vor dem Abendessen in ihr Zimmer zurückgezogen hatte. Ich nahm mir vor, ein Auge auf sie zu haben.

Anouk und Claire waren bereits oben; sie würden sich als Kellnerinnen um die Getränke kümmern. Zu wissen, dass auch Violas Söhne Caspar und Jakob kommen würden, hatte sie schon den ganzen Tag in Hochstimmung versetzt. Sie himmelten die hübschen Bengels an.

Ich schnappte mir die Flasche Champagner, die heute per Kurier gekommen war. Ein Geschenk vom Sender, das mit einem Gruß von Sophie versehen war. «Wir vermissen dich, wir alle! Bitte ruf an!» Meine aktuelle Adresse musste ihr die Personalabteilung verraten haben. Ich beschloss, mich gleich in der kommenden Woche bei Sophie zurückzumelden. Ich hatte genug gegrollt.

Von oben hörte ich zahlreiche Stimmen, das Geklirr von Gläsern und dröhnende Musik. Die Party schien bereits in vollem Gange zu sein.

Auf dem Weg in den zweiten Stock warf ich einen letzten prüfenden Blick in den großen Spiegel im Flur. Noch hätte ich auf dem Absatz kehrtmachen und mich wieder umziehen können. Doch ich gab mir einen Ruck, nickte mir selbst ermutigend zu und stieg die Treppe hoch. Zwar fühlte ich mich ein wenig verkleidet, aber ich würde schon noch in meine neue, elegantere Version hineinwachsen.

Als ich die Tür öffnete, blieb ich wie geplant auf der Türschwelle stehen, straffte meine Schultern und reckte mein Kinn. Ich wollte meinen Auftritt einen Moment wirken lassen, ganz so, wie ich es bei Annabelle gesehen hatte. Besonders wohl fühlte ich mich allerdings nicht beim Posieren.

Als ich mich umblickte, war der Salon gefüllt mit mir fremden Leuten, die in kleinen Grüppchen zusammenstanden, bunte Papphüte auf den Köpfen trugen und an ihren Getränken nippten. Sie wirkten durchweg gut gelaunt, und ich erntete ein paar interessierte Blicke. Mehr aber auch nicht.

Ich spürte, wie ich rot wurde, und senkte rasch meine Augen. Wieder dachte ich an Herrn von Hohenstein und seine Worte über die perfekte Selbstvermarktung. Aber auch er würde ja wohl einräumen, dass noch keine Königin vom Himmel gefallen war.

Zum Glück trat in diesem Moment Claire zu mir und umarmte mich fest. «Oh Maman, du siehst so schön aus», schwärmte sie.

Liebevoll strich ich ihr übers Haar und drückte sie an mich.

Dann entwand sie sich auch schon meiner Umarmung. «Anouk und ich sind Serviererinnen. Also, was möchtest du trinken?» Erwartungsvoll blickte sie mich an.

«Ein Glas davon, wenn ich darf, Fräulein Serviererin.» Ich drückte ihr den Champagner in die Hand. «Aber lass Caspar die Flasche öffnen, ja? Und mit Eiswürfeln bitte!»

«Kommt sofort!»

Ich gab ihr einen zärtlichen Klaps auf den Po und folgte ihr mit dem Blick Richtung Theke, wo sie die Flasche tatsächlich an Caspar übergab, der sie mit einem überraschend gekonnten Handgriff öffnete.

Während ich auf mein Getränk wartete, sah ich mich um. Der geschmückte Raum wirkte wunderschön. Luftschlangen hingen von den Lampen herab. In lockerer Anordnung gruppierten sich Biergarnituren, die mit kleinen Schornsteinfegern, bunten Knallbonbons und Konfetti dekoriert und schon zur Hälfte besetzt waren. Die große Holztafel war an die Stirnseite des Raumes geschoben worden und diente als Stellfläche für das üppige Buffet, das Viola quasi im Alleingang gezaubert hatte. Ich sah Artischocken mit Vinaigrette, Carpaccio, marinierte Auberginen, Zucchini und Champignons, gegrillte Scampi und verschiedene Salate. Auf dem Herd standen zwei riesige Töpfe Rote-Bete-Risotto, für das ich heute Nachmittag eifrig Zwiebeln geschält hatte, und eine Tomatensuppe, deren herrlicher Duft bis zu mir zog. Im Kamin prasselte ein Feuer. Carla konnte sehr zufrieden sein.

Wo war die Gastgeberin eigentlich? Mein Blick schweifte weiter suchend durch den Raum. Da entdeckte ich sie in der *Neugierde*, wo sie ein Glas Rotwein trank – mit Nick. Mein Atem setzte für einen Moment aus. Ich war überrascht von seiner Anwesenheit. Hatte Carla nicht gesagt, dass er erst im Januar zurück sein würde? Was hatte seine frühzeitige Rückkehr zu bedeuten? Beziehungsärger? Oder war seine Freundin etwa auch unter den Gästen?

Es war Anouk, die mir mein Glas Champagner brachte.

«Maman, es ist ein tolles Fest! Es ist richtig schön hier!»

Ich legte ihr eine Hand auf den Kopf und zwirbelte an einer Haarsträhne. Sie blickte glücklich auf, dann verschwand sie, um mit zwei mir unbekannten Mädchen ihres Alters die Köpfe zusammenzustecken.

Ich leerte mein Glas in einem Zug, fasste mir ein Herz und marschierte zielstrebig auf Carla und Nick zu. Auf dem Weg lief ich Hubi und Viola in die Arme, die angeregt plauderten. Als sie mich erblickten, schnalzte Hubi anerkennend mit der Zunge, und Viola reckte den Daumen nach oben.

«Bellissima, Ciccina!»

Ich grinste sie an. Viola selbst sah wie immer umwerfend aus in einem engen schwarzen Rock, einer knallroten Bluse und dem dazu passenden Farbton auf den Lippen. Ein Lob aus ihrem Munde konnte mich folglich nur adeln. Woher sie allerdings das Geld für ihre Luxusklamotten nahm, war mir ein Rätsel. Soviel ich wusste, hatte ihr Mann als Bauingenieur zwar ein solides Auskommen, unterstützte sie aber nur mit dem Nötigsten, weshalb auch sie auf der Suche nach einem Job war.

Kaum hatte ich die beiden passiert, da entdeckte mich Nick. Er machte ein erfreutes Gesicht, sprang auf und rief: «Jette!» Er ging einen Schritt auf mich zu und gab mir einen Kuss auf die Wange. Ich spürte meine Knie weich werden, als wäre ich ein verliebter Teenager.

«Das Kleid steht dir phantastisch!», raunte er mir ins Ohr.

Ich vermied es, ihn anzusehen. «Ich dachte …», stammelte ich und hätte beinahe hinzugefügt: … *du wolltest dich melden?* Stattdessen fragte ich: «Feierst du nicht mit deiner Freundin auf einer Skihütte?»

Nick sah mich irritiert an.

Ich hätte mir im selben Moment auf die Zunge beißen können. Warum benahm ich mich wie eine eifersüchtige, besitzergreifende Ehefrau?

Sogleich fühlte sich Carla bemüßigt klarzustellen: «Von einer Freundin habe ich nichts gesagt.» Abwehrend hob sie die Hände. «Ich habe von Freunden gesprochen.»

Ich stöhnte innerlich auf. Wenn sie schon so genau sein wollte, wünschte ich mir doch einen diskreteren Umgang mit meiner falschen Annahme.

Nick ging zum Glück darüber hinweg. «Bin früher abgereist. Ich wollte Carla nicht alleine lassen», sagte er, beugte sich zu ihr hinunter und strich ihr sachte über die Wange. «Nicht dass sie in der Aufregung um die Feier wieder vergisst, ihren Blutzuckerspiegel zu messen und uns vor aller Augen kollabiert.»

Carla nahm seinen Kopf zwischen ihre Hände und lachte. «Eine richtige Glucke ist er.»

Nick schmiegte seine Wange in ihre Hand, dann richtete

er sich auf und erklärte mit einem Seitenblick in meine Richtung: «Ganz genau, und darum besorge ich Jette jetzt erst mal etwas zu trinken. An einem Abend wie heute sollte niemand auf dem Trockenen sitzen, finde ich.»

«Danke, gerne!» Verlegen stellte ich mein leeres Champagnerglas auf einem Tischchen ab und starrte ihm gedankenverloren nach, als er zur Theke ging.

Kaum war er außer Hörweite, sagte Carla: «Dafür, dass ihr euch kaum kennt, wirkt ihr schon sehr vertraut.» Ein Lächeln erschien auf ihrem Gesicht. «Nikolaus ist bei deinem Anblick jedenfalls ganz schön nervös geworden.»

Ich schüttelte den Kopf. «Ach was, er flirtet doch mit allen», wiegelte ich bemüht lässig ab.

Carla schob sich die hinuntergerutschte Brille zurück auf die Nase und sah mich aufmerksam an. Es gelang mir offensichtlich nicht, unbeteiligt zu wirken. Um abzulenken, pflückte ich ein paar Weintrauben von der Etagere auf dem Beistelltisch, nahm eine Käseecke und schob sie mir in den Mund. Bevor ich ein unverfängliches Gesprächsthema anschneiden konnte, sah ich zu meiner Überraschung Kitti hereinkommen.

Carla hatte sie ebenfalls entdeckt. «Da bist du ja wieder!», rief sie und winkte Kitti zu uns.

Carla hatte also recht behalten: Kitti war tatsächlich zurückgekehrt. Sie sah mitgenommen aus. Ihre Augen waren rot gerändert, als hätte sie den ganzen Tag geweint. Mit schleppendem Gang kam sie auf uns zu und kniete sich zu uns.

«Nur so viel: Marcs Studentin will es noch mal mit ihm versuchen», platzte es aus ihr heraus. «Jetzt braucht er *Bedenkzeit*. Er sagt, er liebt uns beide. So ein ... feiges Arschloch.» Kittis Stimme klang belegt.

Ich umarmte sie und drückte sie fest an mich. «Du bist hier genau richtig.»

Carla klopfte auf den freien Platz neben sich. «Komm, setz dich, dann können wir reden, ja?»

Dankbar sah Kitti sie an und setzte sich.

Ich wollte mich gerade umdrehen, da spürte ich eine warme Hand auf meinem Arm. «Wie ich hörte, trinkst du heute Champagner ...»

Ich wandte mich um und blickte in Nicks dunkle Augen.

Er hielt mir ein Glas hin. «Deine Entscheidung oder die des mutigen Partywolfs?»

«Heute sind wir eins», lachte ich und fuhr über mein linkes Auge, das plötzlich zu jucken begann. Das war bestimmt die Schminke. Womöglich war ich dagegen allergisch?

Nick grinste. «Wenn das linke Auge juckt, wirst du dich bald freuen. Alter russischer Aberglaube.»

«Na, darauf trinke ich», erklärte ich, froh, meine Stimme und meine Fassung wiedergefunden zu haben.

Wir stießen an, und sogleich traten Viola und Hubi zu uns.

«Auf was trinkt ihr?», fragte Viola.

«Darauf, dass wir uns auf das neue Jahr freuen», verkündete Nick. «Das hoffentlich glücklicher und noch spannender werden wird für uns alle!»

«Klingt phantastisch. Dürfen wir mittrinken?», fragte Hubi.

«Unbedingt», erwiderte ich und deutete dann auf die Sitzecke, die gerade frei wurde. Wir ließen uns nieder und stießen an. Die Musik war laut, und immer mehr Leute begannen zu tanzen. Als nach einer ganzen Weile Kitti und Carla dazustießen, waren wir vollständig.

«Habt ihr Pläne oder besondere Vorsätze fürs neue Jahr?», fragte Viola in die Runde.

Sofort redeten alle durcheinander: Hubi wollte einzig und allein einen Zugang zu seinen Söhnen bekommen, Viola ihr schlechtes Gewissen als Wochenend-Mama ablegen und Kitti sich von ihrem Ex befreien. Nick und Carla hörten schmunzelnd zu, bis ich mit einer Gabel gegen mein Glas schlug. Der Moment für meine große Verkündung war gekommen.

«Bitte alle gut zuhören», rief ich gegen das Stimmengewirr an. «In der Tat habe auch ich Vorsätze gefasst für 2018, genau genommen drei, und zwar lebensverändernde!» Feierlich blickte ich in die neugierigen Gesichter.

«Um sie Mitte Januar mit dem vertrockneten Weihnachtsbaum gleich wieder zu entsorgen?», fragte Nick spöttisch. «Du weißt doch, dass das Ergebnis guter Vorsätze gleich null ist, oder?»

«Wer hat das denn behauptet?», entgegnete ich. «Ein großer Denker oder du?»

«Kommt das nicht aufs Gleiche heraus?», fragte er lachend.

Ich winkte ab. «Meine Vorsätze sind keine frommen Wünsche», sagte ich starrköpfig, «sondern ernstgemeinte Ziele. Und ich werde sie erreichen. Man muss nämlich nur wollen.»

Nick zuckte mit den Schultern. «Für mich klingen Vorsätze einfach zu sehr nach selbstgewähltem Gefängnis – mit freiwilliger Überwachung.»

«Im Gegenteil», erwiderte ich trotzig, «meine Vorsätze werden mich erst frei machen!»

Ich stellte mir vor, wie diese Freiheit aussehen könnte. Und was ich vor meinem inneren Auge sah, überzeugte mich sofort: Von meinem unbefristeten Traumjob kommend, sah ich mich auf dem Weg zur Bank, um Superkonditionen für meinen Kredit auszuhandeln, den ich für meine erste Eigentumswohnung brauchte. Mein Look: elegant, aber sportlich. Meine Ausstrahlung: charismatisch, energiegeladen, selbstbewusst …

«Und welche drei Vorsätze wären das, Ciccina?», unterbrach Viola meinen Tagtraum, während sie eine Flasche Rioja entkorkte.

Alle warteten gespannt, was ich sagen würde.

«Erstens werde ich einen Job finden und einen unbefristeten Vertrag unterschreiben. Zweitens werde ich eine Wohnung kaufen, in der ich alt und grau werden kann. Und drittens werde ich Elternvertreterin sein und von anderen Müttern um meinen gelungenen Spagat zwischen Job, Familie und Selbstverwirklichung beneidet werden.»

Stille.

Eigentlich hatte ich mit einer anderen Reaktion gerechnet.

«Und wie willst du das erreichen?», fragte Kitti und sah mich fragend an.

Ich machte eine Pause, bevor ich antwortete. «Das Zaubermittel heißt Selbstoptimierung.» Ich sah einen nach dem anderen an, ob meine Worte die gewünschte Wirkung entfalteten. Bis auf Nick wirkten alle ziemlich beeindruckt. «Ich werde all meine Energie darauf verwenden, zielgerichteter, effizienter, fettverbrennender, kurzum: perfekter zu werden», sagte ich und atmete tief ein und aus. «Auf den Schwingen meines verbesserten Ichs werde ich dann zur totalen Freiheit fliegen – ohne irgendwelche Fristen!» Ich haute mit der Faust auf den Tisch. «Denn ich habe es satt, im Dauerprovisorium zu leben!»

Als ich Carlas fragenden Blick auffing, realisierte ich, dass auch sie mir eine Dreimonatsfrist gesetzt hatte. Aber das war Schnee von gestern. Ich würde den Spieß einfach umdrehen und die Frist zu meiner Verbündeten machen, bis ich mich endgültig von ihr befreit hatte. Das war eine Frage der Existenz!

Ich hatte mich dermaßen in Rage geredet, dass mich die erstaunten Gesichter der anderen überraschten. Die Situation erinnerte mich daran, wie ich als Siebenjährige aufgefordert worden war, beim Geburtstag meines Vaters vor dem versammelten Kollegium über meinen Berufswunsch zu sprechen. Nachdem ich verkündet hatte, einen Gnadenhof für verstümmelte Barbies betreiben zu wollen, hatten mich die Erwachsenen angesehen, als hätte ich mich gerade für einen Platz in der Psychiatrie empfohlen.

Wenn ich es recht bedachte, dann war das Hotel ja etwas ganz Ähnliches. Auch wir waren doch alle irgendwie amputiert und nur darum hier. Insofern hatte sich meine Prognose quasi bestätigt, wenn ich auch nur eine von den bemitleidenswerten Insassen und nicht die Betreiberin der Institution war.

«Was für ein Manifest, Jette. Hut ab!», holte mich Nick in die Gegenwart zurück, wobei mir der ironische Zug um seine Lippen nicht entging. «Neues Jahr, neues Ich? Das ist ja allerhand, was du dir da vorgenommen hast.» Er lehnte sich zurück und nippte an seinem Glas. «Und das alles in nur einem Jahr!?»

Beim Anblick seines zweifelnden Gesichtsausdrucks stieg Kampfgeist in mir auf.

«Falsch», sagte ich trotzig, «das schaffe ich sogar in nur zwei Monaten. Bis meine Frist im Hotel am 7. März abläuft, werde ich in sämtlichen Bereichen entfristet und glücklich sein.» Ich weigerte mich einfach, einen Misserfolg als möglich zu erachten.

Nick sah nicht überzeugt aus, und ich dachte im selben Moment, dass ich mein Blatt eventuell etwas überreizt hatte. Aber für einen Rückzieher war es nun zu spät.

«Wollen wir wetten?», setzte ich darum noch einen drauf und sah ihn herausfordernd an. Mit etwas Glück würde ich die anderen für meinen Plan gewinnen können. Bevor ich Nick also Gelegenheit gab zu antworten, wandte ich mich an meine Mitbewohner.

«Ich dachte, wenn Hubi als Unternehmensberater mir bei der beruflichen und finanziellen Neuaufstellung hilft, wenn Viola mein Erscheinungsbild und Kitti meine Fitness optimiert, dann könnte das doch locker in dieser Zeit klappen.»

«Rette mich, wer kann? Eine Spitzenidee, Jette!», warf Nick belustigt ein.

Hubi warf sich in seinem Sessel zurück und lachte. «Also, ich finde das gut und helfe dir gern. Frei nach Nietzsche: Ziele nach dem Mond – selbst wenn du ihn verfehlst, wirst du zwischen den Sternen landen! Mein Ziel ist es, die Jungs dazu zu bewegen, in den nächsten zwei Monaten eine Nachricht auf meinem Blog zu hinterlassen. Irgendetwas, das mir zeigt, dass sie mich noch nicht aufgegeben haben.»

«Ich helfe dir gerne bei den Texten, Hubi», ermunterte ich ihn, dankbar über seine Rückendeckung. Dann sah ich fragend zu Kitti.

«Ich bin auch dabei», sagte sie ernst. «Wir sollten uns alle gegenseitig bei unseren Vorhaben unterstützen. Wenn ich dich trainiere, Jette, kann ich gleich für meinen Fitnesstrainerschein üben, den ich im Frühjahr ablegen will.»

Viola legte ihr eine Hand auf die Schulter. «Sehr gut, ich helfe dir gerne beim Theoriepauken. Denn um Marc ein für alle Mal loszuwerden, musst du auf eigenen Beinen stehen!»

«Im Gegensatz zu Marc selbst», erwiderte Kitti mit trotzigem Galgenhumor. «Der braucht dafür momentan ja noch seine Krücken – und seine kleine Studentin. Das neue Jahr ist meine Chance, es besser zu machen. Und besser kann nur heißen: ohne Marc!»

Viola hielt ihr Weinglas hoch. «Darauf trinke ich!», sagte sie feierlich und nahm einen tiefen Schluck. Dann erklärte sie: «Mein Vorsatz ist es, die zündende Geschäftsidee zu finden, die mich endlich unabhängig macht von den Almosen meines

Ex», sagte sie bestimmt. «Wenn ihr mir in den Hintern tretet und mit mir brainstormt, dann finde ich etwas, da bin ich mir ganz sicher.»

Ich sah sie an. «Du musst uns aber versprechen, dass diese Idee etwas mit deinen überirdischen Kochkünsten zu tun haben wird!», verlangte ich.

Sie grinste. «Solange ich dafür nicht nachts und am Wochenende arbeiten muss ... Her mit den Ideen!»

Hubi klatschte in die Hände. «So soll es geschehen! Gemeinsam steigen wir wie Phönix aus der Asche empor, aus den Ruinen unseres alten Lebens, und fliegen mit flammenden Flügeln in ungeahnte Höhen des Glücks ...» Nach dem pathetischen Plädoyer fügt er noch hinzu: «Letztlich kommt es ja in erster Linie auf den Glauben an den eigenen Erfolg an, oder?»

Wir stimmten ihm zu und stießen mit unseren Gläsern an.

Über Nicks Gesicht legte sich ein breites Lächeln, und ich dachte zum wiederholten Male, wie überaus attraktiv ich diesen Mann fand.

«Wow, ich bin beeindruckt von so viel Elan», erklärte er. «Eine Wette soll euch zusätzlich anspornen. Wenn ihr es also schafft, dann werde ich euch als Symbol der Auferstehung und Unbezwingbarkeit künstlerisch verewigen, einverstanden? Und wenn nicht, dann dürft ihr alle zusammen mein Atelier streichen.» Er lachte.

«Abgemacht», sagten wir wie aus einem Munde. «Die Wette gilt.» Lachend schlugen wir ein.

Ich fand die Idee bestechend. Von allein würden wir vermutlich nicht so schnell in die Puschen kommen. Und wären weitaus weniger effizient. Die Aussicht, dass wir uns gegenseitig mit unseren Talenten unterstützen würden, gefiel mir. Und es entsprach ganz und gar dem Geiste des Hotels.

«Was hältst du von unserer Wette?», fragte ich deshalb Carla, die bisher geschwiegen hatte.

«Worum wettet ihr?», fragte Carla, als hätte sie das bisherige Gespräch gar nicht mitbekommen. Sie sah müde aus, wie sie da so eingesunken in ihrem Sessel saß, die Hände zusammengefaltet, die Augen halb geschlossen.

Ich sah, wie Nick sie besorgt anblickte. «Brauchst du etwas Süßes?», fragte er, woraufhin sie nickte. Schnell holte er ein Päckchen Traubenzucker aus seiner Tasche, riss die Folie auf und reichte ihr die kleine Tafel.

Dankbar lächelte Carla ihn an, bevor sie das Stückchen im Mund verschwinden ließ.

«Nun, dass wir es alle innerhalb der nächsten zwei Monate schaffen, unsere Vorsätze fürs neue Jahr umzusetzen», erklärte ich leicht irritiert.

«Beziehungsweise für unser neues Leben», fügte Hubi hinzu. «Was nimmst du dir für das kommende Jahr vor, Carla?»

Unsere Hausmutter blickte in die Runde.

«Mein Vorsatz für das neue Jahr?», wiederholte sie. «Euch dabei zu erleben, wie ihr eure Vorsätze umsetzt, würde mir schon reichen. Es ist –»

Sie brach ab, und ein seltsamer Ausdruck huschte über ihr Gesicht. Dann erhellte jedoch gleich wieder ein Strahlen ihre Züge, und sie sagte fröhlich: «Genau das will ich doch mit der Frist erreichen: dass ihr euch bewegt! Dass ihr Ziele habt, sie verfolgt und euch gegenseitig unterstützt.»

In den nächsten Stunden tanzten wir, euphorisch, berauscht, voller Tatendrang, betranken uns munter und naschten von Violas Köstlichkeiten. Es machte mich froh zu sehen, dass sogar Kitti den Schmerz über ihren verpatzten Neuanfang für ein paar Stunden vergessen konnte. Je mehr Wein floss, desto ausgelassener wurde die Stimmung in unserer Sitzecke und auf der Tanzfläche.

Irgendwann bildeten Viola, Hubi, Kitti, ich und die Kinder einen Kreis und tanzten Polka. Nick blieb bei Carla und unterhielt sich angeregt mit ihr. Hin und wieder fing ich seinen lächelnden Blick auf und fragte mich, ob ich ihn genauso verwirrte wie er mich.

Dann wurde auf einmal die Musik leiser gedreht, und die Gespräche verebbten für einen Moment.

«Noch fünf Minuten bis zum neuen Jahr!», rief jemand und sorgte damit für ein unruhiges Hin und Her.

Alle bewaffneten sich mit Sektflaschen und Wunderkerzen, suchten Jacken und Feuerzeuge. Auch ich sah mich hektisch um: Wo waren meine Töchter?

Ich suchte in allen Zimmern, bis ich sie schließlich um zwei Minuten vor zwölf im Dachgeschoss auf der Treppe fand, wo sie mit den anderen Kindern heimlich Berliner verdrückten.

«Kommt, es geht gleich los», rief ich, und wir eilten gemeinsam hinaus in den Garten.

Draußen war es eiskalt. Ich knöpfte den Mädchen ihre Mäntel zu und setzte ihnen Mützen auf. Um uns herum begrüßten die Leute bereits das neue Jahr, lagen sich in den Armen und ließen Sektkorken knallen. Auch ich drückte jetzt meine Töchter an mich und wirbelte sie nacheinander lachend im Kreis herum.

Knaller explodierten, und eine Kaskade farbiger Sterne und zuckender Leuchtschlangen erschien am Himmel.

Ein schönes Bild für meinen Neuanfang, dachte ich. Mir war ganz feierlich zumute.

«Was wünscht ihr euch für das neue Jahr?», fragte ich meine Mädchen vergnügt.

«Endlich ein Haustier, Maman!», rief Claire, während Anouk den Kopf schüttelte und sie unterbrach.

«Wir kriegen doch eh keines, wegen Mamas Allergie», sagte sie und zog eine Schnute.

Wie jedes Jahr, dachte ich verzagt.

«Aber vielleicht kriegen wir ja eins von Iris», tröstete Claire sich selbst und fügte arglos hinzu: «Die hat nämlich keine Allergie, glaube ich.»

Das saß. Eigentlich hatte ich gehofft, dass sich mit der Geburt des kleinen Korbinian der Wunsch nach einem Haustier erledigt haben würde. Die ewige Bremserin zu sein traf mich hart. Aber noch mehr schmerzte der Gedanke, einen so mächtigen Konkurrenten zu haben. Auf der Verstandesebene war mir klar, dass ich nicht um die Gunst der Kinder buhlen musste – und nicht buhlen sollte. Ich war auch gar nicht darauf aus, Pierre oder Iris zu übertrumpfen, und darum ging es ja auch gar nicht. Aber das Gefühl, nur noch zweite Wahl zu sein, jetzt, wo es eine intakte Zweitfamilie gab, nagte an mir. Ich hätte alles dafür getan, den Mädchen ihren dringlichsten Wunsch zu erfüllen.

«Wenn es eine Möglichkeit gäbe, ich würde euch einen ganzen Zoo besorgen», beteuerte ich.

Doch bevor Anouk und Claire wegen meiner uneinlösbaren Versprechen schimpfen konnten, wurden wir von Carla, Kitti, Viola, Hubi und Nick umrundet. Nick reichte den Mädchen je einen großen Becher Limonade und mir ein Glas Sekt. Die Gläser klirrten, als wir alle miteinander anstießen.

Dann drehte sich Nick zu mir und sagte leise: «Darauf, dass es für alles eine zweite Chance gibt.»

Er klang überraschend ernst. Und noch bevor ich etwas erwidern konnte, war er in Richtung seines Ateliers verschwunden.

Seltsam, dachte ich und beobachtete gedankenverloren die Kinder, die jetzt alle kreischend Knallerbsen auf die Steine pfefferten. Nach einer Weile stahl ich mich unauffällig davon und folgte Nick. Der Sekt hatte mich mutig gemacht.

«Du rauchst?», fragte ich ihn, als ich ihn vor der Tür zur Datscha entdeckte. Ich fröstelte und schlang den Mantel enger, um mich zu wärmen.

«Alle großen Denker waren Raucher!»

Ich lachte. «Wenn das so ist, könnte ich dann auch eine haben?»

«Verstehst du das unter Selbstoptimierung?» Er zog die Augenbraue hoch. «Andere wollen an Silvester mit dem Laster aufhören, und du fängst am Tag deiner Wiedergeburt damit an?»

«Und ob!» Ich ließ mir eine Zigarette von ihm anzünden. «Selbstoptimierung heißt ja nicht, auf alles zu verzichten, was Spaß macht», entgegnete ich kühn.

Ich inhalierte tief und musste husten. Zu allem Überfluss stieg mir auch noch Rauch in die Augen. Panisch rieb ich darin herum, wodurch ich garantiert mein Make-up verschmierte.

Nick machte einen Schritt auf mich zu, nahm mir die Zigarette aus der Hand und tupfte mir mit einem Taschentuch vorsichtig die schwarzen Mascara-Spuren aus dem Gesicht.

Ich versuchte, meine Nervosität zu verbergen.

«Wieder das linke Auge!», sagte er und ging noch einen weiteren Schritt auf mich zu. «Jetzt muss aber endlich mal etwas passieren, das dich freut.»

Wollte er mich etwa …?

Instinktiv schloss ich die Augen und öffnete leicht die Lippen, als mich ein lautes Räuspern in die Realität zurückholte.

Ich öffnete die Augen und sah, dass Nick bereits zurückgewichen war und jemanden hinter mir fixierte. Hektisch schnellte ich herum: Dort stand Carla und sah mich mit unbewegtem Gesicht an.

«Liebes, deine Töchter suchen überall nach dir. Sie wollen ins Bett.»

Waren meine Knie schon vorher vor Aufregung wackelig gewesen, so brachte dieses verwirrende Gefühlsdurcheinander aus mütterlicher Fürsorge, peinlicher Berührtheit und enttäuschter Erwartung meine Beine erst recht in Bewegung. Ich warf Nick einen raschen Blick zu und stöckelte ohne ein weiteres Wort an ihm vorbei.

14. Der Lauf zu mir selbst

Als ich am nächsten Morgen von einem zaghaften Klopfen geweckt wurde, war es draußen noch dunkel.

Ich blinzelte schlaftrunken und richtete mich im Bett auf. Ein Blick auf die Uhr bestätigte mein Gefühl. Es war erst acht Uhr in der Früh. Die Mädchen schliefen noch tief und fest, kein Mucks war zu hören.

Wer in Gottes Namen war am Neujahrsmorgen um diese Zeit schon wach? Nick? Während ich mir schnell etwas überzog, ließ ich im Zeitraffer den Abend Revue passieren.

Nachdem Carla uns beide bei was auch immer unterbrochen hatte, war ich mit meinen Töchtern aufs Zimmer gegangen, um sie ins Bett zu bringen. Dabei musste ich selbst eingeschlafen sein. Irgendwann in der Nacht war ich dann wach geworden und hatte lange im Dunkeln gelegen und an die Decke gestarrt. Ich wurde einfach nicht schlau aus Nick. Hatte er mich überhaupt küssen wollen? Vielleicht. Sicher war ich mir nicht. Wollte ich denn, dass er mich küsst? Unbedingt, schon allein deshalb, weil es mir sonst über alle Maßen peinlich wäre, mich «kussbereit» gemacht zu haben. Vom Alkohol ermutigt, hätte ich mir in diesem Moment sogar noch ganz andere Dinge mit ihm vorstellen können.

Ich sollte besser nichts erwarten, schalt ich mich. Ein schwacher Moment. Dennoch fühlte ich, dass mit der Verkündung meiner großen Zukunftspläne etwas Neues und Aufregendes im Entstehen war. Wie viel Anteil Nick daran hatte, vermochte ich nicht zu sagen.

Es klopfte erneut.

Als ich sachte die Tür öffnete, drang Licht vom Flur herein. Vor mir stand Kitti. In ihren eng anliegenden Sportklamotten sah sie aus, als hätte sie bereits eine Runde um die Alster gedreht.

«Aufstehen, du Schlafmütze», flüsterte sie mit Blick auf meine schlafenden Töchter. «Vom Rumhängen wirst du nicht fitter. Du startest heute mit fünf Kilometern.»

Innerlich stöhnte ich. Joggen zu gehen, das war das Letzte, wonach mir gerade zumute war. Aber nach den großen Tönen, die ich gestern gespuckt hatte, konnte ich jetzt schlecht kneifen.

Ich bat Kitti um fünf Minuten Geduld und verschwand im Bad, um mich umzuziehen. Während ich mir meine ausgeleierte Jogginghose überstreifte, dachte ich wieder an Nick und spürte einen Schwall Energie durch mich hindurchströmen. Voller Tatendrang beschloss ich, gleich mit zehn Kilometern zu beginnen. Warum kleine Schritte gehen, wenn man auch große machen und so umso schneller ans Ziel kommen konnte?

Schnell schrieb ich Anouk und Claire noch eine kurze Notiz, dann öffnete ich leise die Tür und trat auf den Flur.

Kitti wartete im Salon auf mich. Als ich diesen betrat, stutzte ich.

Hier mussten Heinzelmännchen am Werk gewesen sein. Sämtliche Möbel waren wieder an ihren ursprünglichen Platz gerückt worden, keine leeren Flaschen und Gläser standen herum, selbst die Küche war picobello aufgeräumt und blitzte, als könnte jede Minute der Mann vom Gesundheitsamt klingeln. Bis auf eine Reihe von Bierbänken, die übereinandergestapelt neben der Tür lagen, gab es nicht die leiseste Spur, dass hier gestern eine Party mit einer Menge Gästen stattgefunden hatte.

Kitti reichte mir einen grünen Smoothie und sagte: «Das war ich. Für einen richtigen Neuanfang braucht es Klarheit, kein Durcheinander.»

Ich war offenbar nicht die Einzige mit Energieüberschuss. Trotzdem wirkte Kittis Aktion ein wenig überraschend. Immerhin hatte sie gestern erst erfahren, dass ihr Mann seine Affäre niemals aufgegeben hatte. Ich bewunderte sie dafür, dass sie sich nicht hängenließ, sondern gerade jetzt eine ungeahnte Power entwickelte.

«Durcheinander hattest du wohl lange genug, was?», fragte ich vorsichtig.

Kitti nickte. «Ich weiß selbst nicht, warum ich das so lange mitgemacht habe. Hab wohl zu lange geglaubt, dass ich Marcs andauernde Zurückweisung verdient hätte, genau wie bei meinem Vater.»

«Deinem Vater?», fragte ich.

Ihr Gesicht wurde traurig. «Er hat unsere Familie verlassen, als ich sechs Jahre alt war. Ich fühlte mich für sein Verschwinden verantwortlich. Und so einen Verlust ein zweites Mal durchzumachen, wollte ich mir wohl ersparen.»

Das konnte ich gut nachfühlen. «Du verdienst etwas Besseres, Kitti. Du bist eine tolle Frau!»

«Ach was», winkte sie ab. «Ich bin doch höchstens Durchschnitt.»

Ich traute meinen Ohren nicht. «Was heißt hier Durchschnitt? Du bist eine sehr erfolgreiche Sportlerin, hast an Olympischen Spielen teilgenommen und –»

«… wurde disqualifiziert», unterbrach sie mich. «Wie bei Marc. Stell dir vor, jetzt will dieser Narziss herausgefunden haben, dass er polyamor ist und darum quasi mehrere Frauen gleichzeitig lieben *muss*.»

Ich schüttelte den Kopf. «Ist nicht dein Ernst.»

«Doch! Aber jetzt ist Schluss! Sollen sich doch die anderen Weiber mit ihm rumärgern», sagte sie so energisch, als wollte sie vor allem sich selbst überzeugen.

Dann klatschte sie entschlossen in die Hände zum Zeichen, dass sie das Thema und die Verweildauer des Kerls in ihrem Leben für beendet hielt.

«Wie fit bist du eigentlich so grundsätzlich?», fragte sie, während sie in ihrer Handy-App die Laufstrecke markierte.

«Sehr fit», erwiderte ich im Brustton der Überzeugung. Schließlich fuhr ich viel Fahrrad, ging mit meinen Mädchen regelmäßig schwimmen und nahm statt des Fahrstuhls lieber Treppen.

Kitti schlug mir kumpelhaft auf die Schulter. «Na, prima, das hört sich doch gut an. Dann mal los!»

Ich stürzte meinen Smoothie hinunter, und wir verließen wenig später das Haus.

«Sollen wir wirklich, bei den Temperaturen?», fragte ich zögernd, als wir in die Kälte hinaustraten. Sofort ärgerte ich mich über den lästigen inneren Schweinehund, der sich mir wie üblich in den Weg stellte.

«Es gibt kein falsches Wetter, nur falsche Kleidung», machte Kitti meine leise Hoffnung zunichte und ging zurück ins Haus. «Ich hol dir rasch eine Funktionsjacke.» Im Gehen drehte sie sich noch einmal zu mir um. «Es genügt nicht zu glauben, dass du könntest, wenn du nur wolltest. Du musst es auch beweisen, vor allem dir selbst», sagte sie.

Ich fühlte mich ertappt und seufzte. Wenn Laufen meine Droge werden sollte, musste ich an meiner inneren Einstellung arbeiten und das tun, was andere Läufer auch taten. Also streckte und dehnte ich meine Arme und Beine am Treppengeländer und ließ meine Hüfte kreisen, ganz so, wie ich es immer bei den Joggern sah, die ich bis gestern noch so beneidet hatte. Dann begann ich, wie ein Hampelmann auf der Stelle zu hüpfen, was mir garantiert ein äußerst dynamisches Aussehen verlieh.

Kittis anerkennenden Blick, als sie zurückkam, hätte ich am liebsten fotografiert.

Als wir wenig später in Richtung Volkspark losspurteten, fühlte ich mich kraftvoll wie selten. Nicht mal das idiotische LED-Lämpchen, das Kitti mir wegen der Dämmerung draußen an die Mütze geklemmt hatte, konnte mir etwas von meinem Hochgefühl nehmen. Ich gab Vollgas und hatte das Gefühl zu schweben. Als mir der erste Läufer entgegenkam, hob ich lächelnd die Hand zum Läufergruß, ein Erkennungszeichen unter Gleichgesinnten. Als ich tatsächlich zurückgegrüßt wurde, fühlte ich mich wie aufgenommen in den Kreis der himmlischen Heerscharen. Wow, war das schon die Endorphinausschüttung, von der alle Läufer so schwärmten?

Doch wenige Minuten später war es schon wieder vorbei mit der Euphorie. Kitti hatte ein beachtliches Tempo vorgelegt und war, noch bevor ich mich in ihren Windschatten hängen konnte, auf und davon getrabt. Ich hatte das Gefühl, bergauf laufen zu müssen, obwohl die Strecke ganz flach verlief. Der Boden unter mir begann zu schwanken. Meine Schritte wurden schwerfälliger, und ich bekam kaum noch Luft.

«Los, nicht schlappmachen», rief Kitti, die frisch wie der junge Morgen plötzlich wieder auf meiner Höhe aufgetaucht war und ihre Kreise um mich zog. «Die ersten zehn Minuten sind die schwierigsten.»

Ich schleppte mich weiter wie ein sterbendes Tier.

Als ich partout nicht mehr konnte, bediente ich mich einer kleinen Notlüge. Ich ging in die Hocke und zog zum Schein meine Schnürsenkel noch mal fester. Da ließ mich ein ohrenbetäubender Pfeifton zusammenzucken. Ich sah auf.

Zwischen Kittis Zähnen klemmte eine Trillerpfeife. Mit der Strenge einer osteuropäischen Eislauftrainerin brüllte sie: «Wer hat was von Pause gesagt? Fünf Liegestütze!»

Ihr eiserner Gesichtsausdruck verriet, dass sie keine Täuschungsmanöver duldete. Folgsam legte ich mich auf den kalten Waldboden und stemmte meinen Oberkörper fünfmal hoch, bis ich das Gefühl hatte, meine Lunge würde gleich explodieren.

«Gut so!», spornte sie mich an. «Du musst an deine Grenzen gehen, physisch und psychisch.»

Nein, ich war definitiv nicht im Himmel, sondern eher in seinem finsteren Gegenpart. Ich fühlte mich, als würde ich ein Trainingscamp bei den Navy Seals absolvieren.

Nach einer kurzen Pause trabten wir wieder los. Ich war nicht einmal eine Minute gelaufen, da durchfuhr mich ein stechender Schmerz im seitlichen Oberbauch. Abrupt blieb ich stehen und stemmte die Hand in die Taille.

«Ein Arzt! Schnell!», presste ich mit letzter Kraft hervor. Ich rang nach Luft.

«Was du brauchst, ist kein Arzt, sondern Kondition. Du hast Seitenstechen», analysierte Kitti mitleidslos, während sie auf der Stelle tänzelte.

Außer heftigem Keuchen brachte ich keinen Ton mehr heraus. Ich schnaubte wie ein erschöpfter Gaul, der Schweiß lief mir in die Augen.

«Ich fürchte, du bist in schlechterem Zustand, als du geglaubt hast.» Kitti sah mich besorgt an. «Lass uns später mal eine Bestandsaufnahme deiner Fitness machen. Morgen walken wir!»

Ich schluckte. Die Aussicht, wie eine klapprige alte Frau mit Stöcken durch den Park spazieren zu müssen, war alles andere als verlockend.

«Ach, ich hatte einfach nur schlechte Startbedingungen», schnaufte ich. «Der viele Wein gestern noch und dann diese drückenden Schuhe. Bitte, Kitti, ich brauche Herausforderungen, um zu wachsen. Morgen lege ich richtig los, dann bin ich in zwei Monaten fit wie ein Turnschuh, versprochen.»

Sie sah mich mitleidig an. «Denk nicht an das, was in zwei Monaten ist, sondern konzentriere dich auf jeden einzelnen Tag, wenn du dauerhaft etwas verändern möchtest. Es heißt ja nicht umsonst: Willst du weit gehen, mache kleine Schritte! Besser, du schaust parallel, welches mentale Training dir helfen könnte, etwas gelassener an die Sache ranzugehen. Wir sehen uns gleich zu Hause!»

Mit diesen Worten drehte sie sich um und trabte einfach davon.

Was für ein Rückschlag gleich an meinem ersten Tag, dachte ich zerknirscht, während ich mühsamen Schrittes den Heimweg antrat. Vielleicht sollte ich das Achtsamkeitstraining wiederaufnehmen, das ich vor einigen Jahren, kaum hatte ich es begonnen, aus Lustlosigkeit wieder eingestellt hatte. Alles, was half, den Optimierungsprozess geschmeidiger zu machen, würde am Ende zur Effizienzsteigerung beitragen.

Während ich langsam weiterging, blieb mein Blick an einem Aushang hängen, der an einem Ampelmast klebte. Ich las den Text:

Süßes acht Wochen altes Sphinxkätzchen
in liebevolle Hände abzugeben.
Auch für Allergiker geeignet!!!

Darunter stand eine Telefonnummer. Von einer allergenarmen Katze hatte ich noch nie gehört. Ich dachte an meine

Töchter und spürte, wie mein Herz zu flattern begann. Wenn dieser Morgen auch bisher eine ziemliche Pleite war, konnte er doch noch für etwas anderes gut sein.

Eilig riss ich die Telefonnummer ab und steckte sie ein. In mir reifte ein kühner Entschluss.

Erschöpft und rotfleckig ließ ich mich auf die Treppenstufen vor unserem Haus fallen und verbarg mein Gesicht in den Händen. Das war der anstrengendste Neuanfang meines bisherigen Lebens, so viel war klar. Wenn das so weiterging, würde ich meine Vorsätze noch vor dem 2. Januar über Bord werfen. Ganz so, wie Nick es prophezeit hatte. Möglicherweise sollte ich meine Energie oder das, was davon übrig war, zunächst in meinen beruflichen Neustart stecken, überlegte ich, als ich hinter mir die Tür hörte.

Ich drehte mich um, und mein Herz machte einen Satz: Im Türrahmen stand Nick mit einer der zusammengeklappten Bierbänke unter dem Arm. Offenbar half er, die letzten Reste der Party zu beseitigen.

Ich war so überrascht, dass ich kein Wort herausbrachte, während er zunächst seelenruhig die Bank gegen die Hauswand lehnte und sich dann neben mich setzte. Allerdings ließ er zwei Handbreit Abstand zwischen uns. Ich musste mich zwingen, ihn nicht zu berühren.

«Du siehst aus, als wärst du heute schon einen Marathon gelaufen», sagte er und sah mich belustigt von der Seite an.

Ich versuchte eine Rechtfertigung. «Ich wollte ja, aber dann kamen diese stechenden Schmerzen, der beißende Gegenwind und meine Schuhe und …», stammelte ich.

«… und unter der Last dieser unglücklichen Umstände

bist du dann zusammengebrochen, verstehe schon», grinste er. «Dass mit der Selbstoptimierung läuft ja eher suboptimal an.»

Ich boxte ihn in die Seite. «Nur ein kleines Lauftief, mehr nicht!»

Nick zog seine Jacke aus und legte sie mir über die Schultern. Sein Blick war voller Wärme. «Du wirst dich erkälten», sagte er.

«Du klingst wie meine Mutter. Nur irgendwie netter», sagte ich grinsend. «Wobei ihre einzige Sorge wohl gewesen wäre, wie ich nur so verschwitzt unter Menschen gehen konnte.»

Nick stand auf und reichte mir die Hand, um mich hochzuziehen.

Bei unserer Berührung fuhr ein Kribbeln durch meinen ganzen Körper.

«Dann höre auf Mutti und geh erst einmal duschen, Jetti!»

Jetti? Mir wurde augenblicklich warm. So hatte mein Vater mich immer genannt.

«Er nennt dich *Jetti?*», hörte ich eine heisere Stimme von der Straße her fragen. Sie gehörte Pierre.

Ihn hatte ich tatsächlich völlig vergessen: Wir hatten ja vereinbart, dass er die Mädchen um zehn Uhr abholen würde!

Er war ganz fahl im Gesicht. Was vermutlich nicht daran lag, dass er mich in vertrautem Gespräch mit einem anderen Mann antraf. Oder doch?

«Ihr scheint euch ja schon gut zu kennen», sagte Pierre mit gepresster Stimme.

«Gut genug, um die durchgefrorene Sportskanone hier unter die Dusche zu schicken», erwiderte Nick lachend, während sich Pierres Miene immer mehr verdüsterte. «Ich bin übrigens Nick. Und du, bist du ein neuer Gast?»

Pierre kam näher und blickte uns trotzig an. «Nein, ich

bin Jettes Lebensgefährte und der Vater ihrer Kinder», sagte er schmallippig.

Ich traute meinen Ohren nicht: Dass wir getrennt waren und dass er mich verlassen hatte, diese Nebensächlichkeiten waren bei ihm wohl gerade in Vergessenheit geraten.

«Und seit ein paar Tagen glücklich verheiratet», fügte ich empört hinzu. «Mit einer anderen.» Und weil ich es mir nicht verkneifen konnte, fügte ich gleich auch noch hinzu: «Und stolzer Vater eines Jungen, der schon gezeugt wurde, als wir noch zusammen waren ...»

Beide Männer schwiegen betreten.

«Ich hole dann mal die Mädchen», schob ich versöhnlich hinterher und betrat das Hotel.

Nachdem ich die Kinder an Pierre übergeben und mich von ihnen verabschiedet hatte, ging ich in mein kleines Reich und stellte mich unter die Dusche.

In ein Badetuch gewickelt streckte ich mich danach auf dem Bett aus und hatte mir gerade ein Kissen unter den Kopf gestopft, als Kitti anklopfte.

«Keine Müdigkeit vorschützen, meine Liebe», lachte sie und blickte sich suchend nach einem Sitzplatz um.

Hastig stand ich auf, sammelte die Kleidungsstücke zusammen und räumte den Rattanstuhl frei.

«Geht's wieder?», fragte sie und setzte sich.

Ich nickte, während ich die Klamotten in den Schrank stopfte.

Geschäftig fuhr sie fort: «Also, guter Wille allein ist wohl nicht genug. Mir scheint, wir müssen uns zusätzlich um digitale Munition kümmern für dich. Ich denke da an bestimmte Apps, einen Activity Tracker, einen Pulsmesser oder eine Smartwatch. Etwas davon wird dir hoffentlich ein paar Flügel verleihen.»

«Ist das wirklich nötig?», fragte ich skeptisch. Ich hatte Zweifel, ob so ein Hightech-Schnickschnack nicht vom Wesentlichen ablenkte. «Du wirst sehen, morgen bin ich schon –»

«Morgen, morgen, nur nicht heute, sagen alle faulen Leute», unterbrach Kitti mich lachend. «Das hat meine Großmutter immer gesagt, Süße, wenn ich kneifen wollte. Willst du dich wirklich wieder in Form bringen?»

Ich hob die Hände. «Mehr als irgendetwas anderes», erwiderte ich, wie um mich selbst anzufeuern.

«Dann sage der Aufschieberitis den Kampf an! Ich weiß, wie schwer das ist. Aber zum Glück hast du ja gestern durch deine Ankündigung einen entsprechenden Erwartungsdruck aufgebaut, sodass an ein Zurück nicht mehr zu denken ist, ohne blöd dazustehen.» Sie zwinkerte mir zu. «Aber für den Fall, dass dich das nicht genug antreibt, gibt es immer noch viele hübsche Gadgets, die dir helfen, deine festgelegten Ziele zu erreichen, die eigene Leistung zu kontrollieren und konstant zu verbessern.»

An Kittis Entschlossenheit würde ich mir die Zähne ausbeißen, so viel stand fest. Da gab ich lieber gleich klein bei.

«Und wie funktionieren diese *Gadgets?*»

«Mit dem Trackingarmband kannst du mittels verschiedener Sensoren zurückgelegte Schritte und Stockwerke, deine Laufstrecken und -zeiten, deine Herzfrequenz und Schlafqualität sowie verbrauchte Kalorien messen. Die Daten werden dann via Bluetooth an dein Smartphone gesendet, und eine entsprechende App wertet die Informationen schließlich aus.»

Ich nickte eifrig und schnappte mir einen Müsliriegel, den Anouk oder Claire neben der Matratze liegengelassen haben musste. Außer einem Smoothie hatte ich heute noch nichts gegessen, ich fühlte mich ganz zittrig.

«Auch einen kleinen Snack für zwischendurch?», fragte ich, stolz, ihr etwas Gesundes anbieten zu können, das Leistungssteigerung schon allein durch den schnellen Verzehr versprach.

Doch Kitti schaute mich an, als hätte ich ihr eine verdorbene Auster vorgesetzt. «Sünde!», rief sie und nahm mir den Riegel aus der Hand, um ihn mit einem gekonnten Wurf in den Mülleimer zu werfen. «Weißt du, dass so ein Riegel 600 Kalorien bei mehr als 30 Gramm Fett hat? Und Zucker ohne Ende. Da kannst du mir gleich Violas Tiramisu als gesunde Zwischenmahlzeit verkaufen.» Ihre Augen wurden zu Schlitzen. «Vielleicht sollten wir ein Armband ins Auge fassen, das zusätzlich auch noch deine Körperzusammensetzung ermittelt, sprich: Muskelmasse, Körperfettanteil und Wasser.»

Sie sah an mir hinunter, als könne sie schon mit bloßem Auge meine verheerenden Werte erkennen.

Ich seufzte. Dieser Eindruck mochte nicht ganz falsch sein, zumindest wenn man meine etwas außer Form geratene Gestalt mit ihrem gertenschlanken, durchtrainierten Körper verglich. Aber erstens, so sagte ich mir, hatte ich mir während der Weihnachtstage lediglich ein paar Zusatzkilos angefressen, und zweitens musste ja auch etwas zum Messen vorhanden sein, sonst hätte diese ganze Technologie keinen Zweck. Wer von ganz unten startete, würde eine viel beeindruckendere Erfolgskurve vorweisen.

Als hätte sie meine Gedanken gelesen, holte Kitti ihr Handy hervor und fuhr fort: «Dass dein BMI ein bisschen zu hoch ist, muss ich dir nicht sagen. In der Küche wird der Körper gemacht, Sport allein macht nicht schlanker. Also ran an den

Speck und Finger weg von Alkohol, Zucker und Chips», erklärte sie mir, während sie sich auf diversen Online-Fitnessshops durch die angebotenen Armbänder klickte.

Ich blickte ihr über die Schulter. Die günstigen Varianten wischte sie gleich weg. Schließlich blieb sie bei einem hängen, das sie überzeugte.

«Dieser Activity Tracker ist *state of the art* und genau richtig, dich auch ernährungstechnisch abzusichern.»

Ich erschrak: 189 Euro sollte das Wunderwerkzeug kosten, ein stolzes Sümmchen, das mich zögern ließ.

«Tut es nicht auch der für 39 Euro für den Anfang?»

Kitti verzog das Gesicht. Offenbar nervte sie meine Unschlüssigkeit. «Jette, dies ist nicht weniger als eine Investition in deine Zukunft!» Sie erhöhte den Druck. «Wenn du es ernst meinst, dann greif zu. Per Express kann das Armband schon morgen bei dir sein!»

Ich warf ihr einen entschlossenen Blick zu. Dann nahm ich ihr mit einer dynamischen Geste das Telefon aus der Hand, gab meine Daten ein und drückte auf Kaufen. Von wegen Aufschieberitis!

Kitti schlug mir auf die Schulter. «Sehr gut. Und jetzt warte noch einen Moment. Ich hol kurz was.» Sie stand auf und kam wenig später mit einem großen, leeren Zeichenpapier und dicken Buntstiften aus ihrem Zimmer zurück.

«Zur besseren Visualisierung deiner Vorsätze», erklärte sie. «Das Plakat, gut sichtbar an deiner Zimmertür angebracht, hilft dir, deine Gedanken zu programmieren und dein Unterbewusstsein auf deine Ziele einzuschwören.»

Fragend sah ich sie an. Das war nicht ihr Ernst, oder? Ich zuckte mit den Schultern. Wenn es denn half.

Ich überlegte kurz und schrieb dann in großen Lettern «Entfristung!» auf das Blatt und darunter «Die Ausdauer und

Disziplin eines Duracell-Häschens im Körper einer durchtrainierten Tänzerin unter dreißig».

«Sehr schön. Wie wird es sich wohl anfühlen, wenn du dieses Ziel erreicht hast?», fragte mich Kitti.

Ein weiterer Seufzer entfuhr mir. «Vermutlich wie ein Lottogewinn. Wie warme Milch mit Honig und das Lachen meiner Kinder auf einmal.»

Zumindest was die Überzeugungsarbeit mir selbst gegenüber anging, lag ich schon ganz weit vorne. Mein Unterbewusstsein war bereits auf meiner Seite.

15. Super Optimize Me

Am nächsten Morgen taten mir von den Anstrengungen des Vortags alle Glieder weh. Zudem hatte ich einen zehrenden Heißhunger auf ein Franzbrötchen. Ein Blick auf das Plakat an meiner Tür aber genügte, und ich schlüpfte, ohne zu zögern, erneut in meine Laufklamotten und verzichtete auf das Frühstück.

Kitti und ich *woggten*, eine Mischung aus walken und joggen. Die meiste Zeit bewegten wir uns im schnellen Schritttempo, und weil ich so diszipliniert ihren Anweisungen folgte, erlaubte sie mir, für den letzten Kilometer das Tempo zu erhöhen, was mir viel leichter fiel als beim letzten Mal. Störend waren einzig Kittis Vorträge. Sie dozierte ununterbrochen von Stoffwechselabläufen und sang ein mehrstrophiges Loblied auf ungesättigte Fette, *low carb* und Proteindrinks, sodass ich mir am Ende wünschte, es wäre schon März – und ich bereits am Ziel meiner Bemühungen angelangt.

Der schwache Teil in mir schien gegen die Totalabkehr vom Genuss rebellieren zu wollen, vor allem gegen die Vorstellung, bis auf weiteres auf alles, was mir schmeckte, verzichten zu müssen. Aber ich wusste natürlich, dass meine innere Abwehr nur eine weitere Art des Selbstboykotts gegen meine eigentlichen Ziele war. Also rief ich mir in Erinnerung, warum das Laufen ebenso wie das Fasten und das Zuhören nur eine Frage der Übung, des Willens und der richtigen Technik war. Immerhin lebte ich seit 24 Stunden selbstoptimiert und fühlte mich gut damit.

Nach dem Laufen führte Kitti mich in ihren angeblich auf

meine Bedürfnisse zugeschnittenen knallharten Trainingsplan ein. Es war ein Dreiklang aus Ausdauer, Kraft und Pilates, den ich, wenn er erst einmal verinnerlicht war, regelmäßig allein absolvieren sollte: sechsmal die Woche sechs Kilometer laufen, sechs kurze Trainingseinheiten zum Kraft- und Muskelaufbau sowie sechs schnelle Pilatesübungen.

Wir begannen in meinem Zimmer mit einfachen Übungen: dem Vierfüßlerstand, bei dem ich mich mehrere Minuten auf meine Unterarme stützte. Dann folgte das Kreisen der Beine, das ich auf dem Rücken liegend absolvierte. Und schließlich kam das schräge U, bei dem ich, auf dem fest angespannten Po sitzend, Arme und Beine diagonal nach oben strecken sollte. Das Ganze fühlte sich eher nach Dreikampf als nach Dreiklang an.

Ein Vierteljahrhundert Stillstand auf der Turnmatte hatte seinen Tribut gefordert. Ich ächzte bei jeder Übung. Zum Glück beendete ein Klopfen an der Tür vorerst meine Qualen.

Es war Hubi, der mir ein Paket brachte. Ich riss es sofort auf, dankbar über die Pause. Zum Vorschein kam der Activity Tracker, den ich gestern bestellt hatte. Sein schwarzes Plastikarmband ließ ihn aussehen wie eine billige Uhr von einem dieser Marktstände, die neben Luxusimitaten schrille Handy-Hüllen und Gewürze feilboten. Für den horrenden Preis hätte ich rein optisch mehr erwartet.

Kitti war jedoch hochzufrieden und installierte auf meinem Telefon eine Smartphone-App, mit der ich die Daten vom Armband synchronisieren konnte.

«Die lässt keine Wünsche offen, versprochen», schwärmte sie. «Die Selbstoptimierungsgurus im Netz schwören jedenfalls darauf.»

Schon der Name war ein einziges Versprechen: *Super Optimize Me*, kurz SOM.

«Das ist genau *deine* App», fuhr sie fort, «weil sie nicht nur Sport und Gesundheit, sondern einfach jeden Lebensbereich erfasst – und optimiert.»

Ich spürte, wie mein Puls schneller wurde. Das war tatsächlich genau das Richtige für mich! Ein digitaler Stein der Weisen, der mich vom Kreuz der inneren Schwäche befreien würde, indem er meine Handlungen dokumentierte, kontrollierte und auswertete! Zugunsten einer besseren Übersicht hatten die Bausteine Health, Beauty, Work, Money, Social Life und Time Management verschiedene Farben. Auf einen Klick konnte ich sehen, wie viel Geld ich für Klamotten ausgab, wie viele Kalorien ich verbrannte und wie lange ich schlief, wie viel Zeit ich unproduktiv im Netz und produktiv mit Bedürftigen verbrachte, wie viele Bücher und Zeitungen ich las oder wie viele kulturelle Veranstaltungen ich besuchte.

«Du kannst dein ganzes Leben einer schlupflochfreien Qualitätskontrolle unterziehen. Das Einzige, was du dafür machen musst, ist, dir konkrete Wochen- und Monatsziele zu stecken und SOM regelmäßig mit Informationen zu füttern, um deine Ziele mit dem Geleisteten abzugleichen.»

«Ziele, Effizienz, Kontrolle», wiederholte ich zuversichtlich. «Das dürfte gegen meine Schönfärberei helfen.» Und gegen meine Gelüste, seufzte ich in Gedanken an das in weite Ferne gerückte Franzbrötchen.

Allerdings war es vorerst nur eine Hoffnung, dass der schonungslose Blick auf meine Unproduktivität genügen würde, um das Beste aus mir herauszuholen und ein neues Selbstbewusstsein zu entwickeln. Die Zweifel blieben, ob ich der Metamorphose gewachsen sein würde, SOM-Kontrolle hin oder her. Aber das behielt ich wohlweislich für mich.

Um sofort mit der Selbstvermessung beginnen zu können,

koppelte ich die App mit meinem Armband und formulierte meine Fitnessziele. Da ploppte schon die erste Mahnung in Rot auf. *Heute schon dein Sportpensum absolviert?*, fragte mich die App. Entschlossen drückte ich auf *Ja*. Ich musste Big Brother ja nicht gleich auf die Nase binden, dass mein Dreiklang etwas holprig verlaufen war.

Daraufhin erschien auf dem Display eine weitere Nachricht, begleitet von einem schrillen Piepen. *Bist du dir ganz sicher?* Offenbar konnte man dieser App nichts vormachen – und das war letztlich natürlich gut so. Mit Selbstbetrug hatte ich mich lange genug durchs Leben gemogelt. Ich war schließlich nicht angetreten, um alte schlechte Gewohnheiten beizubehalten, sondern um die perfekte Version meiner selbst zu werden, auch wenn mir kaum je bewusster gewesen war als heute, wie weit Wunsch und Wirklichkeit mitunter auseinanderlagen.

Als Kitti gegangen war, begann ich das Buch über Effizienzstrategien zu lesen, das Hubi mir mit dem Päckchen als Vorbereitung für unser Meeting am Mittag in die Hand gedrückt hatte. Doch keine fünf Minuten später fielen mir die Augen zu; erst kurz vor dem Termin wachte ich wieder auf.

Mist, an meiner Konzentration musste ich wohl auch noch arbeiten, dachte ich und angelte mein Telefon vom Sekretär. Dann gab ich mit schlechtem Gewissen meine Lesedauer in die App ein und marschierte nach oben in den Salon, um mir einen Kaffee zu machen. Ich brauchte dringend Koffein vor dem Treffen mit Hubi.

Carla saß in der *Neugierde* und las gedankenverloren in einem Roman. Von Hubi noch keine Spur. Mit einem Räuspern machte ich auf mich aufmerksam.

Carla sah von ihrer Lektüre auf, schob ihre Brille hoch und

warf mir einen warmen Blick zu. «Jette, wie schön», sagte sie. «Setz dich zu mir.»

«Mach ich. Willst du auch einen Kaffee?»

Als sie verneinte, bereitete ich mir schnell einen Espresso zu und nahm neben ihr Platz. Im Kamin prasselte ein wärmendes Feuer, während der Eisregen gegen die Fenster klopfte.

«Wie geht es dir?», fragte ich. Ich hatte Carla seit dem Silvesterabend nicht gesehen. Kitti wusste zu berichten, dass sie vom Fest sehr erschöpft gewesen war und an Neujahr den ganzen Tag im Bett geblieben war.

«Danke, mir geht es wieder gut», erwiderte sie lächelnd.

Tatsächlich schien sie auch viel besser beisammen zu sein als an Silvester. Sie trug eine elegante schwarze Hose im Marlene-Stil, dazu ein graues Twinset und eine goldene Kette mit einem großen Bernsteinanhänger. Ihr Mund war rot geschminkt, und ihre Wangen hatten eine rosige Färbung.

«Mir war gar nicht klar», fügte sie noch erklärend hinzu, «dass mein Blutzucker so launenhaft sein kann. Auf die Silvestermischung aus Stress, Sekt und Schlafmangel hat er reagiert, als würde er Achterbahn fahren. Das ging rauf und runter, völlig unberechenbar. Die Krankheit ist einfach immer noch ein Buch mit sieben Siegeln für mich.»

Ich nahm ihre Hand. «Das wird schon, Carla, vielleicht musst du einfach noch mal eine intensive Schulung machen, um eine solche Situation in Zukunft zu vermeiden.»

Sie nickte abwesend und wechselte dann das Thema: «Wie hat dir denn unser Fest gefallen?»

«Das war ein ganz besonderes Silvester, liebe Carla, hab tausend Dank dafür.»

Sie fuhr mir über die Wange. «Das glaube ich gern, meine Liebe», sagte sie und zwinkerte verschwörerisch.

Wenn das eine Anspielung auf mein unterbrochenes

Tête-à-Tête mit Nick sein sollte, ignorierte ich es geflissentlich. Stattdessen erzählte ich ihr von meinen Anlaufschwierigkeiten und meiner Angst, meine selbstgesteckten Ziele nicht zu erreichen.

«Wie soll ich mich verbessern, wenn mir schon gleich am Anfang die Puste ausgeht?», stöhnte ich.

Über Carlas Gesicht huschte ein sanftes Lächeln. «Dass dir die Puste ausgeht, wenn du einem Bild von dir hinterherrennst, das sich andere von dir machen sollen, wundert mich nicht. Denn dieses Bild hat nichts mit der Realität zu tun. Wenn du zu dir selbst finden willst, musst du dein Tempo erst mal drosseln, sonst wirst du nie ankommen!»

Hatte Kitti nicht etwas Ähnliches gesagt? Was hatten die nur alle für ein Problem mit meiner Geschwindigkeit? Ich hatte doch nun wirklich genug Zeit vergeudet. Und wenn ich in zwei Monaten auf eigenen Füßen stehen wollte, dann würde mir das ja wohl kaum durch Trödelei gelingen.

Carlas gutgemeinte Lebensweisheiten in allen Ehren, dachte ich, aber manchmal wirkte sie etwas aus der Zeit gefallen. In diesem Punkt irrte sie sich schlicht.

«Entschuldige, Carla, aber das sehe ich anders. Mein Leben ist zur Hälfte vorbei. Wenn ich noch was reißen will, muss ich mich jetzt mit Vollgas und nicht im Schneckentempo optimieren.»

Carla runzelte die Stirn. Meine Antwort schien ihr nicht zu behagen. «Sei nicht so streng mit dir. Ich bin sicher, dass du ein glückliches Leben führen kannst, auch wenn du nicht ganz *perfekt* bist.»

Beim Aussprechen meines neuen Lieblingswortes zeichnete sie Gänsefüßchen in die Luft.

Ich schüttelte den Kopf. «Wenn ich alleine auf der Welt wäre, dann wäre das unter Umständen so», widersprach ich.

«Aber die anderen Menschen erwarten eben immer das Beste von dir, nur dann geben sie dir eine Chance.»

Carla ergriff meine Hände. «Denke daran, dass zu hohe Erwartungen zu Misserfolgen führen können.»

«Glaube mir, Carla, das tue ich.»

Sie nickte, wenn sie auch nicht überzeugt aussah.

Kurzerhand wechselte ich das Thema und erzählte ihr von meiner Idee mit der allergenfreien Katze für die Kinder.

Carla war begeistert und ermunterte mich, sofort den Besitzer anzurufen, bevor die Kätzchen alle vergeben sein würden. Recht hatte sie! Ein Ende der Aufschieberitis!

Ich holte schnell den Zettel aus meinem Zimmer und wählte in Carlas Beisein die angegebene Nummer. Es meldete sich eine redselige Dame, die hocherfreut über meinen Anruf zu sein schien und mir gleich am Nachmittag ihre Katzenbabys zeigen wollte.

Gerade als ich aufgelegt hatte, betrat Hubi den Salon, unterm Arm einen Haufen Unterlagen und seinen Laptop.

«Pack mer's, Jette», forderte er mich ohne Umschweife auf und ließ sich am Tisch nieder.

Ich erhob mich folgsam und setzte mich zu ihm, während Carla sich wieder ihrer Lektüre widmete.

Eine Weile blätterte Hubi konzentriert in seinen Unterlagen. Dann blickte er auf. «So, erst mal Bestandsaufnahme. Was haben wir denn bis jetzt, Jette?»

Stolz präsentierte ich ihm meine App als Motivationsbooster für mein optimiertes Ich. «Könnte ich damit auch etwas für meine berufliche Neuaufstellung anfangen?», fragte ich ihn.

Hubi wiegte den Kopf. «Ich kenne diese Dinger. Eine permanente Effizienzkontrolle ist durchaus hilfreich, um frühzeitig auf Fehler zu reagieren», sagte er. «Aber eine App alleine reicht nicht. Du musst wissen, wohin du willst, und dann den Weg dahin abstecken. Also definiere erst mal deine Ziele, sonst ist es wie mit dem Bergsteiger, der, statt den Gipfel zu erklimmen, dreimal um den Berg herumläuft, weil er im Nebel die Orientierung verliert.»

Ich nickte ernst. «Kannst du mir dabei helfen?»

Hubi legte die Hände hinter den Kopf und lehnte sich entspannt zurück. «Na hör mal, das ist doch mein Geschäft. Als Unternehmensberater mache ich nichts anderes, als Firmen zu erklären, wie sie durch besseres Zeitmanagement und optimierte Prozesse ihre Ziele erreichen können. Das ist nichts anderes als Malen nach Zahlen, keine Magie!»

«Das klingt vielversprechend», sagte ich zufrieden. «Aber lässt sich das so ohne weiteres auf mich als Privatperson übertragen?»

Hubi nickte aufgeregt und beugte sich leicht zu mir rüber. «Freilich, Madl! Wir verankern dich als Marke, das ist eine klassische Markteinführung mit dir als Kernprodukt, verstehst du?»

Ich schwieg. Mich selbst als Produkt zu betrachten, das hatte mir ja schon Herr von Hohenstein nahegelegt. Nach wie vor sträubte sich etwas in mir dagegen, mich derart verdinglichen zu lassen. Aber für falsche Eitelkeiten war jetzt wohl keine Zeit.

Unbeirrt fuhr Hubi fort: «Glaub mir, bei deiner Karriereplanung geht es vor allem darum, dein Marktpotential zu kennen und auszubauen, Prozesse zu optimieren und Ressourcen zu binden und dabei möglichst wenig Zeit, Geld und Energie zu verschwenden.»

«Und wie würden wir da konkret vorgehen?», fragte ich zögerlich.

«Um aus dem Rohmaterial Jette ein fertiges, am Arbeitsmarkt begehrtes Produkt zu machen? Ganz einfach, indem wir deine Ziele definieren, deine Stärken ausbauen und die Ursachen deiner Probleme identifizieren, um dann die notwendigen Schritte einzuleiten, die Fehlerquellen schon an der Wurzel zu beseitigen.»

Mir wurde ganz schummerig von diesem Business-Blabla.

Hubi richtete sich auf. «Also, was ist dein übergeordnetes Ziel, beruflich gesehen?»

Aus dem Augenwinkel sah ich, wie Carla zweifelnd die Augenbrauen zusammenzog. Jetzt nur nicht verunsichern lassen!

«Mein übergeordnetes Ziel?», wiederholte ich. «In acht Wochen einen unbefristeten Job zu finden.» Um damit auch mein zweites Ziel zu erreichen, den Kredit für eine Eigentumswohnung, fügte ich im Stillen hinzu.

Hubi machte ein zweideutiges Gesicht. «Ganz schön ambitioniert, aber nicht unmöglich.» Er bat mich, dieses Ziel in die App einzugeben. «Die Frage ist nur, in welchem Bereich du arbeiten willst. Radio oder was ganz anderes?»

Es war das erste Mal, dass ich darüber nachdachte. Seit der Kündigung hatte ich keinen Gedanken mehr an eine Rückkehr zu meinem alten Sender verschwendet. Ich hatte mich nicht mal gefragt, ob ich wirklich weiter beim Radio arbeiten wollte oder sogar etwas gänzlich Neues machen sollte, so sehr war ich mit anderen Themen beschäftigt gewesen.

«Gute Frage», gab ich kleinlaut zu. «Ich bin ja eher zufällig zum Radio geraten, habe den Job aber immer leidenschaftlich gern gemacht. Meldungen schreiben, redaktionelle Beiträge und ganze Sendungen erstellen, sie einsprechen und moderieren ...», sinnierte ich. Wobei ich mich an die Arbeitszeit meiner Late-Night-Sendung nie so recht gewöhnen konnte. Der Preis erschien mir letzten Endes zu hoch: Ich habe kaum je genügend geschlafen, keinen Sport gemacht, hatte viel zu wenig gemeinsame Zeit mit den Kinder, noch weniger für Pierre gehabt und für Freunde schon gar nicht.

Ich dachte, wie traurig es war, dass ich erst so spät zu dieser Erkenntnis kam. Spätestens seit der Trennung von Pierre hatte ich gemerkt, dass ich sozial komplett verwahrlost war. Keine Freundin weit und breit, die ich um Unterschlupf hätte bitten können.

Ich war heilfroh, in Viola, Kitti, Carla und Hubi Menschen gefunden zu haben, denen ich mich verbunden fühlte.

«Ich möchte gerne weiter Radio machen», fuhr ich fort. «Aber nicht mehr nachts.» Es war schließlich kein Wunder, dass es nur wenige gab, die diesen Knochenjob als Nachtmoderator lange durchhielten.

«Na, das ist doch schon sehr konkret. Dann lass uns schauen, wie wir dein redaktionelles Portfolio aufpimpen können, um deinen Marktwert zu steigern und dich für andere Sender oder alternative Formate aufzustellen. Also, was sind deine Stärken, und wie kannst du sie erweitern?»

Himmel, so stellte ich mir Vorstellungsgespräche vor!

Ich überlegte. Durch meinen Job war ich rhetorisch geschult, ich war schlagfertig, teamfähig und kommunikativ und verfügte über ein gutes Allgemeinwissen. Mir gefiel der Gedanke, dass ich diese Fähigkeiten lediglich ein wenig ausbauen musste.

Unter Hubis zufriedenem Blick fütterte ich die App mit entsprechenden Zwischenzielen, darunter leicht machbare Schritte wie die tägliche Lektüre einer Tageszeitung und das Belegen eines Onlinekurses in kreativem Vortrag, Debating und Humortraining. Dann ergänzte ich noch die Zeit, die ich dafür jeweils veranschlagte.

«Also», sagte Hubi, nachdem er alles zusammengefasst

hatte. «An welchen Stellschrauben müssen wir noch drehen? Wo siehst du Probleme?»

Ich musste Hubi und mir eingestehen, dass ich die technologische Entwicklung weitestgehend verschlafen hatte. Was mir fehlte, wenn ich als Journalistin oder Moderatorin noch einmal richtig durchstarten wollte, war mehr technische Kompetenz. Darin lag die mediale Zukunft – und wohl auch meine eigene.

Allein drei Absagen hatte ich kurz vor Weihnachten mit der Begründung kassiert, ich sei leider nicht breit genug aufgestellt. Was das bedeutete, war klar: Der Journalist von heute trug sein Studio stets in der Hosentasche mit sich herum.

Wenn ich daran dachte, was wir früher an schwerem Gerät, Maschinen und Personal gebraucht hatten, bis ein fertiger Radiobeitrag abgefahren werden konnte, fühlte ich mich wie ein Dinosaurier. Für einen fünfminütigen Beitrag hatte ich zum Teil stundenlang in einem kleinen dunklen Raum gehockt, Unmengen von Tonbändern vor- und zurückgespult, geschnitten und wieder zusammengeklebt. Mittlerweile war es möglich, eine komplette Radiosendung oder einen Filmbeitrag auf einem Mobiltelefon mit Internetverbindung und entsprechendem Schnittprogramm im Alleingang zu produzieren und zu publizieren. Wenn ich wieder in Lohn und Brot kommen wollte, würde ich schleunigst lernen müssen, wie das funktionierte.

Meine Kollegin Sophie war ein Technikfreak; sie könnte ich um einen Crashkurs bitten. Ohnehin schuldete ich ihr noch einen Anruf – und ein großes Dankeschön für den Champagner. Wie gut, dass SOM mich in Zukunft an solche Versäumnisse erinnern würde.

Hubi nickte anerkennend, als ich ihm von meinen Weiterbildungsideen berichtete. «Für eine optimale Markteintrittsstrategie brauchst du allerdings auch Reichweite, sprich eine Social-Media-Strategie. Die Endkunden müssen dich, das Produkt, schließlich kennenlernen. Für die älteren Semester solltest du dir eine professionelle Facebook-Fanseite einrichten. Und bloggen musst du natürlich, twittern und snapchatten.»

Ich lachte laut auf. Denselben Satz hatte sich Hubi vor kaum zwei Wochen von Violas Sohn Caspar anhören müssen.

«... sagt der Experte mit dem Tastentelefon!», schmunzelte ich.

Hubi rieb sich mit der Hand die Nase und grinste verschmitzt. «Klassischer Fall von SAbtA.»

«SAbtA?», wiederholte ich.

«Sicherer Auftritt bei totaler Ahnungslosigkeit.» Er grinste. «In meinem Job kennst du das Unternehmen kürzer als jeder Praktikant und tust trotzdem immer so, als wären alle anderen ahnungslos, nur du nicht. Dafür musst du dir ganz schnell ganz viel Halbwissen draufschaffen, verstehst du?»

Ich verstand und dachte, dass ich mir in diesem Punkt noch etwas von ihm abschauen konnte. Nur nie zugeben, dass man etwas nicht wusste, sondern erst mit Halbwissen blenden und dann heimlich nachsitzen.

«Wie weit bist du eigentlich mit deinem Blog?», fragte ich.

Er zuckte mit den Schultern. «Das Design steht. Ich tue mich aber noch ein bisschen schwer mit dem Inhalt. Die ganzen verlorenen Jahre in Worte zu fassen, ohne zu rührselig oder selbstmitleidig zu klingen, die Gründe zu formulieren, warum meine Söhne und ich uns aus den Augen verloren haben, ohne ihre Mutter schlechtzumachen ... Ich wünschte, ich hätte deine Gabe, mich auszudrücken.»

Ich drückte ihm die Hand und versprach, in den nächsten Tagen an den Texten zu feilen. Es beruhigte mich, dass ich ihm für seine Hilfe auch etwas zurückgeben konnte.

Was meine eigenen Social-Media-Aktivitäten anging, hatte ich ein bisschen Bauchschmerzen. Dieser virtuelle Narzissmus war eigentlich so gar nicht mein Ding. Ich hatte zwar seit Jahren einen Account bei Facebook, hatte ihn bislang aber nur genutzt, um mit Bekannten lose in Kontakt zu bleiben, die teilweise über die ganze Welt verstreut waren. Ich selbst postete und likte grundsätzlich gar nichts, weder Privates noch Berufliches. Denn ich hegte ernsthafte Zweifel, ob meine «Freunde» wirklich wissen wollten, welche Gefühle mich beim Anblick irgendwelcher Katzenbabys übermannten oder mit welchen Belanglosigkeiten ich meinen Tag verbrachte. Wen interessierte, dass ich *jetzt sofort erst mal dringend* einen Kaffee brauchte? Und wie konnte ich erwarten, dass meine «Freunde» das entsprechende Selfie dazu – meine Wenigkeit, müde vor einer Kaffeetasse morgens um 7 Uhr – auch noch umgehend likten oder gar mit ihren 1000 anderen Freunden teilten, anstatt mich wegen Unzumutbarkeit umgehend zu entfreunden? Schließlich fand ich Bekanntgaben dieser Art auf Facebook selbst auch wahnsinnig unspannend.

Aber es half nichts: In einer digitalen Welt musste ich runter von meinem hohen Ross.

Je mehr Leuten ich folgte, je mehr Accounts ich likte, versicherte mir Hubi, desto mehr würden mir folgen und mir ebenfalls den Daumen hoch schenken. «Das ist das A und O in puncto Eigen-PR und die Eintrittskarte für einen neuen Job in deinem Bereich.»

Wir definierten noch einige weitere Zwischenziele auf dem Weg zur Festanstellung und vereinbarten einen Jour fixe, alle zwei Wochen montags, sofern er in Hamburg weilte, um gegebenenfalls nachzujustieren oder eine Neufokussierung vorzunehmen.

Am Ende unserer Besprechung fühlte ich mich beinahe

noch erschöpfter als nach der Laufrunde mit Kitti. Mein Neuanfang hatte es wahrlich in sich. Aber was hatte ich erwartet? Beim Aufstehen stöhnte ich vernehmlich.

Hubi, der seine Sachen zusammenpackte, sah auf und sagte nachdrücklich: «Zefix, Jette, ich will dich nicht mehr stöhnen, aufschieben, zögern und zaudern sehen! Selbst wenn du 100 Bälle gleichzeitig in der Luft halten musst, verstanden? Nur wer seine Ziele kennt, findet seinen Weg. Und: immer lächeln!»

Nichts leichter als das, dachte ich ironisch und zeigte Hubi die Zähne. Die Marke Jette war im Superoptimierungsmodus angelangt.

16. Katz und Maus

Du weißt schon, dass Katzen Diven sind und unbedingten Gehorsam verlangen?», fragte Nick amüsiert, als wir am frühen Nachmittag sein Auto in der Alten Königstraße in Altona parkten.

Wir hatten uns zufällig eine halbe Stunde vorher vor dem Hotel getroffen, als ich gerade zur Katzenbesichtigung losmarschieren wollte. Spontan entschied Nick, mich zu begleiten, was mich in leichten Aufruhr versetzte. Jedenfalls hatte ich bei der Aussicht, einen ganzen Nachmittag mit ihm zu verbringen, wieder dieses Kribbeln in meinem Magen gespürt. Er war kurz noch mal im Hotel verschwunden, um etwas Wichtiges zu erledigen, wie er sagte. Dann fuhren wir auch schon los, und ich erzählte ihm auf dem Weg, wie es zu der Katzenaktion kam.

«Eine Diva also. Bist du wirklich bereit zu dienen, Jette?»

«Magst du keine Katzen?», fragte ich, als wir uns der Hochhaussiedlung näherten, in der die Katzenbesitzerin wohnte.

Der Schnee rieselte auf uns herab, und es war so kalt, dass ich beim Atmen kleine weiße Wolken ausstieß.

«O doch, natürlich», sagte er, griff sich einen Holzstock, der am Wegesrand lag, und zeichnete mit raschen Bewegungen ein Bild in die dünne Schneeschicht. «Solange sie mich in Ruhe lassen ...»

Staunend blickte ich auf das Kunstwerk, das er mit wenigen Strichen produziert hatte. Ich erkannte eine Katze, die zum Sprung ansetzte, mit weit geöffneten Glubschaugen, fauchendem Maul und überdimensionierten Krallen.

«Die würde selbst mir Angst machen!», lachte ich.

«Darum komme ich ja mit. Irgendwer muss dich doch beschützen», sagte er und warf mir einen unergründlichen Blick zu, woraufhin mein Herz sofort schneller klopfte.

«Katzen sind unabhängig, das finde ich toll», überlegte ich laut, als wir weiterliefen. «Dafür sind Hunde die besseren Spielgefährten.»

«Na ja, eine Katze, die Frisbees fängt, die Zeitung bringt und in den See hüpft, sähe ja auch seltsam aus, oder?»

Ich lachte bei der Vorstellung einer apportierenden Katze.

«Ich habe mal eine Sendung gemacht zum Thema *Hund oder Katze*», fiel mir ein. «Da hat mir jemand von einer psychologischen Studie aus den USA berichtet, für die Tausende von Katzen- und Hundebesitzern untersucht wurden.»

Nick sah mich interessiert an. «Und, wer muss eher zum Therapeuten?»

«Die mit den Katzen, fürchte ich. Hundemenschen sind extrovertierter, geselliger und kompromissbereiter, Katzenfans dagegen neurotischer und launischer.»

«Hm ... Ist die entscheidende Frage dann nicht, ob die Neurosen und die schlechte Laune erst mit der Katze kommen oder ob man sich aufgrund der Neurose und schlechten Laune für eine Katze entscheidet?», überlegte Nick belustigt.

Ich schmunzelte. «Vielleicht wäre ein Hund dann die bessere Entscheidung, die machen nämlich nachweislich gute Laune, wie Forscher an der vermehrten Ausschüttung von Oxytocin bei Hundebesitzern festgestellt haben.»

Während ich sprach, hoffte ich inständig, Nick würde mich nicht besserwisserisch finden. Warum war ich nicht lockerer, warum war es mir nicht egal, was er dachte? Es konnte darauf nur eine Antwort geben: Weil ich ihn mochte. Sehr sogar.

Ein paar Augenblicke später standen wir vor einem trostlosen Plattenbau. Links neben der Tür befanden sich unzählige Klingeln. Ich zögerte.

«Noch kannst du es dir anders überlegen», sagte Nick.

«Schon um die These über neurotische Katzenbesitzer auf ihren Wahrheitsgehalt zu überprüfen, sollten wir einen Blick hineinwerfen, oder?», scherzte ich und klingelte. «Im Ernst, meine beiden Mädchen wünschen sich seit Jahren so sehr eine Katze, dass mir diese hier der Himmel geschickt haben muss.»

Als uns geöffnet wurde, ging ich entschlossen in den Flur und drückte auf den Fahrstuhlknopf.

Wenig später stiegen wir im neunten Stock aus. In der Tür stand eine übergewichtige Frau um die sechzig mit Lockenwicklern im lilafarbenen Haar. Sie stellte sich uns als Frau Peters vor. Ihr massiger Körper füllte den Türrahmen fast vollständig aus. Aus dem Ausschnitt ihres freizügigen Nachthemds, das sie unter einem verblassten Morgenmantel trug, quoll ein gewaltiger Busen hervor.

«Hereinspaziert in meine verrückte Katzenstube!», rief sie. «Wer einen meiner Lieblinge haben will, muss erst mal an uns vorbei», sagte sie in einem gurrenden Singsang und wies dabei drohend auf die Tür hinter sich, an der ein Emailleschild mit der Aufschrift hing: «Vorsicht Kampfschmuser! Wir diskutieren nicht, wir fauchen.»

Nick und ich lächelten gequält. Um diese Wohnung mit einem Kätzchen zu verlassen, würden wir uns anstrengen müssen, so viel stand fest.

«Leider kann ich meine Lieblinge nicht alle behalten», erklärte Frau Peters und ging mit schweren Schritten voran.

Wir folgten ihr in den Flur, wo uns ein beißender Geruch in die Nase stieg. Nick deutete auf die offene Toilettentür und flüsterte: «Katzenklo.»

Dann führte Frau Peters uns ins Wohnzimmer, wo im Hintergrund ein entsetzlicher Schlager lief, zu dessen Takt sie mit ihrem Fuß tippte, als sei er vom Rest des Körpers losgelöst. Ihr pinkfarbener Plüschpantoffel machte dabei quietschende Geräusche auf dem hellbraunen PVC-Boden, dass mir die Ohren schmerzten und ich am liebsten wieder kehrtgemacht hätte. Aber der Anblick der Stube ließ mich vor Fassungslosigkeit erstarren. Der Raum war vollgestopft mit Nippes und Katzenausrüstung. In einer beleuchteten Vitrine versammelten sich unzählige kitschige Porzellansamtpfoten. An den Wänden hing eine ganze Ahnengalerie offenbar verblichener Katzen, etliche Teller mit Foto, Trauerflor und Lebensdaten. Wenn es noch eines Beweises bedurft hätte, dass Katzen neurotisch machen konnten, dann war er erbracht. Doch wo waren die lebenden Katzen? Die Antwort ließ nicht lange auf sich warten.

«Dann will ich die kleinen Prinzen mal holen», erklärte Frau Peters kurzatmig. «Bei mir entscheiden meine Miezchen nämlich selbst, mit wem sie mitgehen!»

«Und das ist auch gut so, Frau Peters», fügte Nick an. «Ich sage immer: Man hat keine Katze, die Katze hat einen!»

Ich sah ihn überrascht an, dann verstand ich. Es war Musik in den Ohren von Frau Peters.

«Das haben Sie aber schön gesagt», keuchte sie, dann schleppte sie sich wie ein schwangerer Elefant zur Tür.

Ich atmete tief durch. Vielleicht war es doch eine Schnapsidee gewesen? Zu spät.

Kurz darauf kehrte Frau Peters mit einem geflochtenen Korb zurück, aus dem leises, mehrstimmiges Miauen zu hören war. Sie ließ sich auf einen breiten Hocker sinken, schnaufte laut und fischte hintereinander vier kleine Kätzchen heraus, alle ganz und gar nackt. Die Babys hatten nicht mal den Ansatz eines Fells.

«Na los, zeigt den beiden Herrschaften, wessen Wort oder vielmehr ... Maunzen hier Gesetz ist», lachte sie dröhnend.

Die Katzen tapsten herum, schlichen um unsere Beine, bis sie sich alle an Nicks rechtem Bein sammelten und seinen Schuh begierig ableckten.

«Na, denen haben Sie es aber angetan, junger Mann», sagte Frau Peters verblüfft. «Sie sind ja ein richtiger Katzenflüsterer!»

Nick zuckte mit den Schultern. Dann bückte er sich und griff nach einem der Katzenbabys.

«Schau mal, Jette», sagte er und streckte mir das wohlig schnurrende Bündel entgegen. «Ist der nicht entzückend.»

Ich nahm das Tier und hielt es mir vors Gesicht, um es genauer betrachten zu können – und bekam kein allergisches Niesen. Aber ich zuckte zusammen. Denn diese Katze war von so erschreckender Hässlichkeit, dass nicht mal das Kindchenschema griff. Nichts an dem Tier erinnerte an die niedlichen Katzenbabys aus der Werbung. Sein faltiger, rosafarbener Körper war komplett felllos, auf dem vergleichsweise kleinen Kopf saßen riesige Ohren. Als es mich mit seinen weit auseinanderstehenden Augen musterte und alles, was rechts und links von mir zu sehen war, gleich mit, erschien es mir wie eine ungute Mischung aus Gollum und E. T. Nicht mal Barthaare hatte dieses Wesen. Diesen Anblick musste ich erst mal verdauen.

Sicher würde die Katze sich noch zurechtwachsen, versuchte ich mir selbst einzureden. Sie war ja erst ein paar Wochen alt. Und war mir nicht ein ähnlicher Gedanke bei Korbinian durch den Kopf gegangen, als ich die ersten Fotos von ihm sah? Außerdem würde ich das Tier schließlich nicht für mich kaufen, sondern für meine Mädchen.

Nick riss mich aus meinen Gedanken, als er sich wieder an die Katzenbesitzerin wandte. «Ist das nicht ein schönes Bild,

Frau Peters? Ich glaube, wir drei sind jetzt schon unzertrennlich, was?»

Sie nickte bewegt. «Und das, obwohl mein Flokati sonst so schüchtern ist!»

Das wäre ich auch, wenn ich so aussehen würde wie dieses Kerlchen. Im gleichen Moment schämte ich mich für meine fiesen Gedanken und strich der Katze, die also ein Kater war, entschuldigend über die nackte Haut. Es fühlte sich befremdlich an. Statt weichem Fell nur diese faltige Haut.

«Na, Hauptsache, Flokati bekommt dann bald sein Fell», sagte ich voller Zuversicht.

Frau Peters lachte so laut, dass ihr voluminöser Körper bebte. «Na, Sie haben vielleicht Humor! Also, wenn Sie möchten, gehört der Kater Ihnen», sagte sie und klatschte in die Hände, als wollte sie damit jeden Restzweifel verscheuchen.

«Vielmehr gehören wir jetzt dem Kater, was, Frau Peters?», scherzte Nick komplizenhaft und gab ihr schnell die Hand, um den Deal zu besiegeln.

Ein paar Minuten später war der Kauf perfekt und ich um 150 Euro ärmer. Dafür konnte ich mich jetzt stolze Besitzerin einer bereits entwurmten, gechipten und hoffentlich stubenreinen Katze nennen. Ich freute mich unbändig auf die Gesichter meiner Töchter, wenn sie am Montag zurückkommen würden.

Wir plauderten noch einen Moment mit Frau Peters über das richtige Katzenspielzeug, dann verabschiedeten wir uns und bestiegen mit Flokati in einer improvisierten Tragebox den Aufzug.

«Wie sich die Katzen auf deinen Schuh gestürzt haben!», lachte ich, als wir wieder im Auto saßen und ich das Tier auf meinem Schoß platziert hatte. «Von wegen du kennst dich mit Katzen nicht aus», sagte ich anerkennend. «Die lieben dich!»

Nick blickte mich verschmitzt an. «Nicht ganz, ich war nur gut vorbereitet.» Er deutete auf seine Schuhspitze. «Leberwurst. Alter russischer Katzenfängertrick!»

Das war also die wichtige Erledigung im Hotel gewesen, die Nick vor unserer Abfahrt noch hatte machen müssen! Ich staunte, der Mann dachte mit.

Es war schon Abend, als Nick und ich am Hotel ankamen und zu seinem Atelier schlenderten. Wir waren noch in einer Zoohandlung gewesen und hatten die Erstausstattung für den Kater besorgt: ein Körbchen, Spielzeug, eine Kuscheldecke sowie Futter, Näpfe und ein Katzenklo. Eben alles, was ein kleiner Nacktmull so brauchte. Auf der Rückfahrt hatte Nick gefragt, ob er mich noch auf ein Getränk in sein Atelier einladen dürfe, um auf Flokati anzustoßen.

Ich war gespannt auf die Werkstatt. Von außen sah sie wenig einladend aus. Die einst rote Farbe war ausgeblichen und an vielen Stellen abgeblättert, das Holz um die Tür war verrottet, und die verwitterte Dachkonstruktion aus Glas wirkte so instabil, dass ich schon befürchtete, sie würde das Gewicht nicht mehr lange halten können. Jetzt verstand ich, warum er uns zum Anstreichen verdonnert hatte für den Fall, dass wir unsere Ziele nicht erreichen würden.

Vor der Tür entdeckte ich eine Statue aus Stein, die lässig auf einer Holzbank saß und die ich bisher nicht wahrgenommen hatte. Überhaupt hatte ich mich bisher sträflich wenig im Garten umgesehen.

«Das ist Melete», sagte Nick, der meinem Blick gefolgt war, «die Muse der Übung, Praxis und Fertigkeit. Sie wacht über meine Disziplin und Kreativität.»

Dass Melete einen guten Job machte, sah ich sofort, als Nick Licht machte und ich das Innere des Ateliers betrat. Ich ließ den Blick durch den Raum schweifen. Überall standen große Skulpturen aus Holz oder Stein, die mit ihren fließenden Formen zugleich ungeheuer leicht und doch kraftvoll erschienen. Einige waren bemalt, andere noch im Rohzustand. Ich sah einen Bären in Gebetshaltung und einen Affen in Denkerpose, der sich auf einem Sessel fläzte, die Hände am Kinn. Dann war da noch die Holzfigur eines kleinen Jungen ohne Mund und Ohren, und ich fragte mich, was seine Kunst wohl über ihren Erschaffer aussagen mochte.

Trotz des kreativen Chaos, das im Atelier herrschte, war der Raum hell und irgendwie gemütlich. An den weiß getünchten Wänden aus unverputztem Backstein standen schlichte Nussbaumregale. Davor befanden sich mehrere unbehauene Stein- und Holzblöcke. Eine Ecke beherbergte eine provisorische Küche, die aus einem Waschbecken, einer Herdplatte und einer Kaffeemaschine auf einem alten surrenden Kühlschrank bestand. In einer Nische unter einem Fenster stand ein altes rotes Samtsofa, davor ein kleiner Tisch. Beides verlieh dem Raum etwas Heimeliges.

Vorsichtig stellte ich Flokati in seiner Box auf das Tischchen und überlegte, ob Nick wohl ab und zu hier übernachtete, wenn ihn die Muse küsste. Und … wie es sich wohl anfühlte, seine Muse zu sein? Der Gedanke ließ mich rot anlaufen.

Verlegen blickte ich auf den von Farbflecken und Holzspänen übersäten Boden. Es roch nach Staub und Lack. Auch die Werkzeuge, die vielen abgegriffenen Stecheisen, Hammer und Meißel, die an der Wand hingen und auf der alten Holzwerkbank herumlagen, betrachtete ich ausgiebig.

Dann fiel mein Blick auf einen der typischen Kreekschlitten, die es in dieser Art nur in Blankenese gab.

«Bis du etwa auch einer von diesen Pistenraudis?», fragte ich und deutete auf den Schlitten.

«Wie man's nimmt», erwiderte er ausweichend. Wieder hatte er so einen unergründlichen Gesichtsausdruck.

Ich betrachtete das gute Stück etwas näher. Mit genau so einem flachen, schweren Gefährt aus Eschenholz war ich mit meinem Vater immer, wenn das Wetter es zuließ, den Waseberg in Blankenese runtergerodelt. Eine der wenigen Erhebungen in Hamburg, bei der im Winter so etwas wie Abfahrt-Feeling aufkam. Während wir damals nur auf den flacheren Teilstücken gejuckelt waren, jagten die wahren Kreek-Verrückten blitzschnell auf der vereisten Buckelpiste hinab. Für die Wagemutigen gab es am ersten Sonntag des neuen Jahres immer ein Rennen, den großen Preis von Blankenese, ein Charity-Event und echtes Highlight im Hamburger Veranstaltungskalender. An dem konnte jeder Kreeker teilnehmen und vor großem Publikum seinen Wagemut präsentieren.

Ich überlegte, der erste Sonntag des Jahres – das war ja schon morgen!

«Dann rodelst du bestimmt auch beim Neujahrsrennen mit?», fragte ich.

«Unbedingt!» Er sah mich herausfordernd an. «Interesse? Ich würde mich freuen, wenn du mich anfeuern würdest. Viola kommt auch.»

Ich grinste in mich hinein. «Sehr gerne, auch wenn ich bisher dachte, dass an dem Rennen nur waschechte Hamburger teilnehmen. Und soweit ich weiß, stammst du aus der Nähe von Frankfurt», neckte ich ihn. «Welche Geheimnisse verbirgst du also noch vor mir?»

Er räusperte sich und sah für einen Moment überraschend ernst aus. Doch dann lächelte er wieder. «Mein Leben ist ein offenes Buch. Du musst nur darin lesen!»

Ich überlegte. «Also, ich sehe einen aufrichtigen Mann mit vielen Talenten und einem Hang zu ... Mischwesen», sagte ich, als ich hinter ihm eine halb angemalte Steinmaus erblickte, die mich mit grünen Katzenaugen anstarrte.

Er lachte und ging zu dem kleinen Kühlschrank, um zwei Flaschen grünen Inhalts herauszunehmen. «Das ist Berliner Weisse mit Waldmeistersirup. Ganz lecker!»

«Siehst du, schon wieder so ein Gemisch!» Aber ich winkte ab. «Sieht mir irgendwie zu grün aus. Hast du auch ein alkoholfreies Bier?»

Richtiges Bier hatte laut meiner App fünf Fettmacherpunkte. Das entsprach einem Croissant oder drei Schüsseln Salat. Was hatte da erst ein Bier mit süßem Sirup? Ich würde einen Teufel tun, meine heutige Kalorienstatistik wegen ein paar wohlschmeckender Schlucke zu verderben. Aber das musste ich Nick ja nicht auf die Nase binden.

Er schüttelte lächelnd den Kopf und tauschte die Weisse gegen zwei kleine Flaschen Bier, tatsächlich ohne Alkohol. «Bist du sicher? Du verpasst was!»

Ich nickte entschlossen. «Absolut sicher!»

«Zumindest klappt das mit dem Entscheiden ja inzwischen bedeutend besser», sagte er lächelnd, als er mit einer herumliegenden Raspel die Flaschen öffnete und mir eine reichte.

Wir stießen an.

Flokati lag indes ruhig in seiner Box und gab keinen Mucks von sich. Ich betrachtete den Kater eingehend und seufzte laut, weil sich Abneigung und Mutterinstinkt bei mir im Minutentakt abwechselten.

«Sieht er nicht auch ein bisschen aus wie ein Mischwesen?», fragte ich. «Den Körper einer Katze, aber die rosafarbene Haut eines Schweins – ich fürchte, ich habe noch nie eine so seltsame Katze gesehen.»

«Ja, das haben Mischwesen wohl so an sich. Was man nicht kennt, findet man meist ungewohnt oder sogar bizarr», sagte Nick nachdenklich. «Das ist bei Bier ja ganz ähnlich.»

Wir schauten uns an und mussten grinsen.

Dann guckte er auf einmal ganz ernst. «Darf ich dich etwas Persönliches fragen?»

Ich nickte. «Immer zu! Ob ich antworte, entscheide ich dann spontan.»

«Glaubst du, die Trennung von Pierre war richtig?»

Mit seiner Frage lenkte er das Gespräch auf einmal in ernstes Fahrwasser. Mir gefiel das. Es zeigte seine nachdenkliche Seite.

Ganz offen erzählte ich ihm von Pierre und mir und wie seine jahrelange Untreue mich in meinen Grundfesten erschüttert hatte.

«Nie im Leben hätte ich ihm diesen Betrug, diese permanenten Lügen zugetraut», erklärte ich schließlich und nahm einen großen Schluck Bier. «Und darum weiß ich, dass die Trennung richtig war. Das Vertrauen ist weg.»

«Verstehe», murmelte er. «Er hat dir das Gefühl von Sicherheit genommen.»

Ich war froh, dass Nick nachvollziehen konnte, wie ich fühlte.

«Es ist aber nicht so, dass ich nicht mehr vertrauen kann», schob ich schnell hinterher. «Das kann ich durchaus noch.» Dabei sah ich ihn lange an. «Nach dieser Beziehung muss ich aber daran glauben können, dass mein Partner in den grundlegenden Dingen ehrlich zu mir ist.»

Er zuckte zusammen, und ich realisierte, dass ich mich ihm damit quasi auf dem Silbertablett als Freundin feilgeboten hatte. Nicht verwunderlich, dass er zurückschreckte.

«Das war jetzt nur ganz allgemein gesprochen», lachte

ich meinen Patzer weg. «Aber – wieder ganz allgemein gesprochen –: Wie soll etwas bleiben oder entstehen, wenn man nicht ehrlich ist, zu anderen und zu sich selbst.» Nach einer Pause fügte ich noch hinzu: «Woran ist denn deine letzte Beziehung gescheitert?»

Nick seufzte. «An ihrer Untreue. Wir waren sieben Jahre zusammen, haben auch zusammengearbeitet, bis sie sich in einen unserer Auftraggeber verliebt hat.»

Kein Wunder, dass er mich so gut verstand: Wir hatten die gleichen Erfahrungen gemacht, was mir noch mehr das Gefühl gab, dass zwischen uns ein starkes Band war.

In diesem Moment ließ Flokati ein leises Miauen hören. Ich war wieder Erwarten gerührt.

«Irgendwie ist er doch auch süß, oder?», versuchte ich mich selbst zu überzeugen.

«Das ist er», sagte Nick lächelnd. «Schon die kleinste Katze ist ein Meisterwerk, hat Leonardo da Vinci gesagt, und der muss es wissen. Ist ja schließlich Bildhauer.» Ich grinste ihn an, während er fortfuhr: «Ich glaube, du musst Flokati nur mehr kennenlernen. Ich übe das jeden Tag: besser hinsehen und auch das weniger Offensichtliche wahrnehmen, um die verborgene Schönheit zu entdecken.»

«Ist das auch das Geheimnis deiner Kunst?» Ich trat an das Tischchen und streichelte Flokati.

«Mmh, mag sein. Wobei eigentlich kein Geheimnis dahintersteckt, sondern eher eine Auseinandersetzung mit der Welt, angefangen bei meiner Umwelt.»

Wir setzten uns auf das abgewetzte Sofa. Es fühlte sich gut an. Irgendwie vertraut.

«Kunst als Therapie?», fragte ich.

«Vielleicht. Meine Kindheit über habe ich mich, wenn ich Dinge nicht zu sehr an mich ranlassen wollte, ins Zeichnen und Gestalten geflüchtet. Heute hilft mir die Kunst vor allem, mein inneres Chaos zu ordnen. Es quasi nach außen zu tragen.»

Ich beneidete ihn um diese Gabe und die Gelassenheit, die er ausstrahlte. Bei mir wurde andersherum ein Schuh draus: Ich musste erst einmal mein Inneres ordnen, um die Dinge wieder in Fluss zu bringen. Zum Glück half mir nun SOM dabei, Struktur in mein Chaos zu bringen.

«Und was hat dich letztlich zur Bildhauerei gebracht?», fragte ich.

Nach kurzem Überlegen antwortete er: «Ich glaube, es war der Tod meines Vaters.»

Ich zuckte zusammen, wie jedes Mal, wenn ich mit dem Thema Tod konfrontiert wurde.

«Ich war ja noch ein Kind», fuhr er fort. «Ein väterlicher Freund hat mich in die Kunst des Schnitzens eingeführt und mir mit viel Einfühlungsvermögen und Geduld gezeigt, dass es auch andere Ausdrucksformen gibt als Reden, um seinen Schmerz zu verarbeiten.»

«So wie bei Michel aus Lönneberga, wenn Vater Anton mal wieder gewütet hat?», fragte ich.

«Bei mir war es nicht Anton, sondern mein bereits erwähnter Großvater.»

«Ach, der Pate!?» Ich verzog das Gesicht bei der Erinnerung an das Bild, das Carla und Nick von seinem Opa gezeichnet hatten. «Und der väterliche Freund war dann wohl Alfred, der Knecht. Oder wie kann man ihn sich vorstellen?»

Er sah mich mit einem seltsam verunsicherten Blick an. «Na ja, er war ... Also, es ist ...», stotterte er und brach ab. Nach einem Moment des Schweigens drehte er sich zu mir, nahm meine Hand und sah mir direkt in die Augen. «Jette, ich ...»

O mein Gott, dachte ich. Was kommt denn jetzt? War das

nicht dieser «Alles-oder-nichts-Anfang», der entweder eine Liebeserklärung oder eine schlimme Nachricht ankündigte? Beiden Varianten fühlte ich mich in diesem Moment nicht gewachsen.

Abrupt stand ich auf, um zum Kühlschrank zu gehen. «Noch ein Bier?», fragte ich hastig, obwohl unsere Flaschen noch nicht mal zur Hälfte geleert waren.

Nick sah erstaunt hoch und schüttelte abwesend den Kopf, während ich mir nun doch eine Berliner Weisse aufmachte und einen schnellen Schluck nahm. Optimierung hin oder her, jetzt half nur noch die Flucht in den Alkohol.

«Ich möchte dir etwas erklären», sagte Nick leise. «Es geht um –»

«Das Bier schmeckt besser, als ich dachte», unterbrach ich ihn betont locker, um meine eigene Unsicherheit zu überspielen. «Hast du noch mehr davon?»

Nick runzelte nachdenklich die Stirn.

«Auch wenn es meiner App nicht gefallen wird», schob ich schnell nach.

«Deiner App?», fragte er irritiert.

Mein Ablenkungsmanöver schien zu fruchten.

«Meinem digitalen Coach», erklärte ich, «der mich unterstützt, meine Ziele zu erreichen und der mit mir schimpft, wenn ich es – wie jetzt – aus den Augen verliere.» Ich setzte mich wieder neben ihn und zeigte ihm mein Trackingarmband. Ausführlich erläuterte ich ihm das Prinzip, damit er bloß nicht auf die Idee kam, seinen wie auch immer gearteten Offenbarungseid zu leisten. Was auch immer es war, was er mir beichten wollte, ich hatte derzeit einfach keine Kapazitäten für einen emotionalen Überfall. Mir war klar, dass ich ihn damit verprellte, aber ich konnte nicht anders.

Mit offensichtlichem Missfallen sah er mich an. «Ernsthaft, du lässt dich von so einer blöden App kontrollieren? Und hast ein schlechtes Gewissen, wenn du ein leckeres Bier trinkst? Das ist doch grotesk. Und überhaupt: Unnötig ist es noch dazu. An dir stimmt doch alles.»

Ich forschte in seinem Gesicht nach einem belustigten Zug, aber Nick sah eher verärgert aus.

«Das ist nett von dir, aber leider nicht ganz richtig. Um mein Leben zu optimieren, muss ich der Logik des Marktes folgen», entgegnete ich.

«Der Logik des Marktes? Ist das dein Ernst?»

Ich richtete mich auf. «Na, du willst doch bestimmt auch nicht für immer in deiner Einzimmerwohnung in St. Pauli wohnen, oder?»

«Das stimmt», sagte er und schnalzte mit der Zunge. «Ich will überhaupt nicht in der Stadt bleiben, sondern aufs Land.»

Ich sah ihn überrascht an. «Sind wir schon so alt?», fragte ich lachend.

Nickt zuckte mit den Achseln. «Zumindest in dem Alter, in dem die Menschen auf einmal alle jünger sind, die ich früher noch für ihr Alter respektiert habe – mein Hausarzt, meine Auftraggeber oder der Mann in der Bank. Und vermutlich tatsächlich in dem Alter für ein Leben auf dem Land. Du weißt schon: heute Disco, morgen Umsturz, übermorgen Landleben.»

«Verstehe. Und du bist schon beim Übermorgen. Ich habe gerade das Gefühl, dass ich wieder bei der Disco bin. Alles noch mal auf Start!»

«Tja, Umwege steigern nun mal die Ortskenntnis.» Nick strich sich gedankenverloren übers Kinn. «Und die Persönlichkeit. Auch für meine Skulpturen ist für mich nicht das Glatte interessant, sondern das, was sich in den Gesichtern, in der Haltung, in der Stimme der Menschen spiegelt.»

«Aber bei deinem Blick auf die Frauen verhält es sich wahrscheinlich genau umgekehrt, oder?», fragte ich provozierend. Da konnte es den Männern doch nicht glatt genug sein.

«Nein, tut es nicht», entgegnete Nick und sah mich so komisch an, dass mir ganz mulmig wurde.

Womöglich war es gemein, alle Männer über einen Kamm zu scheren. Und offensichtlich war die Wunde, die Pierre in mein Herz gerissen hatten, tiefer, als ich mir eingestehen wollte.

«Das ehrt dich wirklich», lenkte ich ein. «Aber ehrlich gesagt, fand ich mich mit dreißig attraktiver.»

Man musste nur einen Blick auf meine ausgeleierte Gewebestruktur und meine leicht hängenden Augenlider werfen, um zu wissen, dass ich schon mal besser ausgesehen hatte. Mit ein bisschen Yoga und Fijiwasser war es längst nicht mehr getan. Elende Heuchler, die Derartiges behaupteten. Was ich brauchte, um den biologischen Altersprozess aufzuhalten, war – zusätzlich zu gesunder Ernährung und Entspannung – die ganze Palette kraftvoller Anti-Aging-Produkte. Aber das verstand Nick ganz offensichtlich nicht.

Er schien einer jener Menschen zu sein, die vollkommen im Reinen mit sich sind. Als wüsste er genau, wer er war und was er wollte. Wenn er plante, aufs Land zu ziehen, dann nicht wie viele von diesen Neo-Ökos, die plötzlich anfangen, ihre Pullover selbst zu stricken, Schafe zu scheren und Sanddornschnaps zu brennen. Und die ihr entschleunigtes Leben in der Natur bald nur noch dann ertragen, wenn sie sich mit ihrem Selbstgebrannten gute Laune antrinken.

Während ich mich unaufhörlich fragte, ob dieses oder jenes gut für mich und andere war, schien Nick es instinktiv zu wissen. Ich war mir sicher, dass er weder sich selbst etwas vormachte noch anderen. Ich beneidete ihn um seine Selbstsicherheit.

«Wo genau zieht es dich denn hin?», fragte ich.

«Nicht weit weg. Ins Wendland, da hab ich mir eine kleine Kate gekauft, die ich nach und nach renoviere. Meine Wohnung behalte ich aber erst einmal», sagte er. Und fügte dann verschmitzt hinzu: «So schnell wirst du mich nämlich nicht los. Auch mit deiner tollen App nicht!»

Er rückte näher an mich heran, und ehe ich begriff, was geschah, beugte er sich zu mir und legte einen Arm um mich.

Die plötzliche Nähe überforderte mich, aber ich sah mich außerstande zu protestieren. Als ich seine Lippen auf meinen spürte, war es um meine Willenskraft endgültig geschehen.

«Das wollte ich schon den ganzen Abend tun», flüsterte er mir ins Ohr und küsste mich wieder.

Ein wohliger Schauer lief über meinen Rücken und ließ die Kraft in meinen Beinen schwinden. Alle Gedanken des Selbstzweifels lösten sich in Luft auf. In meinem Kopf gab es nur noch Nick.

17. Von Hühnern und Adlern

Am nächsten Morgen weckte mich das leise Klirren eines Löffels. Kaum hatte ich die Augen geöffnet, reichte Nick mir eine Tasse Tee. Draußen war es noch dunkel.

Sofort stiegen Erinnerungen an die letzte Nacht in mir hoch, die Nick und ich zusammen verbracht hatten. Ich konnte kaum mehr als ein paar Stunden geschlafen haben. Trotzdem fühlte ich mich so frisch und gestärkt wie schon lange nicht mehr. Einzig mein neuer Mitbewohner Flokati schlummerte noch tief und fest in seinem Körbchen, das wir ihm gestern neben dem Lederkoffer eingerichtet hatten.

Irgendwann waren Nick und ich in mein Zimmer geschlichen, wo er mich weiter um den Verstand geküsst und schließlich auf eine Art mit mir geschlafen hatte, die mich zutiefst berührte. Noch immer war ich geradezu beseelt vor Glück. Ich richtete mich auf und nahm lächelnd den Tee entgegen.

Auch Nick wirkte hellwach. «Gut geschlafen?», fragte er und streckte die Hand aus, um mir eine Strähne aus dem Gesicht zu streichen.

«Sehr gut», seufzte ich und nahm einen Schluck Tee. «Obwohl du im Schlaf geredet hast.» Ich stellte die Tasse auf dem Boden ab.

Er zog die Augenbrauen hoch. «Und?», fragte er.

Ich sah ihn ernst an. «Tja, ich wusste gar nicht, dass du fliegen kannst.»

«Natürlich. Und wenn ich nicht gleich losmüsste, würde ich gerne noch viel länger mit dir fliegen.» Er hielt inne und sah mich fragend an. «Was genau habe ich denn gesagt?»

Ich grinste breit und rief mit tief verstellter Stimme: «Adler. Ich bin ein Adler. Ein Adler!» Neugierig sah ich ihn an. «Was hast du wohl damit gemeint? Dass du heute beim Rennen allen davonfliegen wirst?»

«Ganz genau», sagte er im selben kühnen Tonfall wie ich und ließ seine imaginären Flügel schwingen, bevor er mich mit sich auf die Matratze drückte. «Weil ich nämlich der König der Piste bin, furchteinflößend und hungrig auf den Pokal, aber mehr noch auf dieses entzückende Duracell-Häschen im Körper einer göttlichen ...» Spielerisch biss er in meinen Hals, als wäre ich seine erlegte Beute.

Mein Blick fiel auf das alberne Poster an meiner Tür. Gut, dass er nicht sah, wie ich rot anlief.

Ich entwand mich seinem Griff, und es gelang mir, mich auf ihn zu setzen. «Mit diesen gestutzten Flügeln wohl kaum», keuchte ich und drückte seine Unterarme in die Matratze.

Wir rangen miteinander wie zwei alberne Teenager, bis wir erschöpft voneinander abließen.

Eigentlich hatte ich mir selbst ja Zurückhaltung auferlegt. Keine weitere emotionale Baustelle. Und bestimmt hatte ich nicht gleich mit ihm ins Bett gehen wollen, das war auch gar nicht meine Art. Aber irgendetwas in meinem Inneren war anderer Meinung gewesen und hatte sich durchgesetzt. Ich bereute es keineswegs. Wie lange war es her, dass ich mich so im Reinen gefühlt hatte mit allem, erst recht mit einem Mann? Natürlich wusste ich, dass eine Liebesbeziehung überhaupt nicht in meine Optimierungspläne passte, schließlich wollte ich alle Energie auf meine Kinder und mein eigenes Vorankommen richten. Aber ich konnte diesem Mann einfach nicht widerstehen. Das hier fühlte sich viel zu gut an, um es in Frage zu stellen. Und immerhin fühlte ich mich körperlich dank der letzten Nacht schon restlos optimiert.

Nick hatte sich aufgerichtet und betrachtete aufmerksam das Foto von meinem Vater und Kolja an der Wand. «Warum hast du dieses Bild hier hängen?»

«Weil das die beiden wichtigsten Männer meiner Kindheit waren. Mein Vater und mein Blutsbruder Kolja», entgegnete ich.

«Ich wünschte, ich könnte ihm danken.»

Fragend sah ich ihn an.

Es dauerte eine Weile, bis Nick antwortete. «Deinem Vater, meine ich, dem ich die Bekanntschaft mit dir verdanke.»

Ich lächelte bei dem Gedanken an unsere erste Begegnung auf dem Friedhof. «Danken wofür?», fragte ich kokett.

«Hm. Eigentlich für alles. Dafür, dass ...» Er räusperte sich.

«... dass er dich mir geschickt hat?», fragte ich und robbte an ihn heran. «Das war Schicksal.»

Ich nahm seinen Kopf zwischen meine Hände und küsste ihn auf die Lippen, immer und immer wieder, bis ich nur noch eines wusste: Dieses Schicksal meinte es sehr gut mit uns.

Als Nick eine Stunde später unter der Dusche stand, piepte mein Trackingarmband. In der Zeit von 22 Uhr bis 8 Uhr morgens machte es keine Geräusche, um den Schlaf nicht zu stören.

Ich nahm mein Handy, um die Details ablesen zu können. *Warnung!*, zeigte das Display an. *Herzfrequenz zu schnell, Schlafrhythmus massiv gestört.*

Nach dieser Nacht war das ja nun wahrlich kein Wunder, dachte ich und beschloss, die Nachricht zu ignorieren. Aber offenbar war das bei der Nutzung von *Super Optimize Me* nicht vorgesehen. Denn sobald ich aufgestanden war und den Schlafmodus des Handys deaktiviert hatte, setzte meine Wunder-App die nächste Warnmeldung ab: einen flackernden Blitz, unterstützt vom schrillen Geräusch eines Martinshorns. Vor Schreck fiel mir das Gerät aus der Hand, und ich fragte mich einen Augenblick, ob die App meine Vitalwerte vorsätzlich in die Höhe treiben wollte, um ihre Existenz zu rechtfertigen. Ich spürte mein Herz pochen und hob das Handy wieder auf. Auch Flokati miaute plötzlich so klagend, dass ich ihn nur durch eine längere Streicheleinheit wieder beruhigen konnte. Erst dann las ich die Mahnung.

Wie erwartet erinnerte mich SOM an die Erfüllung meiner selbstgesteckten Ziele. Auf dem Bildschirm stand in blinkenden Lettern: *Achtung, Achtung!!! Wochenziel Health und Beauty verfehlt.* Würde ich die App etwa nur durch Enthaltsamkeit und Zehnstundennächte zufriedenstellen können?

Bevor ich mich eingehender mit den Funktionen befassen konnte, kam Nick aus dem Bad. «Was ist passiert?», fragte er. «Du siehst ganz blass aus!»

Er sah mich besorgt an und kam auf mich zu, nur ein Handtuch um die Hüften gewickelt. Ich merkte, dass mein Puls erneut in die Höhe schoss, und dachte unwillkürlich an das Armband, das sämtliche Ausreißer gnadenlos aufzeichnete und Verstöße umgehend an SOM meldete. Gleich schrillte bestimmt die nächste Warnung. Auch wollte ich gegenüber Nick nicht schon wieder mit der App anfangen, darum winkte ich nur ab und drehte mich zum Kleiderschrank, um mir etwas zum Anziehen rauszuholen und mich durch langsames Atmen zu beruhigen.

«Alles in Ordnung», erklärte ich lapidar. «Ich muss nur auf meinen Blutdruck achten.»

Er gab mir einen Kuss auf den Nacken. «Dann ist es ja gut!»

Er zog sich an, trank noch einen Schluck direkt aus der

Wasserflasche auf meinem Nachttisch und schlüpfte dann durch die Tür. «Ich düse los. Wir sehen uns heute Mittag am Waseberg, okay?», rief er mir im Gehen zu. «Und wenn du einen Adler an der Piste entdeckst: Das bin ich!»

«Klar», lachte ich. «Ich freu mich drauf!»

Als er die Tür hinter sich geschlossen hatte, wollte ich ins Bad gehen, doch Flokati lief mir direkt vor die Füße und brachte mich dabei fast zu Fall.

«He!», schimpfte ich.

Der Kater sah erstaunt zu mir auf. Heute hatten es wohl alle darauf abgesehen, meinen Blutdruck hochzujagen. Fast alle, musste man fairerweise sagen. Nick hatte zwar auch anregende Wirkung auf mich, aber ausschließlich im angenehmen Sinne.

Nach dem Duschen wühlte ich mich durch das Chaos in meinem Schrank. Für meinen Auftritt an der Piste brauchte ich etwas Wärmendes und gleichzeitig etwas Standesgemäßes. Blankenese war schließlich nicht irgendein Stadtteil.

Irgendwo mussten doch meine Skiklamotten sein!?

Sämtliche Wintersachen, die ich besaß, hatte ich mit ins Hotel genommen, während die Sommerklamotten in Kartons in der alten Wohnung lagerten. Hocherfreut zog ich einen Augenblick später meine pinkfarbene Jethose aus dem Schrank, die ich zum letzten Mal vor Anouks Geburt getragen hatte. Ich schlüpfte hinein, um zu probieren, welche Jacke am besten dazu passen würde. Doch irgendwie musste die Hose über die Jahre enger geworden sein: Ich bekam sie kaum über den Hintern. Mit einem festen Ruck zog ich sie schließlich über den Po und befestigte die Schnallen der Träger.

Als ich zum Spiegel trippelte, kniff die Hose bei jedem Schritt. Beim Anblick meines Spiegelbilds weiteten sich meine Augen vor Schreck: Ich sah aus wie eine ausgestopfte Wurstpelle kurz vorm Platzen! Ich fühlte mich so unförmig, dass ich am liebsten gleich an Ort und Stelle eine Fettabsaugung vorgenommen hätte. Zu allem Überfluss gab mein Telefon erneut einen schrillen Alarmton von sich.

Flokati spitzte die Ohren und begann zu wimmern. Letzteres hätte ich am liebsten auch getan. Konnte man diesen Alarmmodus nicht abstellen? Es konnte doch nicht sein, dass ich wegen jeder außerplanmäßigen körperlichen Reaktion derart lautstark gemaßregelt wurde. Am Ende würde ich noch einen Tinnitus davontragen – und einen nervösen Tick!

Vielleicht konnte Viola mir etwas zum Anziehen leihen, dachte ich, während ich mich aus der Jethose quälte und mir schnell eine bequeme Leggings überzog. Ich marschierte zu ihrem Zimmer, das direkt neben meinem lag, und klopfte an die Tür.

«Was kann ich für dich tun, Ciccina?», fragte sie, als sie mir in einem roten Seidenkimono öffnete.

«Ein Notfall!», dramatisierte ich und schlüpfte schnell hinein. «Heute findet doch der große Preis von Blankenese statt …»

«Das soziale Happening des Jahres, bei dem wir beide nicht fehlen dürfen», sagte Viola. «Zumal wir Nick anfeuern müssen, nicht wahr, Ciccina!?»

Bildete ich mir diesen inquisitorischen Blick nur ein – oder hatte sie in der Nacht etwas mitbekommen?

Ich nickte gequält. «Ganz genau. Nur habe ich leider rein gar nichts zum Anziehen. Und da dachte ich …»

Sie zog die Brauen hoch. «… dass ich dir etwas Schickes leihen könnte?»

Einen Augenblick vermutete ich, Viola wäre verärgert, doch sie lachte auf. «Wenn nicht ich, wer dann?»

Sie ließ mich ein und schloss die Tür. Viola bewohnte

zwei kleine, durch eine Schiebetür miteinander verbundene Räume. Ich sah mich um. In der Mitte des ersten Zimmers stand ein breites hellbraunes Sofa vor einem kleinen weißen Couchtisch, auf dem sich diverse Modemagazine stapelten sowie einige Ausgaben von *Essen & Trinken*. Viola hatte Vasen mit frischen roten Tulpen auf das Fensterbrett und die kleine Teakholzkommode an der Wand gestellt.

Ich folgte ihr ins Schlafzimmer. Auch dieser Raum war urgemütlich und chic zugleich. Violas Bett war breit und stand auf einem flauschigen hellen Teppich. Den in die Wand eingelassenen Kleiderschrank entdeckte man erst auf den zweiten Blick. Seine Größe kam Viola sehr zugute, schließlich spuckte er unerschöpfliche Mengen an Klamotten aus.

Sie öffnete den Schrank und nahm ein Outfit nach dem anderen vom Bügel. «Ich leihe dir, was immer du möchtest. Du musst schließlich perfekt aussehen – immerhin sollen da ja hübsche Kerle unterwegs sein!»

Ich sah sie amüsiert an. «Eben.»

Sie kicherte. «Obwohl du wahrscheinlich nur einen hübschen Kerl auf dem Radar hast, oder?»

Ich errötete. «Woher weißt du …?»

«Hier im Hotel haben die Wände Ohren», entgegnete sie frech.

Ich wurde noch röter.

Aber Viola grinste breit. «Schäme dich doch nicht, genieße! Ich freue mich für euch.» Dann widmete sie sich umgehend wieder der Kleiderauswahl, sehr zu meiner Erleichterung.

Nach und nach landeten Jacken, Hosen, Anzüge, Mützen und Schals auf dem Bett, bis es ganz und gar bedeckt war.

«Du hast die freie Wahl!», konstatierte Viola.

Ich staunte. «Himmel, willst du nach Sibirien auswandern, oder warum hast du hier ein ganzes Arsenal von Wintersachen? Wir haben doch in Hamburg höchstens eine Woche Schnee im Jahr!»

Beim Blick auf die Etiketten verschlug es mir die Sprache. Da lagen ausschließlich Designerfummel, die sich kein Normalverdienender leisten konnte: Prada und Chanel, aber auch so angesagte Trendlabel wie Vêtements, Ryan Roche und Benu Berlin.

«Sag mal, hast du eine Bank überfallen oder einen heimlichen Gönner?»

Ein geheimnisvolles Lächeln stahl sich auf Violas Gesicht. «Weder noch. Ich kaufe meine Outfits nicht, ich miete sie. Ich habe ein Kleiderabo de luxe!»

«Ein was?», echote ich und zog verständnislos die Augenbrauen hoch.

«Ein Angebot der *Designerthek* im Karoviertel. Für 250 Euro kriegst du eine Flatrate – unbegrenzt edelste Ware aus einer Auswahl, die einmal im Monat komplett getauscht wird. Nachhaltigen Klamottenkonsum nennt man das.»

Das also war die Erklärung für ihren nie versiegenden Kleidernachschub. Ich überschlug die Summe im Kopf: Ganze 3000 Euro im Jahr gab Viola aus, um stets wie aus dem Ei gepellt auszusehen. Eine Menge Geld – und doch, wenn ich meine Ausgaben aufs Jahr hochrechnete, kam ich vermutlich nicht viel billiger weg. Ein ordentlicher Wintermantel kostete schon 500 Euro, und man konnte sich nicht mal sicher sein, dass er in der kommenden Saison noch in Mode sein würde. Trends waren so flüchtig wie ein Eiskristall am Fenster: Zeigten sie heute noch deine Weltgewandtheit und dein Stilbewusstsein, konnten sie dich morgen schon wieder ins modische Abseits katapultieren.

Darum war die Idee schlicht genial, die Klamottenfrage

outzusourcen und Experten zu überlassen, ohne sich zu überschulden. Selbstoptimierung 2.0! Ich beschloss, mir diesen Designerzirkel mal genauer anzusehen.

Ich zog ein paar figurbetonte weiße Jeggings von Prada aus dem Klamottenhaufen. Als ich sie anprobierte, nahm ich erfreut wahr, dass die Hose mühelos über meine Hüften glitt. Qualität machte sich eben doch bemerkbar. Dazu kombinierte ich die passende taillierte Jacke und betrachtete mich im Spiegel.

Viola zupfte an meinem Ärmel und strich eine Falte glatt. Dann nickte sie anerkennend.

Auch ich war zufrieden: Die Hose trug nicht auf, war elastisch und machte definitiv einen formschönen Hintern. Und das Weiß schmeichelte meinem Teint. Ich fühlte mich direkt zehn Jahre jünger.

«Gereiche ich Prada damit zur Ehre?», fragte ich kokett.

Viola lachte. «Falsche Frage. Maßgeblich ist, was Prada für dich tun kann, und nicht, was du für Prada tun kannst. Du siehst umwerfend aus, Jette!»

Ich lächelte mich selbst im Spiegel an. «Prada, ich glaube, du hast den Job!», sagte ich, betont selbstbewusst.

Viola klatschte mich ab. «Das ist genau die richtige Entscheidung. Diese Hose wird dich mit dem nötigen Respekt behandeln.»

Sie gab mir eine Mütze und den passenden Schal dazu sowie ein Paar Moonboots, die mir zwar etwas zu groß waren, aber durch ein Paar dicke Wollsocken passend gemacht wurden.

«Du hast mich gerettet, Viola. In diesem Outfit kann ich den Blankeneser Snobs begegnen!»

Doch sie schaute auf einmal sehr skeptisch drein. «Ciccina, du wirst mir die Offenheit hoffentlich nicht übelnehmen: Kleider machen vielleicht Leute, aber noch lange keine Klasse.»

Ich musste schlucken. Was um Himmels willen wollte sie mir denn damit sagen?

«Dazu gehört noch weit mehr: manikürte Fingernägel, gezupfte Augenbrauen, reine Haut, passendes Make-up und vor allem eine perfekte Frisur. Es sind die Details, die den feinen Unterschied machen, verstehst du?»

Und nichts davon konnte ich vorweisen, dachte ich etwas gekränkt.

Viola zog sich den Lippenstift nach und fuhr fort: «Da geht mehr, Ciccina. Klasse ist vor allem harte Arbeit ... Aber letztlich sind diese *Korrekturen* nichts weniger als ein Akt der Selbstliebe.»

Und ein wichtiges Instrument der Selbstoptimierung, dachte ich.

«Ab morgen gehe ich das mit der Klasse an», erwiderte ich. «Aber heute noch Haare und Haut zu optimieren, das schaffe ich zeitlich nicht mehr. Ich mach mir einfach einen Zopf, sieht eh keiner unter der Mütze.»

«Zopf unter Mütze?» Viola schüttelte vehement den Kopf. «Ab ins Bad. Ich schneide, zupfe und schminke!»

Ich zögerte. Ob das so eine gute Idee war?

«Hör mal, ich bin Profi», sagte sie, als sie mein fragendes Gesicht bemerkte, und stemmte ihre Hände in die Hüften. «In meinem früheren Leben habe ich eine Ausbildung zur Friseurin begonnen.» Sie schob mich ins Badezimmer und erzählte weiter. «Ich wollte eigentlich Maskenbildnerin werden. Aber nachdem ich kurz vor der Prüfung eine Allergie bekommen habe gegen die Färbemittel, musste ich den Traum leider begraben. Das Schneiden habe ich aber nicht verlernt!»

Ich staunte nicht schlecht. «Meine Güte, welche Talente

stecken noch alle in dir?», fragte ich und nahm bereitwillig auf einem Stuhl im Bad Platz, den sie hereingetragen hatte. «Makelst du zufällig auch noch Immobilien? Dann könntest du mir eventuell drei Zimmer mit Balkon und …»

«Nein, aber Männer.»

Irritiert sah ich sie an.

«Ich hab da sogar einen richtigen Prachtkerl im Angebot für dich, sportlich, künstlerisch und mit einem Körper zum Niederknien.»

Wir lachten.

«Danke, aber den habe ich mir schon selbst geangelt», erwiderte ich grinsend und machte meine Haare im Waschbecken nass.

Viola holte aus einem schwarzen Täschchen allerlei Utensilien, drehte eine der Scheren in der Hand und musterte meinen Kopf. «Du hast Glück. Zu deiner ovalen Gesichtsform passt so gut wie jede Frisur. Allerdings würde ich dir nichts zu Extravagantes empfehlen.» Sie zupfte an meinen Haaren herum. «Was hältst du von einem gestuften Longbob mit Pony?»

Ich überlegte. «Pierre hat immer gesagt, mir würden keine kurzen Haare stehen, darum bin ich nie auf die Idee gekommen, etwas an meiner Frisur zu ändern», räumte ich ein.

Viola schlug mit der Schere laut gegen die Stuhllehne. Ich erschrak.

«Porca madonna!», rief sie aufgebracht. «Wenn ich nicht früh gelernt hätte, mich gegen meine dominante italienische Mutter zu behaupten, würde ich noch heute den ganzen Tag lang kleine bunte Fähnchen in Bananensplit stecken.»

«Bananensplit? Ich dachte, ihr verkauft Pizza?», fragte ich verwundert.

«Mein hässlicher Großcousin Eduardo, mit dem mich meine Mutter jahrelang verkuppeln wollte, weil er so eine gute Partie sei, hat eine Eisdiele in Bielefeld.»

Ich musste grinsen. So wie ich Viola kannte, hätte dieser Eduardo nicht viel zu lachen gehabt. Sie war kompromisslos und ließ sich nicht herumschubsen. In Sachen Selbstbehauptung konnte ich mir noch einiges von ihr abschauen.

Und sie besaß viele Fähigkeiten. Aus denen sie allerdings nichts machte, zumindest kein Geld, dachte ich. Sie konnte unglaublich gut kochen, war kreativ, hatte Geschmack, konnte Menschen bezirzen, verfügte über Unmengen an Energie und, wie ich jetzt herausfand, auch noch über äußerst begabte Hände. Dass ihr einstiger Berufstraum gescheitert war, dafür konnte sie nichts. Wohl aber dafür, dass sie beruflich nichts aus sich machte.

Während Viola sich an meinen Haaren zu schaffen machte, fragte ich: «Wenn Friseurin oder Stylistin nicht in Frage kommen, was willst du dann machen?»

Viola zuckte mit den Schultern. «Non lo so, ich weiß es nicht», sagte sie und griff zum Kamm. «Das Einzige, was ich weiß, ist, dass ich für mein Leben gerne koche. Aber als Köchin ist man immer allein und hat nur mit den leergegessenen Tellern der Gäste Kontakt. Außerdem müsste ich abends und am Wochenende arbeiten, und das geht nicht mit Caspar und Jakob.»

«Warum kochst du dann nicht in einem eigenen Foodtruck?», schlug ich aus einem Impuls heraus vor. «Der Bedarf an mobilen Mittagessen in Hamburg ist doch riesig, und du könntest auch nur wochentags arbeiten.» Ich lachte. «Und bei deinen Koch- und Verführungskünsten hast du bestimmt schneller Kunden an der Angel, als du verköstigen kannst!»

Viola sah skeptisch aus. «Im Prinzip ist das ein guter Gedanke, Jette. Aber das Ganze hat so seine Haken. Erst mal bräuchte ich Kohle für so einen Wagen. Ich bräuchte außerdem eine gute Küche, und die allein kostet schon ein Vermögen. Na ja, und wer weiß, ob das mit den Foodtrucks nicht nur ein kurzlebiger Trend ist. Wenn ich so viel investiere, müsste sich das schnell amortisieren.»

Unruhig lief sie im Bad umher, zupfte hier, schnitt dort, und ich machte mir etwas Sorgen, ob sie wirklich noch bei der Sache war.

«Warum rechnest du das nicht mal durch?», versuchte ich es erneut. «Hubi würde dir bestimmt helfen. So ein eigener Laden wäre doch genau das, was du willst, oder?»

«Das schon, ja», erwiderte sie gedankenverloren. Und plötzlich schlug Viola erneut mit der Schere an den Stuhl. Der Schreck fuhr mir durch alle Glieder.

«Du hast ja so recht, Jette!, rief sie. «Weg mit den Bedenken! Ich werde Hubi nachher fragen, wann er Zeit für mich hat.»

Sie strahlte und überlegte laut, welche Gerichte sie anbieten könnte und wie gute Werbung aussehen müsste.

Ich hörte aufmerksam zu, während sie mir den Pony schnitt und anschließend meine Haare föhnte.

Dann begann sie mein Gesicht zu schminken. Es dauerte eine gefühlte Ewigkeit. Als sie mit dem Ergebnis zufrieden war und ich mir das winterliche Ensemble übergezogen hatte, führte sie mich zum Spiegel.

Was ich sah, überzeugte mich sofort. Viola hatte mir einen Pony und fransige Stufen geschnitten, die Haare endeten am Hals. Ich war begeistert. Die Frisur schmeichelte meinem Gesicht, und der Pony kaschierte die Fältchen auf meiner Stirn. Die geröteten Stellen in meinem Gesicht waren dank des dezenten Make-ups wie weggewischt.

Wenn ich Silvester mit meinem Kleid schon einen ersten wichtigen Schritt gemacht hatte in Richtung optischer Perfektionierung, war ich nun in Siebenmeilenstiefeln geradewegs in die Zielgerade eingelaufen.

Als ich wenig später mit Flokati auf dem Arm den Salon betrat, saßen Hubi und Carla am Tisch und spielten eine Partie Backgammon. Die beiden musterten mich mit großen Augen.

«Wow, du schaust so anders aus», sagte Hubi.

Ich lachte gut gelaunt. «Ich bin auch anders. Ganz anders!»

Carla betrachtete mich aufmerksam. «Auch wenn ich hoffe, dass die alte Jette noch da ist, gefällt mir die neue Frisur ausgesprochen gut.»

Ich sah die beiden dankbar an. Meine Typveränderung war ein Erfolg.

«Das ist Violas Werk», erklärte ich. «Sie ist mit der Schere genauso begabt wie mit dem Kochlöffel!»

«Und vielleicht bald auch noch am Steuer eines Foodtrucks!» Viola, die nach mir den Salon betreten hatte, deutete einen Knicks an und lachte laut. Sie beugte sich zu Hubi. «Hättest du nachher mal Zeit, um mir bei einer Sache zu helfen?»

Hubi nickte. «Kloa!»

Ich freute mich, dass Viola die Sache mit so viel Schwung anging. Hubi würde sie bestimmt ebenso engagiert unterstützen, wie er es bei mir tat.

Blieb nur noch, den jüngsten Neuzugang im Hotel vorzustellen. Ich nahm Flokati aus dem Körbchen und hielt ihn Carla und Hubi hin.

Hubi wich sofort zurück. «Aaaah! Wos is des?»

«Das ist Flokati», sagte ich gelassen. «Momentan noch ein hässliches Entlein, aber der Schwan steht schon in den Startlöchern! Wartet mal ab, wie kuschelig der kleine Mann noch werden wird. Dann werdet ihr nicht wollen, dass meine Töchter ihn mitnehmen!»

Carla sah mich mitleidig an. «Jette, ich fürchte, da wächst nichts mehr. Das ist doch eine Sphinxkatze, oder nicht? Die sind auch als Glatzenkatze bekannt.» Sie stand auf und nahm mir den Kater aus der Hand. Das war auch besser so, denn während mir die schreckliche Wahrheit dämmerte, krampften sich meine Hände zusammen. Sphinxkatze ... Glatze ...

«Sag bloß, du wusstest das nicht?», fragte Carla fassungslos.

Ich stand da wie vom Donner gerührt. «Das ist jetzt ein Witz, oder?», flüsterte ich entsetzt, wohl wissend, dass Carla nicht zu Scherzen neigte.

Ihr Gesichtsausdruck ließ denn auch keinen Zweifel daran, dass sie es absolut ernst meinte. Das war ein Schlag ins Kontor.

Wie hatte ich nur so dumm sein können? Wahrscheinlich hatte ich bei dem Namen Flokati etwas Wolliges und Felliges zum Vater meines Wunschdenkens gemacht. Frau Peters besaß also mehr Humor, als ich ihr zugetraut hätte. Oder hatte sie mich bewusst in die Irre geführt? Ob ich den Kater wegen Etikettenschwindels zurückgeben konnte?

Das Klingeln der Haustür riss mich aus meinem Gedankenstrudel.

Viola ging nach unten, und wenig später kam Anouk hereingestürmt. Hinter ihr erschien schnaufend Pierre mit Claire an der Hand und Korbinian in einem Tragetuch vor der Brust.

Ich sah sie überrascht an. «Wie schön, euch zu sehen! Aber ich dachte, ihr kämt erst morgen?» Ich nahm meine Töchter in den Arm und gab ihnen ein Küsschen auf die Wange.

«Bonjour erst mal.» Pierre blickte in die Runde. Er sah abgekämpft aus, war unrasiert und hatte dunkle Schatten unter den Augen.

«Korbinian hat Koliken», sagte er entschuldigend. Zu mir gewandt fügte er hinzu: «Iris muss einen wichtigen Vortrag vorbereiten. Ich schaffe das nicht mit allen dreien und deshalb …» Er starrte mich an. Erst jetzt schien ihm aufzufallen, wie ich aussah. «Wo willst du denn in dem Aufzug hin? Und überhaupt, was ist mit deinen Haaren passiert?»

Auch die Mädchen kommentierten jetzt meine Veränderung. «Wow, Maman!», riefen sie gleichzeitig. Und Anouk fügte noch hinzu: «Du siehst super aus!»

«Ja, hättest du viel früher machen sollen», fügte Pierre grummelig hinzu.

Fassungslos starrte ich ihn an. Ich glaubte, nicht richtig zu hören.

Viola räusperte sich. «Ja, warum hast du sie eigentlich nicht früher abgeschnitten, Jette? Hatte da etwa jemand was dagegen?» Mit herausforderndem Spott sah sie Pierre an.

Da stellte sich mit einem Mal Carla zu uns, auf ihrem Arm der Nacktmull, der für immer einer bleiben würde. Sie erregte damit die vermutlich gewünschte Ablenkung.

«Was ist das, Maman?», rief Anouk und starrte mit großen Augen auf das Kätzchen.

«Eine Katze! Für uns?» Claire war ganz aus dem Häuschen.

Unsicher sah ich sie an. Aber bevor ich ausweichend antworten konnte, erklärte Carla: «Ja, das ist der süße Flokati, ein Geschenk von eurer Mama. Weil er kein Fell hat und allergenfrei ist, könnt ihr ihn behalten!»

Dabei lächelte sie mir komplizenhaft zu. Ich war erleichtert, dass sie mir die Entscheidung über Flokatis Verbleib letztlich abgenommen hatte. Jetzt, da ich die bittere Wahrheit über sein wahres Ich erfahren hatte, hätte ich ihn wahrscheinlich angepriesen wie verschimmeltes Schwarzbrot.

Pierres genervter Blick entging mir nicht.

«Ihr wisst schon, dass Katzen jährlich weit mehr Singvögel töten, als durch Krankheiten, Altersschwäche oder Unfälle sterben?», brummte er missmutig.

Welche Laus war ihm denn über die Leber gelaufen?

Aber Claire hörte gar nicht hin, sondern nahm Flokati gleich in den Arm.

Als Pierre seufzte, klopfte Hubi ihm auf die Schultern. «I glaub, du brauchst erst mal a Bier, ha?»

Pierre schüttelte den Kopf. «Wenn Iris meine Fahne riecht, gibt's ein Donnerwetter!»

«Himmelarschundzwirn, so a Schlapfenwappler!»

«Schlapfenwappler?», fragten wir anderen wie aus einem Mund und lachten.

Nur Carla fasste Hubi am Arm und korrigierte ihn. «Nur weil er Rücksicht nimmt auf seine Frau, ist er noch lange kein Pantoffelheld. Was der Mann braucht, ist ein kräftigender Tee. Nicht wahr, Pierre?»

Als Pierre bedröppelt nickte, schenkte sie ihm eine Tasse ein.

Währenddessen drückte Claire Flokati so fest an sich, dass dem armen Tier fast die Luft wegblieb. Sie verlor kein einziges Wort über sein skurriles Äußeres. Fast hätte man meinen können, dass Flokati das schönste und bemutterungswürdigste Geschöpf war, das ihr je unter die Augen gekommen war.

Ich ging zu Anouk, die Flokati skeptisch beäugte.

«Na, was sagst du?», fragte ich.

Meine Große verschränkte die Arme vor der Brust und knurrte: «Der sieht aus wie ein gerupftes Huhn!» Sie drehte sich von mir weg.

Ich seufzte schwer. Seit Wochen kämpfte ich mit ihren Stimmungsumschwüngen. Mal gab sie sich mürrisch und wortkarg, dann, von einer Sekunde auf die andere, lachte sie sich so kaputt, dass alle mitlachen mussten. Mal brach sie sinnlose Streitereien vom Zaun, als wollte sie sich auf Teufel komm raus von mir abgrenzen, dann wieder war ich die heißgeliebte Mutter, der sie stundenlang beim Fernsehen oder Vorlesen in den Haaren zwirbelte. Waren das die Vorzeichen der Pubertät? Oder war das ihre Art, unbewusst das Ende ihrer alten Lebenswelt zu betrauern? Auch wir Erwachsene reagierten auf eine so starke Veränderung wie eine Trennung ja letztlich mit verschiedenen Phasen: von Nichtwahrhabenwollen über Wut und Reue gab es da alles. Vermutlich waren Anouks plötzlich auftretende Schübe psychisch sogar sinnvoll und heilend. Aber zu wissen, dass sie sich mit ihrem ambivalenten Verhalten letztlich vor seelischer Überlastung schützte, war das eine. Ihren Verarbeitungsprozess nicht beschleunigen zu können und ihre Launen auszuhalten, ohne selbst auszuticken, das andere.

Egal, wie sehr sie Iris und Korbinian mochte und wie schnell sie meinen Umzug ins Hotel akzeptiert hatte: Es waren einfach sehr viele Veränderungen auf einmal gewesen für eine so junge, verunsicherte Seele.

In diesem Moment ließ Flokati in Claires Armen ein Schnurren vernehmen. Sofort lief Anouk zu ihrer Schwester, um die Katze ebenfalls zu streicheln. Die Frage der Reklamation hatte sich spätestens jetzt erübrigt.

Korbinian hingegen gefiel es offenbar nicht, dass er die Aufmerksamkeit seines Vaters und seiner Halbschwestern mit einem hässlichen Katzenbaby teilen musste. Er begann, aus dem Nichts heraus wie verrückt zu brüllen. Pierre wippte hektisch hin und her, um das Baby zu beruhigen, und machte Brummgeräusche.

«Könnte ich bei euch ein Fläschchen warm machen?», fragte er irgendwann in zunehmender Verzweiflung.

Ich nickte, stand auf und ging zum Wasserkocher. Pierre

schälte sich aus dem Tuch und drückte mir das schreiende Baby in die Hand. Nie hätte ich gedacht, dass ich diesen Jungen, der mich meine Ehe gekostet hatte, mal auf dem Arm tragen würde. Ich spürte seine Wärme und seine weiche Haut, seine ganze Zerbrechlichkeit, aber auch seine Energie, die er in lautem Schreien kanalisierte. Doch als ich ihn sanft an mich drückte und ihm über den Rücken streichelte, wurde er allmählich still.

«Korbinian mag dich», staunte Pierre, während er das Milchpulver in die Flasche mit dem warmen Wasser rührte.

«Er mag jetzt vor allem seine Flasche!», unkte ich und reichte ihm seinen Sohn. «Stillt Iris eigentlich gar nicht?»

Pierre lachte, und ich bildete mir ein, eine leichte Bitterkeit herauszuhören. «Iris? Sie steigt nächste Woche wieder komplett in den Job ein, dann übernehme ich Korbinian in Vollzeit.»

«Ach … und dein Job und deine Entfristung?»

Er schüttelte den Kopf. «Liegen erst mal auf Eis. Man muss Prioritäten setzen. Und meine liegen jetzt eben bei meinem Sohn.»

Wie sich die Zeiten änderten. Damals, in den Babyjahren unserer Mädchen, hatte Pierre nicht schnell genug wieder ins Institut kommen können. Sein plötzliches Bekenntnis zur Familie verletzte mich.

Er setzte sich in einen Sessel, um dem Baby die Flasche zu geben. Ich sah ihm zu und prüfte mich selbst, ob ich womöglich auch gern noch mal so einen kleinen Nachzügler gehabt hätte. Doch da war keine Sehnsucht in mir. Ich war durch mit dem Thema, das spürte ich ganz deutlich. Besonders, als Korbinian sich einen Moment später nach einem lauten Rülpsen über Pierres Lieblingspullover erbrach, den blauen Troyer, den ich ihm zu unserem Zehnjährigen geschenkt hatte.

Während Pierre sich mit einer Hand das Erbrochene vom Pullover tupfte und mit dem anderen Arm seinen Sohn schaukelte, tat er mir fast leid. Sein neues, aufopferungsvolles Vater-Ich nahm ich ihm nämlich nicht ganz ab. Es war sicher nicht sein größter Wunsch gewesen, in der Kinderbetreuung noch mal von vorn anzufangen und die eigene Karriere auf unbestimmte Zeit an den Nagel zu hängen, während seine Gattin weiter an ihrem Erfolg schraubte. Sein Gesicht wirkte müde und eingefallen. Nach großem Familienglück sah er nicht aus.

Im Gegenteil zu ihm schien ich regelrecht auf der Überholspur zu sein.

18. Der große Preis

Das ehemalige Fischerdorf Blankenese war an diesem Tag vermutlich der einzige weiße Fleck in ganz Hamburg. Der Waseberg auf Schinkels Wiese, die steilste Erhebung im Norden von Hamburg, war am Morgen künstlich beschneit worden, nachdem die ohnehin nur sehr dünne Schneeschicht in der vergangenen Nacht komplett weggetaut war. Die Luft aber blieb eisig, und am blauen Himmel stand die Sonne so tief, dass das Kunstweiß auf der Piste glitzerte wie Tausende von kleinen Strasssteinen.

Viola, meine Mädchen und ich befanden uns am Fuße des Hügels, in der Nähe einer Bühne, die extra für das Event errichtet worden war. Claire trug stolz den in ein Lammfell eingehüllten und mit einem wärmenden Katzenanzug ausgestatteten Flokati in einem kleinen Körbchen vor sich her. Sie hatte es sich nicht nehmen lassen, ihr neues Haustier auszuführen.

Um uns herum standen zahlreiche Besucher in kleinen Grüppchen, viele von ihnen in Pelzjacken, und nippten an ihren Heißgetränken. Gut, dass ich mit meinem Prada-Traum in Weiß zumindest eines der Insignien der Hamburger Kaufmannselite trug, vermutlich mein einziger gemeinsamer Nenner mit diesen Leuten. Ich musste zugeben, dass sich das Klischee von den SUV-fahrenden Wachsjackenschnöseln und perlenbehangenen Eiskühen in Reiterstiefeln zu Recht hartnäckig in meinem Kopf hielt.

Nick war nirgends zu sehen, dafür erblickte ich in einiger Entfernung Anouks Schulfreundin Helene und ihre Mutter. Sie standen auf der Bühne, und Annabelle plauderte mit zwei graumelierten Herren in Anzug und Lodenmantel. Mein Blick fiel auf das große Werbebanner über der Bühne, das den Schriftzug *Only the Best* zeigte. Offenbar wurde das Charity-Rennen von Annabelles Agentur organisiert.

Ich stupste Anouk an. «Schau mal, wer da hinten auf der Bühne steht!»

Sie juchzte vor Begeisterung und lief schnell zu ihrer angeblichen Busenfreundin.

Viola, Claire und ich schlenderten derweil zum Glühweinstand.

«Für die Kleine eine heiße Schokolade?», fragte Viola. «Und für uns große Damen einen hübschen Glühwein?»

Ich zögerte einen Moment, als ich an die Fettmacherpunkte dachte. Doch dann fiel mir wieder ein, welchen Benefit ich allein durch die Aktivitäten der letzten Nacht gutschreiben konnte.

«Auf jeden Fall und bitte mit Schuss!», sagte ich entschlossen.

Viola grinste und ging mit Claire zum Getränkestand, um die Bestellungen aufzugeben.

Ich konnte mir eine Sünde erlauben, schließlich war ich auf die Woche gesehen deutlich im Plus. Bevor wir aufgebrochen waren, hatte ich mein Armband wieder angelegt und mich noch mal intensiv mit SOM beschäftigt. Denn ich konnte einfach nicht glauben, dass der Sex mich derart ins Minus katapultiert hatte, wo doch jeder wusste, dass er eigentlich gesundheitsfördernd war. Und siehe da: Für Koitus gab es in der Bilanz sogar Extrapunkte, man musste nur vor dem Beischlaf das entsprechende Häkchen aktivieren, damit SOM und mein Armband auch wussten, was lief. Auch das zweite Geräuschproblem hatte ich lösen können: Für außerplanmäßiges Herzklopfen gab es einen Ausknopf, den man innerhalb von zehn

Sekunden drücken musste, damit kein Alarm ausgelöst wurde und die Unregelmäßigkeiten nicht in die Gesamtbilanz einflossen. Ich war erleichtert gewesen. Und tatsächlich war der Effekt dieser Korrekturen auf meinen Wochenabschluss verblüffend. So hatte ich durch die sportliche Betätigung im Bett beinahe alle Muskeln aktiviert, mein Herz-Kreislauf-System trainiert und zusätzlich 350 Kilokalorien verbrannt. Und das gleich dreimal! Das waren allein 1050 Kalorien in nur einer Nacht, was mir sogleich drei Belohnungssternchen im Bereich Health bescherte. Am meisten freute ich mich aber über die Tatsache, dass durch das Östrogen, das Frauen beim Sex vermehrt ausschütteten, die Hautalterung deutlich verzögert wurde und ich damit auch noch im Beauty-Bereich punktete. Botox war demnach eher etwas für Singles oder bettmüde Langzeitpaare.

Bei dem Gedanken daran, wie viel Spaß Selbstoptimierung machen konnte, wenn man es nur richtig anging, jubelte ich innerlich. Vielleicht würde sich ja heute Abend, wenn die Kinder schliefen, eine Gelegenheit ergeben, auch den Glühwein gleich wieder wettzumachen, dachte ich verwegen.

«Jette!», rief plötzlich jemand hinter mir. Als ich mich umsah, entdeckte ich Sophie in der Menge. Ich gab mir einen Ruck und ging auf sie zu.

Wir umarmten uns und wechselten ein paar freundliche Worte. Ich entschuldigte mich, dass ich so lange abgetaucht war, woraufhin sie zu lachen begann und mich erneut umarmte. «Du bist und bleibst meine Lieblingskollegin, egal wie lange du schmollst.»

Dankbar lächelte ich sie an.

«Und du siehst toll aus!», sagte Sophie und sah anerkennend an mir herunter.

Ich erzählte ihr von meinem Selbstverbesserungsplan und von meinen Bemühungen, mich für Bewerbungen fit zu machen. Sofort bot sie an, mir zu helfen, mich mit der mobilen Schnitttechnik vertraut zu machen und mir weitere Tipps zu geben. Ich dankte ihr aufrichtig. Dann erkundigte ich mich nach meiner alten Sendung.

«Jette, ich sage es nicht ohne Häme, Mia ist auf der Abschussliste. Die Zahlen und Kritiken sind verheerend. Es gibt mehrere Onlinepetitionen, die dich zurückwollen, und Fässchen kommt aus seinem Turmzimmer kaum noch heraus. Schau doch mal vorbei zu einem zwanglosen Gespräch. Wer weiß ...» Sie ließ den Satz in der Luft hängen. «Bei der Gelegenheit gebe ich dir dann gleich noch eine Einführung ins portable Studiowesen.»

Ich wollte gerade nach der Stimmung im Team fragen, als Viola und Claire zu uns stießen. Ich stellte Sophie den beiden vor.

«Magst du auch einen Glühwein?», fragte Viola, ganz die gute Gastgeberin.

«Danke, aber meiner steht noch dort drüben.» Sophie zeigte auf eine Gruppe von Männern. «Ich glaube, ich geh dann auch mal wieder.» An mich gewandt fügte sie hinzu: «Es war schön, dich gesehen zu haben!»

Ja, das fand ich auch. Ich verabschiedete mich von Sophie mit einer Umarmung. Ich hatte mich richtig gefreut, sie wiederzusehen, und versprach ihr, in den kommenden Wochen vorbeizuschauen.

Viola drückte mir einen Glühwein in die Hand, und wir prosteten uns zu. Wie immer schmeckte das Zeug furchtbar süß und war nach den ersten heißen Schlucken eigentlich auch schon nicht mehr genießbar.

Als Claire ihren Kakao ausgetrunken hatte, erklärte sie: «Maman, ich geh mit Flokati mal 'ne Runde Gassi, ist das okay?»

Ich lächelte ihr aufmunternd zu. «Natürlich, mein Schatz, aber lauf nicht zu weit weg, ja? Es geht gleich los.»

Ich sah ihr nach. Wie groß meine Töchter schon waren!

An Viola gewandt fragte ich: «Wollen wir uns gleich noch mal anstellen für eine zweite Runde?»

Doch Viola antwortete nicht, sondern lächelte versonnen und zwinkerte jemandem zu, der in der Nähe der Bühne stand.

Ich folgte ihrem Blick – und traute meinen Augen nicht: War das etwa Mike, Barbies Ken, also Annabelles Mann, der hier hemmungslos über etliche Köpfe hinweg mit Viola flirtete? Ich war sprachlos. So attraktiv und charmant Viola auch war, Mike hatte mit Annabelle doch die perfekte Frau an seiner Seite, was interessierten ihn da andere?

Ich stupste sie an. «Der Mann ist verheiratet.» Den Seitenhieb konnte ich mir nicht verkneifen.

«Und wenn schon!», entgegnete Viola trotzig. «Jeder ist schließlich für sich selbst verantwortlich.» Mit diesen Worten drückte sie mir ihr leeres Glas in die Hand. «Holst du uns Nachschub?»

Ich lachte und marschierte los. An dem Stand hatte sich eine lange Schlange gebildet. Seufzend stellte ich mich an und schaute mich um.

Vor der Hütte eines Kufenschleifers entdeckte ich Nick und winkte ihm zu. Aber er sah mich nicht. Er trug seine St.-Pauli-Mütze, eine dunkelgrüne Skijacke und eine schwarze Jethose.

Ich überlegte gerade, ihm noch mal viel Glück zu wünschen, als plötzlich Claire vor mir stand. Ihr Gesicht war tränenüberströmt. Ich stellte unsere Gläser ab und nahm sie auf den Arm, um ihre zwischen Schluchzern herausgepressten Erklärungen besser verstehen zu können.

«Flokati ... ist ... weg», jammerte sie.

Zuerst vermutete ich, dass Claire den Korb irgendwo abgestellt hatte und sich nun nicht mehr erinnern konnte, wo er war. Sie verlegte ständig Sachen. Und ich als die vermutliche Vererberin dieser Eigenschaft konnte ihr da schlecht böse sein.

Doch dann schluchzte sie: «Er ist aus dem Körbchen gesprungen ... und einfach weggerannt!»

Okay, hier war sofortiges Handeln gefragt.

In den nächsten zehn Minuten suchten Viola, Claire und ich überall nach Flokati. Wir fragten in den Buden, auf der Bühne, bei den Sanitätern. Aber unser kleiner Nacktmull blieb verschwunden.

«Sei nicht traurig, Claire», tröstete Viola sie. «Katzen können über Hunderte von Kilometern wieder nach Hause finden.»

Hoffentlich traf das auch auf wenige Wochen alte Katzenbabys zu, dachte ich bange.

Plötzlich stieß Claire einen Schrei aus und deutete auf einen Mann, der in der Nähe der Dixi-Klos stand. «Guckt mal, da hinten sitzt Flokati, bei dem Mann, der Schnee isst!»

Tatsächlich, da saß das Kätzchen auf einer Mülltonne neben einem Kerl, der mir irgendwie bekannt vorkam.

Mit Claire an der Hand ging ich zu ihm und erkannte ihn sofort. Es war Duncan Mohn, der Moderator der heutigen Veranstaltung. Zumindest war er auf allen Plakaten zu sehen, die für das Rennen warben. Wir kannten uns flüchtig. Er hatte sich mal vergeblich bei Radio Elbe beworben, und Fässchen hatte ihn mir in der Kantine vorgestellt. Aber was tat er hier an den Klos? Musste er nicht schon längst auf der Bühne stehen und die Teilnehmer des Rennens vorstellen?

Duncan stützte sich auf die Mülltonne und zog sich etwas durch die Nase. Flokati saß friedlich in seinem Körbchen daneben und leckte sich, hoffentlich ausschließlich vom Kunstschnee bestäubt, die Pfoten.

Himmel!, dachte ich, wie erkläre ich das bloß meiner Tochter?

Duncan stammte aus Blankenese und hatte lange Zeit in London als Moderator bei einem internationalen Musiksender gearbeitet. Inzwischen war das «Mohnbrötchen», wie seine Kritiker ihn nannten, in die Jahre gekommen und vertickte auf einem Shoppingkanal Schmuck. Kein Wunder, dass er sich mit Drogen betäuben musste.

Rasch schob ich mich an ihm vorbei, schnappte mir das Kätzchen und übergab es an Claire. «Geh zu Viola, mein Schatz, und lass dir von ihr einen neuen Kakao ausgeben, ja?»

Überglücklich, ihren Schmusetiger wiederzuhaben, marschierte sie los.

Duncan sackte derweil in sich zusammen und hockte sich mitten in den Schnee. Sein Gesicht war totenbleich.

«Wo ist der Alien hin? Wo?», rief er krächzend. Offenbar war er auf einem Trip und verwechselte Flokati mit einem Außerirdischen.

«Komm, ich helfe dir auf», sagte ich und versuchte vergeblich, ihn hochzuziehen.

«Was ist denn hier los?», hörte ich eine bekannte Stimme in meinem Rücken.

Es war Annabelle. Sie starrte entsetzt auf den derangierten Duncan und schlug sich eine Hand vor den Mund. Selbst in Schockstarre sah sie mit ihrem makellosen Porzellan-Teint, den perfekt geschwungenen knallroten Lippen und den weit geöffneten Augen aus wie gemalt.

«Ich glaube nicht, dass der heute noch moderieren kann», sagte ich und zuckte entschuldigend mit den Schultern.

Duncan brabbelte weiter unverständliches Zeug, während ich Annabelle die Hand hinstreckte. «Hallo, erinnerst du dich? Ich bin Jette Kröger, die Mutter von Anouk.»

Annabelle nickte abwesend und murmelte mantraartig vor sich hin: «Das ist mein erster großer Auftrag in der Stadt. Das ist mein erster großer Auftrag in der Stadt!» Sie tat, als wäre ich gar nicht da. «Den kann ich mir doch nicht vermasseln lassen von einem abgehalfterten C-Promi!»

Ich nickte verständnisvoll. «Warum übernimmst du nicht selbst die Moderation?»

Erst jetzt schien sie mich wahrzunehmen, denn sie sagte mit entsetztem Gesichtsausdruck: «Ich? Niemals!»

Warum sie selbst nicht auf die Bühne wollte, sagte sie nicht. Dass auch die wandelnde Perfektion auf zwei Beinen eine Schwäche zu haben schien, ließ mein Selbstwertgefühl im Nu wachsen.

«Weißt du, als Radiomoderatorin kenne ich da eine wunderbare Technik gegen Lampenfieber», erklärte ich. «Du musst einfach –»

«Du bist *was*?», unterbrach mich Annabelle und blickte mir zum ersten Mal ins Gesicht.

«Radiomoderatorin. Na ja, zumindest war ich es. *Jettes Nachtbeichte*, vielleicht hast du davon gehört.»

«Nein, habe ich nicht. Wir sind ja erst seit kurzem in der Stadt», sagte sie und verlor sich wieder in Gedanken. «Aber du hast sicher eine Homepage, einen Blog oder einen Twitter-Account, oder?» In Lichtgeschwindigkeit tippte sie irgendetwas in ihr Handy, vermutlich meinen Namen. Als sei ich erst durch einen Treffer bei Google als lebendige Person verifiziert, die mit dem Ritterschlag ihrer Aufmerksamkeit geadelt werden dürfte.

«Ja, nein, das heißt ...», stammelte ich, denn ich wusste, dass das Internet nicht unbedingt viel für mich tat. Eigentlich vermied ich dieses Ego-Surfing und googelte meinen Namen schon wegen der großen Zahl anonymer Hater nicht. In einem

Akt der Selbstbestrafung hatte ich mir allerdings nach der Absetzung meiner Sendung sämtliche Einträge der letzten Zeit zu Gemüte geführt. Darunter waren sowohl hämische als auch bedauernde und freundliche Posts zu lesen. In meinem Wikipedia-Eintrag, von dem ich vorher nicht mal wusste, dass ich ihn hatte, war unter dem Punkt «Leben» mein jähes Karriereaus mit Worten zitiert, die wie ein Nachruf klangen:

> 2017 erregte Jette Kröger dadurch Aufmerksamkeit, dass sie mitten in der «Nachtbeichte» von der Geliebten ihres Mannes telefonisch vom Ende ihrer Beziehung unterrichtet wurde. Das berufliche Ende folgte wenig später durch die Ablösung durch *Mamma Mia*. Seitdem ist es still geworden um Jette Kröger.

Auf meine E-Mail an Wikipedia mit der Bitte um Entfernung dieser Zeilen erhielt ich eine freundliche Absage mit dem Tenor, diese Information sei relevant im Sinne eines Lexikons. Plötzlich barg mein Leben also Wendungen, die von öffentlichem Interesse waren.

Als Annabelle meinen Eintrag überflogen hatte, schien ihr Interesse an mir zu erlahmen. Vermutlich weil sie gelesen hatte, dass ich gefeuert worden war.

«Die Version im Internet ist sehr vereinfacht dargestellt», fühlte ich mich sogleich bemüßigt zu erklären. «In Wirklichkeit bin ich wegen einer Meinungsverschiedenheit mit dem Programmleiter, was den richtigen Kurs für die Sendung anging, gegangen. Freiwillig!», fügte ich noch beschönigend hinzu, ohne dass sie mich danach gefragt hätte. Als wäre das hier ein Bewerbungsgespräch, fuhr ich fort: «Ich muss zu dem Produkt stehen können, für das ich meine Stimme hergebe, wenn du verstehst, was ich meine. Im knappen Höschen vor der Kamera tanzen, das sollen die machen, die jünger sind und das Geld brauchen», lachte ich bemüht souverän. «Ich mag es lieber etwas stilvoller und seriöser.»

Ich wunderte mich, wie selbstbewusst ich mich auf einmal verkaufte. Vorbei die Zeit, in der ich mich wie ein Opfer geriert hatte. Ich und niemand anders war es, der die Weichen für mein Leben stellte. Zumindest sollte Annabelle mir das so abkaufen.

Ihre Aufmerksamkeit gab mir recht.

«Und was machst du jetzt?», fragte sie und sah mich neugierig an.

«Äh ... freie Sachen ... hier und da. Also, ich habe da ... ein paar spannende Projekte in der Pipeline. Ansonsten bin ich immer offen für neue Herausforderungen», sagte ich so locker wie möglich.

«Verstehe, kreatives Prekariat ...»

Wie bitte? Ich räusperte mich demonstrativ. «Nun, vielmehr flexible, mobile, unabhängige Alleskönnerin mit großer Neugier», korrigierte ich, als spräche ich mit einer Headhunterin.

Annabelle nickte anerkennend.

«Was hältst du denn von der Herausforderung, spontan für Duncan Mohn einzuspringen?» Sie deutete mit dem Kopf auf das Mohnbrötchen, das schlafend zu unseren Füßen lag.

«Besser als der mache ich es allemal», lachte ich, weil ich dachte, sie würde spaßen.

«Ehrlich, das würdest du tun?»

O Schreck!

«Äh, so war das jetzt ...» Bevor ich den Satz beenden konnte, machte Annabelle einen Schritt auf mich zu und unterbrach mich.

«Wow, das ist ja großartig. Perfekt! Du bist meine Rettung.» Die panische Nuance in ihrer Stimme war nicht zu überhören. Sie meinte es tatsächlich ernst.

Plötzlich kamen mir Hubis Worte in den Sinn, dass man nicht zögern und zaudern dürfe, wenn sich eine Chance böte. Aber zu leicht wollte ich es Annabelle auch nicht machen.

«Ach, ich weiß nicht ... Ich wollte mit den Kindern eigentlich das Rennen anschauen», zierte ich mich künstlich, um meinen Marktwert zu erhöhen.

Annabelles Verzweiflung war mit Händen greifbar. «Du bekommst eine ordentliche Gage. Und wenn du das hier heute wuppst, wer weiß, was sich daraus ergibt. Wenn es gut läuft, könntest du vielleicht öfter Moderationen für mich übernehmen. Ich habe immer Bedarf an guten Leuten.»

Sie hielt mir die Hand hin.

Ich brauchte nicht zweimal zu überlegen. Was sich mir hier bot, war nicht weniger als eine Riesenchance auf dem Silbertablett.

«Gut, dann probieren wir es miteinander.» Ich lächelte und nahm ihre Hand. Innerlich vollführte ich einen Freudentanz.

Annabelle drückte mir eine Mappe mit Kurzbiographien der angemeldeten Piloten in die Hand. «Ich danke dir, Jette. Bei deiner Ausstrahlung bin ich mir sicher, dass du einen hervorragenden Job machen wirst.» Sie befühlte meine Jacke. «Ist das Prada? Steht dir phantastisch!»

Ich nickte geschmeichelt. Im Fokus ihrer Aufmerksamkeit zu stehen, und sei es nur für zwei Minuten, weckte in mir ein Gefühl der Erhabenheit – sowie den dringenden Wunsch, ihrer Perfektion so nahe wie möglich zu kommen.

«Du schaffst das!», sagte Annabelle aufmunternd und zog mich hinter sich her.

Mit einem Mal ergriff Panik Besitz von mir. Ich war doch

total aus der Übung! Monatelang hatte ich höchstens im Stillen mein eigenes Lebensdesaster moderiert. Außerdem bedurfte jede gute Moderation einer sorgfältigen Vorbereitung – und die brauchte Zeit. Zeit, die ich nicht hatte.

In Gedanken versuchte ich mir die Grundregeln der Moderation in Erinnerung zu rufen, die drei S: souverän, sympathisch, selbstironisch. So sollte man rüberkommen, dazu immer auf Augenhöhe mit dem Publikum. Was es ebenfalls brauchte, war ein gelungenes Intro. Wenn das stimmte, wäre das Eis gebrochen, und es konnte nicht mehr allzu viel schiefgehen. Aber woher sollte ich so spontan einen launigen Einstieg nehmen?

Eine halbe Stunde später war es so weit. Während Viola mit den Mädchen direkt am Bühnenrand stand, schob Annabelle mich auf die Bühne.

Aus den Lautsprechern dröhnte «The Final Countdown», als ich selbstbewusst lächelnd ans Mikrophon trat und die versierte Moderatorin gab, obwohl mir das Herz bis zum Hals klopfte. Mit großer Attitüde hob ich die Arme über den Kopf und neigte mich leicht nach vorne, um Kontakt mit dem Publikum aufzunehmen. Als ich in die ersten aufmerksamen Gesichter blickte, zog ich eine Augenbraue hoch, eine souveräne Geste der Lockerheit, die ich bei Barack Obama immer bewundert hatte.

Zaghafter Beifall brandete auf. Ich wusste, dass mir nicht mehr als eine Minute blieb, um das Publikum und Annabelle von mir zu überzeugen. Wenn ich scheiterte, würde ich übermorgen wieder bei Frau Klopp vorsprechen müssen. Ich sah ihr hämisches Gesicht schon vor mir …

Ich räusperte mich, denn vor Aufregung hatte ich einen leichten Kloß im Hals.

«Schönen guten Morgen! Ich freue mich, heute hier zu sein», begann ich, nachdem ich mein Pokerface aufgesetzt hatte. «Für alle, die mich nicht kennen: Ich bin Jette Kröger und moderiere heute für Sie den Großen Preis von Blankenese, dessen Erlöse in diesem Jahr an die Hamburger Tafel gehen!»

Der Applaus war schon etwas stärker, und ich wartete einen Moment, bevor ich fortfuhr: «Ganz Blankenese ist auf den Beinen. In den Medien wird es später heißen: Tausende standen an den Hängen – und *Pisten*!»

Tausende standen an den Hängen – und pissten!

Ich hoffte, dass ich diese Zweideutigkeit gut rübergebracht hatte – sonst wäre die Pointe verpufft.

In gespannter Erwartung einer Reaktion hielt ich inne. Der Satz war nicht von mir, sondern von einem bekannten Sportmoderator.

Aber als meine Augen nun erwartungsvoll über die Menge wanderten, sah ich nur fragende Blicke. Mit erschreckender Deutlichkeit erkannte ich plötzlich, wie wenig dieses verrutschte Zitat zum Niveau dieses gehobenen Publikums passte. Himmel, ich war in Blankenese, nicht im Bierzelt!

Gerade als ich eine Entschuldigung murmeln wollte, vernahm ich vereinzeltes Lachen, das rasch zu heiterem Gelächter anschwoll. Erleichtert atmete ich auf. Vermutlich hatte das dröge Kaufmannspublikum nur etwas länger gebraucht, um den Witz zu verstehen.

Schnell legte ich eine Erklärung nach. «Der Satz stammt natürlich nicht von mir, sondern von meinem Kollegen Heinz Maegerlein, der sich damit bei den olympischen Skirennen in Innsbruck 1964 unfreiwillig in die Geschichtsbücher moderierte.»

Aus dem Augenwinkel sah ich, wie Annabelle den Daumen nach oben reckte, und meine Zuversicht kehrte zurück, dass ich das hier gut über die Bühne bringen würde. Aus der ersten Reihe winkten mir aufgeregt Viola und die Mädchen zu, mit vor Überraschung weit aufgerissenen Augen.

Ob Nick mich wohl auch sehen konnte?

Ich lächelte meinen kleinen Fanclub an und fuhr mit neuem Schwung fort: «Hier stehen vielleicht nicht Tausende an den Hängen und ...» Ich machte eine Kunstpause. «... und schauen zu», sagte ich augenzwinkernd und lächelte breit, «aber immerhin einige hundert. Und das ungebrochen seit 200 Jahren stets am ersten Neujahrssonntag! Kein Rennen in Deutschland hat solch eine lange Tradition, kein Rennen einen so ausgefallenen Charakter.»

Es konnte nicht schaden, die Blankeneser bei ihrer Eitelkeit zu packen und sowohl für ihre Kulturpflege als auch für ihren Wagemut zu loben. Wenigstens einmal im Jahr verrückt sein zu dürfen, das wünschten sich auch zurückhaltende Hanseaten. Wenn sie es sich auch nur im schützenden Kokon Gleichgesinnter erlaubten.

Meine Taktik zahlte sich aus. Egal wohin ich blickte, überall sah ich lächelnde, wohlwollende Gesichter. Das half mir, meine Scheu zu überwinden, und spornte mich erst recht an.

Nun war meine Aufregung wie weggeblasen, und ich moderierte das Rennen an, als hätte ich nie etwas anderes gemacht. Die Worte sprudelten nur so aus mir heraus.

Kurz umriss ich die Geschichte des Kreekfahrens, untermalt von ein paar lustigen Anekdoten über die Tollkühnheit der Piloten, die mein Vater mir früher erzählt hatte, und sorgte damit für einige Lacher. Dann forderte ich die Kreeker auf, an ihre Startposition zu gehen. Nur Schlitten in traditioneller Bauweise waren zugelassen.

Während ich sprach, schoben etwa 80 Männer und Frauen ihre historischen Gefährte Richtung Gipfel, bis sie aufgereiht vor der Startrampe standen. Sie würden in Dreierreihen starten.

Ich räusperte mich. «Nun dürfen wir gespannt sein, meine Damen und Herren, wessen Knochen den Höllenritt heil überstehen werden und an wen wir den diesjährigen Pokal überreichen dürfen. Hals- und Beinbruch – oder wie der Kreeker sagt: Immer eine Handvoll Schnee unter den Kufen!»

Kaum hatte Annabelle den Startschuss gegeben, raste die erste Gruppe Piloten in Zweierkreeks los. Ich moderierte ihre Abfahrt, so gut ich konnte. Aus Annabelles Mappe entnahm ich die Infos zu den Piloten und die Namen der Kreeks.

In einem Affenzahn rauschten jeweils zwei Männerteams und ein Frauenteam den Schneehang hinab Richtung Elbe und bewiesen dabei eine erstaunliche Fertigkeit, mit den meterlangen dünnen Baumstämmen, die sie hinter sich herzogen, zu steuern. Die Schlitten schossen wie Pfeile über die Piste und schlugen Funken, wenn die Kufen über den betonharten Boden schlitterten. Man hörte, wie sich die Piloten laute Kommandos zuriefen.

Unter lautem Gejohle nahmen die Pilotinnen jetzt die Sprungschanze und rasten schließlich als Erste ins Ziel.

«Das erste Rennen geht an Marlene Rademann, siebenunddreißig Jahre jung, und Anne Lamschuss, zweiunddreißig Jahre, auf ihrem Kreek *Blizzard*. Applaus bitte für die siegreichen Kreek-Amazonen!»

Nachdem die Menge frenetisch applaudiert hatte, war die zweite Gruppe an der Reihe. Endlich, da war Nick! Er stand neben einem anderen Mann am Startpunkt. Selbst über diese Distanz konnte ich sehen, wie er mich anblickte. Und dieser Blick, der sich über all die Köpfe hinweg und den kompletten

Hügel hinab seinen Weg zu mir bahnte, gab mir eine Ahnung davon, was dieser Mann mir bedeuten könnte. Ich schloss kurz die Augen vor Glück, und als ich sie wieder öffnete, sah ich, wie Nick sich den Helm aufsetze. Einen Helm wie eine Schüssel … Eine Salatschüssel … Und plötzlich durchfuhr es mich wie ein Blitz. Ich kannte diesen Anblick.

Auf einmal wusste ich es. Denn es war alles schon einmal da gewesen. Vor dreißig Jahren, nur dass Nick damals jünger gewesen war und noch Kolja genannt wurde und dass der Helm tatsächlich eine Salatschüssel gewesen war.

Meine Beine schwankten, und ich musste mich am Pult festhalten. Ein rascher Blick auf die Daten in der Pressemappe bestätigte, was ich ohnehin schon wusste: Nick Seeger auf seinem Kreek *Kolja*, geboren in Frankfurt am Main am 25. April 1978. An meinem Geburtstag.

Da oben stand nicht Nick. Da oben stand Kolja.

Der Junge, dessen Bild fast dreißig Jahre eingerahmt neben meinem Bett gestanden hatte, mit dem ich Monopoly gespielt und Figuren geschnitzt hatte. Der stumme Junge, der mir bis heute in meinen Träumen erschien. Mit einem Mal erkannte ich sein Gesicht ganz genau, seine braunen Augen, sein verwuscheltes Haar, seinen Blick, wenn er etwas fixierte. Natürlich war Nick Kolja. Warum sonst war alles so vertraut zwischen uns? Warum sonst gab es so viele Gemeinsamkeiten?

Ich spürte, wie mein Herz raste, und presste mir die Hände auf die Brust. Er hatte es die ganze Zeit über gewusst und wochenlang eine Idiotin aus mir gemacht. Da stand ich wieder einmal, beschämt, gedemütigt, belogen. Ich musste angestrengt in den Himmel starren, damit mir nicht die Tränen kamen.

Ich spürte, wie Annabelle mich beobachtete. Wenn ich meine Moderation in Würde zu Ende bringen wollte, durfte ich jetzt nicht die Fassung verlieren. Nicht wie damals nach der Enthüllung von Pierres Affäre. Also atmete ich tief durch und versuchte, mich nur auf meine Worte zu konzentrieren.

Mit Müh und Not schaffte ich es, das zweite Rennen anzukündigen. Meine Stimme kippte erst, als ich allen Piloten Glück wünschte und Annabelle den Startschuss gab.

«Da oben stehen nun Nick Seeger, achtunddreißig Jahre, und Arndt Meier, neununddreißig Jahre, auf ihrem Kreek *Kolja*! Bahn frei!»

19. Heartbreak Hotel

Es musste kurz nach ein Uhr nachts sein, als sich Elvis in meinen Schlaf schlich. *«You have made my life complete and I love you so ...»* Erst ganz leise, als käme sie aus einer anderen Welt, dann drang die Melodie von *Love me tender* immer lauter an meine halbschlafenden Ohren. Was mich jedoch am meisten irritierte, war die Stimme. Elvis schien das Singen verlernt zu haben.

Ich schreckte hoch.

Irgendjemand sang draußen im Garten. War das ein Verehrer von Viola, der sich trällernd im Fensterln versuchte? Oder etwa Nick, dachte ich in einem Anflug von Panik, der sich betrunken Einlass ersingen wollte? Nach seiner wochenlangen Scharade war ihm alles zuzutrauen, sogar das alkoholgeschwängerte Bardentum.

Ich war nach der Enthüllung seiner wahren Identität so außer mir gewesen, dass ich, kaum hatte ich die Moderation des gestrigen Rennens halbwegs würdevoll beendet, von der Bühne gestürmt war. Eilig hatte ich meine Kinder eingesammelt und war abgehauen – so wie immer, wenn es schwierig wurde.

Nachdem wir zu Hause angekommen waren und ich die Kinder abends ins Bett gebracht hatte, war ich noch lange nicht zur Ruhe gekommen. In einem Anfall von Wut hatte ich das Bild von Kolja und meinem Vater aus dem Rahmen genommen, den miesen Schuft herausgeschnitten und ihn in kleine Teile zerrissen. Ich hatte erwartet, mich danach besser zu fühlen, doch mir war nur noch elender zumute gewesen. So viele

Fragen fuhren in meinem Kopf Schlitten. An Schlaf war ohnehin nicht zu denken, denn Nick rief im Fünf-Minuten-Takt an. Ich drückte den Anruf jedes Mal weg, seine Entschuldigungen landeten auf meiner Mailbox. Die erste hörte ich mir noch an, alle weiteren wurden gelöscht.

In dem Moment, als ich ihn mit seinen biographischen Daten ankündigte, habe er gewusst, dass ich nun Bescheid wüsste und dass es falsch gewesen sei, mir nicht die Wahrheit zu sagen. Es tue ihm leid. Er wolle noch mal persönlich reden, die Dinge klarstellen. Aber ich verspürte kein Bedürfnis nach Klarstellung, wo doch alles nur allzu klar war. Schließlich schaltete ich das Handy ganz aus.

Zwei Jahre lang unbemerkt belogen und betrogen zu werden, von dem Menschen, mit dem ich mein Leben teilte und mit dem ich unsere Kinder großzog, hatte mein Urvertrauen erschüttert. Mein Vertrauen in Männer und auch mein Vertrauen in mich und meine Urteilskraft.

Wie hatte mir das ein zweites Mal passieren können?

Ich hatte geglaubt, durch diese Erfahrung immun geworden zu sein gegen das Betrogenwerden, sensibler für die nonverbalen Schwingungen der Täuschung. Ich war überzeugt gewesen, in Nicks Gesicht lesen zu können wie in einem Buch. Und als doppelte Absicherung auch noch spüren zu können, ob er aufrichtig war. Aber ich war blind gewesen. Ich war blind gewesen und taub noch dazu. Ich hatte nicht einmal geahnt, dass er wie in einem schlechten Spionagethriller seine wahre Identität verschleiern könnte.

Deckname Nick, dachte ich mit einem tiefen Seufzer, der sich prompt zu einem Hustenanfall entwickelte.

Seitdem ein Teil meines Leben durch eine Lüge in seine Einzelteile zerlegt worden war, reagierte ich im wahrsten Sinne allergisch darauf.

Draußen ging das Jaulen weiter. Anouk und Claire schliefen zum Glück den Schlaf der Gerechten.

Glaubte Nick womöglich, er könnte das mit einem miesen Ständchen wieder ausbügeln? Erbost schlug ich mit der flachen Hand auf meine Matratze – und entdeckte Flokati, der neben meinem Kopfkissen lag. Offenbar hatte er sich heute Nacht in mein Bett geschlichen. Er maunzte leise, als ich ihn vorsichtig zu den schlafenden Mädchen legte.

Ich stand auf und zog mir meinen Morgenmantel über. Nick oder Kolja oder wie er auch immer hieß, würde ich ordentlich meine Meinung geigen.

Leise trat ich in den Flur und schlich die Treppe hinunter, wo bereits Hubi, Viola und Kitti vor der halbgeöffneten Eingangstür diskutierten. Ich stellte mich zu ihnen.

«*Oh my Kitti darling, I love you so. And I always will*», hörte ich die Stimme nun schlecht umgedichtet jaulen.

Kitti? Also war sie gemeint, nicht ich?

Sie beugte sich aus der Tür und brüllte: «Und ich will, dass du mir nie wieder was von Liebe vorträllerst!» Zitternd und wild gestikulierend stand sie im dünnen Nachthemd da, ihr Gesicht war rot vor Wut.

Prompt kam von draußen die Antwort: «Komm zu mir zurück, my sunshine, ich liebe dich! Denk doch an unser Baby!»

«Baby?», fragten wir drei nach einer Schrecksekunde wie aus einem Mund.

Kitti drehte sich zu uns um. Sämtliche Farbe wich aus ihrem Gesicht. Sie räusperte sich verlegen und stammelte: «Ja, es … stimmt. Ich bin schwanger. Ich weiß es auch erst seit heute.»

Vor Staunen blieb uns der Mund offen stehen.

«Und was nun?», fragte Viola.

«Keine Ahnung». Kitti raufte sich die Haare. «Ich wollte nie ein Kind. Ich wollte immer nur Marc und meinen Sport. Und trotzdem ... freue ich mich irgendwie.» Sie rückte ihre Brille zurecht. «Wie verrückt freue ich mich sogar auf dieses kleine Wesen, egal was mit Marc ist. Ich weiß zwar nicht, wer ich ohne ihn und mit Baby sein werde, aber dafür wird mir immer klarer, wer ich mit ihm war: eine abhängige, schwache und unsichere Frau. Ich hab lange genug nachgegeben, meine Bedürfnisse geleugnet und mich gefühlt, als sei das alles meine Schuld ...» Etwas verlegen fügte sie noch hinzu: «Das sagt zumindest meine Therapeutin.»

Dann drückte sie ihren Rücken durch und trat erneut nach draußen.

«Es hat sich ausgesungen, MY SUNSHINE! Verschwinde!», schmetterte sie Marc in einer Lautstärke und Bestimmtheit entgegen, die ich ihr nicht zugetraut hatte, schon gar nicht einem Mann gegenüber, dem sie schon fast hörig gewesen sein musste.

Anschließend knallte Kitti die Tür zu, wandte sich zu uns um und verschränkte die Arme. Sie sah stolz aus. Mit Blick auf Hubi sagte sie: «Egal was mit uns als Paar schiefgelaufen ist, Marc ist der Vater meines Kindes und wird natürlich eine wichtige Rolle in seinem Leben spielen.»

Hubi lächelte zufrieden.

Viola hob die Arme und tat, als würde sie beten. «*Perdiana*, was für ein Befreiungsschlag! Willkommen im Heartbreak Hotel.» Dann senkte sie ihre Stimme und intonierte die erste Zeile des Lieds: «*Well, since my baby left me, I found a new place to dwell. It's down at the end of lonely street at Heartbreak Hotel.*»

Wir anderen lachten über ihre gelungene Gesangseinlage und sahen uns vielsagend an. Ja, wir waren wirklich so etwas wie ein Hotel für gebrochene Herzen.

Plötzlich fuhr Hubi mit noch tieferer Stimme und bayerischem Einschlag fort: «*And although it's always crowded, you still can find some room. Where broken-hearted lovers do cry away their gloom …*»

Ich grinste. «Textsicher seid ihr, Hut ab. Aber wir müssen den Trübsinn ja nicht gleich gemeinsam wegheulen. Weg*trinken* tut's auch.» Grund genug dafür hatte ich allemal, dachte ich insgeheim und deutete nach oben.

Kurz darauf gingen wir zusammen in den Salon. Viola holte eine Flasche Prosecco aus dem Kühlschrank, öffnete sie mit einem lauten Knall und füllte die Sektflöten. Kitti drückte ich ein Glas Orangensaft in die Hand.

Wir hielten unsere Gläser hoch und stießen miteinander an.

«Auf Elvis, der wie kein anderer weiß, was gebrochene Herzen brauchen, um wieder auf die Beine zu kommen!», rief ich.

«Und auf Marc», fügte Viola hinzu, «den talentfreien Sängerknaben, der hoffentlich endlich begriffen hat, was für eine tolle Frau er verloren hat!»

Gemeinsam wiederholten wir im Chor: «Auf das Baby, auf Elvis, Marc und unser Heartbreak Hotel!»

Dann leerten wir mit einem kräftigen Schluck die Gläser, füllten nach und setzten uns in die Kaminecke. Hubi kniete sich vor den Ofen und fachte das Feuer an. Der Raum war ganz ausgekühlt, Eisregen klatschte von außen gegen die Fensterscheiben.

Marc war nicht mehr zu hören. Vermutlich hatte er aufgegeben. Kaum hatten wir Kitti versichert, sie während der Schwangerschaft und nach der Geburt nach Kräften zu unterstützen, als Viola die übliche Frage nach dem Schuldigen stellte. Sie fuhr mit den Fingern über den Rand ihres Sektglases. «Die Frage ist doch, wie viel Schuld wir selbst an unseren Beziehungskatastrophen tragen. Irgendein Experte hat mal gesagt, dass Liebe nichts anderes sei als ein individuelles Drehbuch, das wir schon kurz nach der Geburt zu schreiben anfangen. Und der Stoff dafür sind die Erfahrungen, die wir in der Kindheit gemacht haben; sie prägen unsere Beziehungsmuster. Bei mir war es jedenfalls so.»

Nachdenklich antwortete Kitti: «Das stimmt, das glaube ich auch. Wir wiederholen unbewusst das, was wir als Kinder erlebt haben. Negative Erfahrungen zum Beispiel machen ängstlich in der Liebe.» Sie machte eine Pause und fuhr mit trauriger Stimme fort. «Und man nimmt dann viele Opfer auf sich, um geliebt zu werden.»

Hubi drückte Kittis Hand. «Meist sucht man sich ja einen Partner, der die Eigenschaften hat, die wir selbst nicht ausleben können», sinnierte er. «Bei meiner Ex war es definitiv die Skrupellosigkeit. Teure Lehre, sag ich euch.»

Ich dachte an Nick. Welche Eigenschaften waren es, die mich an ihm fasziniert hatten? Ich hatte schon immer eine Schwäche für Männer gehabt, die wussten, was sie wollten. Und die wussten, wie sie es bekamen. Männer, die Humor hatten und das Leben leichtnahmen. Sie erinnerten mich an meinen Vater.

Es mit der Wahrheit leichtzunehmen, so wie Nick es getan hatte, stand allerdings nicht auf der Shortlist der bevorzugten Eigenschaften meines Traummannes.

«So gesehen wundert mich dieses Drama zwischen Marc und dir überhaupt nicht, Cocca», meinte Viola und verdrehte die Augen. «Das kann ja nicht gutgehen, wenn der Schisser mit dem Ichler zusammengeht.»

Irritiert sahen wir sie an.

«Willst du damit sagen, ich bin ein Schisser?», fragte Kitti, jedoch ohne eingeschnappt zu wirken.

«Na ja, mit ‹Schisser› meine ich Menschen, die nicht gut

allein sein können, sich darum an ihren Partner klammern und sich anpassen. Und so war es doch bei dir, oder? Die Ichler dagegen kreisen nur um sich selbst und verlangen treue Gefolgschaft und Bewunderung für ihre Großartigkeit. So wie Marc. Und schließlich gibt es die Könner, die furchtlos und ausgeglichen in ihre Beziehungen gehen, Nähe geben und Nähe zulassen können.»

Hubi sah Viola herausfordernd an. «Bei dir hört man aber schon auch 'ne Portion Ichler heraus, oder?», lachte er. «Wir wollten doch eigentlich wissen, was das für Kitti bedeutet.»

Schnaubend fuhr Viola fort: «Ich meinte, dass es zwangsläufig in Tränen endet, wenn sich die ersten beiden Beziehungstypen zusammentun. Denn je mehr der Schisser sich nach Nähe sehnt, desto mehr zieht sich der Ichler von ihm zurück und sieht sich anderweitig um.» Viola trank einen Schluck Prosecco und sah uns erwartungsvoll an.

«Also ganz so plastisch hat meine Therapeutin es nicht ausgedrückt», erwiderte Kitti ernst. «Aber im Kern hast du wohl leider recht. Die Beziehung zwischen Marc und mir war von Anfang an zum Scheitern verurteilt.»

Viola klopfte mit den Fingern auf den kleinen Holztisch. «Natürlich habe ich recht, darum kommt mir persönlich nur noch ein Könner ins Bett – und bevor ihr fragt: Das meine ich wörtlich.»

Wir lachten, und ich fragte mich, zu welcher Kategorie ich wohl gehörte. Angesichts meiner letzten beiden Erfahrungen bezweifelte ich, dass ich zu den Beziehungsweisen zählte. Ich sah mich aber auch nicht bei den Ängstlichen oder den Vermeidern. Schließlich hatte ich mich trotz meiner Vorgeschichte auf Nick eingelassen. Die Ängstlichen hätten es vermutlich vorsichtiger angehen lassen. Was schlau gewesen wäre, wie sich herausgestellt hatte. Vielleicht hatte ich also Anteile von allen dreien? Vielleicht kam es auf den jeweiligen Partner an, welche Kategorie sich am Ende in mir durchsetzte? Ein bisschen mehr Ichler könnte mir in Zukunft jedenfalls nicht schaden, befand ich. Vielleicht sollte für mich ab jetzt ich selbst an erster Stelle kommen. Dann würde mich die Liebe auch nicht so leicht aus der Bahn werfen können.

«Und wo findet man die Könner?» Hubi stellte die Frage, die auch mir auf der Zunge lag. «Die sind doch wahrscheinlich alle in einer Beziehung!»

«Sieh, das Gute liegt so nah», lachte sie und zeigte auf sich. «Ich bin auch nicht vergeben.»

Hubi schüttelte den Kopf. «Selbst wenn, welche Frau hält mich schon aus? Meine Arbeitssucht, der Kampf mit meiner Ex, das unerträgliche Hin und Her mit den Kindern, der ständige Wohnortwechsel und meine emotionalen Ups und Downs ... Kein Wunder, dass ich seit Jahren Single bin!» Er ließ den Kopf hängen.

«Ach, Hubi», sagte Kitti mitfühlend. «Ein Mann wie du? Früher oder später wirst du schon die Richtige finden. Bei deinen vielen Vorzügen!»

«Welche sollen das sein?», fragte er niedergeschlagen.

«Du bist eben der Mann für den zweiten Blick. Ich meine, du bist der klassische Fels in der Brandung, stehst mit beiden Beinen im Leben und bist wahnsinnig hilfsbereit. Und attraktiv!»

Hubi lief rot an und räusperte sich. «Äh ... Danke für die Blumen. Also, ich weiß echt nicht, was ich ohne euch machen würde.» Er schwenkte die leere Proseccoflasche.

Ich schlang die Arme um meinen Körper, als ich merkte, dass ich fröstelte. Sobald der Kamin noch nicht so richtig brannte, kroch einem die Kälte durch den Raum in alle Glieder hinein.

«Immer noch so kalt hier, findet ihr nicht?», fragte ich, und die anderen nickten.

«Das wärmste Deckchen ist immer noch ein Cognjäckchen!», sagte Hubi.

Als Viola und ich eifrig nickten, griff Hubi nach einer Flasche auf dem Beistelltischchen neben sich, auf dem die gesammelten Spirituosen standen.

«Das gilt nur für die Schwangere leider nicht», sagte ich und legte Kitti eine Decke um die Schultern.

Viola erhob sich. «Aber für alle gibt es gleich ein wärmendes Pasta-Gericht», erklärte sie auf halbem Weg zum Kühlschrank. «Dauert nur ein Viertelstündchen!»

Kitti wickelte die Decke enger um sich herum und seufzte. «Ich hatte wohl gehofft, dass Marc meine ganzen Unsicherheiten und Ängste verjagen würde, wie ich es auch schon vergeblich von meinem Vater und Marcs Vorgängern erwartet hatte.»

«Tja, meistens ist die Angst, es anders, besser zu machen, stärker als die Vernunft», erklärte Hubi, nachdem er uns eingeschenkt hatte, und legte Kitti eine Hand auf die Schulter. Dann stand er auf, um nachzusehen, warum das Feuer nicht richtig brennen wollte. Kniend stocherte er mit einem Schürhaken im Kamin herum und legte schließlich ein paar Anzünder aus Holzwolle zwischen die Scheite, bis die Flammen hell aufloderten.

«Man ist halt, wie man ist», sagte ich. «Man wiederholt die Fehler jedes Mal aufs Neue, weil man denkt, dass allein mit dem Wechsel des Partners die eigenen Probleme gelöst wären. So nach dem Motto: Beim nächsten Mann wird alles anders!»

Während Viola in einem großen Topf mit Sauce rührte, sagte sie: «Da ist was dran. Ich hab viel zu lange geglaubt, dass ich die Art Beziehung haben müsste, wie meine Eltern sie führen. Die sind nach vierzig Jahren noch so symbiotisch, dass sie Tag und Nacht zusammen verbringen, die gleichen orangefarbenen Windjacken tragen und zusammen Kreuzworträtsel lösen. Als ich mir irgendwann eingestanden habe, dass ich anders bin, habe ich mein Leben grundlegend geändert und Mann, Kinder, Haus und Hund verlassen. Obwohl Bernd mir jeden Wunsch von den Augen abgelesen hat.»

Kitti stöhnte auf und drehte sich zurück zu Viola. «Und das war alles? Darum hast du ihn verlassen?», platzte es aus ihr heraus.

«Was heißt ‹alles›? Wir wollten einfach komplett verschiedene Dinge vom Leben. Er hat mir vorgeworfen, ich sei zu unternehmungslustig, nur weil ich nicht jeden Abend mit ihm vor dem Fernseher sitzen und mir den Nacken kraulen lassen wollte!»

Kitti runzelte die Stirn. «Was hätte ich darum gegeben, solch einen Mann zu haben», erwiderte sie wehmütig.

«Das Problem ist nur, dass du dir so einen Mann nie ausgesucht hättest bei deinem Psycho-Muster», erwiderte ich.

«Du hast ja recht, aber trotzdem ist es doch falsch, so einen gehen zu lassen.»

Wir schwiegen einen Moment.

Als Viola eine große Schüssel ihrer legendären Pasta auf den Esstisch stellte und uns zum Essen bat, winkte Kitti wie üblich ab. Selbst im größten Unglück rüttelte sie nicht an ihren Prinzipien. Ich dagegen schien regelrecht nach einem Alibi fürs Frustfressen zu lechzen, so wie ich gleichzeitig mit den anderen meine Gabel in die Nudeln hineinstieß, als hätte ich Angst, leer auszugehen.

«Es gibt kein Richtig oder Falsch in der Liebe, nur Glücklich oder Unglücklich», erklärte Viola mit Nachdruck, als wir uns aus der Kaminecke erhoben und uns an der Tafel niedergelassen hatten. «Und mich macht Halbgares, Lauwarmes oder Ungewürztes eben nicht glücklich.»

Aus ihren Worten hörte ich eine Kompromisslosigkeit heraus, um die ich sie beneidete. Denn sie und Hubi hatten recht: Wie lange blieben die meisten in einer unglücklichen Beziehung stecken aus Angst vor Veränderung, nach dem Motto: Lieber den Spatz in der Hand als die Taube auf dem Dach.

Als ich in die Gesichter meiner Freunde blickte, fühlte ich mich plötzlich wie in einem französischen Film. Vor meinem inneren Auge sah ich den Trailer abfahren: Vier Liebesversehrte in den mittleren Jahren, die über die Unmöglichkeit der erfüllten Liebe diskutierten und sich damit ihre Einsamkeit schönredeten.

Ich zog die Brauen hoch. «Ganz ehrlich, langsam bekomme ich ernsthafte Zweifel, ob es überhaupt noch Männer oder Frauen gibt, die in Frage kommen und allen Ansprüchen gerecht werden. Geschweige denn, ob man den *einen* Richtigen überhaupt braucht. Für mein zukünftiges Glück ist es vermutlich besser, nur an mich selbst zu denken.»

Der Gedanke, den erneuten Fehlschlag mit Nick zu nutzen, um meine Selbstliebe zu maximieren, statt mir weiterhin diese Zuversicht verbreitenden romantischen Komödien reinzuziehen und rosarot von Nikoläusen im Koljapelz zu träumen, hatte auf einmal etwas Bestechendes. Wenn ich mir von nun an von jedem Menschen nur noch das Beste herauspicken würde, anstatt sämtliche Hoffnungen in eine einzige Person zu setzen, dann musste ich mich nicht länger mit deren Unzulänglichkeiten abplagen, würde keine Ressourcen mehr verschwenden und konnte trotzdem alles haben, nur eben von verschiedenen Leuten, ganz nutzenorientiert!

Viola wandte sich mir zu. «Genug Männer gibt es schon, nur nicht genug gute, da gebe ich dir recht!» Sie schüttelte ihre dunkle Mähne. «Trotzdem kein Grund, gleich ganz zu verzichten. Es gibt sie, sie müssen nur gefunden werden.»

«Na, viel Glück dabei», sagte ich bitter. «Was ist denn mit den wenigen Guten? Alle vergeben? Gibt es in diesem Land überhaupt noch psychisch und sozial intakte Männer, die zu haben sind? Oder sind die alle schwul? Oder Priester? Oder haben einen an der Klatsche?»

Ohne es zu merken, war ich immer lauter geworden.

Viola blickte mich prüfend an. «Habe ich was verpasst? Ich dachte, da bahnt sich etwas mit Nick an», sagte sie.

Ich spürte, wie meine Nasenflügel bebten. «Falsch gedacht. Das war nichts als ein unbedeutender One-Night-Stand», brachte ich wenig überzeugend hervor.

Die anderen sahen mich skeptisch an.

«Du und Nick?», wunderte sich Kitti, die offensichtlich nichts von unserem kurzen Intermezzo mitbekommen hatte.

«Wie gesagt: kurz und unbedeutend», wiederholte ich grimmig.

Hubi verschränkte die Arme hinter dem Kopf. «Kurz ist der Wahn, lang ist die Reu'!»

Ich nickte. «Aber bei mir ist sogar die Reu' kurz», sagte ich beschwörend, auch wenn ich in Wahrheit bezweifelte, so schnell über diese Enttäuschung hinwegkommen zu können. Dafür hatte sich Nick in kurzer Zeit zu tief in mein Bewusstsein gebrannt – und Kolja wohnte dort ohnehin schon jahrzehntelang.

«Ich habe mich ganz erwachsen entschieden», erklärte ich, «mich ab jetzt nur auf meine Bedürfnisse zu fokussieren, statt mich von irgendwelchen belanglosen Männergeschichten von meinen Zielen ablenken zu lassen.» Ich dozierte, als hätte ich Nick lediglich wegen unterschiedlicher Geschäftsmodelle abgeschossen.

Die anderen sahen mich zweifelnd an.

«Nick wirkt jetzt nicht wie jemand, der klammert.» Hubi runzelte die Stirn.

«Und auch nicht wie jemand, der einen von der Arbeit oder dem Erreichen der eigenen Ziele abhält», ergänzte Viola.

Ich fand das höchst unsolidarisch und warf ihr einen giftigen Blick zu. «Und du denkst wahrscheinlich auch, dass er niemand ist, der lügt wie gedruckt, oder?», sagte ich und war den Tränen nah. «Aber Nick ist ein Betrüger, jetzt ist es raus! Eigentlich heißt er Kolja – und hält uns alle zum Narren!»

«Was redest du denn da, Jette», hörte ich plötzlich Carla hinter mir sagen. Ich drehte mich um.

«Nick hat niemanden betrogen», sagte sie und sah dabei so blass und zerbrechlich aus in ihrem dünnen Morgenmantel, als könnte ein Windstoß sie umpusten. Sie klammerte sich an die Stuhllehne und machte eine Pause, als wäre sie aus der Puste. «Kolja ist die russische Koseform von Nikolas. Wenn er nicht mehr Kolja genannt werden will, dann deshalb, weil er inzwischen erwachsen ist.»

«Und warum hat er mich dann wochenlang im Dunkeln darüber gelassen, dass wir uns kennen?», rief ich aufgebracht.

Hubi guckte verblüfft.

«Ihr kennt euch?»

Ich nickte. «Seit fast dreißig Jahren.»

«Aber warum hat er denn nichts gesagt?»

«Frag mich was Leichteres.» Ich schüttelte den Kopf. «Nick ... oder Kolja hat es vorgezogen, so zu tun, als sei er ein anderer, und sich dabei vermutlich wochenlang ins Fäustchen gelacht.»

Ich dachte an meinen Vater, der ihn so gemocht hatte. Ihm hätte die Vorstellung sicher nicht gefallen, dass Kolja seine Tochter zum Narren hielt.

Carla sah mich fragend an. «Warum glaubst du, dass er sich lustig gemacht hat über dich? Wenn er es dir nicht gesagt hat, dann hatte er sicher seine Gründe. Aber um die zu erfahren, müsstest du mit ihm sprechen, ihm eine Chance geben, sich zu erklären.»

Ich lief rot an. «Du wusstest also, dass er mich kannte?»

Carla nickte. «Aber es war an ihm, es dir zu sagen, nicht an mir», sagte sie mit schwacher Stimme.

«Und warum verteidigst du ihn und sein feiges Verhalten dann? Du bist doch nicht seine Mutter!», entgegnete ich wütend.

«Leider nicht», sagte Carla zitternd.

Mich beschlich leises Unbehagen. «Entschuldige, Carla, das war nicht so gemeint. Aber ich –»

Viola machte mir ein Zeichen, dass ich schweigen solle, und wandte sich an Carla. «Geht es dir nicht gut?», fragte sie und sah Carla forschend an.

Sie bekam keine Antwort.

«Carla, du siehst ganz blass und erschöpft aus. Deine Stirn glänzt … Schwitzt du?»

Carla blickte uns mit glasigen Augen an. «Ist schon gut, ihr Lieben», keuchte sie. «Mir ist nur etwas übel. Ich muss nur rasch etwas trinken. Wusste ich doch, dass ich wieder zu viel Macarons gegessen habe heute.»

«Sollen wir einen Arzt rufen?», fragte Kitti besorgt.

Carla richtete sich mühsam auf. «Wasser tut es auch.»

Hubi sprang auf und reichte ihr ein Glas.

Nachdem sie es in einem Zug geleert hatte, sagte sie mit gepresster Stimme: «Besser, ich messe kurz meine Werte nach und lege mich wieder hin.»

Hubi reichte ihr seinen Arm und wollte sie hinausführen. Aber sie winkte ab und erhob sich schwerfällig.

Nachdenklich blickten wir ihr nach. Wenig später waren Schritte in der Etage über uns zu hören.

Ich sah in die Runde und registrierte die Blicke der anderen. Ich schien auf einmal die Böse zu sein. Als wäre ich verantwortlich für Carlas Disziplinlosigkeit. Rasch senkte ich den Kopf und leerte meinen Cognac in einem Zug. «Ich habe einfach keine Lust mehr, immer ins Klo zu greifen. Künftig werde ich mich in der Liebe wie auch sonst im Leben nur noch auf die Technik statt auf meinen Bauch verlassen. Die ist wenigstens kalkulierbar», verkündete ich und klopfte auf mein Telefon.

Kitti verzog den Mund. «Selbstoptimierung in der Liebe? Wie soll das denn gehen? Wo bleibt da die Romantik? Ich glaube an die Fügung des Schicksals und nicht an die digitale Weltformel, die uns sagt, wie und wen wir lieben sollen», sagte sie überraschend scharf, vielleicht weil sie als Einzige nüchtern war.

Vielleicht auch weil sie nichts, aber auch gar nichts, aus ihrem Marc-Desaster gelernt zu haben schien.

«Kitti», sagte ich und tätschelte ihr die Schulter wie einer begriffsstutzigen alten Tante. «Liebe ist keine unberechenbare, schicksalhafte Kraft, sondern einfache Mathematik. Hätte ein Computer für dich den Partner ausgesucht und nicht dein mangelnder Instinkt, wärst du nie an einen Mann wie Marc geraten.»

Und ich nicht an so einen Lügner wie Nick, fügte ich in Gedanken hinzu.

«Schau dir nur diese unzähligen Online-Dating-Seiten an. Der Algorithmus würde niemals einen Schisser und einen Ichler zusammenbringen. Steht doch an jeder Litfaßsäule, dass sich alle elf Minuten das *Perfect Match* verliebt», lallte ich und dachte, dass Nick und ich auf einer dieser Dating-Plattformen vermutlich keinen einzigen Matching Point gehabt hätten.

Die anderen sahen mich mit großen Augen an.

«Ist das dann berechnete oder berechnende Liebe?», scherzte Hubi, um die Wogen zu glätten.

Aber mir war nicht nach Lachen zumute.

«Macht doch, was ihr wollt», schimpfte ich angesichts solcher Ignoranz. «Ich werde mein Leben jedenfalls nicht länger mit unproduktivem Paarungsverhalten verplempern. Zur Not bleibe ich eben allein. Geht mir dann ja auch nicht anders als neunzig Prozent der Singlefrauen um die vierzig, die keinen mehr abkriegen!»

Hubi nahm mich in den Arm. «Lass mal, Jette. Du bist so eine tolle Frau», sagte er. «Da geht noch was.»

Um Violas Lippen zuckte ein kleines Lächeln. «Ich finde, Carla hat recht, Ciccina, lass Nick sich wenigstens erklären, bevor du allen Männern abschwörst. Nick ist ein Guter, und er hat eine echte Schwäche für dich, das ist nicht zu übersehen!»

Ich schüttelte so vehement den Kopf, dass meine Haarklammer herunterfiel. Ich bückte mich und stöhnte wie eine alte Frau, weil mir der Kopf schwankte.

Kitti stand auf und stützte sich mit den Armen auf die Tischplatte. «Ihr sitzt hier und zerpflückt die Liebe mit einer Besessenheit, als würdet ihr dafür bezahlt. Dabei wollen wir doch alle nur eines: Jemanden finden, den man auch in dreißig Jahren noch respektiert.» Und mit Blick auf Viola fügte sie hinzu: «Ob man nun händchenhaltend auf der Parkbank sitzt, Sonntagsspaziergänge an der Elbe macht oder sich am Morgen die Zeitung teilt. Ist doch egal. Dafür muss man aber von seinem Ego ein wenig abrücken und auf den anderen achten. Ihm zuhören.»

Der letzte Satz galt mir, das gab sie mir durch einen strengen Blick unmissverständlich zu verstehen.

Dass sie ins Unglück gelaufen war, wunderte mich immer

weniger. Mit welcher Naivität Kitti trotz ihrer Beziehungskatastrophe an die Liebe glaubte, war schon erschreckend. Sie war eine unverbesserliche Romantikerin.

Oder waren das schon die Schwangerschaftshormone?

Ich füllte mir einen weiteren Cognac ein und trank einen großen Schluck. Und plötzlich blickte mir aus dem Glas Nicks lächelndes Gesicht entgegen, ich spürte seinen intensiven Blick, roch seinen vertrauten Duft, und mir wurde klar, dass der Alkohol drauf und dran war, mir alle Sinne zu vernebeln.

Aber jetzt war auch schon alles egal: Ich schnappte mir die halbvolle Schüssel Nudeln und stopfte den Rest des Inhalts gierig in mich hinein. Das war es wohl, was man Ersatzbefriedigung nannte.

20. Große Ernüchterung

Als ich am nächsten Morgen unter der Dusche stand, drehte sich noch immer alles. SOM erlaubte zwar eine gewisse Menge Alkohol, empfahl ihn sogar zum Spannungsabbau, aber das letzte Nacht waren definitiv ein bis drei Gläschen zu viel gewesen.

Meine Augen waren total verquollen, und ich konnte mich nicht daran erinnern, je so erschöpft gewesen zu sein. Zu viel ging mir durch den brummenden Kopf.

Die Mädchen waren bereits in den Salon gegangen. Ich konnte mich also ungeniert mit dem Link eines Beauty-Kanals auf YouTube beschäftigen, den Viola mir gegeben hatte.

Auf meinem Handy folgte ich den «Schminktipps für Frauen mit reifer Haut». Als Sofortmaßnahme gegen Falten und Krähenfüße massierte ich – wie die «reife» Frau um die fünfzig auf dem Display – meine verkrampfte Gesichtsmuskulatur mit sanften, kreisenden Bewegungen.

Flokati sah mir neugierig dabei zu und verfolgte jede Bewegung mit seinen Sphinxaugen. Ich streichelte ihn lächelnd und legte nach den Anweisungen der YouTube-Lady mein Make-up auf, deckte meine Augenringe mit reichlich Concealer ab und pinselte Puder auf die glänzenden Hautpartien. Der Trumpf aber war die Bananentechnik, wie ich dann lernte. Um meinen Schlupflidern optisch den Garaus zu machen, sollte ich mein Oberlid nach oben ziehen, als würde ich eine Banane formen, und die Falte mit dunklem Lidschatten bepinseln. Es war eine ziemliche Bastelarbeit. Aber am Ende besah ich mir das Endergebnis zufrieden im Spiegel.

Die reife Beispielfrau aus dem Video hatte nicht zu viel versprochen: Der in Aussicht gestellte «Hallo-Wach-Effekt» war verblüffend. Ich sah zwar nicht aus wie das blühende Leben, aber zumindest nicht mehr älter, als ich mich fühlte.

Auch Flokati schien glücklich, er streckte ausgiebig seine Vorderpfoten und rollte sich dann gemütlich zusammen.

Beherzt setzte ich mich mit meinem Handy neben ihn, öffnete SOM und sah mir die Diagramme an – und war erschüttert. Die App lieferte mir einen Bericht des Grauens, von Maßlosigkeit und Völlerei. Ganz offensichtlich hatte ich einen schlimmen Rückfall in alte Zeiten erlitten. Meine Produktivitätsrate lag bei null Prozent. Die ganze Nacht über hatte ich Ressourcen verschwendet und mich mit Alkohol, Pasta und zuletzt noch einer Tüte Kartoffelchips um meine mühsam erkämpften Pluspunkte in Health und Beauty gebracht. Nur ein Moment der Schwäche, und meine komplette Januarbilanz war mit einem Streich vernichtet worden.

Ich war verärgert. Denn ich wusste, dass die Ursache für meine Laschheit einzig in Nick zu finden war. Ich dachte gar nicht unbedingt an den nun fehlenden Sex und die Bonuspunkte, die Abende wie diesen kompensiert hätten. Aber seinetwegen war ich nicht mehr Herrin über meinen Körper und meinen Geist.

Immer wieder war ich in der letzten Nacht aufgewacht und hatte nach Antworten gesucht. Warum hatte Nick mir die Wahrheit verschwiegen? Er wusste doch, wie wichtig Ehrlichkeit und Aufrichtigkeit für mich waren, wie sehr mich Pierres Lügen beschädigt hatten. Ich hatte ihm sogar Dinge erzählt, von denen ich nie gedacht hätte, dass ich sie irgendwem anvertrauen würde. Und ich hatte mich verstanden gefühlt in meinem Schmerz über Pierres Betrug.

Aber Nick nahm es ebenso ungenau mit der Wahrheit wie

Pierre. Ob er gar Spaß an der Scharade gehabt hatte? Oder war es einfach nur Feigheit gewesen, und er hatte aus Angst vor unangenehmen Konsequenzen lieber geschwiegen, als seinen Fehler zuzugeben?

Meine Gedanken gingen zurück zu unseren zahlreichen Begegnungen. Es hatte diverse Gelegenheiten gegeben, mit der Sprache herauszurücken. Angefangen bei unserem ersten Treffen auf dem Friedhof und dem – Plötzlich fiel mir eine weitere Ungeheuerlichkeit wie Schuppen von den Augen. Natürlich war er nicht dort gewesen, um das Grab seiner Eltern zu besuchen! Die lagen ganz bestimmt nicht neben meinem Vater beerdigt. Das wäre, nüchtern betrachtet, deutlich zu viel des Zufalls. Warum nur war mir dieses Detail nicht vorher aufgefallen? Seine Eltern hatten doch in Frankfurt gelebt, weshalb sie vermutlich auch dort beerdigt worden waren. Nein, Nick war dort gewesen, um meinen Vater zu besuchen, an seinem 70. Geburtstag! Natürlich musste es für ihn eine Überraschung gewesen sein, mich dort anzutreffen, nach so langer Zeit, was seine Lüge noch schlimmer machte, sogar doppelt schlimm. Ausgerechnet am Grab meines Vaters! Ich spürte, wie mir die Tränen kamen.

Rasch tupfte ich mir Wasser ins Gesicht, so vorsichtig, dass mein Make-up nicht wieder verschmierte. Das hatte gerade noch gefehlt.

Ich schluckte meine Wut und meine Enttäuschung hinunter. Zwar verstand ich nicht, was Nick bewogen hatte, mich anzulügen und mir etwas vorzuspielen, wo wir doch einmal so eng gewesen waren. Doch es interessierte mich auch nicht mehr, er konnte mir gestohlen bleiben. Wenn ich die Kontrolle über mein Leben zurückerobern wollte, musste ich ihn mir aus dem Kopf schlagen, voll und ganz, und mich endlich ausschließlich auf mich konzentrieren.

Ich würde keine Kompromisse mehr machen und meine Tage ohne Männer, dafür mit Sport, Arbeit, Weiterbildung und meinen Kindern füllen. Schon allein Anouk und Claire war ich es schuldig, ein gutes Vorbild zu sein und nicht beim geringsten Gegenwind klein beizugeben.

Entschlossen stieg ich in meine Sportklamotten und brachte Flokati zu den Mädchen nach oben, wo sie mit Carla, Hubi und Viola noch immer beim ausgiebigen Frühstück saßen. Als sie mich erblickten, sprangen beide von ihren Stühlen auf. Claire nahm mir Flokati aus den Händen, während Anouk zwei Schälchen aus dem Schrank holte. Sie füllten Wasser und Katzenfutter hinein und servierten Flokati sein Frühstück, ganz gemütlich auf einer Decke vor dem bereits brennenden Kamin.

«Wie geht es dir?», fragte ich Carla. Ich war überrascht, unsere Hotelmama schon auf zu sehen. Auch wenn sie weniger blass war als gestern. «Solltest du nicht im Bett bleiben und dich schonen?», fügte ich skeptisch hinzu.

«Das werde ich, meine Liebe.» Sie lächelte. «Sogar drei Wochen lang. Ich checke in eine Fachklinik in Sylt ein, wo ich lerne, diese blödsinnige Krankheit endlich in den Griff zu bekommen. Mein Arzt versucht schon seit Wochen, mich dazu zu überreden.» Sie zuckte die Schultern. «Hilfe zur Selbsthilfe statt Selbstverleugnung, predigt er immer. Nach gestern bin ich auch der Meinung, dass es für einen konstanten Zuckerspiegel wohl tatsächlich mehr Disziplin und weniger Genuss braucht. Schon morgen geht's los. Nick wird mich hinbringen.»

Bei der Erwähnung seines Namens musste ich schlucken. «Mehr Verzicht und Selbstkontrolle, dann wird das schon, Carla», sagte ich, wie um mich selbst anzufeuern. «Ist gar nicht so schwer, versprochen.»

Hubi nickte. «Sehr gute Entscheidung. Dann bist du danach wieder ganz die Alte.»

Carla tätschelte ihm dankbar den Arm. Dann wandte sie sich an mich. «Aber sag, Jette, wie geht es dir?»

Ich hatte Angst, wieder in Tränen auszubrechen. «Nur keine Sorge, es geht mir prima», sagte ich und schluckte einen Kloß hinunter.

Carla versuchte ein Lächeln und reichte mir den Brotkorb. «Greif zu, die Croissants sind noch ganz warm!»

Ich schüttelte den Kopf. «Für mich nicht, danke. Nicht mehr. Von nun an gibt es nur noch *Low Carb*», sagte ich entschieden. «Ist besser für meine Figur, meine Statistik und mein Wohlbefinden!»

Violas Unterlippe verzog sich angewidert. «*Low* was? Bist du jetzt wie Kitti zur Genussfeindin mutiert? Also *mein* Körper weiß genau, was gut für ihn ist, und das ist mit Sicherheit nicht *Low* Soundso, sondern ein leckeres, buttriges Hörnchen.»

Ich zuckte mit den Achseln und füllte 640 Milliliter warmes Wasser aus dem Hahn in meine silberne Thermosflasche. Das entsprach der empfohlenen Tagesration der japanischen Wasserkur, die mir Kitti erst vorgestern beim Laufen ans Herz gelegt hatte. Die Methode sei so etwas wie der verkannte heilige Gral unter den Diäten. Angeblich zügelte sie den Appetit und regte den Stoffwechsel derart an, dass die Pfunde quasi von allein purzelten. Außerdem entzog sie dem Körper Schad- und Giftstoffe, was nach dem gestrigen Abend bitter nötig war. Warum die Leute unverschämt teure Detox-Diäten oder Saftkuren machten, obwohl Wasser frei Haus denselben Effekt hatte, war mir ein Rätsel.

«Was ist einzuwenden gegen ein bisschen Selbstdisziplin?», fragte ich und nahm sicherheitshalber einen kräftigen

Schluck. Wie rückfallgefährdet ich momentan noch war, hatte ich ja gestern Abend in der ersten Krisensituation seit Beginn meiner Selbstoptimierung gesehen.

«Das klingt nicht nach Selbstdisziplin, das klingt nach Selbstkasteiung!», schimpfte Viola. «Aber um das zu verstehen, müsstest du erst mal diese himmlische selbstgemachte Erdbeermarmelade mit Croissant probieren.» Sie nahm einen Bissen und stöhnte lustvoll auf.

Doch dank der japanischen Wunderwaffe war ich immun gegen derartige Verführungsversuche. Lächelnd schüttelte ich den Kopf. «Danke, nein. Aber ihr lasst es euch bitte schmecken!»

In diesem Moment klingelte mein Telefon. Eine fremde Nummer war auf dem Display zu sehen.

Ich entschuldigte mich bei den anderen, winkte den Mädchen zu und trat in den Flur, wo ich mich auf die Treppe setzte, um das Gespräch in Ruhe anzunehmen.

«Du warst großartig gestern!», flötete Annabelle, ohne mich zu begrüßen. «Ich habe Dutzende von Komplimenten für dich bekommen.»

Ich räusperte mich. «Das freut mich aber», stieß ich erleichtert aus.

«Und du wirst es nicht glauben», fuhr sie sogleich fort. «Ich habe schon einige Anfragen für dich. Ich wollte es dir eigentlich gestern noch sagen, aber du warst so schnell verschwunden.»

Keinesfalls wollte ich mit ihr über meine gestrige Flucht reden, deshalb entgegnete ich schnell: «Wow, jetzt werde ich aber rot.» Ich war ernsthaft neugierig. Mein Herz klopfte aufgeregt.

«Kannst du morgen um 12.30 Uhr im Autohaus Mähnert in Volksdorf sein? Die feiern ihr hundertjähriges Jubiläum – und die wollen nicht Duncan, sondern dich!» Ihre Stimme überschlug sich. Dann fügte sie in vertraulicherem Tonfall noch hinzu: «Duncan wurde übrigens von meiner Gehaltsliste gestrichen.»

Ich richtete mich auf. War das ihr Ernst? Ich sollte einspringen? Gleich morgen? Die Kinder würden zwar dann bei Pierre sein, aber ...

«Äh ... Das ist jetzt aber spontan», merkte ich an, während ich schon fiebrig überlegte, was ich an Honorar fordern sollte.

«Klar ist das kurzfristig, aber du bist doch Vollprofi! Wenn du entspannt bleibst und ein wenig improvisierst, dann wird das schon.»

Was Annabelle von mir erwartete, war klar. Ob ich es liefern konnte, weniger. Wie schon beim Kreek-Rennen sollte ich auch diesmal so tun, als würde mich das alles keinerlei Mühe und Anstrengung kosten. Perfekt und total locker dabei.

Ich schluckte. Denn ich würde kaum Zeit haben, mich vorzubereiten, schließlich hatte ich den Mädchen versprochen, mit ihnen eislaufen zu gehen, bevor Pierre sie heute Abend abholte.

Doch dann sagte sie den nächsten entscheidenden Satz: «Tausend Euro Tagessatz. Interesse?»

Mit einem Schlag war ich hellwach, und meine Zweifel lösten sich in Luft auf. Und ob ich Interesse hatte! Tausend Euro – das hatte ich sonst nicht in einer ganzen Woche verdient, Nachtschichtzulage schon eingerechnet. Ich musste mir in die Hand beißen, um nicht laut loszujubeln.

Mit zugehaltenem Hörer atmete ich tief ein und aus und sagte dann betont gelassen: «Ehrensache, Annabelle. Ich will dich ja nicht hängenlassen.»

«Klasse. Und zieh dir wieder was Schickes an!»

Wir besprachen noch einige organisatorische Details,

dann eilte ich in mein Zimmer. Vor der Tür traf ich Hubi und erzählte ihm begeistert von meinem nächsten Auftritt.

«Wunderbar, Jette. Dann müssen wir vielleicht nur deine Zwischenziele nachjustieren und gegebenenfalls neu fokussieren, falls du dich langfristig auf Moderationen statt auf Radio spezialisieren willst. Dafür sind noch ganz andere *skills* gefragt. Aber das besprechen wir an unserem Jour fixe.»

Er nahm meinen Markenrelaunch ernst, das gefiel mir. Ob er die anderen auch schon beraten hatte? Ich fragte nach Viola und ihrer Idee eines mobilen Mittagstischs. Er berichtete von einem Treffen mit ihr und den gemeinsamen Überlegungen, und wir sprachen noch kurz über die Möglichkeiten, Viola bei der Suche nach einem Foodtruck zu helfen. Während ich mich anbot, im Internet nach einem geeigneten Modell zu recherchieren, versprach Hubi, einen Kunden zu kontaktieren, der eine Firma für Küchenbedarf besaß und vielleicht das ein oder andere Ausstellungsstück günstig abzugeben hatte.

Ich freute mich, dass aus der Silvesteridee ein echtes Hilfsprojekt und unterstützendes Netzwerk geworden war, und verabschiedete mich von Hubi mit einer schnellen Umarmung.

Kurz darauf durchforstete ich meinen Kleiderschrank. Bis auf das Silvesteroutfit, das mir für den Anlass wenig geeignet schien, hatte ich irgendwie nichts Passendes zum Anziehen. Ich nahm mir vor, Viola zu bitten, mich morgen Vormittag zu dieser Designerthek zu begleiten. Das Aussehen schien mir für die Moderation mindestens so wichtig wie die inhaltliche Vorbereitung.

Am Nachmittag ging ich wie versprochen mit Anouk und Claire zum Schlittschuhlaufen. Die frische Luft und die Bewegung auf dem Eis taten mir gut und regten meinen Kreislauf an, sodass ich mich abends sogar noch fit genug fühlte für Sport mit Kitti. Gleichzeitig war ich dankbar über die Ablenkung. Denn die Alternative wäre ein trauriger Abend allein mit Flokati im Zimmer gewesen. Die Trennung von den Mädchen fiel mir jedes Mal, wenn der Wochenwechsel anstand, extrem schwer.

Ich hatte mich mit Kitti zum Krafttraining in ihrem Zimmer verabredet. Dem Raum fehlte jede persönliche Note. So gemütlich er auch eingerichtet war in seinen rot-braunen Farben, dem antiken Holzbett, dem Sekretär und dem geblümten Sessel, es gab kaum einen Hinweis darauf, wer in diesem Zimmer lebte. Kein einziges Foto hatte Kitti aufgestellt. Weder gab es hier Bücher oder Zeitschriften noch herumliegende Klamotten. Nur die Hanteln, die Klimmzugstange in der Tür zum Badezimmer und die Seile, die von der Decke hingen, ließen erahnen, dass es sich hier um Kittis kleine Folterkammer handelte.

Ich vermied es tunlichst, sie auf Marcs singenden Rückeroberungsversuch anzusprechen, genauso wie sie Nick mit keinem Wort erwähnte. Es war, als hätten wir eine stillschweigende Übereinkunft darüber getroffen, dass nur Wegschauen und hartes Training half, das Kapitel Männer zu verdrängen, zumindest vorübergehend.

Mir steckte die Nacht zwar noch in den Knochen, aber ich gab alles. Und ich war stolz, als Kitti mich anerkennend lobte.

«Wow, Jette, du machst Riesenfortschritte», erklärte sie, nachdem wir uns aufgewärmt und mit dem eigentlichen Training begonnen hatten. «Wie du siehst, braucht der Körper nur ein bisschen Zeit, um sich an die neuen Belastungen anzupassen. Ich denke, der Knoten ist geplatzt.»

«Ich ... fühle mich ... auch ganz ... leicht», log ich japsend, während ich in gestreckter Schräglage auf dem Rücken lag, die Hände in zwei Schlingen, die von der Decke baumelten, und mit Beinen und Körper gegen die Schwerkraft anarbeitete. Davor hatte ich schon mehrere Intervalle Seilspringen hinter mich gebracht, bei denen fast meine Lunge geplatzt wäre. Aber Annabelles Lektion hatte ich schnell gelernt: Mir die Mühe nicht mehr anmerken lassen.

«Bleib am Ball!», sagte Kitti. «Mit einem konkreten Ziel vor Augen ist es noch leichter: Wie viel Kilo sollen runter in vier Wochen?»

«Im Idealfall ... vier», keuchte ich, als ich meine Füße nun in die Schlaufen steckte und so etwas wie Liegestütze machte.

«Das schaffst du locker, wenn du erst zum Ninja-Kämpfer geworden bist.»

«Ninja-Kämpfer?», fragte ich und entwand mich meiner Fesselung. Schlapp ließ ich mich auf den Boden fallen und sah ihr nach, wie sie zu ihrer Kommode stapfte und eine hässliche schwarze Legofigur hervorholte. Kitti kniete sich neben mich und drückte mir den Plastikkrieger in die Hand.

«Das ist Cole, der Anführer aller Ninjas. Er gehört jetzt dir.»

Ich wollte ihr gerade sagen, dass ich seit dreißig Jahren nicht mehr mit Lego spielte, als sie fortfuhr: «Cole wird dich dabei unterstützen, Gefühle auszuschalten und deine Problemzonen als Feind zu betrachten. Einen Feind, den du mit Ruhe, klarem Geist und einem Lächeln auf dem Gesicht gnadenlos erledigen wirst. Glaub mir: Wenn du ihn bei dir trägst und ihn in Momenten der Schwäche befühlst, bist du wie er: hart, standhaft und gefühllos. Dafür musst du nur deine Vorstellungskraft aktivieren.»

Hatte sie die Figur aus dem Therapiekoffer ihres Psychologen entwendet? Ich war skeptisch, ob diese Art von Mentaltraining bei mir die gewünschte Wirkung entfalten würde, aber ein Versuch war es wert.

«Äh, danke dir. Das werde ich tun.» Ich nahm die Figur in die Hand, um sie genauer zu betrachten.

Der etwa fünf Zentimeter lange Cole trug einen schwarz-orangefarbenen Kampfanzug und eine Ninja-Maske unter seinem Helm, aus der nur seine zornig verengten Augen hervorblitzten. In der rechten Hand hielt er kämpferisch ein gelbes Schwert in die Höhe.

Während ich mit dem Daumen über die Figur strich, glaubte ich plötzlich ihre Energie zu spüren, wie sie bereits in mich hineinfuhr. Und ich musste unwillkürlich an Nick denken und wie ich ihm in Zukunft mit der inneren Kraft des Ninjas entgegentreten könnte. Gefühle ausschalten, ihn als Feind betrachten und mit einem Lächeln auf dem Gesicht erledigen. So würde ich es machen, dachte ich und stieß einen Seufzer der Erleichterung aus.

21. Kopf über Herz

Am nächsten Morgen schmerzte jede Bewegung. Ob nun vom Schlittschuhlaufen oder vom Hantelnstemmen, ich musste es vollkommen übertrieben haben. Gerne hätte ich den Muskelkater wie ein echter Ninja-Krieger einfach wegmeditiert, aber ich warf vorsichtshalber zwei Schmerztabletten ein.

Viola und ich nahmen den Bus ins Karoviertel, wo die Designerthek ihren Showroom hatte. Während sie etwas in ihr Handy tippte, blickte ich aus dem Fenster und ging meine Anmoderation für das Autohaus Mähnert in Gedanken noch mal durch. Ich hatte bis spät in die Nacht recherchiert, an meinem Text geschrieben und ihn wieder verworfen, bis ich morgens um zwei Uhr endlich zufrieden gewesen war und mich schlafen gelegt hatte.

Als wir an einer Ampel hielten, kam uns auf der gegenüberliegenden Seite der Kreuzung aus der Gegenrichtung Nicks Framo entgegen. Wie erstarrt sah ich ihn direkt an mir vorbeifahren, ohne dass er mich bemerkte. Die Hände lässig am Steuer, die Haare wie üblich zerzaust, das kantige Kinn nach vorne gereckt – er sah zum Niederknien aus. Ich merkte, wie meine innere Barriere zu bröckeln begann und ich nur noch daran denken konnte, wie sehr ich mich eins mit ihm gefühlt hatte in unserer gemeinsamen Nacht. Und wie eng unsere Beziehung schon damals als Kinder gewesen war. Ich dachte daran, wie ich als Zehnjährige sein lautloses Lachen geliebt hatte; als würde man beim Fernseher den Ton abdrehen und nur noch auf die Sprache des Gesichts achten. Wie wir beide stundenlang wach gelegen und einen kleinen Igel bei seinem Winterschlaf beobachtet hatten, den wir heimlich unter meinem Bett versteckt hielten. Oder wie wir beide davon geträumt hatten, echte Geschwister zu sein. «Willst du mein Bruder sein? Ja – Nein – Vielleicht. Kreuze bitte an.» Er hatte meinen Brief positiv beantwortet und meinen rechten Ringfinger genommen, und ich dachte, dass er mir nun als Symbol unserer Verschwisterung einen Ring anstecken würde. Stattdessen hatte er ein Küchenmesser hervorgeholt und uns damit in die Fingerkuppen geritzt. Als Blut kam, hatten wir die kleinen Wunden aneinandergedrückt. Es war, als hätten sich in jenem Moment unsere Seelen verbunden. *Von nun an fließt dein Blut in mir und meins in dir*, hatte er mit noch blutendem Finger auf meinen Antrag gekritzelt.

Bei dem Gedanken an diesen blutgetränkten Vertrag musste ich schmunzeln. Ich hatte ihn nie weggeworfen, sondern bewahrte ihn gemeinsam mit anderen Erinnerungsstücken, Briefen, selbstgeschriebenen Gedichten und alten Tagebüchern in einer Kiste in unserer Wohnung auf. Was für eine alberne Sentimentalität, dachte ich mit einem Mal, wo er mich so enttäuscht hatte. Als hätte sich der «Inzest» dreißig Jahre später gerächt.

Hektisch kramte ich in meiner roten Lederhandtasche nach dem Ninja. Ich fuhr über seine glatten Konturen und registrierte, wie sich mein Atem langsam beruhigte. Wie ein Reflex. Coles Einfluss schien zu wirken und meine Gefühlsseligkeit gewissermaßen auf Knopfdruck in Härte zu verwandeln. Was auch immer es gewesen war zwischen Nick und mir, es war mir jetzt herzlich egal. Lüge blieb Lüge.

Ich stieß einen tiefen Seufzer aus, woraufhin Viola abrupt den Kopf hob und meinem Blick folgte. «Ist das da nicht Nicks Auto?» Sie deutete aus dem Fenster.

Ich zuckte mit den Achseln. «Und wennschon.»

Der Bus fuhr wieder los.

«Sag mal, meinst du nicht, dass ihr noch eine Chance habt?»

«Du kennst doch das Sprichwort: Wer einmal lügt ... Damit ist die Sache für mich beendet.»

Viola sah mich prüfend von der Seite an. Aber ich ließ mich nicht beirren. Nick war nichts als eine Fehlerquelle gewesen, die ich genauso wegoptimieren würde wie das Plus auf meinen Hüften und das Minus auf meinem Konto.

Den Rest der Fahrt absolvierten wir schweigend. An den Messehallen stiegen wir aus und kamen nach einem kurzen Fußweg etwas zu früh bei der Designerthek an. Kaum hatte die junge hübsche Beraterin die Tür aufgeschlossen, stürmten wir in den Laden und sahen uns um. Das Geschäft befand sich in einem riesigen Loft mit roten Backsteinwänden. Durch die verglaste Dachschräge fiel Sonnenlicht auf den hellen Betonboden. Die Wände zierten großflächige Schwarzweißbilder des Modefotografen Peter Lindbergh. Und an Metallständern, die auf dem Boden montiert waren, präsentierte sich, nach Designern geordnet, eine gigantische Auswahl an Klamotten.

«Viola, das ist ja der Wahnsinn hier!»

«Nicht wahr? Ein Paradies für jeden Shopaholic mit abgelaufener Kreditkarte!»

Ich schlenderte herum. Während ich das Sortiment durchforstete und völlig überfordert war von Menge und Möglichkeiten, plauderte Viola mit der blonden Beraterin. In hochhackigen Stiefeln, einer dunklen, engen Hose und einer zitronengelben Chiffonbluse wirkte sie wie einem Modekatalog entsprungen und ließ mich in meinen ausgewaschenen Jeans und meiner alten Daunenjacke aussehen wie Eliza Doolittle vor ihrem Makeover. Dabei sollte mein neu entdecktes Selbstbewusstsein doch nicht zulassen, dass ich mich minderwertig fühlte, egal wie hart der Wettbewerb war. Hocherhobenen Kopfes lief ich weiter. Mein Blick blieb an einem azurblauen Seidenkleid hängen, und ich fuhr mit den Fingerspitzen über den feinen Stoff, als mit einem Mal Viola neben mir auftauchte.

Sie schüttelte den Kopf, nahm mir das Kleid aus der Hand und hängte es zurück an den Ständer. «Dir stehen Erdtöne besser. Außerdem sollten wir uns erst überlegen, was genau du brauchst. Sonst sind wir heute Nachmittag noch hier».

Viola hatte recht, ich musste mich für das Dringlichste entscheiden, mich fokussieren. «Was du brauchst», dozierte sie, ist *urban couture*. Edel, aber alltagstauglich.» Die Beraterin, die hinzugetreten war, lachte fröhlich. Sie hatte ein offenes, sympathisches Gesicht. «Mir scheint, bei Viola bist du in den besten Händen.»

Viola warf ihr einen freundschaftlichen Blick zu. «Lass mich dir etwas Hübsches zusammenstellen, während du mit Charlotte einen Espresso trinkst, okay?»

Ich nickte beeindruckt. Es ging eben nichts über eine professionelle Einschätzung von Menschen, die einem auch noch zugetan waren.

«Sehr gerne. Aber ein warmes Wasser wäre mir lieber.» Zugunsten einer ausgewogenen Ernährung war mehr als ein Kaffee am Tag nicht mehr drin.

Charlotte hakte sich bei mir ein, während sie mich zu einer schicken Sitzecke mit Glastischchen führte, auf dem Kaltgetränke und Gläser standen.

«Bist du nicht Jette, von Jettes Nachtbeichte?», fragte sie, nachdem sie mir ein Glas Wasser eingeschenkt und mich dabei prüfend angesehen hatte. «Na klar, dein Plakat hing wochenlang direkt vor meiner Nase, hier gleich vor dem Laden. Du bist es!»

Ich stutzte. Ich war schon seit zwei Monaten nicht mehr

on air und wunderte mich, dass ich jetzt noch erkannt wurde. Man war doch in dieser Branche normalerweise schneller vergessen, als eine Sendung Minuten hatte. Zudem hatten meine Plakate höchstens vier Wochen gehangen, bevor sie durch Mias Konterfei ersetzt wurden.

«Meine Freundinnen und ich, wir sind solche Fans von dir!», fuhr Charlotte fort. «Wir haben, so oft es ging, deine Sendung gehört. Wir haben sogar eine Online-Petition gestartet, damit du zurückkommst!»

Ich traute meinen Ohren nicht. Eine Petition? Von ihr? Ich fühlte mich wirklich geschmeichelt, umso mehr, weil Charlotte noch so jung sein musste. Meine Hörer waren für gewöhnlich deutlich älter gewesen.

Verlegen fuhr ich mir durch die Haare. «Das ist wirklich lieb von euch. Aber leider ist eine Rückkehr zu Radio Elbe unmöglich. Auch wenn ich diese Sendung sehr gerne moderiert habe.»

Charlotte schüttelte bedauernd den Kopf. «Dann musst du etwas anderes machen, Radiostreaming, Webradio, YouTuben oder einen Podcast. Ja, mach einen Podcast! Hauptsache wir hören oder sehen wieder etwas von dir!»

Ich lächelte sie an. «Danke für die Blumen, aber zur Zeit moderiere ich Veranstaltungen, da bleibt wenig Zeit für anderes», übertrieb ich.

Nachdem ich Viola eine Weile dabei beobachtet hatte, wie sie zielstrebig Kleidungsstücke von mehreren Ständern zusammensuchte, winkte sie mich plötzlich zu sich und führte mich in die Umkleidekabine, in der bereits einige schmale schwarze Hosen, Röcke, edel gemusterte Blusen und zwei gemusterte Seidenschals hingen.

Viola wusste, was sie tat. Egal, was ich anprobierte, es passte auf Anhieb. Und ich fand die Sachen ausnahmslos schön.

Als ich in einem nudefarbenen, knielangen Plisseerock kombiniert mit einem kurzarmigen schwarzen Rollkragenpullover aus der Kabine trat, klatschte sie in die Hände. «Perfekt!»

Auch Charlotte war sichtlich angetan. «Wie für dich geschaffen», sagte sie. «Darf ich ein Selfie von uns machen? Meine Freundinnen flippen aus, wenn ich ihnen erzähle, wer bei uns einkaufen war.»

Ich nickte geschmeichelt und dachte an Nick. Wie er wohl auf meinen Anblick reagiert hätte? Im gleichen Augenblick hätte ich mich ohrfeigen wollen. Was kümmerte er mich noch?

Verärgert über mich selbst ging ich zurück in die Kabine, um das nächste Outfit anzuprobieren.

Mit einer Flatrate deluxe und vier großen Taschen voller Designerware machten wir uns eine Stunde später beschwingt auf den Rückweg. Auf Violas Geheiß legte ich noch einen Abstecher beim Nagelstudio ein.

«Mit diesen Fingernägeln kannst du Kartoffeln aus der Erde wühlen», erklärte sie streng, «aber kein Glas Champagner in Empfang nehmen. Die Hände einer Frau sind ihre Visitenkarte!»

Zum ersten Mal in meinem Leben betrat ich also ein Nagelstudio – und hätte fast auf dem Absatz kehrtgemacht. Es roch, als hätte jemand einen großen Eimer Nagellackentferner umgeworfen. An jedem der zehn Tische saß eine hochkonzentrierte asiatische Mitarbeiterin mit pinkfarbenem Mundschutz und Plastikbrille auf der Nase und bearbeitete ihr Gegenüber mit schwerem Gerät, als würden sie hier Finger im Akkord amputieren.

Doch Viola ließ nicht mit sich reden. Eine halbe Stunde später war ich sechzig Euro los sowie das Versprechen, meine

Nägel von nun alle drei Wochen mit Gel auffüllen zu lassen. Selbstoptimierung gab es eben nicht geschenkt. In Gedanken überschlug ich die Summe: Meine monatlichen Fixkosten würden allein durch das Kleiderabo sowie Kosmetik- und Nagelstudio um 390 Euro steigen, den regelmäßigen Friseurbesuch gar nicht mitgerechnet. Ich musste schlucken.

Zurück im Hotel, duschte ich, warf mich in ein cremefarbenes Kostüm aus Seide und föhnte meine Haare in Form. Dann trug ich ein bronzefarbenes Puder auf Wangenknochen und Nase auf, tuschte mir die Wimpern und schminkte mir eine graue Banane aufs Oberlid, so wie ich es bei der YouTuberin gelernt hatte.

Derart zurechtgemacht hätte ich auch die Tagesthemen moderieren können, dachte ich und tänzelte gerade den Flur entlang, als Nick die Treppen herunterkam.

In der Hand trug er zwei große Reisetaschen und Carlas grünen Shopper. Offenbar holte er sie ab, um sie zu ihrer Kur nach Sylt zu chauffieren. Ich war so überrascht, dass ich kein Wort herausbrachte.

«Jette, da bist du ja!», sagte Nick mit belegter Stimme und musterte mich von oben bis unten. «Oder bist du's gar nicht?»

Das Herz rutschte mir in die Hose.

«Du siehst verändert aus, so elegant.» Er machte eine kurze Pause. «Ich versuche seit zwei Tagen, dich zu erreichen.»

Ich rang nach Atem und versuchte den Ninja zu visualisieren, was mir nicht so recht gelingen wollte.

«Um mir was zu sagen?», fragte ich beklommen, während ich fieberhaft in meiner Tasche kramte. Hatte ich Cole etwa auf meinem Schreibtisch liegenlassen?

«Bitte glaube mir, ich wollte dich nicht anlügen.» Sein Bedauern schien echt zu sein.

Mein Herz klopfte inzwischen so laut, dass ich nicht mehr hören konnte, was mein Kopf mir riet. «Warum hast du es dann getan?», fragte ich und spürte, wie meine Hände zitterten. Rasch steckte ich sie in die Manteltaschen.

«Ich wollte es dir längst sagen. Aber ich wusste nicht, wie! Ich wollte deine Gefühle nicht verletzen. Es ist nämlich so, dass ...»

Stopp! Haargenau diese Worte hatte ich vor zwei Monaten von Pierre gehört. In Sachen Ausreden waren sie doch alle gleich. Prompt war mein Ärger wieder da und mit ihm mein verschollener Ninja, der sich in meiner rechten Manteltasche versteckt hatte. Ich drückte ihn einen Augenblick und unterbrach Nick dann scharf.

«Du konntest mir also nicht sagen, dass deine Eltern gar nicht auf dem Friedhof begraben liegen, als wir uns das erste Mal trafen? Du konntest mir nicht sagen, dass du eigentlich meinen Vater besucht hast, nicht sagen, dass wir uns seit fast dreißig Jahren kennen? Und das obwohl du auch später noch so viele Gelegenheiten dazu hattest?» Ich blickte ihn aus zugekniffenen Augen an.

«Es ist einfach passiert ... und nur deshalb so gekommen, weil ...», versuchte Nick sich zu rechtfertigen, doch ich fiel ihm erneut ins Wort.

«Dinge passieren nicht einfach, Nick. Wir lassen sie geschehen, weil wir es so wollen.»

Er wich meinem Blick aus. «So ist es nicht!»

«Es ist eine Entscheidung, die du getroffen hast, Herr Entscheidungsexperte», sagte ich. «Oder hast du sie etwa ausgewürfelt? Eins bis drei, ich sag es Jette. Vier bis sechs, ich halt die Klappe?»

«Nein ... ich ...», stammelte er. Ein flehender Ausdruck lag auf seinem Gesicht.

«Immer, wenn es schwierig wird, verlierst du die Sprache, oder wie? Hat sich ja nicht viel verändert seit Kindertagen», wetterte ich, als mein Telefon mit einem Mal zu brummen begann.

Es war der SOM-Signalton für Zeitverzug, laut und beständig, was so viel wie höchste Eisenbahn bedeutete. Mein Herz begann zu rasen. Ich kramte umständlich mein Handy hervor und tippte ungeduldig darauf herum, um den Ton zum Verstummen zu bringen.

«Offenbar willst du meine Erklärung gar nicht hören, weil du dir in deiner Selbstgerechtigkeit längst eine Meinung gebildet hast, oder?», sagte er sichtlich verletzt. Doch ich hatte keine Zeit mehr für irgendwelche Ausflüchte.

«Richtig erraten», sagte ich entschlossen und ließ ihn einfach stehen.

So weit kam es noch, dass ich meinen neuen Auftritt für diese feigen Lügen opferte! Der Ninja in meiner Hand triumphierte, und der Effekt auf mein Ego war verblüffend. Ich spürte, wie sich meine Haltung weiter festigte. Ich würde nicht zulassen, dass Nick oder irgendjemand meinen Zielen im Weg stand! Vielleicht war er nichts weiter als ein Test des Schicksals gewesen, wie ernst ich es mit meiner Selbstoptimierung meinte. Ich hatte mich von der Vision einer neuen Liebe anfänglich von meinen Plänen ablenken lassen. Aber das war vorbei. Wenn ich jetzt meine Gefühle für ihn einstampfen und die Enttäuschung in Selbstkontrolle und Disziplin umwandelte, dann würde ich die Prüfung bestehen und mich freier und stärker fühlen als je zuvor. Ich erhöhte mein Schritttempo und blickte nicht mehr zurück.

Ich nahm einen Schluck Wasser und schenkte der Menge ein gewinnendes Lächeln, wie auch Mähnert junior, dem Urenkel des Unternehmensgründers, der seit einer Stunde steif und regungslos wie eine Statue neben mir stand. Vor der Bühne drängten sich überwiegend männliche Zeitgenossen, die meisten von ihnen dickliche Autoverkäufer aus anderen Filialen, die Freibier aus durchsichtigen Plastikbechern tranken und die neuen Mercedes-Modelle bestaunten. Ihre Gesichter glühten. Nachdem ich die Preise der Tombola an den Mann gebracht und die Blaskapelle mit ihrem hübschen Jubiläumsständchen angekündigt hatte, setzte ich zum Schlusswort an.

«Hätte Ihr Urgroßvater Thomas Mähnert senior damals Kaiser Wilhelm nach seiner Meinung gefragt», begann ich und blickte seitwärts zum Junior hinüber, «hätte der ihm sicher von einem Autohaus abgeraten. Von ihm ist nämlich folgender Satz überliefert: *Ich glaube an das Pferd. Das Automobil halte ich für eine vorübergehende Modeerscheinung.*» Ich erntete Lachen. «Anders als der Kaiser hatte der Gründer dieses Traditionshauses aber ein hervorragendes Gespür für die Bedürfnisse seiner Zeit, wie auch die Generationen nach ihm. Familie Mähnert setzte nicht auf das falsche Pferd, sondern auf den Mercedes Cardan! Jenes Modell übrigens, für das derselbe Kaiser nicht lange nach seiner Prophezeiung sein Pferd geopfert hat.»

Ich drehte mich um und deutete mit weit ausholender Geste auf das hundert Jahre alte Modell hinter mir.

«Dieser seltene Oldtimer, meine Damen und Herren», sagte ich so begeistert wie möglich, «steht wie das Autohaus Mähnert für Durchsetzungskraft, Beständigkeit, Mut und eine Prise Sexyness!»

Ein rotgesichtiger Mann mit Wampe und dicker Zigarre im Mund tat, als würde er seine imaginären Brüste wippen. Bei näherem Hinsehen waren die beiden Rundungen über seinem Bierbauch allerdings ziemlich offenkundig. Er reckte mir seinen Becher Bier entgegen und rief: «Auf die sexy Kurven!» *Auf die sexy Kurven?*

Ich fühlte meinen Puls nach oben schnellen und versuchte, meinen Widerwillen herunterschlucken. Ich räusperte mich, hielt kurz inne und blickte auf mein Wasserglas. Schließlich sah ich herausfordernd auf das Rotgesicht, lächelte breit und rief: «Sehr gerne, aber habt ihr nicht was Anständiges zum Anstoßen?»

Die Menge brüllte Zustimmung, und das Rotgesicht brachte mir höchstpersönlich ein Bierglas auf die Bühne. Ich prostete in die Halle: «Na dann zum Wohl, meine Herren!»

Zufrieden mit mir sah ich in die vergnügten Gesichter und freute mich darüber, wie souverän ich die Lage gedreht hatte, da hörte ich plötzlich diesen schrillen Ton, den mein Handy in meiner am Bühnenrand stehenden Handtasche von sich gab. Mir war sofort klar, was das bedeutete: Mein Puls war im roten Bereich.

«Meine ... Herren», stammelte ich, «haben Sie das auch gehört? Das war Siri, die mir soeben mitgeteilt hat, dass das Buffet eröffnet ist!» Ein paar Männer lachten.

Puh! Ein Autohausjubiläum zu moderieren war Schwerstarbeit und absolut nicht das, was ich mir für meine Zukunft erträumte. Doch getreu meiner neuen Devise, meine Skills zu perfektionieren und jede Herausforderung anzunehmen, gab ich mein Bestes.

Lächle! Lächle! Lächle!, wiederholte ich im Stillen Hubis Mantra. Zeige dem Feind die Zähne!

«Mit euch Autoverkäufern ist es ja wie mit Krokodilen», sagte ich dann. «Man muss sie nicht lieben, aber füttern. Sonst schnappen sie zu, bevor du flüchten kannst.»

Das Publikum johlte.

«In diesem Sinne, es ist angerichtet!», rief ich und hastete noch vor Mähnert junior von der Bühne, vorbei an einem wunderschönen alten Retro-Lastwagen in Beige, auf dem in großen Lettern ‹Küchenwagen› stand. Ich blieb kurz stehen und bewunderte das Modell.

«Das ist ein Mercedes aus den Sechzigern.» Mähnert junior war mir gefolgt. «Früher wurde er vom Roten Kreuz genutzt, um die Mannschaften oder Hilfsbedürftigen bei Einsätzen zu verpflegen. Jetzt steht er hier nur noch als Dekoration.»

«Beeindruckend», sagte ich ehrlich erstaunt.

«Wie Ihre Moderation, Frau Kröger. Haben Sie vielen Dank.» Er reichte mir eine Visitenkarte. «Wenn Sie einen neuen Wagen brauchen oder ich sonst etwas für Sie tun kann, melden Sie sich!»

Typisch Autoverkäufer, dachte ich. Was sollte er schon für mich tun können. Aber dann kam mir eine Idee …

«Charmant, witzig und souverän.» Annabelle stoppte ihren roten Porsche Boxter vor dem Hotel Carlifornia. «Selbst dein Podiumsgespräch mit dem übellaunigen Mähnert junior war so locker, dass er am Ende ein Lächeln auf dem Gesicht hatte.»

So gesehen war meine erste offizielle Moderation im Dienste von *Only the Best* wohl ein voller Erfolg gewesen. Ich hatte überzeugt und gleichzeitig wieder etwas gelernt, was ich im Radio gar nicht gebraucht hatte, wo es nur mich und gesichtslose Stimmen gab: den Einfluss meiner Körpersprache zu bemessen, die Stimmung des Publikums einzuschätzen, entsprechend zu improvisieren und die Anwesenden da abzuholen, wo sie emotional gerade standen.

«Jette, könntest du dir vorstellen, fest bei uns einzusteigen?», fragte Annabelle, als sie den Motor ausschaltete. «Ein paar Wochen Probezeit, danach bekommst du einen Vertrag. Du würdest Galas moderieren, Messen, Kongresse, Awards. Nicht alles ist hochkarätig, es sind auch Brotjobs wie bei Mähnerts Autohaus dabei, aber auch das eine oder andere Sahnestück. Wäre das was?»

Ich war zu überrascht, um sofort etwas zu erwidern. Aber wie hätte ich dazu nein sagen können – in meiner Situation? Sicherlich war diese Tätigkeit nicht das, womit ich bis zur Rente meine Brötchen verdienen wollte, aber nüchtern betrachtet waren diese Aufträge genau das Richtige, um in der Moderationsbranche Fuß zu fassen und mein Konto aufzufüllen, was dringend nötig war. Eine feste Anstellung war aber noch aus einem weiteren Grund wichtig. Sie wäre der erste Schritt zu einer Eigentumswohnung. Jedoch nur, wenn der Vertrag, den ich bekommen sollte, unbefristet war, denn ohne finanzielle Sicherheit kein Kredit und ohne Kredit kein Eigenheim.

Aus taktischen Gründen entschied ich, nicht gleich mit der Tür ins Haus zu fallen und lieber so zu tun, als müsse ich mir die Sache durch den Kopf gehen lassen. Nachverhandeln konnte ich immer noch.

Einen Moment lang zögerte ich, hob dann aber meine Hand und hielt sie Annabelle hin, die begeistert einschlug. «Probieren wir es.»

«Ich freu mich, Frau Kollegin», sagte sie grinsend, als wären wir auf Augenhöhe. Dann wirkte sie mit einem Mal wieder ernster und geschäftig. «Ach, und noch einen anderen Punkt wollte ich mir dir besprechen.»

«Schieß los.» Ich hatte keine Ahnung, worum es ging.

«Wollen wir uns die Tage mal zusammensetzen, um über deine Idee für den Relaunch der Stresemannschule zu sprechen? Der Elternkreis kommt nicht so recht weiter, und du sagtest ja etwas von einer visionären Idee, die du im Köcher hättest.»

Ich nickte eifrig, während ich fieberhaft überlegte, wie ich jetzt auch noch eine Vision für die Schule meiner Tochter aus dem Hut zaubern sollte. Wo ich in den letzten Jahren doch fast alles verpasst hatte, was dort stattgefunden hatte. Aber wenn ich mein Ziel, Elternvertreterin zu werden, erreichen wollte, musste ich mir etwas einfallen lassen, so viel war klar.

«Äh ... Ich sage nur so viel, es geht um die ganz großen Themen», begann ich aufs Geratewohl, um sie mit dieser Worthülse erst mal ruhigzustellen. Aber weil ihr Blick mich aufforderte weiterzusprechen, fügte ich spontan hinzu: «Es geht um ... äh, Nachhaltigkeit. Genau! Und um Zukunftsfähigkeit, und es geht um die Frage, was wir unseren Kindern später einmal hinterlassen wollen.»

Annabelles Augen blitzten. «Du meinst einen sauberen Planeten?»

Ich nickte bedeutungsschwer und war erleichtert, dass sie den Köder geschluckt hatte.

«Wow, du greifst nach dem Gütesiegel *Umweltschule in Europa*», sagte sie anerkennend. «Das ist ambitioniert, aber könnte der Schule langfristig tatsächlich eine Menge neuer Schüler und Reputation einbringen, wenn wir den Wettbewerb gewinnen.»

Wettbewerb? Egal, ich nickte wieder und beschloss, zu Hause gleich im Internet zu recherchieren, was es brauchte, um dieses Rennen und das zur Wahl der Supermutter zu gewinnen.

Zumindest mein erstes Etappenziel, die Festanstellung, würde ich schneller realisieren als erwartet. In der kommenden Woche stand mein Jour fixe mit Hubi an, dann würde ich mit ihm darüber reden, ob ich meinen Radiotraum zugunsten eines Moderationsjobs tatsächlich aufgeben sollte. Wirkliche Veränderung hieß eben auch, Opfer zu bringen.

22. Pole Position

Ungläubig beugte ich mich über mein Smartphone und rieb mir die Augen. Bereits zum dritten Mal studierte ich die blinkende Meldung. Konnte es sein, dass ich die Fitness- und Health-Heldin Babsiqueen82 mit ihrem lächerlichen Gazellen-Avatar vom Ranglistenthron gestoßen hatte? Ich? Nach nicht einmal einem Monat Selbstoptimierung?

Auf meinem Handy startete SOM ein digitales Feuerwerk, und darunter leuchtete die Line: Neue Nummer eins am 24. Januar: RetteJette2017!

Ich stieß einen spitzen Freudenschrei aus und drückte Flokati so heftig, dass er sich schnell wieder in sein Körbchen in der *Neugierde* verzog.

Es war Sonntagmorgen, 11 Uhr, ich saß in verschwitzten Laufklamotten auf dem Barhocker am Küchentresen im verwaisten Salon und frühstückte *à la japanese* – heißes Wasser, soviel ich wollte –, während ich mein virtuelles Feedback wie eine Verhungernde verschlang. Neben mir auf dem Barhocker saß mein treuer Begleiter Cole und leistete mir wie immer Gesellschaft.

Nick hatte ich seit drei Wochen nicht gesehen. Dafür aber eine Menge sentimentaler Bilder von ihm, die sich wiederkehrend in mein Bewusstsein stahlen. Wie er sich nach dem Fahrradunfall über mich gebeugt hatte, wie er mich unter dem Mistelzweig geküsst hatte und wie wir miteinander geschlafen hatten. Immer, wenn ich von solchen Bildern der jüngsten Vergangenheit heimgesucht wurde, schnappte ich mir meinen kleinen Ninja-Freund, um mich von ihm quasi von Angesicht zu Angesicht an meine Mission erinnern zu lassen. Sobald er mich wieder zurück in den Kampfmodus katapultiert hatte, stieg ich in meine Laufschuhe und peitschte meinen Körper über die Belastbarkeitsgrenze, um mir gefühlsduselige Flausen wie diese restlos auszutreiben. Meine «Schwäche» für Nick entpuppte sich am Ende als Optimierungsstärke, die mich ganz oben aufs Treppchen gebracht hatte. Was wollte ich mehr?

Zufrieden prostete ich Cole mit meiner Tasse Heil-H_2O aus dem Wasserhahn zu, schließlich war er nicht unschuldig daran, dass ich mich in meiner SOM-Community, einer Vergleichsgruppe von zehn anderen Optimiererinnen, erstmals an die Spitze gesetzt hatte. Bislang hatte Babsiqueen82 nicht nur die steilste Abnehmkurve, sondern auch die beste Fettverbrennung und den gesündesten Schlaf von uns allen vorweisen können. Und dass sie am Tag angeblich 30 000 Schritte zurücklegte – geschlagene 15 Kilometer! –, musste auch den anderen Gruppenmitgliedern den Schweiß auf die Stirn getrieben haben.

Ich fand meine Zielsetzung von 15 000 Schritten schon sehr ambitioniert und hatte trotz meines Laufprogramms Mühe, sie an einem normalen Tag zu erreichen. Doch all das war nun Geschichte: Die Queen hieß ab sofort Jette, und der SOM-Neid war Schnee von gestern! Mit Disziplin, klarem Geist und einem Lächeln auf dem Gesicht hatte ich Babsiqueen82 ebenso gnadenlos erledigt wie Nick und andere Problemzonen.

Noch einmal klickte ich mich durch meine Gewinner-Rubriken. Das Feedback blieb immer das Gleiche: *«100 Prozent! Wochenziel erreicht! Weiter so, Jette!»* Flankiert wurden die guten Nachrichten durch ohrschmeichelnde, glockige Klänge.

Seit dem Jahresbeginn vor knapp einem Monat wuppte ich das Leben eines High Performers und setzte meine Vorsätze konsequent in die Tat um. Hochtourig im Job, dazwischen Kinder, Sport, Weiterbildung und SOM. Mein Alltag war streng durchgetaktet. Aber ich wollte es so, ganz genau so. Es gab mir das Gefühl, dass ich mitten im Leben stand und alles unter Kontrolle hatte.

Kittis Dreiklang – Ausdauer, Kraft und Pilates – zeigte endlich die entsprechende Wirkung, umso mehr, seit ich mir zum Laufen Gewichtsmanschetten um die Fußknöchel schnallte und im Rhythmus des Laufschritts zwei Hanteln stemmte, um meine Brust- und Armmuskulatur zu stärken. Mein Ruhepuls lag inzwischen bei 40 Schlägen pro Minute, das entsprach schon fast dem Durchschnittswert eines kenianischen Marathonläufers.

Besonders zufrieden machte mich aber der Gang auf die Waage. Seit ich meinem Speck vor allem mit Fettkillern zu Leibe rückte, purzelten die Kilos im Halbwochentakt. Ernährungstechnisch setzte ich vorwiegend auf Gemüse, Eier, Nüsse und Samen. Alles etwas trocken und wenig schmackhaft, dafür aber ein Garant für durchschlagenden Erfolg, was das Abnehmen anging. Ich hatte bereits sieben Kilo verloren und schrammte das erste Mal seit zehn Jahren die 60-Kilo-Marke. Außerdem hatte ich meinen Körperfettanteil laut SOM um 7 Prozent reduziert. Damit hatte ich weit mehr erreicht, als ich mir für diesen Zeitraum vorgenommen hatte.

Den Hunger interessierte das allerdings nicht. Er plagte mich morgens, mittags, abends, und mitten in der Nacht weckte mich manchmal das Knurren meines Magens. Ich hatte mir schon kalorienarme Reiswaffeln neben das Bett gelegt, damit Geruchssinn und Sehnerv dem Magen zumindest vorgaukeln konnten, dass Nahrung im Anmarsch war. Manchmal griff ich auch zu, wenn es gar zu schlimm wurde.

Trotz der nächtlichen Heißhungerattacken schlief ich

überraschend gut, besser denn je. Durchschnittlich 85 Prozent meiner meist acht Stunden pro Nacht verbrachte ich laut SOM im Tiefschlaf. Allein zu wissen, dass ich ausgeruht war und einen ausgeglichenen Puls hatte, half mir, jeden Tag mit Energie und Schwung anzugehen.

Allerdings haderte ich mit dem Glücksversprechen, das mir die Optimierung gemacht hatte. Der vielbesungene rauschartige Zustand wollte sich einfach nicht einstellen, egal wie viel ich trainierte und hungerte. Ein wunder Punkt, der mich unweigerlich zu der Frage führte, ob mein Körper nach der Enttäuschung mit Nick schlicht keine Glückshormone mehr ausschütten konnte. Jedenfalls fühlte ich mich betrogen um den einzigen Rausch, den ich als Asketin ohne schlechtes Gewissen hätte genießen dürfen.

Etwas Ähnliches wie Glück bescherte mir dafür aber SOM, meine engste Bezugsgröße in dieser Pimp-up-Phase, weil die App mich derzeit mit Lob nur so überschüttete. Den siebten Tag in Folge konnte ich nicht nur im Bereich Health, sondern auf beinahe allen Ebenen die perfekte Bilanz präsentieren. Erstmals auch beim Thema Zeitmanagement, was ich im weitesten Sinne Charlotte, der hübschen Mitarbeiterin aus der Designerthek, zu verdanken hatte.

Ihr Vorschlag, mir doch einen eigenen Podcast zuzulegen, hatte mich neugierig gemacht. Ich wollte wissen, was der Markt zu bieten hatte, und war dabei auf eine Reihe interessanter Audioproduktionen fürs Netz gestoßen, die ich inzwischen regelmäßig beim Laufen hörte. Abonniert hatte ich unter anderem eine Kultursendung, in der die neuesten Bücher, Theaterinszenierungen und Kunstausstellungen besprochen wurden. Mit meinem auf diese Weise gewonnenen Wissen hatte ich schon einige Male auf Veranstaltungen glänzen oder vielmehr blenden können, wenn man bedachte, dass ich ja nur so tat, als hätte ich das Klavierkonzert von Lang Lang in der Elbphilharmonie gehört oder die neue Biographie von Gerhard Richter gelesen. Auch zu aktuellen politischen und gesellschaftlichen Entwicklungen konnte ich mich inzwischen fundiert äußern, wenn es der Smalltalk bei meinen Jobs erforderte. Beinahe täglich hörte ich eine kluge Analysesendung mit wechselndem intellektuellem Personal, durch die ich tolle Argumente für egal welches Diskussionsthema frei Ohr bekam. Wozu Zeit verschwenden mit lästigem Zeitunglesen? Die konnte ich auch anders nutzen. Zum Beispiel, um mich auf meine Moderationen vorzubereiten.

In den vergangenen Wochen hatte ich alle Hände voll zu tun gehabt.

War meine neue Chefin Annabelle beim Autohausjubiläum noch dabei gewesen, so hatte sie mich ein paar Tage später schon ohne ihren Beistand arbeiten lassen. Im nicht gerade atmungsaktiven Maulwurfskostüm, unter dem ich heftig schwitzte, musste ich eine Supermarkttombola moderieren. Als Nächstes hatte ich bei minus drei Grad ein Schiff getauft – selbst der Champagner war zu Eis gefroren gewesen. Am Tag darauf hatte ich durch den fünfundsiebzigsten Geburtstag eines bekannten Firmengründers geführt, der so hölzern war wie das von seinem Unternehmen produzierte Parkett. Der Höhepunkt aber war die Eröffnung der Pferdemesse «Hanseschimmel» gewesen, für die ich in viel zu eng sitzender Reitkleidung aus dem Bauch eines hässlichen Holz-Gauls hatte steigen müssen, von dessen hartem Rücken aus ich dann moderieren musste. Mir hatten noch Tage später die Oberschenkel und der Hintern weh getan.

Trotz aller Hürden gewann ich eine gewisse Routine und spielte die Rolle der stets gutgelaunten Moderatorin von Tag zu Tag überzeugender. Die Komplimente, die ich von den

Kunden und von Annabelle für meine erstklassig moderierten Jobs bekam, waren jede Anstrengung wert und trösteten mich darüber hinweg, dass die wahre Begeisterung für meine neue Tätigkeit sich noch nicht eingestellt hatte. Hilfreich war auch der Blick auf den Vertragsentwurf, der schon auf meinem Schreibtisch lag. Dort stand zwar wie befürchtet nichts von entfristet, aber dieses Detail ließe sich in jedem Fall noch ändern, versprach Annabelle mir, als ich sie nach Durchsicht der Eckpunkte anrief und bat, die Befristung aus dem Vertrag herauszustreichen. Schließlich hing davon nichts weniger als meine Kreditwürdigkeit ab.

«Wenn du weiter so gut performst, Jette, dann steht dem nichts im Wege», machte sie mir Hoffnung.

Viel länger konnte ich jedoch nicht vortanzen, um sie zu überzeugen, ohne mit der Suche nach einer geeigneten Immobilie zu beginnen. Denn in den sechs Wochen, die mir bis Fristende blieben, musste ich schließlich auch noch eine Bank finden, die mir Kreditwürdigkeit bescheinigte und mein Vorhaben finanzierte. Bisher beschränkte sich mein Kontakt mit Banken darauf, meinen Dispokredit «immer wieder vorübergehend» zu erweitern. So ein Wohnungsdarlehen war vermutlich ein ganz anderes Kaliber. Für die kommenden Tage nahm ich mir darum vor, schon mal Immobilienportale nach bezahlbaren Angeboten zu durchforsten.

So oder so, meine großen Ziele waren in greifbarer Nähe, da war ich sicher. Ich begann an die neue Version meiner selbst zu glauben. Ich war schön, ich war stark, ich war erfolgreich.

Einzig der Bereich Social Life, der Umweltengagement, Ehrenamt, Familie und Freunde beinhaltete, bereitete mir Sorgen. Er lag weitgehend brach. Abends war ich meist so erschöpft, dass ich mich schon vor dem Abendessen in mein Zimmer zurückzog. Da Carla nach wie vor auf Kur war, führte

Viola das Hotel kommissarisch und vergab die Notfallzimmer. Ab und an begegneten mir fremde Männer und Frauen im Hausflur, temporäre Liebesversehrte, die für eine oder zwei Nächte eingecheckt hatten. Aber ich hatte keine Zeit und Lust, mich mit ihnen zu befassen oder an gemeinsamen Abendessen teilzunehmen. Nach mehr als einem schnellen Hallo stand mir nicht der Sinn.

Einen von ihnen, einen etwa dreißigjährigen Dunkelhaarigen, sah ich einmal morgens um fünf Uhr aus Violas Zimmer heraushuschen, als ich meine Laufrunde begann. Sie darauf anzusprechen ergab sich nicht, ich traf sie nur zwischen Tür und Angel, genauso wie Hubi. Bereits unseren zweiten Jour fixe hatte ich verschieben müssen, weil ich bis spät in die Nacht eine Veranstaltung der Agentur betreut hatte.

Aber trotz meines Pensums fiel auch mir auf: Ohne Carla als Seele des Hauses und ruhendem Pol glich das Hotel einer Durchlaufstation, woran ich zugegebenermaßen nicht ganz unschuldig war.

Immerhin punktete ich in Sachen Familie, weil ich mir jede zweite Woche nachmittags ein paar Stunden Zeit nahm für Anouk und Claire. Wenn nicht ein Auftrag dazwischenkam und ich die Mädchen spontan verabreden musste. Aber sonntags hatte ich frei, so auch heute, wenn Pierre die Mädchen bringen würde und wir wie vereinbart meine Ideen für den Kindergeburtstag unserer Großen am kommenden Sonntag durchgehen konnten.

Ich räumte gerade mein Wasserglas in die Spülmaschine, als ich plötzlich Nicks Stimme hörte. Spielte mein Gehirn mir einen Streich? Ruckartig drehte ich mich um. Nick und Carla standen in der Tür. Ich bekam schweißnasse Hände und merkte, wie mein Herz und mein Kopf sich gegeneinander aufstellten.

«Hallo, meine Liebe!», rief Carla freudig, während Nick mir nur zunickte, bevor er auf dem Absatz kehrtmachte.

«Ich hole noch deine Sachen aus dem Auto, Carla», sagte er und war auch schon verschwunden.

Während sie ihm verdutzt hinterherblickte, trat ich auf sie zu und umarmte sie fest. Spitze Knochen waren unter ihrem weichen Pullover zu spüren. Erschrocken wich ich zurück.

«Ja, gab es denn nichts Anständiges zu essen auf Sylt?», fragte ich bestürzt.

Sie zuckte mit den Schultern und lachte meine Bedenken weg. «Ich hatte Heimweh nach euch. Das muss mir auf den Magen geschlagen sein. Aber im Ernst: Das sind die neuen Diabetesmedikamente, die hemmen den Appetit. Davon abgesehen geht es mir wieder richtig gut. Auch weil ich jetzt weiß, was mein Körper wann und in welchen Situationen braucht. Genuss und Gesundheit – beides ist möglich und nur eine Frage der richtigen Dosis, meine Liebe. Man muss die Faktoren nur gegeneinander abwägen.» Skeptisch blickte sie an meinem verschwitzten Sportoutfit hinunter.

Warum schaute sie nur so? Ich fühlte mich zu unrecht hinterfragt und hätte ihr am liebsten von Babsiqueen82 erzählt und wie ich sie durch die richtige Dosis von Selbstkontrolle und Askese letztlich vom Thron geschubst hatte. So wie Carla ihre schwankenden Blutwerte.

Trotzdem war ich erleichtert zu sehen, dass Carla ihre Krankheit endlich ernst nahm. «Dann wurde es höchste Zeit, dass du wieder zurückgekommen bist», sagte ich und drückte sie noch mal. «Ab jetzt lässt du dich von Viola mästen und von mir mit Anistee verwöhnen.»

Dankbar sah sie mich an und setzte sich zu Flokati, der Carlas Sessel zu seinem Lieblingsplatz auserkoren hatte, in die *Neugierde*, während ich Wasser aufsetzte.

Ich hörte Nick nicht kommen und zuckte förmlich zusammen, als er sich plötzlich neben mir räusperte.

«Ich habe etwas für dich», sagte er und sah mich eindringlich von der Seite an.

Meine Hände verkrampften sich auf der Theke. «Und was wäre das?», fragte ich knapp und kramte in meiner Hosentasche unauffällig nach Cole, während meine Augen gleichzeitig die Theke nach ihm absuchten.

Doch Nick registrierte meine Bewegungen und war schneller. Er schnappte sich Cole von dem Barhocker neben mir und musterte ihn eingehend.

Es fühlte sich an, als hätte Nick meinen besten Mann gefangen genommen; entsprechend wehrlos fühlte ich mich.

«Suchst du den?» Er reichte mir Cole zurück. «Ist das nicht dieser Super-Krieger, der immer auf der Suche nach Perfektion ist? Na, das passt ja», sagte er kopfschüttelnd. Dann holte er etwas aus einer Tüte, hielt es mir hin. «Hier ist ein Super-8-Film aus meiner Zeit bei euch. Den hat dein Vater mir ein paar Jahre nach meinem Auszug geschickt. Ich denke, du solltest ihn haben.»

Ich wusste nicht, was ich sagen sollte. Ich hätte auch nichts sagen können – das hätte der dicke Kloß in meinem Hals verhindert.

Bevor Nick sich zum Gehen wandte, verabschiedete er sich von Carla mit einem Küsschen, ohne sich noch mal nach mir umzudrehen. Ich blieb ratlos zurück.

Nachdenklich betrachtete ich die Filmspule in meinen Händen. Meine Mutter hatte eine Phase gehabt, in der sie ständig gefilmt hatte, auch während Nicks Zeit bei uns. Mehrfach hatte sie Filmabende veranstaltet, zu der Freunde und Bekannte eingeladen wurden. Aber das war lange her.

Ich fragte mich gerade, warum Nick mir den Film wohl

gegeben hatte, als ich sah, wie Pierre und meine Töchter ihre Köpfe zur Tür hereinstreckten.

Noch bevor sie mir Hallo sagten, stürmten sie auf Carla zu und umarmten sie fest. «Da bist du ja endlich wieder!», riefen sie wie aus einem Munde.

So wohl sich die beiden inzwischen im Hotel fühlten, so schmerzlich hatten sie Carla bei ihrem letzten Aufenthalt vermisst: sich zu ihr in die *Neugierde* zu setzen, Anistee zu trinken und mit ihr Vier gewinnt oder Uno zu spielen oder sich von ihr aufregende Geschichten von afrikanischen Königen erzählen zu lassen, von denen sie nie genau wussten, ob sie wirklich existierten oder ob Carla sich alles ausdachte.

Mir wurde ganz warm ums Herz. Carla war viel mehr eine Oma für sie, als meine Mutter es je gewesen war. Bei dem Gedanken daran wurde ich ganz wehmütig. Verwandte konnte man sich eben nicht aussuchen, Wahlverwandte aber schon.

Nachdem die Mädchen auch mich gedrückt hatten, strich ich ihnen über die Köpfe und schickte sie mit dem Tee in die *Neugierde*. «Mögt ihr Carla einen Moment Gesellschaft leisten und Flokati begrüßen?»

Sie nickten begeistert.

Dann wandte ich mich an Pierre. «Auch einen Anistee?»

Er schüttelte den Kopf und stellte den Maxi-Cosi mit dem wie üblich quäkenden Korbinian auf den Tisch. «Ich hab nicht lange Zeit», sagte er und deutete auf das puterrote Kind.

«Dann lass uns schnell besprechen, was wir an Anouks Geburtstag veranstalten und endlich die Einladungen schreiben.»

«Anouk und ich haben beschlossen, dass wir mit ihren Freundinnen Schlittschuh laufen gehen», sagte Pierre resolut.

Ich sah ihn erstaunt an. «Ach, ihr habt das beschlossen? Habe ich da nicht auch noch ein Wörtchen mitzureden?»

War unsere Kommunikation nun vollends gestört? Wegen seines Schreibabys wirkte Pierre noch angespannter als gewöhnlich. Offensichtlich glaubte er aber auch, zum Übervater mutiert zu sein und sich in alles einmischen zu müssen. Wollte er mir jetzt den Ablauf von Anouks Geburtstagsfest diktieren?

«Anouk hat gesagt, dass der Vorschlag von dir kam», verteidigte sich Pierre.

«Monate her. Ich habe längst andere Pläne.»

«Und darf ich auch wissen, warum?», fragte Pierre gereizt.

«Weil ich denke, dass wir etwas mit pädagogischem Mehrwert anbieten sollten. Etwas für die geistige und intellektuelle Entwicklung der Kinder, etwas, das Lust auf Kunst, Kultur oder ... Engagement für die Umwelt macht.»

«Und das muss ausgerechnet auf dem Kindergeburtstag sein? Wozu soll das denn gut sein?», knurrte Pierre und streichelte seinem immer unruhiger werdenden Sohn über den Flaum.

«... fragt der Biologe, der ursprünglich angetreten war, um die Weltmeere zu retten. Merkst du eigentlich, wie weit du dich von dir selbst entfernt hast?», stichelte ich, wohl wissend, dass es eigentlich die Begegnung mit Nick war, die mich derart aus dem Tritt gebracht hatte. Aber irgendwo musste ich hin mit meinen negativen Gefühlen. «Ich meine, ist dir schon mal aufgefallen, dass Anouk überhaupt kein Interesse für wichtige gesellschaftliche Themen aufbringt?», fügte ich leise hinzu, damit meine Tochter es nicht hörte. «Spielen, spielen, spielen ist alles, was sie im Kopf hat. Anouk lässt all ihre Möglichkeiten und Fähigkeiten brachliegen.»

Ganz im Gegensatz zu Helene, dachte ich niedergeschlagen. Denn erst gestern hatte Annabelle mir stolz erzählt, wie vielseitig interessiert und engagiert ihre Tochter war. Sie übe jeden Tag Klarinette, hatte sie erklärt, besuche an zwei Nachmittagen die Kinderorchesterprobe in der Laeiszhalle, spiele Hockey in der Hamburg-Auswahl und finde am Wochenende noch Zeit, Gedichte zu schreiben und sie alten Menschen im Altersheim vorzulesen. Und all das machte sie angeblich freiwillig, gern und zum Teil auch ehrenamtlich.

Kaum verwunderlich, dass ich das Gefühl hatte, in der Erziehung meiner Mädchen versagt zu haben. Wenn ich noch nicht einmal selbst ein Ehrenamt ausübte, wie sollte ich meine Kinder dazu überreden? Um zu überzeugen, muss man Überzeugungen haben, hieß es doch, und ich fragte mich, womit ich überhaupt überzeugen konnte. Sollte ich mich für eine bedrohte Tierart oder Pflanzen in der afrikanischen Steppe einsetzen oder mich vielmehr vor Ort engagieren, im Umsonstladen oder bei der Telefonseelsorge? Letzteres würde wegen meines früheren Jobs als Radio-Kummertante eigentlich gut zu mir passen. Schließlich sollte so ein Engagement stimmig sein und authentisch statt gewollt wirken. Ganz so, wie es mir Herr von Hohenstein für meine persönliche Markenbildung geraten hatte. Bislang hatte ich aber noch nicht die Zeit gehabt, mich darum zu kümmern. Soweit ich wusste, musste man ziemlich aufwendige Fortbildungen machen, um als ehrenamtliche Seelsorgerin arbeiten zu dürfen. Sosehr ich an der Optimierungsschraube drehte, der Tag hatte auch für die neue Jette leider nur vierundzwanzig Stunden.

Manchmal, wenn ich mir selbst beim Funktionieren zuschaute, vermisste ich die Gespräche mit meinen Mitbewohnern, das Tohuwabohu im Hotel, die Leichtigkeit, die mein Leben trotz aller Schwierigkeiten in der kurzen Phase nach meinem Einzug gehabt hatte. Aber das waren nur billige Versuche meines Hirns, mich selbst zu torpedieren und vom richtigen Weg abzubringen.

«Was redest du denn da?», riss Pierre mich aus meinen Gedanken. «Anouk ist ein Bücherwurm, sie liest die ganze Zeit!»

«Aber hat sie Lust auf ein Instrument oder eine Sportart?», gab ich zurück. «Fehlanzeige. Und wir unterstützen ihre Trägheit und ihr mangelndes Durchhaltevermögen auch noch, indem wir sie sofort wieder abmelden, wenn die erste Euphorie verflogen ist. Geigenunterricht: drei Monate. Tennisspielen: nicht mal ein halbes Jahr. Und jetzt soll es Klarinette sein, weil ihre Klassenkameradin Helene Goldblum darin Unterricht hat. Helene ist viel engagierter, sie hat so viele Begabungen und Hobbys, dass –»

«Seit wann vergleichst du denn unsere Töchter mit anderen?», unterbrach mich Pierre. «Hast *du* mir nicht immer gepredigt, wie dich dieser Wettbewerb deiner Mutter immer auf die Palme gebracht hat?»

Ich schüttelte den Kopf. «Bleib doch mal sachlich. Das kann man doch gar nicht miteinander vergleichen.» Ich ignorierte seinen nicht zielführenden Einwand. «So, wie es ist, kann es jedenfalls nicht weitergehen.»

Langsam wurde es Zeit, meine Mädchen auf Spur zu bringen und sie in den Genuss adäquater Förderung kommen zu lassen. Sonst würden sie abgehängt werden, noch bevor sie begriffen hatten, dass sie endlich losstürmen mussten, um sich Zukunftschancen zu erarbeiten. Und diese – wer wusste das besser als ich – erschloss man sich nur durch Herausforderung, Leistung und harte Arbeit.

Ich winkte Anouk heran, während Claire auf Carlas Stuhllehne sitzen blieb, Flokati streichelte und dabei munter auf Carla einredete.

«Komm, setzt dich mal.» Ich klopfte auf den Stuhl neben mir. «Ich habe ein paar Prospekte besorgt, die wir uns gemeinsam ansehen sollten.»

«Was für Prospekte?», fragte sie.

«Na, für deine Geburtstagsparty», sagte ich und wollte gerade aufspringen, um die Prospekte aus meinem Zimmer zu holen, als ich die skeptischen Blicke bemerkte, die Anouk und Pierre austauschten. Die Situation erforderte sofortige Überzeugungsarbeit. «Wir könnten zum Beispiel diese Ausgrabungsstätte in Harburg besuchen. Da wurde bei Bauarbeiten eine fünfhundert Jahre alte Schere gefunden. Und ein Armbrustbolzen sowie ein hölzerner Löffel aus dem 14. Jahrhundert.»

«Ein Löffel?», fragte sie mit Abscheu in der Stimme und verdrehte die Augen.

«Sei doch mal etwas konstruktiver, Schatz. Wenn dir das nicht zusagt, gäbe es da noch den Übernachtungsgeburtstag im Planetarium. Der soll auch ein Riesenspaß sein. Da geht ihr auf einen Planetenlehrpfad und erfahrt alles über Sonne, Mond und Sterne!», sagte ich enthusiastisch und malte Sternenbilder in die Luft.

«Mich nervt schon, wenn Papa mir ständig Sterne zeigen will.»

Piere guckte beleidigt und ergriff das erste Mal Partei für mich. «Hör mal, wie kann man denn von unserem Sonnensystem genervt sein? Das ist unsere Heimat!»

Anouk schaute noch missmutiger drein.

Ich versuchte schnell, ihr eine Kinderführung durch die Kunsthalle mit Rätselrunde und anschließendem Vortrag durch eine Kunstpädagogin schmackhaft zu machen. «Da könnt ihr sogar einen Kulturführerschein machen!»

Anouk verschränkte die Arme.

«Oder Milchschlagen in der Käserei auf dem Demeterhof in Pinneberg?» Ich ließ nicht locker. «Jedes Kind darf hinterher seinen eigenen Käse mitnehmen! Toll, oder?»

Doch egal, was ich in den Ring warf, Anouk blieb stur.

«Maman, jetzt chill mal», stöhnte sie genervt. «Ich will an meinem Geburtstag Spaß haben und nicht einen auf Unterricht machen. Warum können wir nicht Schlittschuh laufen?», sagte sie mit Nachdruck und holte sich eine Limonade aus dem Kühlschrank.

Pierre schlug sich prompt wieder auf ihre Seite. «Das sehe ich genauso, lass den Kindern doch ein bisschen Spaß.»

«Wenn du die Kosten übernimmst», zischte ich ihm leise zu, «dann bitte, aber bei fünfzehn Kindern kommst du da locker auf dreihundert Euro.» Pierres Augen weiteten sich.

Das war meine Chance. «Ich übernehme sämtliche Kosten, wenn du dich heraushältst, okay?»

Ich wusste, dass Pierre gerade knapp bei Kasse war, da sein Elterngeld in die Haushaltskasse und Iris' teure Wohnung floss. Offenbar war Iris die Herrin über die ehelichen Finanzen und genauso geizig wie er. Mit dem Argument hatte ich gewonnen.

«Anouk, Chérie», sagte Pierre kleinlaut, als Anouk wieder zu uns trat. «Deine Mutter hat recht. Wir können nicht die Verantwortung für so viele Mädchen auf dem Eis übernehmen. Viel zu gefährlich, so eine Bahn. Wir machen etwas anderes Spannendes, einverstanden?» Dann fügte er mit einem süffisanten Lächeln hinzu: «Und Maman hat sogar versprochen, dass du die ganze Klasse einladen darfst.»

Was habe ich? Ich warf ihm einen giftigen Blick zu wegen dieser Dreistigkeit.

Währenddessen breitete sich über Anouks Gesicht ein Strahlen aus. Sie setzte sich auf meinen Schoß und gab mir einen dicken Kuss. «Die ganze Klasse?»

Ich nickte notgedrungen, was blieb mir anderes übrig? In Gedanken schubste ich Pierre über die Eisfläche der Schlittschuhbahn. So konnte es nicht weitergehen zwischen uns. Es wurde Zeit, Karl Müntering, unseren Trennungspsychologen, zu Rate zu ziehen. Wir hatten ohnehin noch eine Stunde offen, und die würde ich so schnell wie möglich anberaumen.

Pierres Verhalten, Müdigkeit hin oder her, würde ich nicht länger hinnehmen.

23. Digitale Aufrüstung

Ein paar Tage später machte ich mich auf den Weg zu Sophie in den Sender. In einem schicken Paar gemieteter Lederstiefel stöckelte ich an Hubi vorbei in Richtung Haustür und winkte ihm lässig zu. An seine bewundernden Blicke hatte ich mich inzwischen gewöhnt.

«Denk dran, Jette», rief er mir hinterher. «Wir müssen unseren Jour fixe nachholen! Und bei der Gelegenheit sollten wir uns auch um den Wagen für Viola kümmern.»

Ich nickte. «Versprochen, Hubi. Ich habe da eine tolle Idee für den Foodtruck.»

Für deren Umsetzung ich nur Mähnert junior anrufen und einen guten Preis aushandeln musste, fügte ich in Gedanken hinzu. Aber bis ich das getan hatte, hielt ich mich besser bedeckt, um keine falschen Erwartungen zu wecken.

Hubi sah mich skeptisch an.

«Vertrau mir! Ich schau später in meinen Terminkalender, wann ich einen Slot für dich frei schaufeln kann, und melde mich bei dir. Aber jetzt muss ich echt los», sagte ich, als mein Smartphone den Erinnerungston für Zeitdruck hören ließ. «Slots über Slots, wenn du verstehst.»

Er zuckte mit den Schultern. «Na, dann viel Erfolg.»

Hubi hatte in den letzten Wochen ein paarmal an meine Zimmertür geklopft, um mit mir über Violas Foodtruck und seinen Blog zu sprechen, dessen Texte zu schreiben ich versprochen hatte, aber ich hatte beim besten Willen nicht gewusst, wie ich dafür Zeit hätte frei schaufeln sollen. Zwischen Sport, Maniküre und Orga-Kram blieb einfach kaum noch

Zeit. Hubi hatte jedes Mal so enttäuscht geguckt, dass ich ein schlechtes Gewissen bekam. Aber ich musste lernen, auch mal an mich selbst zu denken. Und an Anouk. Bislang war mir noch keine zündende Idee für ihren Geburtstag gekommen, die auch ihr gefiel, trotz diverser neuer Vorschläge, die ich Anouk unterbreitet hatte, und trotz der Zeit, die mir im Nacken saß. Noch drei Tage, dann würde sie elf Jahre alt werden. Wenn mir bis dahin nichts einfiel, müsste ich doch Schlittschuh laufen gehen – und zwar mit vierundzwanzig Kindern! Der logistische Super-GAU! Und was das kosten würde, wollte ich mir gar nicht ausmalen. Zumindest hatte ich schon eine virtuelle «Save the date»-Einladung an all ihre Klassenkameraden herausgeschickt mit der Ankündigung, dass weitere Details folgen würden.

Es war früher Nachmittag, als ich mein Fahrrad vor dem Sender abstellte, zum ersten Mal seit beinahe drei Monaten. Für Ende Januar war es überraschend mild. Selbstbewusst schritt ich durch die Glastür, warf einen Blick auf mein gespiegeltes Ich und lächelte zufrieden. Ich hatte den nudefarbenen Plisseerock und den schwarzen Rolli angezogen und darüber einen dunkelbraunen, geradegeschnittenen Wildledermantel. Die Haare trug ich offen, und mein Gesicht war dezent geschminkt, nur meinen Mund hatte ich mit leuchtend rotem Lippenstift betont. Mit meinen frischmanikürten Fingern fuhr ich mir durch die Haare und schritt wie eine Königin die Stufen zum ersten Stock hoch. Auf meine ehemaligen Kollegen wollte ich wie jemand wirken, für den sich die Kündigung gelohnt hatte: souverän, attraktiv, frei, auf dem Weg nach oben. Und für den Fall, dass ich der billigen Mia über den Weg laufen würde, wie jemand, der alterslose Klasse besaß. Allerdings war eine Begegnung mit ihr eher unwahrscheinlich, denn Sophie hatte mir gesagt, dass sie immer erst fünf Minuten vor der

Sendung auftauchte, also kurz vor Mitternacht. Vorbereitung, so hatte sie Sophie erklärt, kille ihre Spontaneität. Auch ein Argument, um sich die eigene Trägheit schönzureden.

Sophie war sichtlich erfreut, mich zu sehen. Kaum saß ich bei ihr im Studio, erzählte ich ihr von meinem neuen Job.

Sie musste lachen, als ich ihr von meinen verschiedenen Kostümierungen berichtete. «Ach, Jette. Das bist doch nicht du», sagte sie kopfschüttelnd.

«Stimmt. Aber diese Rollen muss ich spielen, um erfolgreich zu sein.»

Sophie sah mich kritisch an.

«Was?», fragte ich genervt und hob die Hände.

«Ach nichts, ich wundere mich nur ein bisschen über deine plötzliche Begeisterung für diese Moderationsjobs. Seit ich dich kenne, wolltest du immer nur Radio machen, recherchieren, gute Geschichten erzählen und Leute unterhalten. Das, was du da machst, klingt so gar nicht nach deinem Ding.»

Sie hatte ja recht. Einer der Gründe, warum ich die Arbeit beim Radio so gemocht hatte, war der, dass ich mich niemals gelangweilt hatte. Das konnte ich von meinen Verkleidungsmoderationen nicht uneingeschränkt behaupten. Trotzdem, was mich bei Radio Elbe mehr als alles andere genervt hatte, war dieses Duckmäusertum, zu dem mich die Befristung gezwungen hatte. Sie hatte mich richtiggehend kleingemacht. Während die Unbefristeten auf ihre Arbeitnehmerrechte gepocht hatten, hatte ich zu allem ja und amen sagen müssen, aus Angst vor der Kündigung. Dienst an Heiligabend und Silvester, dazu noch an Ostern – wer wäre sonst dazu bereit gewesen? Natürlich besaß ich auch jetzt noch nicht die Freiheit, mir meine Aufträge auszusuchen. Aber ich hatte eine Vision, eine Aussicht auf eine eigene Karriere und auf eine Wohnung, die nur mir gehörte. Auch wenn ich bei Annabelle noch immer auf Granit biss, was die Vertragsänderung anbelangte. Sie wand sich wie ein Aal und vertröstete mich immer wieder. Langsam wurde ich ungeduldig.

«Es war eine tolle Zeit, aber sie ist zu Ende», sagte ich im Brustton der Überzeugung. Ich will mich nicht mehr herumschubsen lassen vom Chef.»

Sie räusperte sich. «Apropos: Fässchen will dich sehen.» Sie griff nach ihrem Telefon. «Warte, ich sag ihm schnell Bescheid, dass du da bist.» Und bevor ich abwinken konnte, fügte sie noch hinzu: «Ihr solltet persönlich miteinander reden. Es bringt ja nichts, wenn ich hier den heimlichen Boten spiele.»

Ich wollte protestieren, doch eine Stimme in meinem Hinterkopf hielt mich zurück. Würde mein Exchef am Ende doch noch zu Kreuze kriechen? Das konnte mir nur recht sein.

Kurz darauf kam Fässchen zur Tür hereingepoltert. Mit seinen viel zu engen Surferklamotten und seiner stumpfen blondierten Matte sah er mitleiderregender aus, als ich ihn in Erinnerung hatte.

Offenbar war meine Irritation meinem Blick anzusehen, denn er sagte noch vor einer Begrüßung: «Ich weiß, ich bin dick geworden!» Er verdrehte die Augen. «Aber ein Laster muss der Mann doch haben.»

Oder auch zwei, dachte ich, als ich die bekannte Geruchsmischung aus Alkohol und Pfefferminz wahrnahm, die aus jeder seiner Poren strömte. Sofort musste ich niesen.

«Die senderfreie Zeit scheint dir gut zu bekommen», fuhr er fort, während er mich von oben bis unten taxierte.

Senderfreie Zeit? Als hätte ich lediglich einen langen Urlaub gemacht!

Doch Fässchen fuhr schon fort: «Ich habe dich auf der Geburtstagsmatinee von diesem Parkett-Unternehmer moderieren gesehen. Großes Kino, Jette. Du hast dich weiterentwickelt, wirklich wahr.»

Siehe da, mein optimiertes Ich schien auch Fässchen zu beeindrucken. Denn ganz offensichtlich versuchte er mir zu schmeicheln.

«Danke für das Kompliment.»

Dann schaltete er in den Jammermodus. «Hätte mir gewünscht, dass du eher herkommst.» Offenbar glaubte er immer noch, dass er Audienzen gab und nicht erhielt. Aber ohne mich.

«Tatsächlich? Wieso hätte ich das tun sollen?»

«Na, aber jetzt bist du ja da», stellte er fest und überging meine Frage einfach. «... und musst bleiben!»

Ach, daher weht der Wind.

«Muss ich das?», fragte ich süffisant lächelnd.

«Natürlich musst du», sagte er aufgebracht. «Seit du weg bist, geht alles schief. Die Quoten von Mamma Mia sind im Keller, die Werbekunden springen ab, und sogar meine Position wird hinter meinem Rücken in Frage gestellt. Komm zurück, Jette. Egal wie, aber komm zurück!»

Ich war sprachlos. Wenn Fässchen vor mir einen Kniefall hinlegte, dann musste er wirklich mit dem Rücken zur Wand stehen. Aber so leicht würde ich mich nicht rumkriegen lassen. Der Schmerz darüber, dass er mich erst jahrelang hingehalten und dann kaltblütig abgesägt hatte, saß tief.

«Ich will ganz ehrlich sein», sagte ich scheinbar ungerührt. «Mir geht es gut, da, wo ich jetzt bin. Ich sehe keinen Grund zurückzukommen.»

Fässchen sah mich erschrocken an. «Auch nicht, wenn du bei der Nachtbeichte gleich mit einem unbefristeten Vertrag anfängst?» Als ich nicht sofort reagierte, schob er schnell hinterher: «Bitte überleg es dir, Jette. Dir stehen hier alle Türen offen.» Seine triefenden Augen waren hundegleich. «Lass es erst mal sacken. Ich schicke dir den Vertrag, ob du willst oder nicht. Danach sprechen wir noch mal.»

Damit machte er kehrt und ging ohne ein weiteres Wort aus der Tür.

Sophie und ich sahen uns an und grinsten.

«Das ist mit Abstand das beste Angebot, das ich je bekommen habe», sagte ich staunend. «Obwohl ich nicht gedenke, es anzunehmen. Trotzdem danke.»

Flehend faltete sie die Hände vor der Brust. «Lass mich nicht länger allein mit diesen Gestalten. Bitte komm zurück! Das ist nur dein neues Ich, das sich noch sträubt.» Sie zog ein lustiges Gesicht dazu.

Ich musste lachen.

Dann holte Sophie zwei knallpinkfarbene Dosen Prosecco und ein Yes-Törtchen aus dem kleinen Kühlschrank ihres Büros heraus, um zu feiern. «Lass uns zumindest schon mal auf deinen neuen krassen Marktwert anstoßen, du superselbstoptimierte Superwoman!», rief sie fröhlich.

Doch ich lehnte ab, aus gleich zwei gewichtigen Gründen. Noch immer verzichtete ich radikal auf Dickmacher. Denn mit den süßen Kalorien war es wie mit Zigaretten: Nur ein Sündenfall, und man war wieder voll drauf. Schließlich hatte der Körper ein Suchtgedächtnis. Zweitens bemühte ich mich, in puncto Umwelt langsam in den grünen Bereich zu kommen. Mit der wiederholten Verfehlung meiner Wochenziele und einer Produktivitätsrate von nur sechzig Prozent war dieser Sektor ein Schandfleck in meiner SOM-Bilanz. Zwar verzichtete ich mittlerweile aufs Taxifahren und setzte vornehmlich auf den öffentlichen Nahverkehr, ich hatte außerdem das komplette Hotel mit Energiesparlampen ausgestattet und aß statt Fleisch nur noch Biogemüse. Aber für eine ausgewogene

Ökobilanz musste ich mittelfristig mehr tun. Zum Beispiel auf Verpackungsmüll verzichten. In der Nähe des Hotels hatte kürzlich ein Bioladen aufgemacht, der nur Unverpacktes verkaufte. Hin und wieder ging ich dort einkaufen, was SOM mir sofort gutschrieb. Allerdings gab es dort diverse Lebensmittel, deren Kaloriengehalt ich nicht kannte. Da half auch meine Barcode-Scanner-App nicht weiter, mit deren Hilfe ich sämtliche Produkte auf ihren Nährwert prüfen konnte: Ohne Verpackung kein Barcode und ohne Barcode keine Kalorienangaben. Das stürzte mich jedes Mal in ein Dilemma.

Langfristig gesehen gehörte es trotzdem zu meinen erklärten Zielen, Plastikfolien, Tüten und Einwegverpackungen komplett zu meiden oder zumindest auf Recyclingmaterial umzusteigen.

«Für mich bitte nichts aus Einwegdosen», erklärte ich Sophie, als könnte ich mich damit allein aus der Verlustzone kämpfen.

Sophie zuckte die Achseln und führte die Dose an den Mund.

Ein wenig neidvoll sah ich zu, während sie den Prosecco in einem Zug leerte.

«Ich schließe eine Rückkehr zum Radio ja nicht grundsätzlich aus», sagte ich. «Ich würde nur gerne wieder mehr Themen machen, die mir gefallen, ohne permanente Einmischung von oben und vor allem nicht zu nachtschlafender Zeit. Wenn Fässchen dafür offen wäre, würde ich den unbefristeten Vertrag sofort unterschreiben», lachte ich.

Sophie sah mich nachdenklich an. «Vielleicht würde er das sogar tun, wenn du ihn noch ein bisschen zappeln lässt. Vielleicht geht das alles aber auch ohne ihn. Als Freie! Wenn du dich entsprechend vernetzt und für verschiedene Arbeitgeber arbeitest», schlug sie vor.

Ich schüttelte den Kopf. *Freie!* Schon beim Klang dieses Wortes schrillten bei mir sämtliche Alarmglocken. Ich wollte Sicherheit und nicht als ausgebeutete Selbständige von der Hand in den Mund leben.

«Du könntest Beiträge produzieren und sie mehrfach an den Mann bringen. Vorher testest du sie in deinem eigenen Podcast, um zu schauen, ob sie beim Publikum ankommen. Versuch es doch einfach, das kostet nichts, und du lernst das digitale Handwerk quasi im Vorbeigehen. Für die Fixkosten kannst du ja erst mal weiter als Häschen verkleidet auf der Bühne hoppeln.» Sie grinste.

Ich knuffte sie mit dem Ellenbogen. Doch in Teilen klang ihr Vorschlag nicht uninteressant. Mein Know-how und Spektrum unter den kritischen Ohren meiner Podcast-Abonnenten zu erweitern würde mir bei der Suche nach meinem noch nicht ganz klar definierten Traumjob definitiv zugute kommen. Die Arbeit bei Annabelles Firma *Only the Best* verstand ich ohnehin eher als Sprungbrett denn als Ziel meiner Träume. Vorerst würde ich daran festhalten müssen, schließlich war sie nichts weniger als der Schlüssel zu einem geregelten Einkommen und damit zum Safe meines Bankberaters. Sobald ich aber den Kaufvertrag für meine eigenen vier Wände unterschrieben hätte, würde ich etwas Besseres suchen und Annabelle kündigen. Zierte sie sich allerdings weiter so, mir meinen Wunsch zu erfüllen, würde ich viel früher in den Sack hauen und doch noch auf Fässchens Angebot zurückgreifen müssen. Schon um meine Ziele bis Anfang März zu erreichen.

Sophie erklärte mir, wie einfach es war, einen Podcast zu produzieren, zu promoten und für anständiges Geld zu vertreiben. «Dafür müsstest du allerdings deine Fangemeinde reaktivieren beziehungsweise vergrößern. Ein eigener Blog wäre gut dafür.»

Ich sah es förmlich vor mir. «Ein Blog für Frauen um die vierzig», überlegte ich und ließ meiner Phantasie freien Lauf, «die aus der Erfolgsgeschichte einer Gleichgesinnten Kraft ziehen können, weil sie, wie so viele in unserem Alter, unerwartet an einem Wendepunkt stand. Ein Blog, der meinen veränderten Lebenswandel minutiös dokumentiert und andere an meiner inneren Reise teilhaben lässt.»

Sophie rieb sich am Kinn. «Das wäre dann aber schon sehr persönlich», sagte sie vorsichtig. «Dazu müsstest du deine Follower ganz dicht an dich und dein digitales Ich heranlassen!»

Sie wusste natürlich, wie skeptisch ich noch vor kurzem über Selbstzurschaustellungen dieser Art gedacht hatte. Mir aber gefiel der Gedanke immer besser. Wenn ich meine SOM-Bilanz öffentlich machen, Interviews mit Gleichgesinnten und Experten sowie kleine Einspieler, Lebensweisheiten und Ernährungstipps veröffentlichen würde – und irgendwann, wenn ich auf diesem Gebiet sicherer geworden war, vielleicht auch Styling-Ideen –, dann würde ich schneller neue Fans haben, als Fässchen Prost sagen konnte. Ich sah den Schriftzug schon vor mir: *Besser leben mit Jette.*

Wie ich meinen hoffentlich bald entfristeten Job bei Annabelle, den Blog und den Podcast unter einen Hut kriegen sollte, darüber würde ich mir Gedanken machen, wenn ich digital aufgerüstet hatte. Den Anfang machte ich mit Sophies Hilfe sofort. Wir luden eine entsprechende Audio-App sowie eine Video-App auf mein Telefon, die das journalistische Werkzeug sein würden, mit dem ich eine komplette Sendung selbst produzieren und sofort veröffentlichen konnte, im eigenen Indie-Podcast und zusätzlich als Auftragsarbeit für interessierte Sender.

Sophie führte mir die Funktionen vor und ließ mich einen

kurzen Probeeinspieler drehen und schneiden. Dann war sie fürs Erste zufrieden mit mir.

«Jetzt heißt es üben, üben, üben. Und wo du schon da bist: Was hältst du davon, einen Beitrag für uns zu machen? Vielleicht irgendwas für den Kinderwebkanal, dort läuft in Kürze die Umweltwoche, und uns fehlen noch Beiträge.» Auffordernd sah sie mich an. «Dank deiner Mädchen hast du doch Erfahrung damit, was den Kids gefällt, Jette. Und deine journalistische Ausrüstung steckt ab sofort in deiner Hosentasche. Du könntest allen, vor allem aber Fässchen, hier die ganze Bandbreite deines Könnens zeigen. Dann wird es vielleicht doch noch etwas mit einer eigenen Sendung ganz nach deinem Gusto.»

In meinem Kopf trafen zwei halbgare Ideen aufeinander und gaben sich klatschend high-five. Ja! Das könnte der perfekte Weg sein, zwei Fliegen mit einer Klappe zu schlagen.

Ich sprang auf und umarmte Sophie, die gar nicht wusste, wie ihr geschah. Etwas verdattert murmelte sie: «Na, so weit hergeholt war das jetzt nicht.» Sie strahlte. «Schön, dass du so begeistert bist.»

24. Vier Fliegen mit einer Klappe

Anouk holte tief Luft und blies die elf brennenden Kerzen auf ihrem Geburtstagskuchen mit einem Mal aus. Meine Mitbewohner und ich applaudierten.

«Alles Liebe, meine Kleine-Große», wisperte ich in ihr Haar, während wir uns fest umarmten.

Dann war Carla an der Reihe. Sie strahlte übers ganze Gesicht, als sie Anouk gratulierte. «Til hamingju!»

Anouk sah sie fragend an.

«Das ist Isländisch und bedeutet herzlichen Glückwunsch!» Erklärend fügte Carla hinzu: «Isländisch ist doch die Sprache der Elfen und Trolle, die an einem Tag wie diesem besonders viel Glück bringen und Wünsche erfüllen.»

Während Claire neugierig zu ihr hochschaute, legte sich ein zweifelnder Gesichtsausdruck auf Anouks Miene.

«Die gibt es doch gar nicht», sagte sie und bückte sich, um Flokati hinter den Ohren zu kraulen, was dieser besonders mochte.

«Da frag mal die Isländer!», entgegnete Carla lachend. «Die glauben fast alle daran. Es gibt sogar Straßenkarten, auf denen die Wohnsitze der Elfen eingezeichnet sind, und eine richtige Elfenschule, in der man zum Beispiel lernt, dass es 13 verschiedene Elfenarten gibt, drei Feengattungen und vier Arten von Trollen und Zwergen.»

Ich staunte, wie gut sie sich in der Thematik auskannte.

Nachdem auch Viola, Hubi und Kitti meiner Tochter gratuliert hatten, wies ich Anouk auf ein großes, von einem weißen Bettlaken umhülltes und mit einer überdimensionalen roten Schleife versehenes Geschenk hin, das in der *Neugierde* stand.

«Boah, was ist das?», fragte sie gespannt, flitze hin und riss das Betttuch mit einem Ruck herunter. Zum Vorschein kam ein neuer roter Roller – mein Geschenk an sie.

Anouks Reaktion fiel überraschend knapp aus. «Oh. Danke», sagte sie artig.

«Willst du nicht eine Runde damit drehen? Einmal um den Geburtstagstisch herum?», fragte ich.

«Maman, das ist nur ein Roller! Ich weiß, wie die fahren», ließ sie mich wissen und wandte sich wieder der Geburtstagsgesellschaft zu.

Es fiel mir schwer, meine Enttäuschung zu verbergen. Ich hatte gehofft, ihr eine große Freude damit zu bereiten; schließlich hatte sie sich schon lange einen Roller dieser Marke gewünscht.

Claire schien mir meine Enttäuschung anzusehen und wisperte: «Maman, wusstest du nicht, dass Anouk einen Mini Cruiser geschenkt haben wollte?»

«Einen was?»

«So ein kleines Skateboard. Davon redet sie doch schon ewig.»

«Sicher nicht, mein Schatz, das wüsste ich doch.» Aber wirklich überzeugt war ich nicht. Vor lauter Terminen und SOM-Eingaben war ich bisweilen so abwesend, dass ich kaum mehr wahrnahm, wer was wann sagte. Nicht nur einmal hatten sich die Mädchen bei mir bitter beschwert, ich solle ihnen endlich mal zuhören und dieses Handy aus der Hand legen.

Wie recht sie hatten, dachte ich, als ich Anouk dabei beobachtete, wie sie von den anderen ein Geschenk bekam.

«Eine Elfe hat uns geflüstert, dass du dir das hier

wünschst», knüpfte Carla an ihren Elfenvortrag von eben an, während sie Anouk ein liebevoll eingepacktes Geschenk überreichte.

Das Geburtstagskind strahlte über das ganze Gesicht, als ein silbernes Armband mit vier Symbol-Anhängern zum Vorschein kam.

«Das Kleeblatt steht für Glück», erklärte Carla mit warmer Stimme, «die Weltkugel für unser Multi-Kulti-Hotel, die 17 für deine Glückszahl und die Katze für Flokati.»

Anouks Augen leuchteten und sie lächelte dankbar in die Runde. «Ist das schön. Vielen Dank! Woher wusstet ihr das mit meiner Lieblingszahl?»

«Frag die Elfen», lächelte Viola.

Ein Stich durchfuhr mich. Carla und die anderen hatten mit ihrem Geschenk offenbar ins Schwarze getroffen, während ich die Wünsche meiner eigenen Tochter nicht mehr kannte. Gut, die Mädchen waren gerade in den letzten Wochen häufig außerplanmäßig bei Viola und Kitti gewesen. Anabelle hatte mehrere Veranstaltungen für mich vereinbaren können, außerdem absolvierte ich gerade einen Abendkurs in Humortraining mit dem Namen «Gut gelacht ist halb gewonnen» sowie einen mehrtägigen Workshop zum Thema «Improvisieren vor der Kamera» mit Tipps und Tricks aus dem Improvisationstheater.

Aber dass ich, selbst wenn meine Kinder hier waren, kaum mehr etwas von ihnen mitbekam, beschämte mich. Natürlich vermisste ich die Zeit mit meinen Töchtern, aber was hätte ich tun sollen? Wie sollte ich mein Privat- und mein Berufsleben noch mehr auf Effizienz trimmen, um beides besser unter einen Hut zu bekommen?

Heute ging es aber erst mal um Anouk. Ich hatte sie von der Idee überzeugen können, ihren Geburtstag in unserem

Schrebergarten zu feiern. Vor zwei Jahren hatte Pierre den Kleingarten für uns gepachtet. Während ich am Anfang recht angetan gewesen war von der Aussicht, im Schatten der beiden Apfelbäume ein Mittagsschläfchen in der Hängematte halten zu können, einen Platz für Clairchens Planschbecken und einen netten Ort für Grillabende zu haben, war die Begeisterung schon nach nur einer Gartensaison merklich abgeklungen. Ständig hatten Zettel vom Vorstand an unserer Pforte geklebt: Das Gras steht zu hoch. Die erlaubte Heckenhöhe von 1,20 Meter ist überschritten. Die Gartenordnung wird durch Unkraut auf dem Seitenstreifen verletzt ...

Da Pierre sich kaum dort blicken ließ, blieb die meiste Arbeit an mir hängen. Denn er hatte, wie ich inzwischen wusste, die Samen statt in unseren Beeten lieber anderswo verteilt.

Als Sophie mir vor drei Tagen den Vorschlag gemacht hatte, einen Beitrag zum Thema Umwelt zu drehen, war mir eine Idee gekommen, wie ich sowohl Anouk und ihrer Schule als auch meiner Umweltbilanz dienen und zugleich elegant den vernachlässigten Schrebergarten loswerden konnte. Ich würde an Anouks Geburtstag ein aufwändiges Umweltprojekt starten, es filmisch dokumentieren und unsere Parzelle anschließend der Stresemannschule überschreiben. Auf diesem Wege würde sie hoffentlich den begehrten Titel der Umweltschule ergattern können. Und ich, wenn alles gut lief, vielleicht den Posten der Elternvertreterin. Vier Fliegen, geschlagen mit einer Filmklappe.

Nachdem ich mich im Internet informiert hatte, was nötig war für den Erhalt der Auszeichnung, setzte ich mich noch am Abend nach meinem Besuch im Sender mit Hubi an eine PowerPoint-Präsentation, in der ich meine Ideen anschaulich präsentierte. Unseren eigentlichen Jour fixe hatten wir daraufhin ein weiteres Mal verschoben. Kaum waren wir fertig, rief ich Annabelle an und bat sie, mich am nächsten Tag mitzunehmen zum Treffen des Schulkreises. Meine Vision eines ökologischen Schulgartens mit Bienenstöcken, Insektenhotels, Hühnern und Gewächshaus stieß in der Runde auf offene Ohren. Als ich dann noch einen letzten Trumpf aus dem Ärmel zog und von meinem guten Draht zum Kinderwebkanal berichtete sowie meinen Plan vorstellte, die Klasse 5e bei der Erstbestellung des neuen Schulgartens zu filmen, waren die Anwesenden restlos überzeugt gewesen.

«Mit medialer Aufmerksamkeit zum Titel!», hatte Direktor Geier gerufen und mir überschwänglich gedankt.

Auch Annabelle hatte mir anerkennend auf die Schulter geklopft: «Wusste ich es doch, dass du uns retten würdest.»

Alles andere war reine Formsache gewesen. Mit dem Vereinsvorstand des KGV Erholung e. V., Hans Kohls, hatte ich die Details der Pachtübertragung geklärt und das Vereinsheim für Sonntag gemietet.

Anouk war ganz aus dem Häuschen gewesen, bei so einem Event an vorderster Front kämpfen und sich und ihre Klassenkameraden hinterher auf dem Kinderwebkanal bewundern zu können. Nur Pierre war mal wieder beleidigt gewesen. «Und wo soll ich jetzt mit Korbinian ausspannen, wenn der Sommer kommt und ich noch in Elternzeit bin?»

Ich hatte ihm schnippisch geantwortet, dass er sich zum Ausspannen eben ein anderes Bettchen, äh Plätzchen suchen sollte. Schließlich hätte er ja Übung darin.

Nachdem wir eine erste Ladung mit Getränken, Knabberkram und Deko-Material zum Vereinsheim gebracht hatten und ich noch mal in Ruhe den Drehplan durchgegangen war, drängte ich zum Aufbruch. Die ersten Gäste sollten nicht vor verschlossener Tür stehen.

Anouk und Claire wollten sich unbedingt noch mal umziehen.

«Dann beeilt euch», rief ich ihnen hinterher und wandte mich an Viola, die noch den letzten Kuchen dekorieren wollte.

«Kann ich noch irgendwie helfen?»

Kopfschüttelnd winkte sie ab. Sie hatte sich wieder einmal als Schatz erwiesen und gemeinsam mit meinen Mädchen wahre Super-Torten gebacken. Hubi war so nett gewesen, mir für den Transport seinen schwarzen Audi zu leihen. So würde ich mit Hilfe meiner Freunde trotz der kurzen Vorbereitungszeit noch eine anständige Geburtstagsfeier auf die Beine stellen können.

Unschlüssig stand ich herum.

«Tja, dann schau ich mal, wie weit die Mädchen sind», erklärte ich und marschierte zur Tür.

Auf der Treppe wäre ich beinahe mit Nick zusammengestoßen. Sein Anblick brachte mich nun endgültig aus der Fassung. Ich erschrak und bekam einen mittelschweren Hustenanfall.

Nick klopfte mir auf den Rücken, bis ich mich wieder beruhigt hatte. «Geht's wieder?»

Ich starrte auf seinen Mund, seine großen dunklen Augen, die St.-Pauli-Mütze und den grünen abgetragenen Parka. Es fehlte nicht viel, und ich hätte meine Hände nach seinem Gesicht ausgestreckt. Während mein Verstand schon lange mit Nick abgeschlossen hatte, hoffte mein Herz wohl noch immer, dass er wie in einer schönen Fernsehschmonzette zu Kreuze kroch und sich bei mir mit einer wasserdichten Erklärung entschuldigte, die alle Missverständnisse in Luft auflösen und ihn als Helden wiederauferstehen lassen würde. Ein ewig währender Kampf zwischen Kopf und Bauch, den ich zunehmend zermürbend fand.

«Hast du dir schon den Film angesehen?», fragte er und nahm eine Stufe, als wäre ein kurzer Small Talk zwischen Tür und Angel für ihn und mich das Normalste der Welt.

Dabei hatten wir seit Wochen kaum ein Wort miteinander gewechselt. Offensichtlich war er schon im Gleichgültigkeitsmodus angelangt und behandelte mich wie eine entfernte Bekannte. *Hi, wie geht's und tschüss.*

Ich spürte, wie der Zorn in mir hochstieg und meine positiven Gefühle für ihn auf einen Schlag verjagte. Erleichtert stellte ich fest, dass ich den Lego-Krieger getrost in meiner Tasche lassen konnte, um zur Amazone zu werden. Es reichte völlig aus, das Bild von Cole kurz heraufzubeschwören.

«Ach, weißt du, die Zukunft interessiert mich wesentlich mehr als die Vergangenheit», sagte ich so beiläufig wie möglich, um ihn zu irgendeiner Art von Gefühlsregung zu zwingen, was mir auch gelang.

Er blieb abrupt stehen und sah mir verdutzt in die Augen.

Wie aufs Stichwort begann in dem Moment mein Smartphone vernehmlich zu brummen, um mich daran zu erinnern, dass in 20 Minuten der Kindergeburtstag beginnen würde. «Und die Zukunft drängt, wie du hörst! Wenn du mich also entschuldigst. Ich habe es eilig», sagte ich, froh darüber, die Kontrolle über die Situation zurückerlangt zu haben.

Er runzelte die Stirn und wollte etwas erwidern. Aber ich hatte weder den Elan noch den Wunsch, mich zu beherrschen.

«Es ist wohl kaum die Zukunft, die da drängt, sondern wie immer deine beknackte App, nicht wahr?» Er verdrehte die Augen. «Kannst du eigentlich noch alleine Entscheidungen treffen, oder entscheidet nur noch dieses digitale Ungeheuer für dich?»

Ich stemmte die Hände in die Hüften. «Auf dieses *digitale Ungeheuer* kann ich mich zumindest verlassen. Im Gegensatz zu manch analogem Scheusal», erwiderte ich scharf. Im gleichen Moment hätte ich mich am liebsten geohrfeigt. Aber ich kam aus der Nummer und aus meinem eigenen Gefühlsausbruch nicht mehr heraus.

Er zuckte mit den Schultern «Also, die alte Jette war nicht so verbissen und gehässig. Die hat einen zu Wort kommen lassen und konnte über sich selbst schmunzeln. Aber seit sich dein Leben um diese verdammte Optimierung dreht, muss sich alles den verqueren Vorstellungen von SOM und Perfektion unterordnen!», schimpfte Nick, wobei er bei den Worten SOM und Perfektion Gänsefüßchen in die Luft malte. «Wer da nicht mithalten kann, wird gnadenlos aussortiert!»

Je mehr er redete, desto wütender blitzten seine Augen. So außer sich kannte ich ihn gar nicht.

«Dank SOM lege ich wenigstens kein unproduktives Fehlverhalten an den Tag», hielt ich ihm zornig entgegen.

Nick sah mich traurig an. «*Unproduktives Fehlverhalten?* Ich bin doch keine Maschine, Jette. Du übersiehst in deiner zwanghaften Fixierung auf dich selbst anscheinend das Wichtigste: die Bedürfnisse und Gefühle der Menschen, denen du etwas bedeutest. Merkst du eigentlich noch, was hier im Hotel passiert? Oder was deine Kinder bewegt? Das ist doch der totale Wahn, dem du da verfallen bist.»

«Besser ein Wahn, der einen nach vorne bringt, als ein Wahnsinn, der einen davon abhält, die Wahrheit zu sagen!»

Es folgte ein langes quälendes Schweigen, währenddessen wir uns anblickten wie zwei ermattete Gegner. Mich beschlich das unangenehme Gefühl, dass ich vielleicht übers Ziel hinausgeschossen war.

Ich wollte gerade einen Schritt auf ihn zugehen, als hinter

mir plötzlich Carlas Stimme ertönte. «Na, dann auf ins Wendland.»

Carla setzte an, langsam die Stufen hinunterzugehen, und Nick lief ihr sofort entgegen und fasste sie vorsichtig am Arm. Es war rührend, wie Nick sich um Carla sorgte.

Mit einem Seitenblick auf mich sagte Carla: «Genieße die Feier, Liebes, die Mädchen werden so schnell groß.»

Bevor ich erwidern konnte, dass ich nicht zum Spaß da sein würde, führte Nick sie an mir vorbei die Treppe hinunter. Er hatte seinen Framo direkt vor der Haustür geparkt und half ihr vorsichtig hinein.

Als Carla im Wagen Platz genommen hatte, drehte sich Nick noch einmal zu mir um und sagte: «Es tut mir leid, dass ich dir nicht die Wahrheit gesagt habe. Ich habe es versucht, ehrlich, mehrfach sogar. Aber vermutlich war ich einfach zu feige und hatte Angst, dass du dann nichts mehr von mir wissen willst. Dass du wieder den kleinen idiotischen Kolja in mir sehen würdest. Ich bin eben nicht perfekt. Bin es noch nie gewesen.»

«Allerdings!», schnaufte ich.

Er lachte spöttisch. «Dann zeig ihn mir doch mal, den perfekten Menschen, zeig mir die zweifelsfreie, perfekte Liebe oder den perfekten Moment! Das Leben ist nicht perfekt. Es ist nicht mal einfach. Aber es kann ziemlich gut sein, wenn man ein bisschen Vertrauen hat und nachsichtig mit sich selbst und anderen ist.»

Mit diesen Worten stieg er ins Auto, startete den Motor und fuhr mit Carla davon.

Unwillkürlich schossen mir die Tränen in die Augen. Warum griff er mich schon wieder so an? Warum setzte es mir immer noch so zu, was er dachte und sagte? Und warum fuhr er mit Carla ins Wendland? Um ihr seine Kate zu zeigen? Ein

Stich durchfuhr mich bei dem Gedanken an seinen Traum vom Landleben. So weit weg von mir.

Hilflos stand ich da und fühlte mich wie eine herzlose Prinzipienreiterin.

Seit wann war es etwas Schlechtes, sich und sein Leben verbessern zu wollen? Mir deshalb Schuldgefühle einzureden, nur weil ich noch Erwartungen an meine Mitmenschen und ans Leben hatte, das war dermaßen unfair! Schließlich stellte ich dieselben Ansprüche ja auch an mich selbst!

Nick wollte mich doch nur von seinen eigenen Defiziten ablenken, dachte ich hämisch.

Zum Glück erschien da Viola mit der Torte und den beiden Mädchen im Schlepptau. Die drei schienen von Nicks und meiner Auseinandersetzung nichts mitbekommen zu haben.

«Können wir los, Ciccina?», fragte sie und bedachte mich mit einem forschenden Seitenblick. «Aufregend, so ein Kindergeburtstag, nicht wahr? Du bist ja schon ganz rot im Gesicht. Mach dir bloß nicht zu viel Stress!»

Als wir eine Viertelstunde später das Vereinsheim des KGV Erholung e. V. erreichten, war es schon 14 Uhr. Für diese Uhrzeit hatten wir eingeladen, die ersten Kinder warteten bereits mit ihren Eltern.

Die Mädchen sprangen sofort aus dem Auto. Und während Anouk mit ihren Klassenkameraden schwatzte, stand Claire mit Flokati auf dem Arm dabei. Das Kätzchen trug den wollenen Anzug, den wir besorgt hatten. Claire wollte keinen Schritt mehr ohne Flokati tun, sodass er eine zweite, wetterfeste Haut brauchte.

Anouk wirkte fröhlich, obwohl es ihr erster Geburtstag

war, den Pierre und ich nicht gemeinsam mit ihr feierten. Er würde Anouks Ehrentag später mit Iris und Korbinian nachfeiern.

Noch bevor wir zum Ausladen geparkt hatten, stellte sich uns der wild mit den Armen fuchtelnde glatzköpfige Vereinsvorstand Hans Kohls in den Weg. Er sah eher aus wie ein Hänschen, war nicht besonders groß, hatte dafür aber einen Bauch für zwei.

Ich kurbelte das Fenster herunter.

«Was kann ich für Sie tun, Herr Kohls?», fragte ich betont freundlich.

«Frau Kröger, Frau Kröger ...» Er schüttelte hektisch seinen kahlen Kohlkopf hin und her, wobei ihm fast seine Brille von der Nase gerutscht wäre. «Sie wissen doch, dass während der Ruhezeiten jede lärmende Tätigkeit verboten ist und Autos darum vor der Anlage abgestellt werden müssen.»

Ich sah ihn lächelnd an. «Aber Herr Kohls, es ist doch noch gar keine Saison, und niemand außer uns ist hier.»

Wie zur Bestätigung deutete ich den langen schmalen Weg hinunter – und sah an jedem Gartenzaun einen Vereinskollegen stehen. Ich traute meinen Augen nicht. Ging denn die Saison schon so früh los?

Die Nachbarn starrten mich an, ein stummer Chor aus Vorwürfen. Offenbar hatte Herr Kohls die Gartenfreunde zusammengetrommelt, um sicherzugehen, dass die Kinder nur ja keinen unerlaubten Schritt in ihre grünen Oasen setzen würden.

Ich bedeutete Viola zu wenden und winkte Herrn Kohls noch einmal freundlich zu. Wir parkten Hubis Wagen vor der Anlage und trugen ächzend die Torten zum Vereinsheim und in den etwas dunklen Aufenthaltsraum: einen mit schneeweißer Zuckerschicht umhüllten Kuchen in Form eines Eisbären, eine Meeresschildkröte aus Marzipan und Sahne sowie eine doppelbödige Zitronentorte in Form eines adipösen Vogels. Dazu gab es noch zwei Dutzend gelb-schwarze Muffins in Bienenoptik. Viola hatte sich selbst übertroffen und gleich einen ganzen Kalorienzoo gebacken. Die Torten sahen im wahrsten Sinne des Wortes zum Anbeißen aus. Am liebsten hätte ich mich ohne Umschweife darüber hergemacht. Aber das kam natürlich überhaupt nicht in Frage.

Der Aufenthaltsraum war in seiner Optik leider am anderen Ende der Attraktivitätsskala angesiedelt. Eingerichtet mit Eichenmöbeln des Gelsenkirchener Barocks, monströsen Schrankwänden, schweren Aschenbechern auf den Tischen und nikotingelben Rüschengardinen an den Fenstern. Normalerweise fanden sich hier die Laubenpieper zum Knobeln, zum Runterspülen des ein oder anderen Herrengedecks oder zur Jahresversammlung ein. Einen Kindergeburtstag in Schulklassenstärke mit tierischen Torten und heißem Kakao hatte dieser Ort vermutlich noch nicht gesehen.

Um das Beste aus dem Raum zu machen, hatten wir am Vormittag schon Girlanden aufgehängt, Blumen verteilt und hübsche Decken auf die Tische gelegt. So konnte man über seine Hässlichkeit einigermaßen hinwegsehen.

Nachdem alle Kinder eingetroffen waren und ihre Eltern sich endlich verabschiedet hatten, setzten sich die kleinen Gäste an den Tisch. Nur eine fehlte: Helene. Anouk schaute alle paar Minuten nervös zur Tür und wollte mit dem Auspacken der Geschenke partout nicht beginnen, bis ihr Idol aufgetaucht sein würde.

Dann, endlich, eine halbe Stunde zu spät, trat Helene ein, gefolgt von Annabelle. Die beiden waren im Partnerlook, trugen einen safarigrünen Einteiler, darüber eine weiße Steppjacke. Wir begrüßten uns herzlich.

«Jette, wie schön», sagte Annabelle und nahm mich konspirativ zur Seite. «Denk bloß, was mir für eine Veranstaltung angeboten wurde: Die Alleinerziehenden-Zeitschrift *Mütterland* wird in zwei Wochen für ihren Kampf gegen soziale Missstände vom Ersten Bürgermeister persönlich ausgezeichnet, im Hamburger Rathaus. Eine exklusive Veranstaltung, bei der nicht nur allerhand Politiker, sondern auch etliche alleinerziehende Promi-Mütter anwesend sein werden. Da wirst du also nicht nur in bester Gesellschaft sein, sondern ...» Sie imitierte einen Tusch. «Tatata-taa: Du darfst das Event moderieren!» Sie machte eine bedeutungsschwere Pause und blickte mir dann fest in die Augen. «Wenn du das wuppst, Jette, dann bekommst du noch am selben Abend deine Entfristung, versprochen. Was sagst du nun?»

In den letzten Tagen hatte ich Annabelle immer wieder gesagt, dass ich den Vertrag nur unterschreiben würde, wenn sie die zeitliche Beschränkung aufheben würde. Indirekte Schützenhilfe gab es von Fässchen. Er hatte mir tatsächlich wie angekündigt einen entfristeten Vertragsentwurf zugesandt, der mir auch ein umfangreiches Mitspracherecht bei der Gestaltung der *Nachtbeichte* einräumte. Der Wermutstropfen war Fässchen selbst – und dass ich weiterhin nachts arbeiten sollte. Von einem anderen Modell war in dem Papier leider keine Rede. Und auch auf Nachfrage war er in diesem Punkt hart geblieben. Dennoch stärkte sein Angebot meine Verhandlungsposition bei Annabelle. Mein neues Ich ließ sich nicht mehr herumschubsen. Ich wollte endlich für die Kreditverhandlungen einen Termin bei meiner Bank ausmachen. Allerdings hatte meine Euphorie bereits einen Dämpfer bekommen, nachdem ich mir ein paar Wohnungen im Internet angeschaut hatte. Die Preise waren exorbitant. Um mein Ziel zu erreichen, musste ich definitiv meine Ansprüche auf höchstens zwei

Zimmer herunterschrauben und auf meine bevorzugte Wohnlage verzichten.

«Genial, wirklich wahr!», tat ich begeistert. In Wahrheit fand ich es etwas unpassend, auf der Geburtstagsfeier meiner Tochter über Berufliches zu reden, erst recht, da die Party wegen ihres Zuspätkommens noch gar nicht richtig begonnen hatte. Die Meute gierte jedenfalls nach Kuchen, das konnte ich aus den Augenwinkeln erkennen.

«Danke, Annabelle, dass du an mich glaubst», versuchte ich, das Gespräch zu beenden. «Jetzt gibt es zur Feier des Tages Torte!»

Sie schüttelte abwehrend den Kopf. «Bloß nicht für mich.»

Für eine Sekunde erkannte ich mich in ihrem spaßfeindlichen Verhalten wieder, und das fühlte sich gar nicht gut an. Plötzlich kam mir das Streitgespräch mit Nick in den Sinn. War ich wirklich so streng mit mir und mit den anderen?

«So, ich lass euch dann jetzt mal machen», erklärte Annabelle. «Ich spreche mich noch mit Herrn Geier ab. Der müsste jeden Augenblick kommen.»

Sie war tatsächlich noch aus dem Vereinsheim verschwunden, bevor wir die Torten angeschnitten hatten. Dabei wäre ich für eine zusätzliche helfende Hand dankbar gewesen.

Eine Stunde später, nachdem Anouk ihre Geschenke ausgepackt hatte und der Großteil des Kuchens verschlungen war, trat die Klasse mit Rechen, Schaufeln und Spaten bewaffnet ins Freie. Vor dem Vereinsheim wartete Annabelle wie verabredet mit Schuldirektor Geier. Mit seinem gezwirbelten Schnauzer, einer Schiebermütze auf dem Kopf sowie einem knöchellangen dunkelgrünen Lodenmantel und einem Fernglas um den Hals wirkte er wie aus der Zeit gefallen. Von Anouk wusste ich, dass er wegen seines altmodischen Kleidungsstils als Dinosaurier verspottet wurde.

Herr Geier wollte den ersten Spatenstich der Umweltschule selbst vornehmen, während ich diesen großen Moment mit meiner Kamera festhalten sollte. Aber der Geier wollte noch mehr. Das hatte er mir direkt nach meiner PowerPoint-Präsentation mitgeteilt.

Es sei sicher das Beste, hatte er gesagt, wenn er als Direktor durch die Sendung führen und das neue Schulprojekt persönlich vorstellen würde. Das gebe dem Ganzen einen etwas offizielleren Touch. Annabelle und der Rest des Schulkreises hatten einvernehmlich genickt.

Kurz besprach ich mit dem Fernsehstar in spe die Bilder, die ich einzufangen gedachte, und die Arbeiten, die die Kinder verrichten sollten. Dann wandte Geier sich an seine Schüler.

«So, liebe Klasse 5e, euer Direx ist jetzt da», sagte er mit Spaßvogelmiene. «Es kann also losgehen!»

Die Jungen und Mädchen ließen sich nicht lange bitten und schrien lauthals: «Direx! T-Rex! Direx! T-Rex!», woraufhin die ersten beunruhigten Gesichter über den angrenzenden Gartenzäunen erschienen.

Die Wangen des Direktors röteten sich.

Ich brachte die Kinder mit einer entschiedenen Geste zum Schweigen. «Genug jetzt. Aufstellen, Kinder!», rief ich bestimmt.

Viola war anzusehen, wie beeindruckt sie war, dass ich mir mit nur einem Satz das Gehör einer riesigen Gruppe verschaffen konnte. In Sachen Selbstbehauptung war ich inzwischen rundum optimiert.

Geier wartete, dass ich meine Handykamera in Position brachte, und rief mir zu: «Und Klappe! Oder wie sagt man beim Film?»

Ich nickte und gab ihm das Zeichen zum Start. Daraufhin begrüßte er jedes Kind mit Handschlag.

«Herrlich, wie es hier nach Tannenzapfen, Tau und Moos duftet!» Er versuchte in die Kamera zu schauen und gleichzeitig die Reihe der Schüler entlangzugehen. «Riecht ihr das auch, Kinder? Die pure Natur! Wollen wir sie beschützen?»

Daraufhin schrien die Kinder brav: «Jaaa!»

Dann verteilte er an jedes Kind Gartenhandschuhe mit dem Logo des Blumenmarkts Blümli und sagte, natürlich wieder mit Blick in die Kamera, wie dankbar er sei, den Pflanzenriesen als Sponsor und Kooperationspartner gewonnen zu haben. Anschließend führte er die Prozession zu unserer Parzelle.

Kaum hatte ich die Pforte zum neuen Schulgarten geöffnet, stürmten die Kinder hinein. Ich merkte, dass meine Nase anfing zu kribbeln und sich meine Augen röteten, obwohl doch noch gar keine Pollenzeit war. Gut, dass ich den Garten los war. Ohnehin war er in einem erbärmlichen Zustand: alles grau in braun, überall kleine Pfützen und Maulwurfshügel, matschiges Herbstlaub und vermoderte Äste, die im Sturm heruntergekommen sein mussten. Nur zwei knorrige Apfelbäume erhoben sich stolz gen Himmel. Ihre Früchte allerdings hatten schon bessere Zeiten gesehen: Das verschimmelte Fallobst bedeckte den halben Boden, weil weder Pierre noch ich es rechtzeitig aufgesammelt hatten.

Was für eine Sünde, dachte ich jetzt.

Die Laube sah ebenso trostlos aus mit ihren dunkelbraunen, vermoderten Holzbalken. Eigentlich hatte ich im letzten Jahr vorgehabt, sie schwedenrot zu streichen, war aber wegen mangelnder Motivation und fehlender Unterstützung wieder davon abgekommen.

Die Kinder stellten sich jetzt im Halbkreis um ihren Direktor auf. Als alle in Position waren und ich die Kamera wieder im Anschlag hielt, rief ich: «Und Action!»

Herr Geier räusperte sich. «Eure Zukunft beginnt heute!», begann er seine Ansprache. «Ich kann gar nicht –»

Plötzlich fing ein Vogel an, laut auf dem kahlen Apfelbaum hinter ihm zu zwitschern. Sofort legte der Direktor einen Finger an den Mund, schaute mit zusammengekniffenen Augen nach oben, legte die Hand ans Ohr und reckte seine Nase in die Luft, als könnte er den Vogel sogar riechen. Dann nahm er sein Fernglas in die Hand und schaute hindurch.

«Sieh da, ein Erlenzeisig! Hört ihr seinen Ruf? Wie aus Mozarts Zauberflöte!», flüsterte er ergriffen.

Ich blickte hoch, um mir den kleinen Papageno anzuschauen – und wäre beinahe in schallendes Gelächter ausgebrochen. Es handelte sich mitnichten um einen Erlenzeisig, sondern um eine gewöhnliche Amsel. Aber das ließ ich lieber unerwähnt, um den Möchtegern-Ornithologen nicht zu kompromittieren.

Im Tonfall eines großen Visionärs fuhr Geier mit seinem Vortrag fort und skizzierte «seine» Vorstellung eines Schulgartens. Die Worte Engagement, Umwelt und gelebte Demokratie vermischte er dabei spielerisch mit Kräuterspirale, Hochbeet, Gewächshaus und Komposthaufen.

«Gemeinsam werden wir die derzeitige Tristesse in ein blühendes Kleinod verwandeln», versprach er und schritt durch den Garten wie ein Feldherr über soeben erobertes Land. Mit einem Spaten deutete er auf die Stellen, an denen er schon das Hühnergehege und die Bienenstöcke vor sich sehen könne. Die Kinder folgten ihm wie eine Herde Schafe ihrem Hirten, und ich hielt mit der Kamera drauf.

«Ihr müsst heute damit anfangen, die Artenvielfalt der Tiere und Pflanzen zu bewahren, bevor es zu spät ist!», predigte Geier und öffnete weit seine Arme, als wollte er die Natur umarmen. «Lasst uns also anfangen, indem wir … anfangen!»

Da löste sich plötzlich Helene aus der Menge und nahm der überraschten Claire den schlummernden Flokati aus dem Arm. Sie stellte sich neben Herrn Geier und legte ihm eine Hand auf den Arm, ehe sie flehend in meine Linse blickte und die zukünftigen Zuschauer theatralisch beschwor: «Denn wenn wir es nicht tun, verspielen wir nicht nur unsere Zukunft und die unserer Liebsten.» Sie drückte Flokati an ihre Wange und fuhr fort: «Sondern auch die unserer Kinder!»

Mir blieb die Spucke weg. *Ihrer Kinder?* Chapeau!, das war weit gedacht. Und ein kluger Schachzug. Denn sich mit einem Tier im Arm ablichten zu lassen ließ es gewaltig menscheln und galt unter Medienprofis als PR-Wunderwaffe. Von wem das Mädchen das gelernt hatte, war klar. Ich blickte zu Annabelle, die am Gartenzaun stand und ihren Daumen hochreckte. Dennoch fand ich es erstaunlich, mit welcher Zielstrebigkeit Annabelles Tochter schon in zartem Alter an der «Marke Ich» arbeitete.

Herrn Geier jedenfalls hatte sie sofort überzeugt. Er sah Helene an wie einen wahr gewordenen Lehrertraum.

«Mit dieser Einstellung kann ich euch getrost dem frohen Schaffen überlassen», frohlockte er. «Ich sage immer: Ein Garten ist Arbeit, viel Arbeit. Also los, Kinder, ran an die Forke! Jetzt wird geackert!» Nachdem er seine Schutzbefohlenen angefeuert hatte, griff er aber nicht etwa selbst zum Spaten, sondern lehnte sich betont lässig neben Annabelle an den Gartenzaun.

Die Kinder legten begeistert dennoch los. Unter normalen Umständen hätten wir sie vermutlich nicht dazu motivieren können, aber die Vorstellung, sich selbst auf dem Bildschirm zu sehen, verwandelte die gechillte Schar in unermüdliche Helfer.

Ich filmte, wie sie sich eifrig durch die Erde wühlten, Unkraut zupften, Laub harkten und an den aufgestellten Bierbänken Nisthilfen und Insektenhotels aus Naturmaterialien bastelten. Die Anleitungen dazu hatte ich aus dem Internet gezogen und mehrfach kopiert.

Auch Helene war sich nicht zu schade, sich dreckig zu machen, zumindest solange ich filmte. Doch sie schien einen siebten Sinn dafür zu haben, wann ich eine kleine Drehpause einlegte, denn jedes Mal, wenn ich das Telefon kurz einsteckte, um den Kindern zu helfen, ließ sie ihren Spaten fallen. Ressourcen schonen nannte man das wohl.

War das der Schlüssel zu der Ausgeglichenheit, nach der ich mich so sehnte: Andere für mich arbeiten zu lassen, aber selbst die Lorbeeren zu kassieren? Wie sich diese Strategie wohl in meiner SOM-Bilanz niederschlagen würde?

Als sich Herr Geier am späten Nachmittag verabschiedet hatte, ließen wir die Arbeit Arbeit sein und schlurften zurück ins Vereinsheim, wo wir zum Abschluss noch eine Kinderdisco veranstalteten.

Am Ende des Tages hatte ich tolle Bilder im Kasten, zahlreiche glückliche Kinder verabschiedet und ein Geburtstagskind im Arm, das hochzufrieden war mit seinem ungewöhnlichen Ehrentag.

25. Spieglein, Spieglein an der Wand

Die Tage nach der Geburtstagsfeier vergingen rasend schnell. SOM setzte eine Erfolgsmeldung nach der anderen ab, und zumindest die letzten paar Nachmittage hatte ich bei Galas und Messen auftreten können, ohne die enttäuschten Mienen meiner Töchter ertragen zu müssen. Denn Anouk, Claire und Flokati waren seit einer Woche bei Pierre. Die Mädchen hatten mich gebeten, außerplanmäßig ein paar Tage dranhängen zu dürfen, weil Papa gerade so viel Zeit für sie hatte. Das hatte mich natürlich getroffen. Aber so hart es auch klingen mochte: Mein Kalender war inzwischen so voll wie der unserer Bundeskanzlerin. So fühlte es sich zumindest an. Ich jonglierte mit 100 Bällen gleichzeitig und versuchte, mittels SOM jeden Lebensbereich so weit zu kontrollieren, wie es eben ging. Kürzertreten war keine Option.

Mein soziales Leben lag komplett brach. Morgens war ich schon aus dem Haus, ehe die anderen aufgestanden waren, und sobald ich abends nach Hause kam, schlüpfte ich in mein Zimmer und setzte mich an den Rechner, um das Filmmaterial von Anouks Geburtstag zu sichten und zu schneiden. Es gelang mir, den Auftritt des Direktors um Peinlichkeiten zu bereinigen, sodass ein ganz passabler Film dabei herauskam. Seit heute stand er endlich im Internet. Gerade rechtzeitig. Denn in einer halben Stunde würde der Elternabend beginnen.

Ich rief mir ausnahmsweise ein Taxi, packte meinen Laptop und meinen geliehenen beigefarbenen Kaschmirmantel und ging hoch zur Wohnküche, um mich von den anderen zu verabschieden. Auf dem Weg nach oben hielt ich kurz inne und starrte aus dem Flurfenster auf Nicks dunkles Atelier. Das hatte ich in den letzten Tagen öfter gemacht. Wie eine Stalkerin mit Bannkreis, in gebührendem Abstand.

Seit Anouks Geburtstag vor knapp zwei Wochen war er wie vom Erdboden verschluckt, und je länger das Licht im Atelier ausblieb, desto weniger sah ich mich imstande, mit Hilfe des Ninjas meine Gefühle zu kontrollieren. Ich fragte mich zum wiederholten Mal, ob Nick recht hatte mit seiner Kritik an meinem Perfektionismus. War ich zu wenig nachsichtig mit meinen Mitmenschen? Sollte ich Nicks Lügen bloß als kleine Schwäche eines nicht perfekten Menschen einordnen? Vielleicht. Andererseits konnte man doch nicht jede Lüge damit entschuldigen, eben nicht perfekt zu sein. Ich erzog meine Töchter doch auch dazu, Verantwortung für ihr Handeln zu übernehmen und aufrichtig durchs Leben zu gehen. War das auf einmal kleinkariert? Oder waren Nicks Lügen nicht mehr als das Verschweigen von Tatsachen gewesen und damit weniger schlimm?

Meine Gedanken drehten sich im Kreis. Das einzige, was dagegen half, war wie immer die Flucht ins Rastlose. Oder positiv ausgedrückt: in die Tatkraft.

Im Wohnzimmer saßen Hubi und Kitti und bemalten irgendwelche Stoffbahnen. Auf dem Tisch standen Farbtöpfe und Pinsel. Ich wollte fragen, was sie da machten, hörte dann aber Carla in der *Neugierde*, wie sie zu Viola sagte: «Nick kommt endlich zurück, seine Kate ist so weit renoviert, dass er einziehen kann.»

Mein Bauch begann sofort zu drücken. Darum hatte ich sein Auto nicht mehr vor der Tür gesehen. Nick brachte sein

Häuschen im Wendland auf Vordermann. Dann würde er mir vollständig aus dem Weg gehen können. Er mochte die neue Jette nicht, hatte genug von ihr, das hatte er bei unserem letzten Treffen sehr deutlich gemacht. Nur warum tat der Gedanke auf einmal so weh?

Bevor ich mich leise wieder verkriechen konnte, entdeckte mich Carla und rief: «Setz dich doch einen Moment, liebe Jette. Oder kannst du sogar zum Essen bleiben? Wir vermissen dich.»

Aus der Küchenecke zog der köstliche Duft von Gulasch mit Paprika und Tomaten zu mir und mischte sich mit dem Geruch von brennendem Kaminholz. Essenzen für einen gemütlichen Abend unter Freunden, dachte ich. Und, wie ich inzwischen wusste, die Formel für mehr Heiterkeit. Denn bei allem Enthusiasmus für meine Erfolge: Meine Stimmung war schon mal besser gewesen. Der kleinste Anlass genügte, und ich fuhr aus der Haut, motzte die Kassiererin im Biomarkt an, weil sie trödelte, stritt andauernd mit Pierre und ging in die Luft, wenn der Akku meines Handys mitten während des SOM-Updates schlappmachte.

Mit meinem eigenen Akku sah es nicht viel besser aus. Schuld waren zum einen meine Allergien, die mir arg zusetzten und vom Stress zu profitieren schienen. Im Hals juckte es, sobald ich Parfum nur von weitem roch, und wegen der Milbenschwemme im Haus musste ich pausenlos niesen. Ich bekam einen richtigen Putzfimmel, desinfizierte zweimal am Tag mein Bad, entstaubte mein Zimmer von oben bis unten und wusch ständig meine Hände. Aber das half nur zu einem Teil. Denn seit ein paar Tagen kam eine neue Baustelle hinzu. Kaum legte ich meine Sonnenbrille oder Schmuck an oder kam zum Beispiel mit einem Reißverschluss in Berührung, bildeten sich auf meinen Beinen und Armen knallrote, quaddelige Striemen, sodass mein ganzer Körper brannte. Der Arzt diagnostizierte eine Nickelallergie. Cortison half fürs Erste, war aber keine Dauerlösung. Ich war frustriert.

Wenn ich ehrlich war, konnte ich mich über gar nichts mehr so richtig freuen. Als hätte ich das Gespür für mich verloren und würde nur noch funktionieren. Ein Grund war bald ausgemacht: In einem Fitness-Podcast hatte ich gehört, dass kohlenhydratarme Ernährung zu einer Unterversorgung mit Serotonin führte, jenem Botenstoff im Gehirn, der die Laune hob. Wieder in alte Essgewohnheiten zu verfallen war natürlich keine Option, denn von überflüssigen Pfunden würde ich noch übellauniger werden. Ich beschloss, einfach noch mal zum Arzt zu gehen und ihn zu bitten, mir Serotonin-Tabletten zu verschreiben. Denn so konnte es nicht weitergehen.

Ich riss mich zusammen und sah Carla freundlich an, denn das war nur ein Tal auf dem Weg zur Zufriedenheit. «Glaub mir, ich würde gerne bleiben, aber bin leider verplant.» Es war nicht mal eine Ausrede, ich musste in dreißig Minuten in der Schule sein.

Da sowohl Carla als auch Viola schwiegen, setzte ich lachend nach: «Ihr wisst doch: Nur Verlierer haben Zeit!» Nebenbei tippte ich die Zeit für mein heutiges Krafttraining ins Handy ein.

Die beiden starrten mich entgeistert an. Verstanden sie denn keinen Spaß mehr? Das war doch nicht ernst gemeint!

«Ach Jette, du bist immer nur in Eile», sagte Viola und winkte ab. Carla lächelte mich liebevoll, aber auch etwas wehmütig an. «Pass nur auf, dass du deine Lebensfreude und deine Lebendigkeit nicht verlierst. Vielleicht solltest du dein Handy auch mal abschalten und Zeit mit deinen Freunden verbringen. Oder einfach mal faul sein.»

«Hey, macht euch keine Sorgen, es läuft super für mich!

Und ihr, was treibt ihr so?», fragte ich, um das Thema zu wechseln.

Doch ohne auf meine Frage zu antworten, entgegnete Carla: «Kennst du die Geschichte von dem chassidischen Rabbi und dem Eiligen?» Als ich ungeduldig auf die Uhr schaute, fügte sie noch hinzu: «Dauert auch nur eine Minute.»

Ich setzte mich und schüttelte den Kopf. «Nein, die kenne ich nicht.»

«Dann erzähle ich sie dir.» Carla setzte sich auf. «Der Rabbi sah einen Mann über die Straße eilen, ohne nach rechts und links zu schauen. ‹Warum rennst du so?›, fragte er ihn. ‹Ich gehe meinem Erwerb nach›, antwortete der Mann. ‹Und woher weißt du›, fuhr der Rabbi fort, ‹dass dein Erwerb vor dir herläuft und du ihm nachjagen musst? Vielleicht ist er dir im Rücken, und du brauchst nur innezuhalten, um ihm zu begegnen. Du aber fliehst vor ihm.›»

Sie sah mich eindringlich an. «Du kannst das Wort Erwerb auch durch Glück, Zufriedenheit, Ausgeglichenheit oder Liebe ersetzen.»

Machte sie es sich nicht etwas einfach? Wer schnell rannte, war auf der Überholspur, aber doch nicht automatisch auf der Flucht. Ihre Worte gaben mir dennoch einen Stich ins Herz. Was, wenn sie recht hatte und ich mit meiner Art zu leben genau das verhinderte, was ich eigentlich erreichen wollte? Neulich hatte ich in einem Podcast von einem Dorf in Ecuador gehört, in dem fast alle Bewohner über einhundert Jahre alt waren. Die halbe Welt fragte sich, warum diese Frauen und Männer so alt wurden, und das obwohl sie rauchten, tranken und sich ungesund ernährten. Die Hundertjährigen sagten, dass sie einfach glücklich seien mit dem, was sie hätten.

Konnte das Glück so einfach sein? Was, wenn da etwas dran war und ich mich verrannt hatte?

Schnell schob ich den Gedanken beiseite, bevor er sich noch in meinem Bewusstsein verankern konnte. Unsinn, dachte ich stur, jeder probierte und optimierte doch eigentlich ständig in seinem Leben herum. Was sollte daran auch falsch sein?

«Das ist eine schöne Geschichte, Carla», sagte ich und bemühte mich zu verbergen, wie sehr ich mich persönlich angegriffen fühlte. «Nur ist sie wenig zutreffend auf mich. Da draußen, da ist Kampf. Da kann ich mich nicht zurücklehnen und andere machen lassen. Das habe ich auf bittere Weise gelernt.»

Ich sah, wie ein Schatten über Carlas Gesicht huschte. «Dein wahrer Kampf findet im Innern statt, liebe Jette. Alles Wesentliche im Leben lernt man durchs Scheitern», sagte sie.

Ich schluckte. Diese andauernde Kritik an meiner Lebensführung ging mir langsam gegen den Strich. Leben und leben lassen, was war denn damit? Doch ich verkniff mir eine Bemerkung und atmete stattdessen tief durch.

«Zum Beispiel das Leben zu genießen oder auf eigenen Beinen zu stehen, bevor wir irgendwann gehen müssen, nicht wahr?», sagte sie verschmitzt, und es klang, als würde sie über ihr baldiges Ableben sprechen.

«Und wenn es nur ein paar Straßen weiter ist», ergänzte Viola geheimnisvoll.

Die beiden sahen sich lächelnd an.

Ich verstand kein Wort. «Wollt ihr mich aufklären?», fragte ich und blickte von einer zur anderen.

Viola strahlte. «Ich habe eine Wohnung gefunden und ziehe nächstes Wochenende um!»

Ich schluckte. «Wie, warum ... denn das?», stotterte ich. Der Gedanke, ohne Viola im Hotel zu sein, behagte mir gar nicht.

«Meine drei Monate sind um. Du kennst ja die Regeln. Und

es wird auch Zeit, dass ich wieder auf eigenen Füßen stehe», erklärte sie.

«Wie hast du so schnell etwas gefunden?» Ich erinnerte mich, wie hoffnungslos sie und ich noch vor ein paar Wochen gewesen waren wegen des angespannten Wohnungsmarktes.

Viola druckste herum. «Ein ... Notfallgast hat mir was vermittelt.»

Vermutlich derjenige, der neulich morgens aus ihrem Zimmer gehuscht kam.

«Also, sein Freund verwaltet einen kompletten Straßenzug in Farmsen», fuhr sie fort. «Und da ist überraschend etwas frei geworden. Drei Zimmer, 1100 Euro warm. Du kannst gerne ein Zimmer davon mieten. Du hast ja auch nicht mehr lange Zeit, oder?»

Nicht mal mehr einen Monat, um genau zu sein, dachte ich und fragte mich, warum sie gleich in die Vorstadt ziehen musste.

«Na ja, ich will ja kaufen, nicht mieten», erklärte ich lapidar. «Du kennst doch meine Ziele!»

Doch ohne es zu wissen, traf sie einen Nerv. Denn ich war mir nicht mehr sicher, ob ich überhaupt noch eine Wohnung kaufen sollte. Selbst wenn Annabelle mich morgen, wie versprochen, entfristen und ich einen Kredit von der Bank erhalten würde: Waren die aufgerufenen Summen für ein Eigenheim nicht zu hoch? Wollte ich mich wirklich bis zum Sankt-Nimmerleins-Tag verschulden? Nur um in einem miefigen Teil von Hamburg zu wohnen, wo es für mein vergleichsweise bescheidenes Budget vielleicht noch etwas Bezahlbares gab? Wenn, dann doch bitte gleich richtig aufs Land und nicht in so eine deprimierende Vorstadthölle mit nervigen Nachbarn, akkuraten Vorgärten und langen Staus bis in die Innenstadt hinein.

Umso mehr kam es jetzt darauf an, meinen Fokus auf Ziel Nummer drei zu richten, Elternvertreterin zu werden, wenn heute Abend die Wahl anstand.

Viola zuckte nur mit den Schultern. Mein zur Schau gestellter Optimismus kam selbst mir gespielt vor.

«Tut die Eile denn so Not?», fragte ich sie, um das Thema zu wechseln. «Es gibt doch auch gar keinen Interessenten für dein Zimmer, du könntest doch noch bleiben.» Ich wurde wehmütig bei dem Gedanken an ihren Auszug.

«Doch, Jette, den gibt es», sagte Carla. «Außerdem hilft es, sich Gelassenheit anzugewöhnen im Umgang mit Abschieden. Kein Pathos, sondern Vorfreude auf das Neue. Und Viola ist ja nicht aus der Welt.»

Das war aber sehr rational gedacht. Ich schluckte. Offenbar war Violas Auszug auch bereits beschlossene Sache.

«Und wer soll dann für uns kochen?», murmelte ich wie ein beleidigtes Kind.

«Ciccina, du isst doch schon seit Wochen nicht mehr mit uns», merkte Viola an.

«Aber ich –» In diesem Moment klingelte es an der Tür. «Mein Taxi!», rief ich und sprang auf.

Als ich aus der Tür treten wollte, rief Hubi: «Warte, Jette, lass uns dir noch kurz etwas zeigen!»

Aber ich deutete nur auf meine Uhr und verabschiedete mich hastig. «Wichtiger *slot*, Hubi, sorry», rief ich im Hinausgehen. Das Letzte, was ich sah, war sein trauriges Gesicht. Ich merkte, wie mir die Situation zusetzte. Die latente Kritik an meinem Weg, ob ausgesprochen oder nicht, war zermürbend.

Auf dem Weg zur Schule richtete ich meine Gedanken ganz auf die anstehende Aufgabe. Ich ließ das Taxi einen kurzen Zwischenstopp beim Biomarkt machen, um eine Kiste saurer Äpfel zu kaufen. Obwohl die Uhr lief, nahm ich mir die Zeit, nach Äpfeln mit Druckstellen zu suchen – der Glaubwürdigkeit zuliebe. Während der Weiterfahrt knibbelte ich die kleinen Obstaufkleber mit der Biokennung ab und steckte die Äpfel dann in einen großen Jutebeutel.

Kaum hatte ich das Klassenzimmer gefunden und betreten – immerhin war das mein erster Elternabend seit Anouks Schulwechsel –, stellte ich mich den Eltern vor, die ich bei Anouks Geburtstag nicht getroffen hatte. Bislang hatte ich ausnahmslos alle Zusammenkünfte dieser Art wegen der *Nachtbeichte* Pierre überlassen müssen.

Ich wurde freundlich begrüßt. Eine Mutter fragte mich: «Mein Jeremias hat so von den Bienenmuffins geschwärmt. Selbst gebacken?»

«Ja, natürlich! Also ... das heißt ... äh ...», druckste ich herum. «Also, wenn ich etwas beherrsche, dann nicht ...», versuchte ich die Sache richtigzustellen.

«... dann ist es, ein Lob anzunehmen, verstehe schon.» Sie klopfte mir auf die Schulter, und ich entschied spontan, dass es in diesem Fall in Ordnung war, sich mit Violas Federn zu schmücken. Nur einmal zu den Supermüttern zu gehören, wer wollte mir das verdenken?

Im selben Moment wurde mir der Widerspruch bewusst zwischen dem, was ich Nick in puncto Wahrheit abverlangte und was ich mir selbst zugestand. Schnell verscheuchte ich den Gedanken. Hier ging es schließlich um eine kleine Notlüge und nicht um ein schwerwiegendes Lügenkonstrukt.

«Hauptsache, es hat geschmeckt», sagte ich und setzte ein Lächeln auf. Doch gut fühlte sich das nicht an.

Nachdem die Klassenlehrerin und der Direktor eingetroffen waren und zunächst einige allgemeine Punkte angesprochen hatten, stand der neue Schulgarten auf der Tagesordnung. Sie gaben das Wort an mich.

Ich schilderte kurz meine Ideen für das Projekt und ließ dann den Film abfahren. Als der fünfminütige Beitrag gelaufen war, begannen alle frenetisch zu klatschen. Herr Geier bezog den Applaus natürlich auf sich und seinen Auftritt und verbeugte sich. Schließlich hob Annabelle, die in ihrem langen roten Kleid mit Stola aussah, als würde sie im Anschluss zur Oscar-Verleihung gehen, brav die Hand wie eine Schülerin.

War diese Überperfektion nicht ein bisschen übertrieben?

«Ich möchte noch mal vor allen Eltern betonen, dass Jette zum Wohl der Schule ihren eigenen Garten geopfert hat», sagte sie. «Und das obwohl jeder weiß, dass man in Hamburg für ein Stück Grün mordet. Das verdient einen dicken Applaus, denke ich.»

Angesichts dieses Lobgesangs jubilierte ich innerlich und nickte freundlich in die Runde. «Kein großes Ding. Wenn ich dazu beitragen kann, unseren Kindern etwas über ökologische Zusammenhänge, Natur und Umwelt zu vermitteln, dann freue ich mich doch», wehrte ich vermeintlich bescheiden ab.

Und weil ich wusste, dass vielen Eltern die Schulküche ein Dorn im Auge war – kein Bio, kaum Gemüse, zu viel Fleisch –, holte ich meinen letzten Trumpf aus dem Ärmel beziehungsweise aus dem Jutebeutel. Ich stand auf und verteilte die Äpfel. Als die Ersten hineingebissen hatten und wegen der Säure leicht das Gesicht verzogen, fügte ich hinzu: «Das sind Berlepsch! Aus der letzten Ernte in *eurem* neuen Schulgarten», betonte ich. «Auch unter dem Namen Goldrenette Freiherr von Berlepsch bekannt.»

Ich machte eine kurze Pause und drehte mehrfach meinen Apfel in der Hand, als würde ich ihn ausgiebig betrachten. «Wisst ihr, seit meine Töchter erkannt haben, wie gut frisches, selbstgeerntetes Obst schmeckt, wollen sie gar nichts anderes mehr. Und was man kennt und liebt, das schützt man auch, nicht wahr?»

Das war etwas dick aufgetragen. Aber ich bemerkte zufrieden, wie die Eltern beipflichtend nickten. Als meine Hand aber plötzlich über einen Aufkleber an der Unterseite des Apfels fuhr, blieb mir beinahe das Herz stehen. Ich sah unauffällig hin und erblickte einen vergessenen Obstaufkleber. Den musste ich in der Eile übersehen haben. Hoffentlich nur den einen, dachte ich und sah angstvoll in die Runde. Doch bislang schien keiner etwas gemerkt zu haben. Schnell ließ ich den Apfel in meiner Tasche verschwinden. Dann sagte ich mit übertrieben zuversichtlicher Stimme: «Wenn wir mit dem Ertrag aus der eigenen Bioernte zusätzlich die Schulküche versorgen könnten, dann legen wir bei unseren Kindern doch viel eher den Keim für ein ausgewogenes Ernährungsbewusstsein als mit fünfzig Stunden trockener Theorie, oder was meint ihr?»

Offenbar wirkte ich so aufrichtig engagiert, dass die ganze Elternschaft auf den Tisch zu klopfen begann. Die harte Schule des Improvisationstheaters der letzten Wochen hatte sich bezahlt gemacht. Ich konnte inzwischen in jede Rolle schlüpfen und einfach alles verkaufen.

Eine halbe Stunde später stand die Wahl zum Elternvertreter an. Annabelle und ich ließen uns beide aufstellen. Mein altes Ich zauderte einen Moment, schließlich war ich im weitesten Sinne abhängig vom Wohlwollen meiner Chefin. Aber die neue Jette begegnete Annabelle auf Augenhöhe und nahm den Kampf sportlich an. Gespannt warteten wir auf die Auszählung.

Es wurde ein Kopf-an-Kopf-Rennen, das ich mit einer Stimme für mich entschied.

Annabelle brachte umgehend ihren Sportsgeist zum Ausdruck und gratulierte mir herzlich: «Glückwunsch, Lieblingsfrollegin!»

Sollte das etwa heißen, dass ich längst nicht mehr nur Kollegin, sondern auch ein bisschen Freundin für sie war? Ob sie es ehrlich meinte? Manchmal hatte ich den Eindruck, dass sie diese Art Bauchpinselei strategisch einsetzte, um mir unangenehme Aufträge als simplen Freundschaftsdienst verkaufen zu können. Und bisher hatte ich auch bei keinem Job nein gesagt. Dann wieder dachte ich, dass sie eigentlich viel zu perfekt war, um solche Spielchen zu treiben.

Ich nahm sie in den Arm. «Danke für die faire Geste, Annabelle, du hättest es mindestens genauso verdient.»

Dann wurde sie sachlich, um zu zeigen, wer zumindest im Berufsleben die Nase vorn hatte, und raunte mir zu: «Ich hoffe, du bist fit morgen. Du weißt, wie wichtig dieser Termin im Rathaus für die Agentur ist!»

Ich nickte. «Das wird ein Heimspiel, Annabelle. Das ganze *Mütterland* wird mit mir zufrieden sein, versprochen!»

Sie nickte.

Ich horchte in mich hinein. War das die ersehnte Zufriedenheit, die ich spürte?

26. Nackte Tatsachen

Es war Mittag, als ich in einem eleganten Kaschmirmantel durch das schwere schwarze Eingangsportal des Rathauses schritt. Ich hatte mal gelesen, dass das imposante Gebäude mehr Räume beinhaltete als der Buckingham Palace. Und ich würde gleich in einem seiner prunkvollsten Säle auftreten.

Ein Wachmann führte mich die Treppen hoch zum Kaisersaal. Andächtig blieb ich in der Tür stehen, um den altehrwürdigen Raum auf mich wirken zu lassen. Üppige barocke Pracht, Stuck und Malereien, wohin ich auch blickte. An der Wand hingen geprägte Ledertapeten. Büsten wichtiger Hanseaten wachten auf Sockeln, gestrenge Bürgermeister blickten von Wandgemälden. Auch die Decke war eine einzige Reizüberflutung: Gemälde, Verzierungen und ein mächtiger goldener Kronleuchter.

Ich fühlte mich ganz klein.

Ein paar Angestellte wuselten herum und verrichteten letzte Handgriffe, als der Zeremonienmeister auf mich zukam. Wir besprachen noch mal das Protokoll, dann stellte ich mich ans Rednerpult und sah zum letzten Mal meine Moderationsvorlage durch. Aber ich konnte mich nicht recht konzentrieren. Ich dachte an Kittis und meine Auseinandersetzung am Morgen, als ich sie nach ihrem Examen gefragt hatte. Sie sagte, sie sei noch nicht so weit und überlege, die Prüfung bis nach der Geburt zu verschieben.

Ich war verärgert gewesen, weil ich den Eindruck hatte, dass niemand außer mir unsere Frist ernst nahm und keiner der anderen so richtig wusste, was er wollte. Ich versuchte,

Kitti Mut zu machen. Sie solle ihren Arsch hochkriegen, sich auf den Hosenboden setzen und sich mal was trauen. Da sei es doch kein Wunder, erklärte ich ihr, dass sie nicht vom Fleck kam, wenn sie immer kniff, wenn es ernst wurde.

Wenn ich in den vergangenen Monaten etwas gelernt hätte, sagte ich Kitti, dann, dass der Erfolg den Machern gehörte. Nicht den Zauderern und Schwächlingen, die immer anderen oder den Umständen die Schuld am Scheitern gaben. Oder wie in ihrem Fall den *anderen* Umständen, hatte ich belustigt hinzugefügt, um sie milde zu stimmen.

Aber anstatt zu lachen oder sich wenigstens zu bedanken, warf sie mir einen verstörten Blick zu und stürmte ohne ein weiteres Wort auf ihr Zimmer.

Die Sache mit der Wahrheit war, dass nicht jeder sie ohne weiteres vertrug. Aber viele Probleme waren eben hausgemacht und einzig dem Mangel an Selbstdisziplin geschuldet. Oder in Kittis Fall ihrer hormonbedingten Empfindlichkeit. Aber machte mich das automatisch zu einer gemeinen Person, wenn ich das Kind beim Namen nannte? Wohl kaum!

Der Zeremonienmeister riss mich aus meinen Gedanken. «Wissen Sie, wie Sie den Herrn Bürgermeister ansprechen?», fragte er angespannt.

Ich schüttelte den Kopf. «Sehr geehrter Bürgermeister?», fragte ich.

Er nickte zufrieden und sah wichtigtuerisch seine Liste durch.

Was für ein Gewese um diese Veranstaltung gemacht wurde! Als würde es hier um die Verleihung des Friedensnobelpreises gehen. Dabei handelte es sich bei *Mütterland* nur um eine Zeitschrift unter vielen, allerdings um eine, die offenbar eine große Bedürfnislücke füllte: In Deutschland gab es rund 2,6 Millionen alleinerziehende Eltern, so hatte ich recherchiert, neunzig Prozent davon waren Frauen. Die meisten arbeiteten, überwiegend in Vollzeit. Finanziell standen die Frauen allerdings schlechter da als Mütter in Paarfamilien. Mir gefiel die Idee von *Mütterland*, sich dem ungerechten Unterhaltsrecht, der steuerlichen Benachteiligung oder der drohenden Altersarmut Alleinerziehender zu widmen. Tipps und Hilfestellungen zu geben und Fallbeispiele von Gleichgesinnten. Damit jedenfalls warb die Zeitschrift auf großflächigen Plakaten.

Mein Eindruck nach dem Durchblättern der letzten Printausgabe war allerdings der, dass *Mütterland* seinem Namen alle Ehre machte und sich ausschließlich an weibliche Alleinerziehende richtete. Die meisten der porträtierten Frauen schienen ihr Leben mit Kindern eigentlich ganz gerne ohne die Väter zu wuppen und diese allenfalls als notwendiges Übel oder sogar Handicap zu betrachten. Die Zeitschrift war also ein wenig einseitig. Denn es gab eben auch jede Menge verzweifelte Väter wie Hubi, die aus dem Leben der Kinder systematisch gelöscht wurden und vor Familiengerichten vergeblich um das Umgangsrecht kämpften. Aber meine Aufgabe war es nicht, dies alles kritisch zu hinterfragen, sondern eine gute, gefällige Performance hinzulegen.

Ich jauchzte innerlich bei dem Gedanken, wie schnell ich mich von der piefigen Supermarkttombola in den Kaisersaal des Hamburger Rathauses hochmoderiert hatte: Das war schon so etwas wie ein kleiner amerikanischer Traum, den ich da gerade erlebte und dessen Wahrwerden ich vor allem meiner Disziplin zu verdanken hatte. Ich war mächtig stolz auf mich, als ich mich umsah.

Am Eingang herrschte inzwischen großes Gedränge, nach und nach füllte sich der Saal. Ich erkannte ein paar Damen aus den einschlägigen Gazetten und wunderte mich bei einigen von ihnen, dass sie offenbar zur Fraktion der Alleinerziehenden zählten. Aber vermutlich hatten die meisten von ihnen Nannys, die ihnen den Hauptteil der Arbeit abnahmen.

Endlich hatten alle Platz genommen, und die Saaltüren schlossen sich. Aufgrund der hohen Promi-Dichte war auch die Presse anwesend, etliche Fernsehkameras und Fotografen hatten Position bezogen. Mir sollte es nur recht sein.

Vor mir, in der ersten Reihe, saß die komplette Redaktion von *Mütterland*. Es waren ausnahmslos durchgestylte Frauen. Mit zwei von ihnen hatte ich im Vorfeld ein längeres Telefonat zur Absprache geführt. Ein Raunen ging durch das Publikum, als sich die Tür abermals öffnete und der Erste Bürgermeister im eleganten schwarzen Dreiteiler hereintrat. Als er sich auf einen Stuhl gleich neben meinem Pult setzte und mir freundlich zulächelte, begannen die Kameras zu klicken.

Ich setzte mein charmantestes Lächeln auf und begann mit den einleitenden Worten. Zuerst begrüßte ich das Stadtoberhaupt, natürlich mit der korrekten Ansprache und ein paar netten Sätzen, dann die Gäste. Anschließend schilderte ich kurz die Erfolgsgeschichte des Magazins und seiner Gründerinnen. Als ich das Wort an den ersten Mann der Stadt übergeben wollte, ertönte draußen im Flur plötzlich ohrenbetäubender Lärm. Laute Sprechchöre, Pfeifen und Tröten waren zu hören.

Aufgeschreckt durch den Tumult, sahen alle Anwesenden zur Tür. Als diese aufgerissen wurde, enterte eine Horde spärlich bekleideter Demonstranten den Raum. Es waren mehr Männer als Frauen, und sie trugen nichts als einen Lendenschurz um die Hüften und einen leeren Babybjörn vor der Brust. Sie skandierten: «Väterland? Ist abgebrannt!»

Die Frauen, unter denen sogar eine Schwangere war, schwebten in knappen Dessous herein und drehten sich immer wieder um die eigene Achse, als stolzierten sie auf dem Laufsteg von Victoria's Secret. Auf ihren entblößten Rücken war in blutroten Buchstaben «Eltern» gepinselt, wohl in Anspielung auf die Nackt-Proteste von Femen.

Vor ihre Gesichter hielten die Demonstranten Transparente, auf denen Slogans wie «Staatlich geförderte Umgangsvereitelung», «Keine väterlose Gesellschaft!» oder «Wir fordern Gleichberechtigung – auch für Männer!» zu lesen waren.

Ich stand da wie vom Donner gerührt und konnte nicht anders, als das Spektakel wortlos zu bestaunen. Beim Griff zum Mikrophon begann prompt mein Arm zu jucken. Wieder diese Nickelallergie! Und meine Cortisoncreme war meilenweit entfernt.

Die Demonstranten erreichten die Bühne – und ich erstarrte vollends. In der Reihe entdeckte ich ein bekanntes Gesicht. Da stand niemand anderes als Hubi! Nahe der Tür identifizierte ich Viola und Kitti, die ihrem Unmut lautstark mit Trillerpfeifen und Rasseln Luft machten. Auch sie trugen nur Unterwäsche, feinste Spitze. Verdammt mutig bei den winterlichen Temperaturen!

Die Situation erschien mir dermaßen absurd, man hätte es sich nicht ausdenken können. Was zum Teufel hatten meine Mitbewohner hier zu suchen? Und warum wusste ich nichts von der Aktion?

Ich konnte es nicht fassen: Hatten die drei nichts Besseres zu tun, als ausgerechnet diesen für mich so wichtigen Moment, meinen ersten Auftritt im Rathaus, mit dieser FKK-Demo zu zerstören?

Für die Presse war die Aktion natürlich ein gefundenes Fressen. Die Fotografen knipsten drauflos, was das Zeug hielt. Mein großer Durchbruch hatte sich damit wohl erledigt: Die Aufmerksamkeit galt selbstverständlich allein den Demonstranten. Ich würde vielmehr aufpassen müssen, die richtige Reaktion auf diese massive Störung an den Tag zu legen, damit mein Image keinen Schaden nahm. Das Problem war nur: In Situationen wie diesen gab es keine richtige Reaktion.

All das ging mir in Sekundenschnelle durch den Kopf. Dann nahm das Unheil ganz ohne mein Zutun seinen Lauf.

Viola entdeckte mich als Erste. Einen Moment starrte sie mich überrascht an, dann brüllte sie lauthals: «Jette!»

Aufgeregt winkte sie mir zu und ließ völlig außer Acht, dass ich vermutlich nicht nur zum Spaß auf der Bühne stand.

Ich lief rot an und versuchte zu retten, was noch zu retten war. Mit scharfer Stimme rief ich ins Mikrophon: «Entweder Sie verlassen alle auf der Stelle den Saal, oder ich lasse Sie vom Sicherheitspersonal entfernen!»

Hubi, Kitti und Viola, die sich inzwischen ebenfalls bis in die vorderste Reihe durchgekämpft hatten, sahen mich mit großen Augen an. Diese Reaktion hatten sie wohl nicht von mir erwartet. Aber was hätte ich denn sonst tun sollen?

Viola ließ sich nicht beirren, sprang auf die kleine Bühne und kaperte das Rednerpult, wobei sie mich rücksichtslos zur Seite schob: «Endlich gleiche Rechte für alle! Kinder brauchen beide Eltern!»

In diesem Moment kam der Sicherheitsdienst in den Saal gestürmt, griff die Protestler unsanft bei den Armen und beförderte sie nach draußen. Ich fing in dem Tumult einen vorwurfsvollen Blick von Viola auf, doch ich ließ ihn nicht an mich heran. Jetzt galt es, Haltung zu bewahren und das Event wieder auf Spur zu bringen. Ich war schließlich nicht zu meinem Vergnügen hier.

Eine Stunde später trottete ich völlig erschöpft aus dem Rathaus. Die Veranstaltung hatte so weit störungsfrei fortgesetzt werden können, und ich hatte meine Aufgabe zum Glück halbwegs anständig zu Ende gebracht. Wenn es mir auch nicht gelungen war, die Demonstration in einem humoristisch-ernsthaften Wortspagat passend zu kommentieren. Ich war viel zu schockiert gewesen, um das auch nur zu versuchen.

Ein paar Meter neben dem Eingang des Rathauses sah ich die Protestler zusammenstehen, inzwischen wieder vollständig bekleidet. Es hatte begonnen zu schneien. Während Kitti und Viola der Kälte trotzten und eifrig Plakate schwenkten, gab Hubi einem Reporter ein Interview. Wenn die Aktionsgruppe mit diesem Auftritt Aufmerksamkeit hatte gewinnen wollen, dann hatte sie ihr Ziel erreicht.

In der Sache gab ich ihnen ja recht. Nur hatte es ausgerechnet heute sein müssen, ausgerechnet auf meiner Veranstaltung?

Ich wartete, bis das Interview beendet war, und lief dann zu ihnen. Viola und Kitti verschränkten demonstrativ die Arme, als sie mich sahen.

«Mensch», begann ich in vorwurfsvollem Ton, «das war eine verdammt unangenehme Situation, in die ihr mich da gebracht habt mit eurer Guerillaaktion! Das hätte mich meinen Job kosten können!»

Hubi räusperte sich. «Wir wussten nicht, dass du hier moderierst, Jette, ehrlich. Es ist nur so, dass ich endlich etwas tun möchte. Ich kann nicht länger tatenlos zusehen, wie man Kinder von ihren Vätern entfremdet. Ab jetzt werde ich diese Missstände anprangern, statt in Selbstmitleid zu versinken!»

Ich nickte. «Ist ja richtig. Aber um deinen Söhnen näherzukommen, wäre es sicher hilfreicher, endlich deinen Blog zu launchen, als hier die Wildsau zu geben!»

Im selben Moment, in dem ich das aussprach, fiel mir mein nicht eingelöstes Versprechen ein, Hubi bei der Erstellung der Texte für seine Website zu helfen.

Er runzelte die Stirn. «Die Seite ist längst online, Jette. Viola war so nett, mir zu helfen. Du warst ja zu beschäftigt. Die Jungs haben die Login-Daten von mir schon vor zehn Tagen bekommen.»

«Ach, ihr habt euch noch mal gesehen?» Ich wand mich. «Hubi, tut mir ehrlich leid, dass ich so wenig Zeit für dich hatte. Ich –»

«Porca madonna!» Wutschnaubend drehte sich Viola zu mir um, die Hände in die Hüften gestemmt. «Für Freunde, die nicht aus irgendwelchen Gründen nützlich für dich sind, hast du doch schon lange keine Zeit mehr! Und wenn ihre Interessen deinen entgegenstehen, dann hetzt du ihnen gleich den Sicherheitsdienst auf den Hals! Wo ist dein Herz geblieben, Jette?»

«Entschuldige, Viola, aber dadrinnen ging es um meine Existenz!»

Sie griff nach meinem Arm und zerrte mich ein Stück beiseite. «Du hast uns verraten!»

Ich sah, wie es in ihr brodelte. Aber auch ich wurde langsam richtig sauer. «Ich hab euch verraten?», rief ich und schüttelte den Kopf. «Was soll *ich* denn da sagen nach eurer Aktion eben? Aber so oder so: Jeder ist selbst für sein Glück verantwortlich!»

Viola schnaubte. «Typisch! Seit Wochen hören wir von dir nur *ich, ich, ich.* Alles dreht sich nur um dich. Du wirst immer egomanischer und merkst es nicht einmal! Dein übertriebenes Effizienzgetue geht uns allen mächtig auf die Nerven.»

Ich musste schlucken, setzte aber direkt zur Gegenwehr

an, wie Viola es mich gelehrt hatte. «Immer noch besser, als so ein planloses In-den-Tag-hinein-Leben, wie ihr es führt. Das ist doch viel bedenklicher!», wetterte ich zurück.

«Nein, Jette, bedenklich ist es, wenn man sich von irgendwelchen Algorithmen vorschreiben lässt, wie man leben soll», erwiderte Viola scharf und blickte mich zornig an.

Ich schwieg. Und bevor mir eine passende Entgegnung einfiel, ätzte sie weiter: «Mir reicht es mit deinem Selbstverbesserungsmist, Jette, ein für alle Mal! Wenn du denkst, dass du dich mit deinem Perfektionismus unangreifbar machen kannst, dann irrst du dich. Dieser Wahn macht dich von Tag zu Tag unsympathischer – und wird dich letztlich auch nicht voranbringen. Glaub mir!»

Damit drehte sich Viola brüsk um und ging erhobenen Hauptes und schnellen Schrittes in Richtung Gänsemarkt. Kitti und Hubi folgten ihr. Mich ließen sie einfach stehen.

Statt den Bus zu nehmen, entschied ich mich zu laufen. Ich wollte Ruhe finden, um über einige Dinge nachzudenken – und gleichzeitig etwas für meine Schrittbilanz tun.

Es war einer dieser Tage, an denen man sich nicht vorstellen konnte, dass es jemals wieder Frühling werden würde. Dicke Schneeflocken fielen vom Himmel, und eisige Luft wehte mir ins Gesicht. Doch ich fühlte die Kälte kaum.

Wie ein Fisch unter einer Eisdecke, dachte ich.

An einem Schaufenster kontrollierte ich mein Aussehen. Ich sah eine Frau, eher Anfang als Ende dreißig, schlanke Silhouette, gut gekleidet, attraktiv und selbstbewusst. Eine erfolgreiche Frau, die mitten im Leben stand. Und die hart dafür gearbeitet hatte. Ich fand es ungerecht, dass mein Umfeld nicht erkannte, dass ich kurzfristig Opfer bringen musste, um auf die Beine zu kommen. Dass in Zeiten der Krise außergewöhnliche Maßnahmen erforderlich waren – Diamanten entstanden auch nur unter Druck.

Es war ja nicht so, dass ich gerne auf Zeit mit meinen Kindern verzichtete, Verabredungen absagte oder schöne Abendessen mit Freunden ablehnte. Fortwährend plagte mich das schlechte Gewissen – und der Hunger. Aber zum Glück waren meine Ziele in greifbare Nähe gerückt. Und wenn ich sie erst einmal alle erreicht hatte, dann würde ich mich auch entspannt zurücklehnen und die Früchte meiner Arbeit wie auch Violas leckere Pasta genießen können.

Wenn sie überhaupt jemals wieder für mich kochen würde, dachte ich niedergeschlagen. Schließlich hatte sie mir gerade die Freundschaft gekündigt.

Momentan hatte ich das Gefühl, überhaupt nichts mehr richtig zu machen und es niemandem recht machen zu können. Als würde sich der Missmut der ganzen Welt auf mir vereinen. In meinem Kopf tönte ein Chor des Vorwurfs: die unverhohlene Enttäuschung meiner Töchter, Pierres Ignoranz, Carlas Kritik, Hubis trauriges Gesicht, Kittis Verstörtheit, Violas Groll und immer wieder Nicks eindringliche Worte: *Zeig ihn mir doch mal, den perfekten Menschen, zeig mir die zweifelsfreie, perfekte Liebe oder den perfekten Moment!*

Musste das nicht auch für mich gelten? Warum war es *mir* nicht erlaubt, Fehler zu machen? Warum verstand mich niemand mehr?

Ich fühlte mich so allein wie nie zuvor und hatte mit einem Mal schreckliche Sehnsucht nach meinen Mädchen. Wie gerne hätte ich sie jetzt an mich gedrückt.

Ich holte das Handy aus der Tasche meines beigefarbenen Kaschmirmantels, um sie anzurufen und wenigstens ihre

Stimmen zu hören. Auf dem Display hatte SOM schon wieder eine Nachricht hinterlassen:

15 Uhr und erst 20 Prozent der Tagesschritte. Gib Gas, Jette!

Du liebe Güte, was denn noch? Da verzichtete ich schon auf den Bus und bekam trotzdem einen auf den Deckel! In mir regte sich plötzlich das starke Bedürfnis, mich SOM zu entziehen und mein Handy ein für alle Mal zum Schweigen zu bringen.

Nach dem zehnten Klingeln ging Pierre endlich ans Telefon.

«Jette hier», sagte ich kurz angebunden. «Gibst du mir Claire oder Anouk?»

Im Hintergrund war schon wieder der kleine Schreihals zu hören.

«Du, is gerade ganz schlecht», entgegnete Pierre außer Atem. «Korbinian muss Bäuerchen machen.»

Warum nur glaubte jedes frischgebackene Elternteil, dass die Verdauungsprozesse ihres Nachwuchses von allgemeinem Interesse waren?

«Ich will auch nicht Korbi sprechen, sondern die Mädchen», gab ich genervt zurück.

«Die sind mit Iris bei Apassionata.»

«Mit Iris?», rief ich entsetzt. «*Ich* wollte doch mit den beiden zu der Pferdeshow gehen.»

«Sie haben gesagt, du hättest nie Zeit, Jette.» Er seufzte. «Aber klärt das doch bitte untereinander.»

Was für ein Schlag in die Magengrube! Die schönen Dinge teilten die Mädchen nun offenbar lieber mit ihrer Stiefmutter als mit mir. «Ich muss mich jetzt um den Kleinen kümmern», sagte Pierre. «Sehen wir uns morgen um 14 Uhr bei Müntering? Iris hat sich extra freigenommen.»

«Äh …» Verdammt, das hatte ich vollkommen vergessen.

«Die Mädchen gehen direkt nach Schule und Kindergarten mit ihrer Stiefoma ins Tropen-Aquarium», erklärte Pierre. «Sie freuen sich schon wahnsinnig darauf.»

Jetzt auch noch mit Iris' Mutter!

Ich musste schlucken bei dem Gedanken, wie wenig Zeit ich selbst noch mit meinen Töchtern verbrachte. Wann hatte ich das letzte Mal etwas mit ihnen unternommen, das sie sich gewünscht hatten?

«Ja, ja. Bis morgen dann», sagte ich und legte auf.

Ein Termin bei unserem Trennungscoach war vielleicht genau das Richtige in meiner jetzigen Situation. Guten Rat konnte ich jetzt besser denn je gebrauchen.

Ratlos und traurig setzte ich meinen Weg fort.

Irgendetwas lief in meinem Leben gehörig schief, dachte ich. Da war einiges Nachdenken fällig.

Aber schon nach ein paar Minuten merkte ich, dass ich viel zu erschöpft war, um einen klaren Gedanken fassen zu können. Und gleichzeitig voller Unruhe. Ich spürte, dass mein Puls raste, und SOM konnte es sich nicht verkneifen, mich mittels eines langgezogenen Heultons nachdrücklich darauf aufmerksam zu machen: *Ruhepuls durch mehr Achtsamkeit, Jette!*

Halt die Klappe!, dachte ich wütend und stellte mein Telefon auf lautlos.

Mehr Achtsamkeit ... Vielleicht würde mir das tatsächlich nicht schaden. Ein kleiner Umweg über den Volkspark würde mir womöglich zu mehr Klarheit verhelfen. Ich hatte mal gehört, dass das Grün der Blätter das Nervensystem beruhigen konnte, allein durch Betrachtung. Aber wie war das im Winter? Da musste man sich wohl mit Nadelgrün behelfen. Einen Versuch war es jedenfalls wert.

Ich beschloss, spontan ein paar Achtsamkeitstechniken

anzuwenden, um mich auf diese Weise zu entschleunigen und Geist und Seele zu entspannen. Während ich Richtung Volkspark stapfte, atmete ich bewusst ein und doppelt so lange aus. Außerdem achtete ich bei jedem Schritt auf das Knirschen der Kieselsteine unter meinen Schuhen. Aber wie sehr ich es auch versuchte, ich war nicht bei der Sache. Mich erfasste jenes Gefühl von Distanz, das ich in letzter Zeit häufig spürte: als wäre ich von meinem Körper, als wäre mein Bewusstsein von meiner Seele, als wäre ich von mir selbst durch eine meterdicke Glasscheibe getrennt, durch die nichts zu mir durchdrang. Ein Gefühl der Fremdheit, als würde ich mich nur noch durch einen Filter wahrnehmen oder neben mir stehen und mir selbst beim Leben zuschauen. Wie versteinert, ohne Verbindung. Daran war bestimmt der Stress Schuld.

Womöglich waren das die Vorboten eines Burnouts?, dachte ich panisch. Ich schüttelte beim Gehen meine Füße aus.

Was hatte Carla gesagt? *Du verlierst deine Lebendigkeit*. Und in der Tat, ich konnte es nicht leugnen: Mein Körper fühlte sich taub an. Wie eine Maschine, die zuverlässig auf Hochtouren lief, weil sie nichts empfand und nichts hinterfragte. Und die nun, wie aus heiterem Himmel, zu streiken begann.

Kaum war ich im Hotel angekommen, ging ich geradewegs in den Salon. Es war vier Uhr, Zeit für Carlas Anistee in der *Neugierde*. Ich sehnte mich nach der beruhigenden Wirkung eines Gesprächs mit ihr. Vielleicht hatte sie eine Lösung für meine Akku-Probleme. Vielleicht konnte sie mir auch das mit der Lebendigkeit noch mal erklären.

Leider war sie nirgends zu sehen, obwohl das Feuer gemütlich im Kamin prasselte. Ich wartete eine Viertelstunde, aber sie tauchte nicht auf. Also ging ich nach oben, wo Carlas kleine Dachgeschosswohnung lag, und klopfte an die Tür.

Mit schwacher Stimme rief sie mich herein. Sie saß auf ihrem Bett und drückte einen Tropfen Blut aus ihrer Fingerkuppe auf einen Teststreifen und schob diesen in ein weißes Gerät.

Ich bekam einen Schreck. «Geht's dir nicht gut, soll ich einen Arzt rufen?»

«Alles in Ordnung, mir war nur ein wenig übel, und darum messe ich ganz brav meinen Blutzucker.» Sie schaute auf das Display und sagte: «Hab ich es mir doch gedacht: zu niedrig. Ich brauche etwas Süßes», sagte sie, griff zum Nachttisch und schob sich ein Stück Traubenzucker in den Mund.

Ich trat zu ihr und guckte auf das Messgerät, das im selben Moment einen akustischen Alarmton von sich gab und gleichzeitig blinkte, wie SOM bei höchster Eisenbahn.

«Der Wert ist wirklich viel zu niedrig, Carla. Warte einen Moment», erwiderte ich alarmiert, «ich komme gleich wieder.» Dann lief ich rasch nach unten, richtete gesüßten Tee und zwei Müsliriegel auf einem Tablett an und brachte es zu ihr nach oben.

«Komm, setz dich zu mir, meine Liebe», sagte Clara, nachdem sie sich bedankt und einen Riegel gegessen hatte.

Ich nahm auf der Bettkante Platz. «Geht's wieder?»

Sie nickte und sah mich dann eindringlich an. «Viel wichtiger ist aber die Frage: Wie geht es *dir?*»

Ehe ich mich's versah, kamen wir nach langer Zeit wieder einmal richtig ins Plaudern. Ich erzählte ihr vom Auftritt unserer halbnackten Mitbewohner im Hamburger Rathaus, wobei ich mich um eine amüsante Schilderung bemühte und ihr den unschönen Streit verschwieg.

Wieder so eine kleine Notlüge, dachte ich.

Carla lachte. «Hauptsache, Hubi fühlt sich jetzt besser.»

«Unbedingt! Als ich später nach draußen kam, war er umringt von Reportern und schien ganz in seinem Element zu sein.»

Carla seufzte tief und schien einen Moment ihren eigenen Gedanken nachzuhängen. Vielleicht strengte sie unser Gespräch auch mehr an, als sie zugeben wollte.

Auf Carlas Nachttisch stand ein Hochzeitsbild von ihr und einem Mann, der Ähnlichkeit mit Nick hatte.

«Ist das Gisbert?», fragte ich und deutete auf das Foto.

Carla nickte und schwieg einen Augenblick. «Du fragst dich sicher, warum ich dieses Bild noch hier stehen habe, nicht wahr?»

Tatsächlich wunderte ich mich darüber. Mir würde es nicht in den Sinn kommen, ein Bild von Pierre aufzustellen. «Ja, das ist schon seltsam. Ihr seid doch geschieden.»

«Aber aus Liebe geschieden.»

«Aus Liebe?», wiederholte ich verdutzt. Ich wusste nicht genau, wie es zu Carlas Trennung gekommen war, nur dass Nicks Großvater etwas damit zu tun gehabt haben musste.

«Ich ließ ihn gehen, weil ich ihm nicht geben konnte, was seine Eltern und er sich für ihn wünschten: eine eigene Familie.»

Ich war erschüttert. Sie hatte freiwillig auf ihre große Liebe verzichtet? Gerade wollte ich ansetzen und meinen Unmut ausdrücken, doch sie lachte nur warm und fasste mich bei den Händen.

«Glaub mir, er hat mindestens genauso gelitten wie ich. Außerdem bin ich kein nostalgischer Mensch. Ich lebe gern im Hier und Jetzt und schaue nicht zurück.» Sie richtete sich schwerfällig auf. «Glück ist letztlich eine Entscheidung, Jette, und irgendwann hatte ich die Opferrolle und das Selbstmitleid satt. Ich aber wollte nicht mehr darauf warten, gerettet zu werden, sondern selbst für mich und mein Glück sorgen. Das Hotel, Nick, ihr alle – das macht mich glücklich!»

Ich bewunderte sie für ihre Kraft, stets nach vorne zu sehen. «Und wie macht man das, für sein Glück zu sorgen?», fragte ich und musste unwillkürlich an Nick denken.

«Alles, was du tun kannst, ist, du selbst zu sein. Und alles daranzusetzen, das vorbeiflatternde Glück zu erkennen und beim Schopfe zu packen, anstatt daran vorbeizurennen.»

Ich verstand, was sie meinte, nur wusste ich nicht, wie ich es schaffen sollte zu verzeihen, was in meinem Fall noch vor dem Ergreifen des Glücks lag.

«Wie hast du es geschafft, Gisbert zu vergeben, dass er sich eine neue Frau gesucht hat?», fragte ich.

«Gerade wenn du von jemandem verletzt wurdest, der dir wichtig ist, solltest du dich fragen, warum sich der andere so verhalten hat, wie er sich verhalten hat. Manchmal liegt in der Empathie, im Hineinfühlen in den anderen, die Lösung für den eigenen Schmerz.» Sie nahm noch einen Schluck Tee. «Diesen Schmerz wahrzunehmen und zu akzeptieren ist natürlich wichtig. Aber nur wenn du auch die Gefühle und Gedanken des anderen nachvollziehst, kannst du den eigenen Schmerz lindern und einen Weg finden, dem anderen und auch dir selbst zu verzeihen. Und genau das habe ich getan.»

Ich spürte, dass sie mir damit einen Weg zeigen wollte, mein Nick-Dilemma zu lösen. Ich war ihr dankbar dafür. Aber ob es so einfach werden würde?

Ich merkte, wie sehr sie unser Gespräch angestrengt hatte, beugte mich über sie und gab ihr einen Kuss auf die Wange. «Wenn ich groß bin, möchte ich eine so weise und wunderbare Dame werden wie du!» Ich klopfte die Kissen zurecht und stand auf. «Jetzt ruhe dich ein bisschen aus. Wir sehen uns später.»

Ich verließ die Wohnung und stürmte die Treppe hinunter, wie immer zwei Stufen auf einmal nehmend. Da hörte ich Carlas glockenhelles Lachen durch die geschlossene Tür.

«Und immer einen Schritt nach dem anderen, Jette!», rief sie mir hinterher.

Ich musste schmunzeln.

Allein auf meinem Zimmer zu sitzen und mich wieder nur mit SOM zu unterhalten erschien mir zu trist. Kurzerhand entschied ich, mich im Salon vors Feuer zu setzen. Vorher schenkte ich mir noch einen Averna ein.

Es war das erste Mal seit Wochen, dass ich innehielt und mir einen Moment des Nichtstuns gönnte. Eine kleine Sünde. Mit dem Likör sogar zwei, dachte ich und überlegte, was die neue Jette wohl dazu sagen würde. Sie würde wahrscheinlich energisch auf ihr Telefon pochen und meine Untätigkeit tadeln. Beinahe wäre ich dem Impuls gefolgt, aufzuspringen und ihr zu gehorchen. Doch ich blieb sitzen und ignorierte ihre strengen Anweisungen.

Als ich das Glas geleert hatte, durchströmte mich eine wohlige Wärme. Ich lauschte dem knisternden Holz, und es war, als könnte ich die alte Jette kichern hören über den kleinen Sieg über ihre asketische Rivalin.

Ich spürte, wie schwer meine Beine wurden, und konnte mir keinen Reim darauf machen, ich wusste nur, dass ich so erschöpft war wie nie zuvor. Mit der Besessenheit einer Zehnkämpferin hatte ich gefastet, trainiert und mich getrimmt und war von Tag zu Tag ehrgeiziger geworden. Doch ich hatte zunehmend gegen den Impuls ankämpfen müssen, alles hinzuschmeißen. Dieser innere Kampf mit mir selbst war wohl das Anstrengendste von allem gewesen.

Wenn ich jetzt so in mich hineinhorchte, musste ich mir eingestehen, dass ich dauergestresst war – obwohl ich ein so effizientes Zeitmanagement betrieb. Die Folgen waren nicht zu übersehen: Ich lief Gefahr, zu einer Frau zu werden, die keiner mehr mochte. Nicht einmal ich selbst. Viola hatte recht. Wahrscheinlich war es der Wunsch, nie mehr verletzt zu werden, unangreifbar zu werden, der mich in den Optimierungswahn getrieben hatte.

Dabei machte das Verletzbare einen Menschen doch eigentlich liebenswert, dachte ich und starrte in die Flammen. Natürlich war an sich nichts verkehrt daran, sich in einzelnen Aspekten verbessern zu wollen. Keiner würde mir ernsthaft vorwerfen, dass ich mich um mein Äußeres bemühte oder meine beruflichen Fähigkeiten erweiterte. Das Problem war vielmehr die Verbissenheit, mit der ich meine Verwandlung vorangetrieben hatte, diese ausschließliche Aufmerksamkeit für mich selbst, die Absolutheit, mit der ich mein Ziel verfolgte. Und die mir jegliche Energie genommen hatte, mich um die wirklich wichtigen Dinge im Leben zu kümmern. Das war es, was die anderen mir seit geraumer Zeit zu sagen versuchten, was ich in meinem Ehrgeiz aber nicht an mich herangelassen hatte.

Es war eine bittere Erkenntnis, die mir die Tränen in die Augen trieb.

Was sollte ich jetzt tun? SOM konnte mir dabei nicht helfen, denn Gefühle ließen sich nun mal nicht berechnen. Kostbare Momente mit meinen Töchtern, gute Gespräche mit meinen Mitbewohnern, der Genuss von Büchern oder Speisen, ja einfach Lebensfreude, das alles zählte in der Bilanz meiner App nicht, weil es nicht graphisch darstellbar war. Aber das war Selbstbetrug: Ich stand statistisch zwar gut da und hatte beinahe in allen Bereichen hundert Prozent erreicht, war aber einsam, unglücklich und um jene Seite von mir beraubt worden, die gar nicht so kontrollsüchtig und sicherheitsbesessen war. Die Seite, die genau wusste, wann es gut war. Die ein unvorhersehbares, chaotisches und manchmal unvernünftiges Leben durchaus mochte. Und genau diesen Teil wussten andere auch an mir zu schätzten.

Wenn Carla recht hatte und wir alles Wesentliche nur durchs Scheitern lernten, dann hatte ich viel gelernt, auch dass diese Eigenschaften zu Jette gehören.

Würde ich es also schaffen, mein altes Ich in das neue zu integrieren, dann konnte ich es vielleicht besser, nein: *anders* machen. So wie es der wahren Jette wirklich entsprach.

Ruckartig setzte ich mich auf. Ja, ich würde es anders machen. Und zwar jetzt gleich.

Entschlossen ging ich in mein Zimmer und verbannte als Erstes mein Trackingarmband in die unterste Kommodenschublade. Den Ninja-Krieger Cole legte ich dazu. Dann deaktivierte ich SOM auf meinem Handy. Eine Vorsichtsmaßnahme, bis ich mir überlegt hatte, auf welche Weise ich die App in Zukunft einsetzen würde. Schließlich hatte ich von ihr auch sehr profitiert – nicht zuletzt durch die sogenannte *Ressourcenaktivierung*, wie es in der Werbung so schön geheißen hatte.

Als ich das Handy ausschalten wollte, sah ich, dass ich zahlreiche Nachrichten auf Instagram hatte. Ich wunderte mich, denn bislang hatte ich dort nichts weiter getan, als mir ein Profil einzurichten.

Ich klickte auf meine Seite – und erschrak. Ungläubig las ich, dass ich 1300 neue Follower hatte. Darunter nur Namen, die ich noch nie gehört hatte. Neugierig klickte ich auf eines der Profile und entdeckte das Foto von einer zierlichen jungen Frau mit kurzen Haaren, die zu meiner Überraschung mein Konterfei in der Hand hielt. Aufgeregt tippte ich auf einen anderen mir unbekannten Follower. Und wieder entdeckte ich ein ähnliches Foto in der Galerie: eine Blondine, die mein Bild hochhielt.

Egal, welches Profil ich mir anschaute, überall dasselbe Motiv von mir, und sie alle waren über den gemeinsamen Hashtag #jettekroeger4podcast miteinander verbunden.

Wie in aller Welt war das denn passiert? Bei näherem Hinsehen dämmerte mir, woher der Wind wehte, denn ich erkannte in dem Foto das Selfie wieder, das die sympathische Charlotte von der Designerthek, der bekennende *Nachtbeichten*-Fan, bei meinem ersten Besuch im Laden von uns gemacht hatte. Daraus war offensichtlich ein Kettenfoto geworden. Ich konnte es kaum fassen: Dank Charlotte war ich zu einem kleinen Instagram-Star geworden! Ohne mein Zutun hatte sie meine Fangemeinde mobilisiert und meinen digitalen Wert um ein Tausendfaches erhöht. Ich war immer davon ausgegangen, dass mein Abschied vom Radio längst in Vergessenheit geraten war. Dass es da draußen noch Menschen gab, die mich zurückwollten, rührte mich sehr. Noch schöner aber war, dass sich so viele Menschen für mich einsetzten und mir offenbar zu helfen versuchten. Das war es doch, was das Miteinander so wichtig machte: dass man sich gegenseitig half.

Es wurde Zeit, dass auch ich endlich wieder einmal etwas für jemand anderen tat. Ich kramte die Visitenkarte von Mähnert junior heraus und rief ihn an.

27. Endgültig ist nur der Tod

Am nächsten Morgen erwachte ich mit einem Kater. Gemessen an der Menge Alkohol, die ich am Vortag zu mir genommen hatte, schien mir das keineswegs gerechtfertigt. Ja, ich hatte wochenlang keinen Schluck getrunken und war nichts mehr gewohnt – aber ich fühlte mich derartig zerschlagen, dass der Verdacht nahelag, mir sei nicht nur der Averna schlecht bekommen. Ich hatte wohl weitaus mehr zu verdauen als nur ein paar Kurze.

Um pünktlich bei unserem Trennungsberater Müntering zu sein, machte ich mich nur kurz frisch, ehe ich in ein orangefarbenes Strickkleid und schwarze Pumps schlüpfte. Nach einem schnellen Espresso im Salon machte ich mich auf den Weg nach unten.

Beim Blick aus dem Flurfenster sah ich Viola, Hubi und Kitti vor dem Haus. Sie standen aufgereiht wie Perlen an einer Kette nebeneinander und unterhielten sich. Vor ihnen türmten sich Kartons, auf denen sich bereits eine feine Schneeschicht gebildet hatte.

Ich verstand nicht, was los war, Viola sollte doch erst am Wochenende umziehen. Ich spürte einen Kloß im Hals. Am liebsten wäre ich hinausgerannt, um all ihre Sachen wieder in ihr Zimmer zu tragen. Nur mein schlechtes Gewissen hielt mich davon ab. Dann erblickte ich Nicks Framo. Im nächsten Moment tauchte er auch schon hinter dem Auto auf und ging auf die anderen zu. Nach einem kurzen Plausch hievte er zwei Kartons auf einmal hoch und trug sie auf die Ladefläche.

Ich stieß einen tiefen Seufzer aus, als ich an unsere letzten unglücklichen Begegnungen dachte. Meine Gedanken wanderten zurück zu dem Augenblick, als er sich den Skihelm über den Kopf gestülpt und ich ihn als Kolja enttarnt hatte. Ich war so außer mir gewesen, dass ich seine Rechtfertigungsversuche nicht hatte hören wollen. Lieber hatte ich meine Wut und Enttäuschung hinter einer Fassade aus zynischer Gleichgültigkeit und exzessivem Selbstdrill verborgen.

In meinem Kopf wirbelten die Fragen nur so umher. Würde es vielleicht eine Chance geben, noch mal in Ruhe mit ihm über alles zu reden? Dachte Nick überhaupt noch an mich?

Ich hatte in der Nacht lange über Claras Worte nachgegrübelt. Im Leben ging es doch letztlich immer um Entscheidungen, um gute und um schlechte. Ich hatte von beiden reichlich viele getroffen in letzter Zeit, trotz oder wegen meiner kurierten Entscheidungsschwäche.

Ich beschloss, es zu wagen und mich mit Nick auszusprechen. Wenn er es denn zulassen würde. Die Wölfe in mir waren sich selten so einig gewesen. Es war eine erlösende und beglückende Vorstellung und fühlte sich richtig an. Mir wurde klar, dass meine Gefühle für Nick noch immer sehr stark waren, egal, was ich mir einzureden versucht hatte.

Was hatte er über den perfekten Moment gesagt? Dass es ihn nicht gab. Womöglich hatte er tatsächlich versucht, mir die Wahrheit zu sagen, aber den richtigen Moment verpasst? Und wäre das so unverzeihlich? Wäre sein Verhalten gleichzusetzen mit Fremdgehen, Betrug und Heiratsschwindelei? Oder war es eine lässliche Lüge? Eine Unwahrheit, entstanden aus einem Moment der Schwäche oder Unsicherheit? Mir kamen meine eigenen zahlreichen Notlügen der letzten Zeit in den Sinn, für die ich stets gute Entschuldigungen gefunden hatte.

Folglich gab es nur einen Ausweg aus dem Dilemma. Ich

musste ihm verzeihen. Und nicht zu vergessen: Er musste sich verzeihen lassen.

Es war, als würde sich mit diesem Entschluss eine bis zur höchsten Dehnung gespannte Feder in mir lösen. Mit neuer Kraft richtete ich mich auf und rannte die letzte Treppe hinunter, um Nick, aber auch meine Freunde um Verzeihung zu bitten. Aber als ich vor das Haus trat, sah ich, wie Nicks Wagen gerade in der Kehre wendete und davonbrauste. Auch die anderen waren nicht mehr zu sehen.

Einen Moment stand ich ratlos in der Einfahrt. Dann beschloss ich, mich wie geplant auf den Weg zu Karl Müntering zu machen. Nick und die anderen würde ich später kontaktieren.

Ich musste mich sputen, um noch rechtzeitig zu dem Treffen mit Pierre und Iris zu kommen, und stapfte durch die dünne Schneedecke zur Bushaltestelle.

Auf dem Weg zur Praxis rief mich Annabelle an.

«Jette, du Liebe», sagte sie. «Langsam mache ich mir Sorgen, du willst mir doch wohl hoffentlich nicht kündigen?»

Bildete ich es mir ein, oder zitterte ihre Stimme? Es war irritierend, aber Annabelle bemühte sich um meine Gunst, nicht andersherum!

«Du hast den Vertrag doch bekommen, oder?»

Ja, hatte ich. Ein Kurier musste ihn heute Morgen gebracht haben. Denn das an mich adressierte Kuvert hatte auf dem Küchentisch gelegen. Ich hatte den Vertrag zur Kenntnis genommen, mehr nicht.

«Du willst den Vertrag nicht annehmen», fuhr sie nach einer kurzen Pause fort, als ich nicht antwortete, «obwohl ich ihn entfristet habe, nicht wahr. Du bist mir böse, weil ich dich so lange habe zappeln lassen, und jetzt lässt du mich zappeln? Willst du mehr Geld, ist es das?» Ihre Frage klang fast schon kleinlaut.

Ich schwieg weiterhin, nicht aus Berechnung, sondern weil ich erst meine Gedanken sortieren musste, um antworten zu können.

Wollte ich diesen Job überhaupt noch? Eigentlich ging es mir gar nicht mehr ums Geld. Es ging mir auch nicht mehr um die sofortige Entfristung. Im Gegenteil: Ich wollte mich gar nicht so fest wie möglich an eine Stelle binden. Ich wollte frei sein zu entscheiden, was, wann und für wen ich arbeitete!

Auf einmal lag alles in einer solchen Klarheit und Einfachheit vor mir, dass es absurd schien, wie viele Runden ich im wahrsten Sinne des Wortes hatte drehen müssen, um zu dieser Erkenntnis zu gelangen. Ich wollte wieder Zeit für meine Familie und meine Freunde haben. Und ich wollte machen, was mir wirklich Spaß brachte, auch wenn ich dafür auf Sicherheit verzichten musste. Ich wollte Moderationsjobs bei interessanten Veranstaltungen annehmen, kleine Beiträge für Sophie drehen, meine Talkshow aufleben lassen, zu einer schlaffreundlichen Zeit natürlich, und ich hielt es nach dem unerwarteten Zuspruch auf Instagram auch nicht mehr für abwegig, Sendungen auf meinem eigenen Podcast oder Webradio zu veröffentlichen. Wenn ich also hier und da eine Moderation für Annabelle übernehmen konnte, um meine Unkosten zu decken, dann würde ich das mit Freude tun.

Ich holte Luft und erklärte ihr meine Idee.

Freilich war all das noch Zukunftsmusik. Bis diese Vorstellung meines zukünftigen Arbeitens Realität sein würde, musste noch einiges geklärt und getan werden. Aber ich fühlte mich schon beim Gedanken daran so viel leichter und freudvoller, als wäre mir ein zentnerschwerer Stein vom Herzen gefallen. Denn da war sie: die Möglichkeit, mein altes und neues Ich miteinander zu vereinen.

Annabelle hörte mir zu und sagte dann: «Diskutieren sinnlos, wie?»

Es war ihr anzuhören, wie enttäuscht sie war. Aber mit Entschlossenheit in der Stimme antwortete ich: «Ja, das stimmt. Ich habe mich entschieden. Ich bin mir einfach sicher, dass alles andere nicht der richtige Weg für mich wäre.»

Annabelle seufzte und sagte: «Weißt du, Jette, seit ich auf dem Elternabend gesehen habe, wie du aus einem faulen Apfel einen goldenen machst, gebe ich mich auch mit weniger zufrieden. Hauptsache, du bleibst im Team.»

Fauler Apfel? Ausgerechnet Annabelle hatte also den Aufkleber auf meinem Apfel gesehen und meine Masche durchschaut! Und sie hatte nichts gesagt, obwohl sie mich damit als Konkurrentin hätte um den Sieg bei der Elternvertreterwahl bringen können!

Ich dachte wieder, wie sehr die Fassade doch täuschen konnte, wie viel loyaler Annabelle war, als ich vermutet hatte. Vielleicht war sie tatsächlich einer dieser fast perfekten Menschen, von denen es nur wenige gab. Doch der Gedanke ließ mich überraschend kalt. Der Preis dafür, diese vermeintliche Perfektion erreichen zu wollen, war mir letztlich zu hoch. Dann blieb ich lieber unvollendet.

«Das tue ich», verkündete ich schließlich. «Ich bleibe im Team und freue mich auf unsere weitere Zusammenarbeit.»

Ich bedankte mich bei ihr auch noch mal für ihr Stillhalten in Bezug auf meinen Apfeltrick, und wir legten auf.

Zu meiner Überraschung empfing mich Karl Müntering mit einer herzlichen Umarmung, als hätten wir beim letzten Treffen Brüderschaft getrunken. Dabei hatte ich ihn damals dermaßen gereizt, dass ihm sein beseeltes Lachen vergangen war.

«Schön, dich zu sehen, Jette! Komm rein», sagte er, ging voraus ins Besprechungszimmer und wies auf einen Sessel gleich neben seinem.

Alles war wie beim letzten Mal, die Vögel zwitscherten aus der Box, Müntering trug sein langes weißes Haar zum Dutt gedreht und hatte eine dicke grüne Strickjacke wie einen Kokon um sich gehüllt. Nur dass statt meiner jetzt Iris neben Pierre auf dem braunen Plüschsofa saß, mit einer Elle Abstand zu ihm. Korbinian schlief im Maxi-Cosi auf Münterings Schreibtisch.

Als ich Pierre und Iris zunickte, beschlich mich ein mulmiges Gefühl. Der Ausdruck auf ihren Gesichtern verhieß wenig Gutes: eine Mischung aus Resignation und Wut lag darin. Waren wir nicht hier, um unsere Familienwerdung zu betrachten? Retrospektiv, aber auch konstruktiv in die Zukunft gewandt. Eigentlich hatte ich ein paar Dinge ansprechen wollen, die nicht so gut zwischen uns liefen, aber offenbar lief etwas anderes noch weitaus schlechter.

«Schön, dass wir jetzt komplett sind. Dann können wir uns ja nun vollumfänglich um eure Patchwork-Familie kümmern», begann Müntering. «Zunächst einmal finde ich es wunderbar, dass ihr gekommen seid. Wie läuft es denn aus deiner Sicht, Jette? Magst du als Erste erzählen?»

Ich räusperte mich. «Äh, ja ... Also, es ist schön, dass Pierre wegen seiner Elternzeit gerade viel Zeit hat, auch mal außer der Reihe einzuspringen bei Anouk und Claire.»

Iris' Lippen zitterten. «Auf Kosten von Korbinian, wohlgemerkt.»

Ich hielt die Luft an. Was war das denn für ein Frontalangriff, kaum dass ich den Mund aufgemacht hatte? Aber ich musste gar nicht in den Ring steigen, das tat Pierre schon für mich.

Er blitzte Iris wütend an. «Während du auf Kosten von Korbinian deine Karriere weiterverfolgst, wohlgemerkt!»

Müntering sprang auf und holte die Wutknete aus seiner Kiste. Als er sie Iris reichen wollte, winkte die nur genervt ab.

«Ich *habe* jedenfalls eine Karriere», giftete sie Pierre an.

Beschwichtigend hob ich die Hände. «Ich will euch nicht zu nahe treten, aber können wir zum eigentlichen Grund unserer Sitzung kommen? Für solche Themen wäre doch eher eine Paartherapie angezeigt», schlug ich vor und registrierte zufrieden, dass Müntering mit dem Kopf nickte.

Ohne unseren Therapeuten und mich zu beachten, fuhr Pierre mit erhobener Stimme fort: «Ich mach und tu, ich wickle Korbinian, gebe ihm die Flasche, laufe nachts stundenlang umher, um ihn zum Schlafen zu bringen, mache den Haushalt ... Was zum Teufel willst du noch?» Sein Gesicht war rot vor Zorn.

«Was ich will? Du verstehst es wirklich nicht, oder?» Jetzt war es Iris, die laut wurde. «Dann erklär ich es dir: dass wir mal wieder über andere Dinge reden als über Korbinians Bäuerchen, seinen Stuhlgang und seine Schlafintervalle, dass du mich mal wieder ansiehst wie früher und nicht schon vor der Tagesschau hundemüde ins Bett fällst. Dass wir beide mal wieder ...»

Ich sah, wie Iris die Tränen in die Augen stiegen, und hatte beinahe Mitleid mit ihr. Wie schwer dieses erste Babyjahr schon mit einem halbwegs ausgeglichenen Säugling war, wusste ich sehr genau. Wie ungleich härter die Phase mit einem Schreibaby sein mochte, wollte ich mir gar nicht ausmalen. Ein Blick auf Pierres Augenringe genügte, um zu wissen, dass er kaum noch in der Lage war, seinen Mann zu stehen. Aber was wusste ich schon von seiner Ehe? Ich konnte mir kein Urteil erlauben. Vielleicht pflegten Pierre und Iris einfach eine andere Streitkultur. Die einen besprachen ihre Konflikte still und friedlich, die anderen in lautstarker Auseinandersetzung.

Mir war das momentane Geschrei aber entschieden zu laut.

Mit einem Mal kam mir die rettende Salatschüssel in den Sinn, die ich mir bei meiner letzten Begegnung mit Iris am Nikolaustag übergestülpt hatte. Ich hätte gerade nichts lieber getan, als genau das zu wiederholen, damit endlich Ruhe war.

Und in diesem Moment fiel es mir wie Schuppen von den Augen: Ich wusste, warum Nick mir nicht gesagt hatte, dass er Kolja war. Am Tag unseres zweiten Kennenlernens auf dem Friedhof, als ich mit meinem verstorbenen Vater an seinem Grab ein Zwiegespräch führte. Da hatte ich vom ersten Familientreffen mit Iris und dem Vorfall mit der Schüssel erzählt, hatte drastisch geschildert, wie irre ich geworden war, «beinahe so irre wie Kolja in der Suppenschüssel» – und all das hatte Nick mit angehört. Allein schon der Spitzname, den wir ihm gegeben hatten, musste sich wie eine üble Verhöhnung angehört haben. Ich konnte es ihm kaum verdenken, dass er sich nicht offenbart hatte.

Auf einmal hatte ich es sehr eilig. Ich sprang auf und rannte ohne ein Wort aus der Praxis. Auf der Straße winkte ich ein Taxi heran und ließ mich zuerst zu unserer alten Wohnung fahren. Zum Glück hatte ich den Schlüssel in meiner Handtasche und konnte ungehindert eintreten. Handwerker traf ich keine an. Dafür lag überall Staub und Bauschutt herum, und es roch abgestanden und seltsam modrig. Wie die Baufirma es schaffen wollte, ihre Arbeiten in der kommenden Woche abzuschließen, war mir schleierhaft. Aber der Hausverwalter hatte vor zwei Tagen extra angerufen, um mir die gute Nachricht persönlich durchzugeben. Nach mehr als zwei Monaten wurde es auch höchste Zeit!

Ich forstete mich hektisch durch das Chaos der abgehängten Möbel und eilig gepackten Umzugskartons, bis ich auf die Kiste mit meinen alten Fotos, Briefen und Tagebüchern stieß. Und nach einigem Wühlen fand ich ihn endlich, den blutgetränkten Vertrag unserer Verschwisterung, den Beleg unserer Blutsbrüderschaft.

Ich steckte ihn rasch ein, ließ mich von dem draußen wartenden Taxi ins Hotel fahren, in der Hoffnung, Nick dort anzutreffen.

Als ich seinen Framo vor der Tür stehen sah, machte mein Herz Luftsprünge. Ich zahlte das Taxi, stürmte hinein, nahm drei Stufen auf einmal und drückte die Tür zum Salon auf.

Nick saß am Tisch, zusammen mit Hubi, Viola und Kitti.

Mir fiel ein Stein vom Herzen. «Nick, gut, dass du da bist. Wir müssen reden», sagte ich atemlos. «Ich verstehe jetzt, was los war, du musst wissen, dass ich –»

«Jetzt nicht, Jette.» Er schnitt mir das Wort ab und sah mich ernst an. «Sei bitte mal einen Moment still.»

«Nein, eben nicht! Ich will nicht mehr still sein, ich will reden, mich bei dir entschuldigen.» Ich sah in die Runde. «Mich bei euch allen entschuldigen für mein selbstsüchtiges Verhalten. Und dir, Nick», rief ich und legte ihm beinahe stolz den alten verknüddelten Brief hin, «dir will ich mit diesem alten Zettel sagen, dass du immer noch –»

«Bitte, Jette!», sagte Nick jetzt lauter. «Jetzt nicht!»

«Wenn du … wenn ihr wütend seid, dann verstehe ich das. Aber ich –»

«Verdammt!» Nick schrie auf, Tränen liefen ihm über die Wangen. «Carla ist tot!»

28. Nicht jeder Abschied ist ein Neuanfang

Ich brauchte einen Moment, um zu verstehen. Dann traf mich die Nachricht mit voller Wucht.

«Nein! Nein, nein ...», stammelte ich. Meine Stimme stockte. Alles in mir drängte mich, wieder rauszugehen, die Dinge dadurch ungeschehen zu machen. Aber ich war wie erstarrt und blieb einfach mitten im Raum stehen.

Schließlich erhob sich Viola und nahm mich in die Arme. Ihre Augen waren gerötet.

«Es tut mir so leid», murmelte ich an ihrer Schulter. Sie fuhr mir mit der Hand über die Wange, dann fasste sie mich an der Hand, führte mich zum Tisch und rückte mir einen Stuhl zurecht, gleich neben Nick.

«Bleib bei uns, Ciccina», sagte sie versöhnlich.

Ich dachte voller Bedauern an unseren Streit und war nicht sicher, ob ich hier wirklich erwünscht war. Beklommen sah ich in die Gesichter der anderen. «Ich würde es euch nicht übelnehmen, wenn ihr mich nicht dabeihaben wolltet.»

«Schmarrn!», sagte Hubi und drückte mir über den Tisch hinweg die Hand. «Na klar wollen wir dich dabeihaben. Du gehörst doch zur Familie!»

Auch Kitti schenkte mir ein warmes Lächeln.

Mir schossen die Tränen in die Augen. «Was ist denn bloß passiert? Carla ... Wieso?»

«Nick hat sie in ihrem Bett gefunden», erklärte Kitti mit

belegter Stimme. «Der Arzt sagte, es war ein plötzlicher Herztod, eine Folge des Diabetes und ihrer geschädigten Gefäße. Man hat sie gerade abgeholt.»

Ich schüttelte den Kopf. «Das kann nicht sein. Es ging ihr doch wieder besser! Sie war doch gut eingestellt und abgesehen von dem Diabetes kerngesund. Das haben die Ärzte doch selbst gesagt.»

Die Tränen rannen mir übers Gesicht, und ein dumpfer Schmerz breitete sich erst in meiner Brust, dann in meinem restlichen Körper aus.

Nick reichte mir ein Taschentuch.

«Danke», flüsterte ich und schnäuzte mich.

Unsicher sah ich ihn an. Sein eigener Blick schien wie nach innen gerichtet zu sein. Wenn mich der Verlust von Carla schon so traurig machte, was musste er erst durchmachen? Die Verbindung zwischen Carla und ihm war so eng und intensiv gewesen. Jeder hatte sehen können, wie sehr sie sich gemocht hatten.

«Carla wusste schon lange, dass ihr Herz durch die Krankheit angegriffen war», sagte er leise, ohne den Blick zu heben. «Sie wusste, dass es jederzeit vorbei sein konnte, und versuchte, jeden Tag so zu leben, als ob es der letzte war. Aber sie hat mir verboten, auch nur ein Wort zu sagen.» Es fiel ihm sichtlich schwer, darüber zu reden.

Am liebsten hätte ich ihn in den Arm genommen, traute mich aber nur, meine Hand auszustrecken und kurz auf seine zu legen.

Er blickte hoch und entzog sich mir schnell wieder.

Ein Stich durchfuhr mich.

«Warum haben wir bloß nicht gemerkt, wie schlimm es um sie stand?», fragte ich unglücklich.

Gestern Nachmittag hatte sie noch so zufrieden ausgesehen, so eins mit sich. Wie schnell die Dinge doch zerronnen. Eben hatten wir noch zusammengesessen und gelacht. Im nächsten Moment war sie tot.

Verstohlen schaute ich in die *Neugierde*. Die anderen folgten meinem Blick. Vermutlich dachten wir alle dasselbe: dass Carla nie wieder dort sitzen, wissend lächelnd ihren Anistee trinken und uns ungefragt mit ihren Weisheiten durcheinanderbringen würde.

Viola holte mir eine Tasse und schenkte mir einen Tee ein. «Was wird nur aus dem Hotel? Ihrem Lebenswerk?», fragte sie in die Runde.

Nick räusperte sich. «Das ist alles geregelt. Schon lange geregelt.»

Ich sah ihn überrascht an und wollte gerade nachfragen, als ich das leise Knacken von Kittis Fingern hörte, die sich unablässig ihre Gelenke massierte.

«Was bedeutet das, geregelt?», fragte sie.

«Nun ja, es wird weitergehen. Mit mir als Stiftungsvorstand. Wir sind ja quasi verwandt. Waren ...» Nick brach ab.

«Carla hat mir erst gestern erzählt, dass sie sich aus Liebe zu deinem Vater hat scheiden lassen», murmelte ich.

Er strich sich mit der Hand durch die Haare. Er sah blass und zerbrechlich aus.

«So war es leider. Meine Großeltern wollten einen Erben für ihr Weingut, und weil Carla ihnen den nicht liefern konnte, haben sie so lange Druck auf sie ausgeübt, bis sie freiwillig den Rückzug angetreten hat. Mein Großvater hat ihr gesagt, dass alte Reben, die keinen Ertrag mehr brächten, schließlich auch abgeschnitten würden.»

Ich musste schlucken. Was für ein Widerling!

«Mit der Abfindung hat sie dann viel später diese Stiftung gegründet», fuhr Nick fort. «Ein paar Jahre nach der Scheidung hat mein Vater dann meine russische Mutter Natascha geheiratet und den langersehnten Erben gezeugt. Mich.»

Er machte eine Pause und sah mich traurig an, was mein Herz für einen Moment aussetzen ließ.

«Allerdings gingen die Weingüter, welch Ironie, schon ein paar Jahre später bankrott.»

Fassungslos schüttelten wir den Kopf.

«Warum hat Carla das nie erzählt?», wollte Viola wissen.

Nicks Miene blieb unbewegt. «Ihr kennt sie doch, sie wollte ihre kleinen Geheimnisse bewahren.» Wieder schwieg er einen Augenblick, bevor er weitersprach. «Nach dem Tod meiner Mutter habe ich alte Briefe gefunden und von der Liebe meines Vaters zu Carla erfahren. Ich habe sie gesucht – und gefunden. *Wir* haben uns gefunden, wenn man so will. In den letzten zwanzig Jahren war sie wie eine Mutter für mich.»

Kitti seufzte. «Wie furchtbar, seine große Liebe gehen zu lassen wegen der vermessenen Erwartungen anderer.»

Traurig starrte Nick auf die Tischplatte und spielte gedankenverloren mit dem Zettel in seiner Hand, unserem Verschwisterungsvertrag. «Mein Vater hat sich nie erholt von der Trennung. Er ist mit Mitte vierzig an einem Herzinfarkt gestorben. Vermutlich ist er aber schon viel früher gestorben, an gebrochenem Herzen.» Er biss sich auf die Unterlippe. «Als Carla von mir davon erfuhr, kam sie aus Afrika zurück und gründete das Hotel Carlifornia, um anderen gebrochenen Herzen Asyl zu bieten.»

Wir alle hatten Tränen in den Augen.

«Madonna mia, was für eine traurige Liebesgeschichte! Und was hast du nun vor mit dem Hotel?», fragte Viola.

«Ich werde es in Carlas Sinne fortführen», antwortete er. «Allerdings werde ich nicht den Herbergsvater geben. Dafür bin ich nicht geeignet.»

«Es ist auch schwierig. Carla ist unersetzlich», sagte ich nachdenklich.

Hubi strich mit dem Daumen über die Quadrate auf der Tischdecke, als müsste er sich konzentrieren. «Es muss ja auch nicht alles haargenau so weiterlaufen wie bisher. Wichtig ist, dass hier jemand ist, der genügend Charme und Ausstrahlung hat und das Talent besitzt, Menschen zusammenzuführen und eine warme Atmosphäre zu schaffen. Und gut kochen kann.»

Kaum hatte er zu Ende gesprochen, blickten wir alle zu Viola.

«Ich glaube, wir kennen schon so jemanden», sagte ich.

Viola schlug ihre Hände über dem Kopf zusammen. «Madonna, meint ihr etwa mich?»

«Warum nicht?», fragte ich. «Du kannst das Hotel führen und nebenbei deine anderen Ziele verfolgen, Viola.» Ich dachte daran, dass mir Mähnert junior am nächsten Tag den Retro-Küchenwagen vorbeibringen wollte, dessen Kauf ich bei unserem letzten Telefonat angeleiert hatte. Aber das war wahrlich nicht der Moment, mit meiner Überraschung herauszurücken. «Du könntest wieder einziehen, ins Dachgeschoss, das hat drei Zimmer!»

Auch Nick wirkte angetan. «Ihr wart euch so nah, Viola, ich bin sicher, du wärst Carlas erste Wahl.»

Alle nickten, bis auf Viola, die einen übertriebenen Seufzer ausstieß und protestierte: «Nein, no, niente, ich mache das nicht. Basta!» Dann starrte sie gedankenverloren aus dem Fenster.

Ich kannte das schon von ihr. Erst wehrte sie sich mit Händen und Füßen gegen eine neue Aufgabe, dann dachte sie intensiv darüber nach, und schließlich schmiss sie sich mit ihrem ganzen italienischen Temperament hinein.

«Außerdem, was sollte ich mit meiner neuen Wohnung machen?», fügte sie nach einer Weile hinzu. «Jetzt habe ich endlich etwas gefunden und –»

«Also, mir würde da jemand einfallen», meldete sich Kitti und lächelte verlegen.

Bis zum Abend saßen wir beisammen und tranken diverse Schnäpse auf Carla. Viola machte für alle Pasta, und wir ließen Carla zwischen Trauer- und Lachtränen noch einmal aufleben. Schließlich kam das Thema auf ihre Beerdigung. Nick erklärte, sie habe genaue Instruktionen hinterlassen, wie sie sich ihre Abschiedsfeier vorstellte. Sie wollte ein fröhliches Fest im Kreise sämtlicher Carlifornianer. Also entschieden wir, erneut alle ehemaligen Bewohner zu kontaktieren und einzuladen. Ich versprach, das Schreiben aufzusetzen und den Text für eine Traueranzeige zu formulieren.

Irgendwann klingelte es an der Tür. Ich ahnte, dass es Pierre und die Mädchen waren. Ein Blick aus dem Fenster bestätigte meine Vermutung. Ganz sicher gab es zwischen Pierre und Iris jede Menge Gesprächsbedarf. Ich klopfte an die Scheibe und winkte Anouk und Claire zu. Es war schön, sie heute bei mir zu wissen. Es würde mir zwar extrem schwerfallen, ihnen von Carlas Tod zu erzählen. Aber wir alle trauerten, und es war erleichternd, mit der Trauer nicht allein zu sein.

Ich verabschiedete mich von den anderen mit einer Umarmung. Meine Freunde schienen mir mein rücksichtsloses Verhalten der letzten Wochen glücklicherweise nicht mehr nachzutragen. Selbst Nick ließ es zu, dass ich ihn kurz drückte. Doch seine steife Körperhaltung verriet mir, dass er sich innerlich von mir zurückgezogen hatte.

Ich wünschte, ich hätte mein Leben ein paar Wochen zurückspulen und die Dinge ändern können, aber es lebte sich nun mal nur vorwärts. Darum musste ich mich wohl oder übel mit einer neuen Zukunft anfreunden, in der weder Carla noch Nick vorkommen würden. Nick zumindest nicht als Mann an meiner Seite, dachte ich traurig. Aber vielleicht würde er mir zumindest noch mal die Möglichkeit geben, mich mit ihm auszusprechen, ihm zu sagen, wie falsch ich in vielem gelegen hatte.

Allerdings wäre heute nicht der geeignete Moment dafür. Denn wenn ich in den vergangenen Tagen etwas gelernt hatte, dann, dass ich nichts überstürzen sollte.

Ich dachte an Carla und hörte wie zur Bestätigung ihr Lachen in meinem Ohr: *Und immer einen Schritt nach dem anderen!* Dankbar schickte ich einen Gruß Richtung Himmel und lief zur Tür, um meine Töchter in Empfang zu nehmen.

Da standen sie, dick eingemummelt, und ich war nie glücklicher gewesen, sie zu sehen. Mein Blick fiel auf Flokati in seinem Tragekörbchen, und ich freute mich, auch sein vertrautes Maunzen zu hören. Ich hatte diese nackte Katze inzwischen richtig ins Herz geschlossen. Flokati war das beste Beispiel dafür, wie jemand um seiner selbst willen geliebt wurde, ohne dass die äußere Hülle auch nur die geringste Rolle spielte. Mir schoss der Gedanke durch den Kopf, dass ich dem perfekten Bild hinterhergejagt war und dabei das Wichtigste aus den Augen verloren hatte: die Liebe zu meinen Kindern und meinen Freunden. Beides wollte ich nie wieder aufs Spiel setzen.

Kurz sprach ich mit Pierre, der sich sehr dankbar zeigte, dass ich dem spontanen Wochentausch zugestimmt hatte. Ich nickte und schaute nachdenklich dabei zu, wie er in den Wagen sprang und davonfuhr. Bei ihm und Iris gab es heute Abend sicher noch Klärungsbedarf. Von Iris' ergebener Bewunderung für Pierre, die bei unserem Kaffeekränzchen noch in jedem von ihren Blicken gelegen hatte, war bei dem Treffen mit Karl

Müntering nichts mehr übrig gewesen. Dort schien es, als hätte sich das, was Iris für Pierre so attraktiv gemacht hatte, zwischen vollen Windeln, Babygeschrei und ausgespuckter Milch in Luft aufgelöst, dachte ich ohne jede Genugtuung.

Dann nahm ich die Mädchen fest in den Arm, bevor wir ins Haus gingen.

Kaum hatte ich die Zimmertür hinter uns geschlossen, erzählte ich meinen Töchtern behutsam, was geschehen war. Während Anouk sich Flokati griff, um mit ihm zu kuscheln, setzte sich Claire auf meinen Schoß und legte ihre Stirn an meine Brust. Dann weinten wir alle drei und hielten uns lange ganz innig fest.

Bis Claire sich schließlich aus der Umarmung löste und feststellte: «Weißt du, Maman, das ist gar nicht so schlimm. Dann ist Carla jetzt endlich bei Gisbert!»

Ich zuckte zusammen. «Was sagst du da, mein Schatz?»

«Claire hat recht.» Anouk lehnte sich an mich und begann, eine Haarsträhne von mir um ihren Finger zu wickeln. «Na ja, es ist doch so, dass Carla total verliebt war in Gisbert, den Papa von Nick. Und dass der eben schon mal vorausgegangen war und im Himmel auf sie gewartet hat.»

Ich kämpfte mit den Tränen. «Woher wisst ihr das mit Nicks Vater?»

«Carla hat uns mal ihre Fotos gezeigt und erzählt, dass sich früher manche Paare trennen mussten, wenn die Frau keine Kinder bekommen konnte.» Anouk klang wieder vollkommen gefasst. «Wegen des Erben und so. Auch wenn sie sich geliebt haben.»

Und Claire fügte hinzu: «Carla meinte, dass sie in einem anderen Leben wieder zusammen sein werden.»

Wie eng Carlas Draht zu meinen Töchtern gewesen war, rührte mich. Und ich hatte große Ehrfurcht davor, wie pragmatisch und zugleich sensibel meine Töchter mit dem Tod umgingen und sich so einen Ausweg aus dem Schmerz bahnten. Ich wusste ja, wie sehr sie Carla gemocht hatten.

«Maman, wenn man tot ist, vergessen einen dann die Menschen?», fragte Claire nachdenklich.

«Nein, Süße. Ich denke zum Beispiel fast jeden Tag an meinen Vater, euren Opa», erklärte ich ihr.

«Aber vergisst man nicht, wie jemand gesprochen, gerochen oder sich bewegt hat?», fragte jetzt Anouk.

«Nicht wenn einem dieser Mensch wirklich nahe war. Manchmal rieche ich irgendwo den Geruch von Opas Pfeifentabak, und dann ist er für einen Moment wieder da. Oder ich sehe ein Foto von ihm und weiß wieder genau, wie sein Lachen klang.»

Ich wunderte mich, wie leicht mir diese Worte über die Lippen kamen. Normalerweise fiel es mir unglaublich schwer, über meinen Vater zu sprechen.

«Schade, dass wir Opa nicht gekannt haben», sagte Anouk traurig.

«Das finde ich auch. Ihr hättet ihn sicher sehr gemocht. Ich könnte euch aber –» In dem Moment fiel mir die Filmspule ein, die Nick mir gegeben hatte. Und mir kam eine Idee, für die ich noch einen Tag zuvor keinesfalls die Kraft und den inneren Raum gehabt hätte.

«Wollt ihr sehen, wie euer Opa aussah, wie er gesprochen hat, wie er so war?»

Anouk und Claire klatschten begeistert in die Hände.

«Dann wartet einen Moment hier.» Ich lief in den Keller, um mir den Projektor zu holen, den Carla mal erwähnt hatte. Tatsächlich fand ich ihn nach einigem Suchen und trug ihn die Treppe hinauf.

Wieder im Zimmer, nahm ich die Bilder von der Wand, um

eine weiße Projektionsfläche zu haben, auf die ich den Projektor richten konnte.

«Zieht ihr doch schon mal die Schlafanzüge an, derweil bestelle ich uns eine Pizza und baue hier alles auf, einverstanden?»

Die Mädchen sahen sich fragend an.

«Maman, was ist denn mit dir los?» Anouk wirkte beinahe aufgeregt. «Du isst mit uns Pizza?»

Ich zuckte mit den Schultern. Auch wenn ich mir diese Sünde verkneifen würde – schließlich hatte ich schon bei Violas himmlischer Pasta zugeschlagen –, musste ich diese Strenge ja nicht auch bei den Mädchen walten lassen.

«Wir machen es uns auf jeden Fall richtig gemütlich», erklärte ich und begann den Projektor auszupacken.

Eine gute Viertelstunde später, nachdem die Mädchen sich umgezogen und ich beim Pizza-Service eine Bestellung abgegeben hatte, legte ich mit geübtem Griff die Spule ein, als wäre es mein täglich Brot.

«Film ab!» Ich kuschelte mich zwischen die beiden ins Bett und brachte die Bilder zum Laufen.

So skeptisch Anouk und Claire die Super-8-Filmrolle zunächst beäugt hatten, so fasziniert waren sie nun von den antiquierten Bildern. Ich liebte die braunroten Farben, die ruckartigen Bewegungen, die leicht unscharfen Bilder und das leise Rattern des Projektors, das mir wie Begleitmusik zum Film erschien. All das versetzte mich direkt zurück in meine Kindheit.

Den Anfang bildeten einige Sequenzen, in denen Nick, mein Vater und ich in einer winterlichen Landschaft bei einer wilden Schneeballschlacht zu sehen waren. Nick seifte meinen Vater ein, der sich plumpsend in den Schnee hatte fallen lassen und wegen seines beträchtlichen Bauchumfangs nicht so leicht wieder auf die Beine kam. Ich eilte ihm zu Hilfe und gab Nick eine saftige Abreibung. Und mein Vater, immer noch im Schnee liegend, drohte mit erhobener Faust spielerisch der Kamera, hinter der sich meine Mutter verbarg, die nun laut auflachte.

«Opa war witzig», stellte Claire fest.

«Ja, das war er, sogar sehr witzig», sagte ich und strich ihr über die Haare. «Und wisst ihr, wer der Junge ist?», fragte ich die Mädchen.

Sie zuckten mit den Achseln.

«Das ist Nick.»

«Nick?», fragte Claire.

«Carlas Nick?», fügte Anouk noch skeptisch hinzu.

«Mamas Nick!», korrigierte Claire entschieden.

Überrascht sah ich sie an und nickte. «Wir kennen uns schon, seitdem wir so alt waren wie du, Anouk.»

Das schien sie nicht weiter zu beeindrucken. Aber ihr kam ein anderer Gedanke: «Dann sind Helene und ich später vielleicht auch noch befreundet, oder?»

«Mag sein», erwiderte ich ausweichend.

Ich wusste nur selbst allzu gut, wie wenig sich die Zukunft voraussagen ließ.

Als ich wieder auf die improvisierte Leinwand blickte, hatte sich die Szenerie des Films an den Hang verlegt. Jubelnd sauste ich auf einem normalen Holzschlitten den Waseberg hinunter. Ein paar Meter hinter mir, auf einem anderen Schlitten, fuhr Nick. Ich hatte mich gerade zu ihm umgedreht, um ihm zuzuwinken, als er plötzlich einen sehr lauten und merkwürdig hohen Schrei losließ, der einem durch Mark und Bein ging. Er, der sonst keinen einzigen Ton von sich gegeben hatte, schrie sich hier die Lunge aus dem Leib!

Das Bild wackelte heftig, weil sich offenbar auch meine

Mutter über den überraschenden Ausruf erschrocken hatte. Am rechten Bildrand erschien mein Vater. Dann ging alles ganz schnell. Mein Vater sah den Hang hinauf, fuchtelte hektisch mit den Armen und fing ebenfalls an zu brüllen. Meine Mutter tat es ihm gleich. Und nur einen Moment später rauschte der Grund ihrer Aufregung durchs Bild. Von hinten kam ein Kamikaze-Kreeker in einem Affenzahn herangeschossen und wäre wohl geradewegs in mich hineingefahren, hätte Nick ihn nicht durch seinen Schrei gewarnt. So raste der Schlitten spaltbreit an meinem vorbei. Alles lief im Bruchteil von Sekunden ab. Dann war der Spuk auch schon vorbei.

«Maman», rief Claire. «Nick hat dich gerettet!»

«Das stimmt», sagte ich. «Er hat mich gerettet. Und nicht nur einmal.»

Ich stoppte den Film und berichtete ihnen von Kolja und wie er zu uns gekommen war. Ausführlich erzählte ich ihnen von unseren Abenteuern, davon, wie wir einen Igel aufgepäppelt und ein Iglu gebaut hatten, und davon, wie toll ich es als Einzelkind fand, plötzlich einen «Bruder» zu haben.

Ich kam ins Grübeln. Tatsächlich, das musste der Moment gewesen sein, in dem Kolja endlich sein Schweigen hatte brechen können. Mehr noch, er hatte sich ins Sprechen zurückgebrüllt – um mich zu retten! Jahrzehntelang hatte ich mich gefragt, welches Ereignis, welche Situation der Auslöser dafür gewesen sein mochte, was den Anfang seiner Genesung markiert hatte. Und jetzt musste ich feststellen, dass unsere Geschichten noch enger miteinander verwoben waren, als ich gedacht hatte. Es war beinahe kitschig.

In dieser Nacht gingen mir so viele Gedanken durch den Kopf, so viele Wendungen des Schicksals, dass sich die Schleusen immer wieder öffneten. Erst weinte ich wegen des Verlusts von meinem Vater, dann von Nick, und schließlich weinte ich wegen des Verlusts von Carla, dieser wunderbaren Frau, die ich viel zu wenig gekannt hatte. Ich beweinte ihr Schicksal und das von Nick, der nun seine ideelle Mutter verloren hatte – und schließlich und nicht zu knapp mein eigenes. Es machte mich unfassbar traurig, dass ich Carla vor ihrem Tod nicht mehr hatte sagen können, wie sehr ich sie gemocht hatte und wie sehr sie mir geholfen hatte. Ich weinte um meine Versäumnisse, meine ungelebten Träume und Sehnsüchte, meine Schattenseiten, die mir in den letzten Monaten so viel Kummer eingebracht hatten. Ich weinte, bis ich keine Tränen mehr hatte.

29. Regenbogentag

Am Tag der Beerdigung schneite es erneut. Es war Sonntagmittag, und Anouk und Claire, bereits in schwarzen Röcken und dunkelblauen Pullovern, bestanden darauf, ihre neuen Schlitten mit auf den Friedhof zu nehmen. Natürlich versuchte ich, ihnen das auszureden und zu erklären, dass eine Trauerfeier eine ernste Angelegenheit war und keine Schneegaudi. Aber seit sie gestern diese Schneemobile mit Nick gebaut hatten, rutschten sie jeden noch so kurzen Weg auf ihren neuen Gefährten. Schließlich gab ich ihren bettelnden Blicken nach – unter der Bedingung, dass die Schlitten draußen vor der Kirche geparkt würden. Dennoch war ich froh, dass der Spaß sie ein wenig von der Traurigkeit ablenkte, die diesen Tag verdüsterte.

Und das war allein Nicks Verdienst.

Gemeinsam mit Violas Jungs Jakob und Caspar, die mal wieder zu Besuch waren, hatten die Mädchen den gestrigen Tag in Nicks Atelier verbracht. Auf seine Initiative hin bauten sie dort aus zwei alten Mülltonnen ebenjene rutschenden Seifenkisten. Getauft wurden sie auf die klingenden Namen «Müwatüüt 1 und 2», eine Mischung aus Mülltonne und Fliewatüüt, dem Gefährt aus dem Kinderbuchklassiker. Wieder so ein Nick'sches Mischwesen, dachte ich.

Mich rührte es sehr, Nick in seinem Element zu sehen und zu beobachten, wie geduldig und aufmerksam er mit den Kindern die Mülltonnen umfunktionierte. Als ich den fleißigen Handwerkern zwischendurch eine kleine Stärkung brachte, sah ich ihnen eine Weile zu und staunte über ihre handwerkliche Geschicklichkeit. Die vier Kinder sägten große Teile aus den Seiten der Tonnen, befestigten Haltegriffe links und rechts der künftigen Einstiege und klebten ausgemusterte Sitzerhöhungen hinein. Als das erledigt war, schraubte Nick unter dem Jubel der Kinder als letzte Handlung unter jede Tonne ein Paar alte Skier. Anschließend brachen sie sofort zur Jungfernfahrt in den Volkspark auf.

Obwohl Nick schwer beschäftigt schien, sah man, wie die Trauer an ihm nagte. Er sprach nur das Nötigste und stürzte sich in die Arbeit mit den Kindern, sicherlich um sich abzulenken. Der Schmerz war ihm ins Gesicht geschrieben.

Ich fühlte mit ihm. Es musste schrecklich sein, nach dem frühen Tod seiner Eltern mit Carla nun auch noch seine Ersatzmutter und engste Bezugsperson über so viele Jahre zu verlieren. Ich hätte alles darum gegeben, ihn ein wenig trösten zu können. Aber das Einzige, was ihm in schweren Zeiten half, war offensichtlich seine Kunst und die Arbeit mit den Händen. Zu mir hielt er weiter Abstand.

Die Tage bis zur Beerdigung waren mit hektischer Aktivität gefüllt gewesen. Wir hatten die Formalitäten erledigt und die Trauerfeier geplant und vorbereitet, Todesanzeigen an die ehemaligen Carlifornianer geschickt und einen von mir erstellten Radiobeitrag über das Hotel und seine Gründerin auf Radio Elbe senden lassen.

Trotz der Betriebsamkeit dieser Tage hatte Carlas Tod eine seltsame Stille nach sich gezogen, als würde das Hotel den Atem anhalten.

In diese Stille polterte just in dem Moment, als ich die Müwatüüt-Diskussion mit den Mädchen beendet hatte, kein Geringerer als Pierre. Nick war mit Hubi, Kitti und den Kindern schon vorausgegangen.

Viola und ich standen fertig angezogen im Flur und wollten gerade gehen, als es an der Tür klingelte.

Ich öffnete in der Annahme, dass eines der Kinder noch mal auf Toilette musste, aber vor der Tür stand Pierre, den kleinen Brüllaffen vor die Brust geschnallt. In beiden Händen trug er jeweils eine große Tasche.

Viola und ich sahen uns irritiert an.

«Willst du zur Altkleidersammlung?», fragte ich.

Pierre schüttelte traurig den Kopf. «Ich brauche dringend eine Unterkunft, ich habe Iris verlassen. Kriege ich Asyl bei euch?»

Ausgerechnet hier bei uns? Ausgerechnet heute, am Tag der Trauerfeier? Wir waren doch nicht auseinandergezogen, um jetzt im Hotel eine WG zu gründen!

«Auf keinen Fall», versuchte ich, kurzen Prozess zu machen. «Und wir müssen jetzt auch dringend los ...»

Doch Viola legte ihre Hand auf meinen Arm. «Natürlich geht das, Pierre», sagte sie sanft. «Ich bin die neue Leiterin des Hotels, und ich sage: Willkommen!»

Ich sah sie verwundert an. Bislang hatte sie sich noch nicht einmal dazu geäußert, ob sie die Nachfolge von Carla antreten wollte oder nicht, und jetzt klang es bereits wie eine Tatsache. Andererseits musste man eben manchmal Fakten schaffen. Viola wusste ja auch noch nichts von dem wunderschönen Küchenwagen, der auf sie wartete. Vorerst stand das Ding noch im Autohaus Mähnert. Ich hatte den Junior angerufen, um die Übergabe auf nach der Beerdigung zu verschieben. Nur Hubi war eingeweiht und entsprechend aufgeregt.

«Aber noch wohne ich doch hier», murmelte ich eingeschnappt.

«Nicht mehr lange», erklärte sie geheimnisvoll.

Ich schluckte. Auch wenn unsere frischsanierte Wohnung in ein paar Tagen wieder bezugsfertig war, brauchte ich doch unbedingt ein Zimmer für die Zeit, wenn Pierre das Nest und unsere Mädchen hütete. Wollte Viola mich etwa rausschmeißen? Und wo sollte ich dann hin?

Doch Viola sah mich verschmitzt an und sagte: «Meine Wohnung wird nämlich frei, denn ich werde schon morgen zurück ins Hotel ziehen. Als Herbergsmama sollte ich besser wieder hier leben, meinst du nicht?»

Pierre nickte eifrig, obwohl er wohl kaum verstehen konnte, worum es hier ging.

«Aber –», begann ich meinen Protest. Sie erwartete doch nicht ernsthaft von mir, dass ich ihre Wohnung in Farmsen übernahm? So weit ab vom Schuss ganz im Nordosten der Stadt.

«Nichts aber!», stellte Viola ungerührt fest. «Denn du, Ciccina, wirst nach deinem Fristende erst mal in meine Wohnung ziehen, die ist schön, günstig, mit guter Verkehrsanbindung. Pierre bekommt dafür dein Zimmer im Hotel. Für Claire und Anouk ist es also nur eine kleine Umstellung.»

Bevor ich doch noch etwas erwidern konnte, rief sie: «Und damit basta!»

Ich war sprachlos und musste mich erst einmal an der Wand abstützen. Pierre im Hotel Carlifornia – das war irgendwie absurd. Und dass Viola mich rausschmiss, nur damit Pierre Platz hätte, noch absurder. Aber mir war klar, dass ich keine Alternative hatte, als ihr Angebot anzunehmen, bis ich was Besseres gefunden hatte. Denn nachdem ich sowohl Annabelle als auch Fässchen davon in Kenntnis gesetzt hatte, dass eine Festanstellung für mich nicht mehr in Frage kam, hatte sich das mit dem Kredit für eine Eigentumswohnung erledigt. Ohnehin sah ich auch gar keinen Sinn mehr darin. Wenn ich bisher geglaubt hatte, dass mich der Besitz meiner eigenen vier Wände frei machen würde, sah ich inzwischen, dass es genau umgekehrt war. Die aktuellen Immobilienpreise hätten mich gezwungen, horrende Raten abzuzahlen, was die Kinder und mich um jegliches Vergnügen wie Urlaub oder sogar Kino gebracht hätte. Stattdessen hätten mich unvorhergesehene Kosten für ein neues Dach oder eine Heizungsreparatur an den Rand einer Nervenkrise gebracht. Von hohen Instandhaltungsrücklagen, die manchmal schon eine normale Miete überstiegen, ganz zu schweigen. Inzwischen besaß ich auch genug Vertrauen in meine Fähigkeiten, um mich von der Selbständigkeit nicht nervös machen zu lassen.

Viola bat Pierre hinein und zeigte ihm schnell eines der Notfallzimmer, das er bis zu meinem Auszug bewohnen durfte, bevor wir uns mit den Kindern auf den Weg zum Friedhof machten.

Wir standen vor der kleinen barocken Kirche aus Backstein und begrüßten die Gäste, die wir noch von der Silvesterparty kannten, als ich Nick etwas abseitsstehen sah. Ich bedeutete den anderen, nicht auf mich zu warten, und gesellte mich zu ihm.

«Gehen wir ein paar Schritte?», fragte ich.

Da er nicht antwortete, nahm ich ihn am Arm und führte ihn ein paar Meter weiter.

«Ich weiß, es ist nicht der perfekte Moment ... ach was, den gibt es ja auch gar nicht», stammelte ich. «Also für so was, meine ich ... Reden und so. Jedenfalls nicht auf einer Beerdigung. Und schon gar nicht auf der Beerdigung von deiner ... Ach, ich weiß gar nicht, was ich sagen soll.»

Nick tat nichts, um mir aus meiner verlegenen Stotterei herauszuhelfen. Aber das konnte ich auch nicht erwarten, so, wie ich ihn hatte abblitzen lassen.

Ich atmete durch und setzte neu an: «Ich möchte mich bei dir entschuldigen, Nick. Ich kann mittlerweile verstehen, dass du nichts gesagt hast bei unserer ersten Begegnung auf dem Friedhof. Und auch später ... Es war ... Es ist ...» Ich seufzte. «Also, ich hab den Film geschaut und weiß jetzt, dass ...» Erneut brach ich ab.

Nick sah mich weiter schweigend an. Ich konnte seinen Blick nicht deuten.

Ein weiteres Mal überwand ich mich und fragte leise: «Kannst du mir verzeihen?»

Er antwortete nicht. Stattdessen legte er mir vorsichtig seinen Zeigefinger auf die Lippen und kramte etwas aus seiner Anzugtasche hervor. Er reichte mir ein zerknittertes Stück Papier mit roten Flecken. Verwundert faltete ich es auseinander. Es war mein alter Verschwisterungsantrag.

«Wir sind Blutsbrüder, vergessen?», flüsterte er schließlich. «Da gibt's nichts zu verzeihen.»

Damit ging er zurück zu den anderen.

Ratlos blieb ich zurück.

Erst als der Küster die Glocken läutete, sammelte ich Anouk und Claire ein und ging Hand in Hand mit ihnen in die Kirche.

Sofort fiel mein Blick auf den weiß lackierten Sarg. Er war mit weißen Tulpen geschmückt. Auf einem Podest daneben stand ein großes Porträt von Carla, auf dem sie ihr warmes, gütiges Lächeln zeigte.

Wie sehr ich sie vermissen würde!

Überall brannten kleine Teelichter und erhellten die bunten Blumenarrangements. Ich musste schlucken und streichelte über die Köpfe meiner Mädchen, um nicht sofort zu weinen.

Während Anouk und Claire sich neben Hubi, Kitti und Viola in die vorderste linke Reihe quetschten, setzte ich mich in die rechte Bank, in der überraschenderweise noch einige Plätze frei waren. Ansonsten war die Kirche vollgepackt mit Freunden, Carlifornianern, ihren Familien und anderen Trauernden. Ich war beeindruckt, wie viele Menschen gekommen waren, um von Carla Abschied zu nehmen.

Als ich mich umdrehte und Nick den Gang hinunterkommen sah, lächelte ich ihm kurz zu. Zu meiner Freude nahm er tatsächlich neben mir Platz.

Kaum hatte der Organist die ersten Töne von Frank Sinatras *My Way* angeschlagen, das Carla sich für ihre Trauerfeier gewünscht hatte, griff Nick nach meiner Hand. Ich spürte, dass er leicht zitterte, und blickte konzentriert auf die Beine, um ihn nicht ansehen zu müssen. Sein trauriger Anblick hätte mich noch mehr aus der Fassung gebracht, als es dieses Lied, Carlas Bild, der Sarg und auch der unweigerlich aufkommende Gedanke an die Beerdigung meines Vater ohnehin schon taten. Aber es half nichts, während des gesamten Lieds liefen uns beiden die Tränen hinunter. Wie zwei Ertrinkende hielten wir uns an den Händen.

Als die letzten Töne der Orgel verklungen waren, trat der Pastor an das schmale Pult auf dem Altar und begrüßte die Anwesenden. Nur mit Mühe konnte ich seiner Predigt folgen. Sie war zäh und langweilig, gefüllt mit Allgemeinplätzen, die keinen Bezug zu Carla hatten. Sie sei ein Werkzeug Gottes gewesen, fromm und bescheiden, geboren, um zu helfen. Zudem sprach der gute Mann in einer sehr monotonen Stimmlage. Immerhin half mir das dabei, ein wenig Fassung zurückzugewinnen.

Nick und ich warfen uns gequälte Blicke zu.

Als der Pastor ein weiteres Lied anstimmen wollte, ertönte hinter mir ein lautes Räuspern. Ich drehte mich unauffällig um und sah einen älteren Herrn im schwarzen Anzug, eine elegante Erscheinung, der sich erhoben hatte und sich jetzt langsam einen Weg zum Gang bahnte. Schließlich trat er ans Pult und signalisierte dem Pastor, dass er ein paar Worte zu sagen gedachte. Der Geistliche blickte den fremden Gast etwas irritiert an, nickte aber und trat beiseite.

Der Mann hatte ein sympathisches Gesicht voll tiefer Falten und ein charmantes Lächeln. Ich fragte mich, was ihn mit Carla verbunden haben mochte.

«Moin, moin, liebe Trauergemeinde», begann er salopp, und sofort ging ein Raunen durch die Kirche. «Wenn ich an Carla denke, denke ich sicher nicht an *ein Werkzeug Gottes* oder an ihre Frömmigkeit, sondern an das, was der Rocker Bob Dylan mal gesagt hat: dass wir uns im Laufe des Lebens zu verschiedenen Zeiten mit anderen Menschen in anderen Zimmern wiederfinden.»

Die Stimme kam mir irgendwie bekannt vor. Der unbekannte Redner schwieg einen Augenblick und ließ seinen Blick durch die Reihen schweifen.

«Das Hotel Carlifornia, liebe Freunde, ist für mich schon immer so ein Ort gewesen», fuhr er fort. «Ein Ort, an dem sich fortwährend neue Leute wiederfinden, zu verschiedenen Zeiten, vor allem aber in schwierigen Zeiten, als Verlassene, Verlassende oder Trauernde.

Und stets mittenmang war unsere liebe Carla, die Seele des Hauses.» Er drehte sich kurz zu ihrem Porträt um und zwinkerte ihr freundschaftlich zu. «Sie hat all die gebrochenen Herzen mit wunderbaren, weisen Worten zusammengeflickt, getröstet, ermuntert, herausgefordert und zum Nachdenken oder aber zum Lachen gebracht. Sogar sich selbst. Das war es, was ich an ihr besonders mochte. Und das ist es, was mir, was uns Carlifornianern und Freunden fehlen wird. Ihr herzliches, helles Lachen – so voller Leben und Lebenslust!»

Zahlreiche Gäste wischten sich bewegt über die Augen, und auch hinter mir schnäuzten sich einige Trauernde.

Meine Rührung hingegen blieb mir im Halse stecken. Mit offenem Mund starrte ich den Mann auf dem Altar an. Denn diese Stimme, mit dieser ostfriesischen Färbung, die kannte ich tatsächlich. Da vorne stand niemand anders als Onno, der Beerdigungscrasher! Der Anrufer, der mir während meiner letzten *Nachtbeichte* vor dreieinhalb Monaten von seinem morbiden Hobby berichtet hatte. Der Mann, der auf Beerdigungen von völlig Fremden berührende Trauerreden schwang!

Zweifellos war er gut informiert. Offenbar hatte er in der Zeitung von Carlas Tod gelesen oder meinen kleinen Beitrag auf Radio Elbe gehört, in dem ich ihr Lebenswerk gewürdigt und einige ehemalige Hotelbewohner interviewt hatte. Dennoch konnte ich es nicht fassen, dass er ausgerechnet hier auftauchte. Ich blickte ihn an wie ein Gespenst. Onno, leibhaftig!

Das Verrückteste aber war, dass seine Worte den Nagel auf den Kopf trafen. Er beschrieb Carla und ihre Rolle als Seele des Hotels mit wenigen Worten so viel genauer und persönlicher, als ich es in meinem Nachruf getan hatte.

Onno nickte seinen Zuhörern freundlich zu, dann verließ er das Pult und nahm wieder Platz. Als ich mich zu ihm umdrehte, machte er einen auf unschuldig und hob lächelnd die Schultern.

Nick sah mich verwirrt an, und ich flüsterte ihm in Kurzfassung zu, was ich über diesen seltsamen Gast wusste. Es war das erste Mal seit Carlas Tod, dass ich Nick grinsen sah.

«Das hätte Carla gefallen, da bin ich mir sicher», wisperte er mir ins Ohr.

Als der Gottesdienst vorüber war und die Leute sich erhoben, wollte ich Onno zur Rede stellen. Aber er war so schnell verschwunden, wie er aufgetaucht war. Ich bekam ihn nicht mehr zu fassen. Auch auf dem Weg nach draußen und vor der Kirche konnte ich ihn nirgends entdecken.

Gemeinsam mit den anderen Mitbewohnern und den vier Kindern spazierten Nick und ich in einer langsamen Karawane zurück zum Hotel. Viola hatte im Salon ein üppiges Antipasti-Buffet aufgebaut, auf dem Herd blubberte schon bald ein großer Topf Minestrone, und mehrere Bleche des obligatorischen Butterkuchens standen bereit. Rasch füllte sich der Salon mit Menschen. Um die vielen Bistrotische, die wir uns von einem Getränkehandel geliehen hatten, gruppierten sich ehemalige Bewohner.

Ich schenkte Kaffee ein, verteilte Kuchen und gesellte mich schließlich zu den anderen an den großen Esstisch. Wir sprachen über den Gottesdienst und die Urnenbestattung, die in ein paar Wochen folgen würde. Und natürlich kam das Gespräch auch auf den unerwarteten Trauerredner.

Nachdem ich den anderen von Onno erzählt hatte, kam mir eine Idee. Ich kramte Stift und Zettel aus meiner Tasche und erklärte, was es mit Onnos Löffelliste auf sich hatte.

«Jeder notiert, was er in seinem Leben noch tun will, bevor er den Löffel abgibt», erklärte ich mit feierlichem Ernst, nachdem das Staunen und Gelächter der anderen über unseren Beerdigungscrasher abgeklungen war.

Viola reagierte begeistert und begann sofort, ihre Wünsche zu notieren. «Nur fürs Protokoll: Wir notieren keine Vorsätze, sondern Wünsche, richtig? Etwas, das Spaß machen soll, ja?» Sie warf mir einen gespielt strengen Blick zu.

Ich verdrehte amüsiert die Augen. Die Message war angekommen.

«Also, ich will unbedingt einmal im Leben einen Song aufnehmen und ihn im Radio hören!», sagte sie.

Ich lachte. «Du könntest den Jingle einsingen für meinen Podcast. Eine italienische Arie, was meinst du?»

Sie nickte begeistert, und wir klatschten uns ab.

Hubi überlegte kurz und sagte dann: «Ein Tattoo, ich will ein Tattoo! Einen Drachen auf dem Rücken.»

«Nicht dein Ernst, du veräppelst uns», sagte ich erstaunt.

Er guckte mich ernst an, dann lachte er laut los und rief: «Ihr kennt mich einfach zu gut!» Dann kritzelte er etwas auf seinen Zettel und zeigte ihn stolz in die Runde. «Ich möchte irgendwann mit meinen Söhnen eine Motorradtour in den Himalaya machen.»

Wir klatschten Beifall.

Nun sahen wir alle erwartungsvoll zu Kitti.

«Ich ... möchte noch einmal nach Atlanta reisen und die 100 Meter Hürden zu Ende laufen, bei denen ich damals disqualifiziert wurde», antwortete sie prompt.

Ich nickte ihr anerkennend zu und überlegte, was ich selbst aufschreiben und sagen konnte.

Eigentlich habe ich nur einen Wunsch, dachte ich und schielte verlegen zu Nick.

Er fing meinen Blick auf. Dann stand er abrupt auf, ging um den Tisch herum, nahm schweigend meine Hand und zog mich hinaus ins Treppenhaus. Die anderen protestierten künstlich.

Er ging ein paar Stufen hinunter, drehte sich zu mir um und stellte sich so dicht vor mich, dass ich sein Shampoo riechen konnte. «Es gibt etwas, das auch ich wirklich dringend noch tun möchte, bevor ich den Löffel abgebe.»

Mir wurde schwindelig. «Und ... das ... wäre?», flüsterte ich heiser.

«Mich bei dir entschuldigen.»

«Wofür?», fragte ich erstaunt.

«Dafür, dass ich dir gesagt habe, es gäbe nicht den perfekten Moment.»

Er trat eine Stufe höher und zog meinen Kopf zu sich heran. Dicht an meinem Ohr, sodass sein Atem mich streifte, flüsterte er: «Dies ist nämlich der perfekte Moment.» Mein Herz schlug mir bis zum Hals. «Um dich zu küssen.»

In froher Erwartung beugte ich mich vor und öffnete leicht meine Lippen, doch er hielt inne und sagte: «Du hast da was im linken Auge.»

Er tat so, als wollte er mir eine Wimper wegwischen. Aber ich kannte das Spiel ja schon.

«Ich darf mich also auf was freuen?», fragte ich betont ahnungslos.

«Und ob», sagte er selbstbewusst und küsste mich endlich.

Epilog

Heute ist der 7. März. Der Tag, an dem meine Zeit im Hotel Carlifornia offiziell abläuft. Vor neunzehn Tagen ist Carla gestorben. Der Schmerz ist noch spürbar. Aber die Beerdigung hat dabei geholfen, Abschied zu nehmen und wieder nach vorne zu schauen.

Die Familienwohnung ist fertig saniert. Nun können Pierre, die Kinder und ich hier endlich unser Nestmodell leben. Mit Flokati natürlich. Die moderne Patchwork-Version des Roomsharing. Eine Woche werde ich mit den Mädchen dort wohnen, die nächste Woche Pierre. Den Rest der Zeit wohnt er im Hotel Carlifornia. Seine Dreimonatsfrist hat gerade erst begonnen. Aber so wie es aussieht, wird er gar nicht lange bleiben. Angeblich gibt es eine erste zaghafte Annäherung mit Iris, nachdem die beiden eine Paartherapie bei Liebes- und Trennungscoach Karl Müntering begonnen haben.

Als wäre es ein Wink des Schicksals, hat Kitti in unserem alten Haus eine kleine Wohnung gefunden. Das lief über die Hausverwaltung, die nach all dem Trubel wegen der Sanierung wohl etwas gutmachen wollte. Kitti muss nämlich laut Hotelstatuten, an denen auch Viola nicht rütteln will, in drei Wochen ausziehen. Wegen ihrer kurzzeitigen Rückkehr zu Marc hatte Carla ihr noch Extrazeit im Hotel gewährt, aber auch die läuft nun ab. So wird im Haus unseres Nestmodells eine Art Ehemaligen-Dependance des Hotels Carlifornia entstehen, was ich schön finde. Am liebsten würde ich für Hubi auch noch etwas in der Nachbarschaft suchen, doch er wird seinen Sonderstatus im Hotel nicht aufgeben wollen. Das ist auch gut so. Denn was wäre das Hotel ohne unseren Lieblingsbayern? Und so hat Viola zumindest noch einen aus der alten Garde bei sich im Hotel wohnen. Und kompetente Unterstützung bei der Einrichtung ihres Foodtrucks, für den Hubi ihr einen guten Kredit organisiert hat.

Viola war komplett sprachlos, als ich sie ein paar Tage nach der Beerdigung unter einem Vorwand vors Hotel gelockt habe und dann der Truck angefahren kam. Nun muss er umgebaut und mit einem neuen Schriftzug versehen werden. Ich bin schon gespannt, mit welchen Köstlichkeiten *Viola's cucina delicata* zukünftig das Hamburger Mittagsangebot revolutionieren wird.

In meinen kinderfreien Wochen werde ich nicht in Farmsen, sondern bei Nick in seiner Kate im Wendland leben. Meine Vorbehalte gegen das Landleben haben sich zu meiner eigenen Überraschung verflüchtigt, sobald ich einen Fuß auf das Grundstück gesetzt hatte. Genauso wie meine Allergien. Letzte Woche habe ich mir das kleine Haus erstmals angeschaut und mich direkt verliebt. Wie aus dem Bilderbuch sieht es aus: eine weiß getünchte Bauernkate aus dem 19. Jahrhundert mit Reetdach und viel wildem Grün drum herum, bestens geeignet zum Arbeiten, Joggen und Entspannen. Schließlich kommt es auf die richtige Balance an, wie ich inzwischen begriffen habe.

Auch das Innere der Kate ist dank Nicks Renovierungskünsten urgemütlich: freigelegtes Fachwerk, abgeschliffene Türen und Fenster, eine offene Küche mit einem alten grünen Kachelofen, ein helles Atelier und vier heimelige kleine Kammern zum Arbeiten oder Schlafen. So werden sogar Claire und Anouk hier einen Rückzugsort haben, wenn sie in den Ferien oder am Wochenende mit rauskommen.

Ich war endlich angekommen im Unsteten. Das Gute an meiner nun doch nicht erfolgten Entfristung ist nämlich die neugewonnene Freiheit. Ich kann von überall arbeiten, meinen Podcast betreiben, Beiträge für Radio Elbe produzieren und meine Moderationen vorbereiten. Hauptsache, ich habe mein Telefon, meinen Laptop und WLAN. Letzteres musste ich natürlich gleich ausprobieren, sobald ich im Haus war. Ich rief meine E-Mails ab – und die einzige Nachricht kam von *Super Optimize Me*. Besser gesagt von dem Unternehmen dahinter. Der Betreff der Nachricht lautete: Konkurs. Darunter: Ab sofort ist SOM nicht mehr verfügbar, alle Daten sind gelöscht.

Die E-Mail habe ich gleich Nick gezeigt. Er hat sich vor Lachen geschüttelt.

«Tja, das ist ja eher dumm gelaufen für die Superoptimierer», spottete er. «Aber dafür bist du superoptimal, Jette, und das ist mir tausendmal lieber als superoptimiert.»

Und superoptimal heißt eben, auch mal gut sein lassen zu können.

Nachtschichten gibt es nicht mehr. Die Nächte sind für Nick reserviert, das musste ich ihm versprechen.

Und wenn ich im Nest bin bei den Kindern, dann arbeite ich nur, wenn sie in der Schule oder im Kindergarten sind. Ausnahmen? Werde ich keine mehr machen.

Meine Mutter findet mein neues Lebensmodell zwar ziemlich kompliziert und gewöhnungsbedürftig, ist aber ganz begeistert von Nick. Künstler haben ihr schon immer imponiert. Und dass sie ihn vielleicht sogar vor dreißig Jahren indirekt ermutigt hat, die Bildhauerlaufbahn einzuschlagen, hat ihre Wiedersehensfreude und Sympathie ihm gegenüber noch verstärkt. Endlich kann sie ihren Freundinnen etwas entgegensetzen: einen echten Künstler mit Rang und Namen, noch dazu aus ihrer Eppendorfer Schmiede. Das weiß ich, weil wir uns tatsächlich ein wenig ausgesöhnt haben. Als ich sie nach ihrer

Zeit auf Gran Canaria mit Nick vom Flughafen abgeholt und nach Hause gebracht habe, sind wir noch zum Kaffee geblieben. Sie hat sich wirklich Zeit genommen und mich zum ersten Mal wirklich angehört. Schuldbewusst, zumindest ein wenig, hat sie mir versprochen, in Zukunft weniger harsch zu sein. Wir werden sehen. Denn kaum hatte sie es ausgesprochen, mäkelte sie schon wieder an meiner Frisur herum und verglich sie mit dem viel flotteren Schnitt der Tochter ihrer Freundin Inge. Aber sie hatte nicht ganz unrecht, ich muss wohl wirklich mal zum Nachschneiden bei Viola vorbeischauen.

Heute Morgen, mein offiziell letzter Tag im Hotel, hat mich Nick mit vielen kleinen Küssen geweckt und gesagt, dass ich mich sputen solle, weil wir uns in einer halben Stunde mit den anderen vor seinem Atelier treffen würden. Er habe eine Überraschung für uns.

Kaum waren wir eingetroffen, wurde Nick staatstragend und bat Kitti vorzutreten.

«Liebe Kitti», sagte er. «Hast du deine Theorie bestanden?»

Was sollte das? Ich war verwirrt, Kitti hatte das Examen doch bis nach der Geburt verschieben wollen. Aber sie lächelte uns verschmitzt an und sagte: «Ja, habe ich. Sogar mit einer Eins!»

Sie drehte sich zu mir.

«Auch wenn du dich damals im Ton vergriffen hast, Jette, der Tritt in den Hintern war genau das, was ich in dem Moment gebraucht habe.»

Viola und Hubi brachen in Jubelschreie aus, und ich herzte Kitti, ganz vorsichtig wegen ihres kleinen Babybauchs, bis sie ganz rote Wangen bekam.

«Hubi, nun zu dir», fuhr Nick wie ein strenger Professor fort: «Haben deine Jungs schon auf deinen Blog reagiert?»

Hubi lächelte: «Das haben sie in der Tat. Finn und Fritz

haben einen Kommentar unter meinem letzten Eintrag hinterlassen: *Coole Sache, Papa.*» Er strahlte. «*Papa*! So haben sie mich seit sechs Jahren nicht mehr genannt!»

Ich spürte, wie mir Tränen in die Augen stiegen. Wieder gab es Freudenschreie und Umarmungen. Nur Nick mimte weiterhin den strengen Richter.

«Dann zu dir, Viola: Hast du die Geschäftsidee gefunden, nach der du gesucht hast?»

Viola grinste übers ganze Gesicht. «Madonna mia, viel, viel mehr als das: meine Berufung! Und das verdanke ich euch, meine Lieben.»

Sie packte der Reihe nach unsere Köpfe und drückte uns dicke Schmatzer auf die Wangen. «Grazie, mille grazie!», sagte sie zwischen den Küssen.

«Dann fehlt nur noch Jette», sagte Nick und sah mich auffordernd an. «Tritt bitte vor.»

Ich tat, wie mir geheißen.

«Hast du deine Silvesterziele erreicht?»

«Nein», sagte ich wahrheitsgemäß, während mir langsam dämmerte, was hier gespielt wurde. «Habe ich nicht.»

«Und warum nicht?», fragte mein Liebster mit gespielter Strenge. «Hat es dir etwa an Disziplin gemangelt?»

Schuldbewusst sah ich zu Boden und musste mir das Lachen verkneifen.

«Nicht an Disziplin, sondern an Verstand. Ich bin dem falschen Ziel hinterhergelaufen, dabei war das eigentliche Ziel so nahe. Aber zum Glück hatte ich Freunde, die mir gerade noch rechtzeitig den Kopf zurechtgerückt haben.»

Ich blickte in die lächelnden Gesichter von Viola, Hubi und Kitti. Dann schaute ich nach oben in den Himmel zu Carla, Gisbert und meinem Vater. Und schließlich sah ich Nick an und ging auf ihn zu.

Unter dem Jubel der anderen gab ich ihm einen langen Kuss.

Grinsend fragte er in die Runde: «Das zählt auch, oder?»

Die anderen johlten. «Das zählt sogar doppelt!»

Nick lachte und sagte: «Ich wusste immer, dass ihr das schafft! Und darum muss ich jetzt meinen Teil der Wettschulden einlösen. Denn Wettschulden sind Ehrenschulden. Folgt mir bitte ins Atelier.»

Als ich den Raum betrat, wäre ich fast wieder rückwärts herausgefallen. Vor mir stand ein riesiger, majestätischer Vogel aus Stein, an dessen kräftigem Rumpf sich zwei Flügel ausbreiteten. Die Skulptur hatte einen ungewöhnlichen Farbverlauf: Unten zeigte sie ein dunkles Grau mit helleren Partien, das an verbrannte Holzkohle erinnerte. Es ging über in ein kräftiges Orange-Rot auf den Flügeln und am Kopf. Ich war beeindruckt von der Energie und Wildheit des Tiers. Und es war offensichtlich, um welchen Vogel es sich hier handelte.

«Der Phönix aus der Asche», murmelte ich.

Nick ergänzte lächelnd: «Der nach dem Zusammenbruch neu entsteht und sich aus der Asche erhebt.»

«Genau wie wir alle», sagten wir wie aus einem Mund, sahen uns an und lachten.

Danksagung

Zuallererst und von ganzem Herzen danken wir Tina, mit der das Planen, Bauen und Einrichten vom Hotel Carlifornia eine wahre Freude war. Ohne dich würde kein Stein auf dem anderen stehen, das weißt du. Nicht nur darum bist und bleibst du die allerbeste Freundin!

Außerdem danken wir Kristina Dörlitz von der Agentur «Das Vorzimmer». Wir sind begeistert, dich und dein «scharfes» Auge an unserer Seite zu haben.

Wir danken Ditta Friedrich vom Rowohlt Verlag sowie unserer Agentin Elisabeth Ruge, besonders dafür, dass sie an diese Geschichte geglaubt haben.

Ein herzliches Dankeschön geht auch an Andrea und Mama Ursula, die mal wieder als Testleserinnen und Kritikerinnen brilliert haben.

Dank gebührt auch unseren Lieben und Freunden: Zum Beispiel Christian für seine inspirierenden Einfälle. Kiki für Domian. Nassy für Onno. Meike für die großen Zusammenhänge. Sowie Maike und Britta für ihre grundsätzliche Bereitschaft, trotz ihrer stressigen Jobs die Hauptrollen in Buch 1 und 2 zu übernehmen.

Danke, danke, danke, Siebo, Ida, Luzie und Aenne, dass es euch gibt. Eure Lebensweisheiten so aus dem Stand sind derart klug und lustig, dass sie sich kein Erwachsener ausdenken könnte.

Der wichtigste Dank aber gilt Tammo. Du weißt, wofür.

Weitere Titel von Jule Maiwald

Nach ihm die Sintflut

Rette mich, wer kann

Jule Maiwald

Nach ihm die Sintflut

Kurz vor ihrem 40. Geburtstag versammelt Anne ihre Freundinnen zur Beerdigung ihres Mannes Richard um sich. Doch Richard ist keineswegs gestorben, er lebt und ist quietschvergnügt – mit einer anderen. Erst als sie Richard symbolisch unter die Erde gebracht hat, kommt Anne wieder auf die Füße. Sie will weiter an die Liebe glauben. Und anderen Frauen in ähnlicher Situation helfen. Kurzerhand gründet sie eine Agentur für Scheidungsrituale. Von der Voodoopuppe bis zur extravaganten Trennungsparty – der Laden brummt. Auch in Annes Liebesleben kommt wieder Bewegung. Doch dann erhält sie den Auftrag einer verzweifelten Frau, die sich an ihrem untreuen Mann rächen will. Und der Schürzenjäger ist kein Geringerer als Annes neue Flamme …

384 Seiten

MIX
Papier aus verantwortungsvollen Quellen
FSC® C083411

Das für dieses Buch verwendete Papier ist FSC®-zertifiziert.